LE BOWLING

du Point du Jour

DU MÊME AUTEUR

Vous allez rire
(Calmann-Lévy, 2004)

Un amour improbable
(Calmann-Lévy, 1998)

NiL

LE BOWLING du Point du Jour

Elizabeth McCracken

TRADUIT DE L'ANGLAIS (ÉTATS-UNIS)
PAR HÉLÈNE COHEN

ROMAN

Titre original : Bowlaway

Traduction française : NiL éditions, Paris, 2020.
Création graphique de la couverture : © Manon Bucciarelli.
ISBN : 978-2-37891-016-7
Dépôt légal : août 2020

Pour Gus
&
Pour Mathilda
Votre vieille mère qui vous aime

1

La femme découverte

Un corps fut découvert dans le cimetière de Salford, non enterré et en vie. La veille, la tempête avait décapité les jonquilles et enseveli le cimetière sous une couche de givre : c'était la mi-printemps dans le Massachusetts, au tournant du siècle dernier. Le corps gisait face contre ciel, à côté de l'obélisque qui honorait plusieurs générations de Pickersgill.

Une femme, robuste, le poing nu niché contre le menton, aussi blanche qu'un monument et lisse que le marbre qu'on frotte pour attirer la chance. Ses membres étaient comme désarticulés. Sa jupe paraissait elle aussi s'être brisée en deux moitiés, bien qu'elle formât simplement une culotte pour la bicyclette. Son nom : Bertha Truitt. À côté d'elle, un sac Gladstone contenait un corset esseulé, une petite boule de bowling, une mince quille et sept kilos d'or dissimulés dans un double fond.

La ville tout entière ne tarderait pas à la connaître, mais pour l'heure elle semblait tombée du ciel. Le gardien du cimetière se trouvait dans l'avenue des Afflictions, vers les sépultures des tout-petits, quand il la repéra au pied de la pente, immobile dans la glace. C'était un adolescent, peu à l'aise en compagnie des vivants et guère plus détendu au milieu des morts. On l'avait engagé pour veiller sur les lieux. Il y avait eu des vols. De cadavres ? Non, pas de cadavres : des statues, une pierre tombale, peut-être deux, et l'aile d'un ange pleureur.

Lui était bel et bien vivant, raison pour laquelle il craignait moins les profanateurs que les défunts échappés de leurs sépulcres. Tiens, c'en était peut-être bien un, là-bas. Pour sa part, il souhaitait qu'on jette sa dépouille en mer, même si pour cela, il fallait être en mer, justement. Il avait vu le jour sur un bateau dans le port de Boston, s'était-il laissé dire, mais de sa naissance, du bateau ou même de ses parents il ne gardait aucun souvenir. Il était orphelin.

Cette femme : était-elle vivante ou morte ? La pente l'inquiétait. Il avait toujours marché d'un pas gauche – la faute du bateau, ou un accident de naissance –, et entre le sol glissant et l'inclinaison de la pente, il pourrait bien finir par tomber tête la première et atterrir sur l'inconnue. « Bonsoir ! » cria-t-il, puis « À l'aide ! », mais il savait qu'il n'y avait pas âme qui vive dans les parages.

C'est alors qu'apparut un autre homme, silhouette arborescente emmaillotée de manière douteuse de laine sombre et de tweed moucheté. Et si sombre dans le lointain que le gardien espéra le voir s'éclaircir, en vain.

« Qu'est-ce qui se passe ? demanda l'étranger.

— La dame, répondit le jeune homme en indiquant le corps. Elle est morte ?

— Venez, nous verrons bien. »

La pente, le givre. Et elle était peut-être morte, après tout. « Je ferais mieux d'appeler un médecin, non ? proposa le jeune homme.

— Je suis médecin.

— Vous ? »

Le gardien n'avait encore jamais vu de médecin noir. Sans compter qu'il portait un gros sac en toile comme un vagabond et donnait l'impression d'avoir dormi dans la rue ces derniers temps. Il parlait avec un accent raffiné non identifié.

« Moi-même.

— Vaut mieux aller en chercher un autre.

— Bon, bon », concéda l'étranger, et il attrapa par la manche le jeune homme, qui résista. « Vous êtes costaud ?

— Assez. »

L'étranger, le médecin (il s'appelait Leviticus Sprague, avait fait ses études à Glasgow et était un natif des Provinces maritimes), saisit le gamin par le poignet (le prénommé Joe Wear n'avait que dix-neuf ans) et le guida le long de la pente. Le Dr Sprague regretta presque aussitôt son geste. Le garçon tituba et tomba en glapissant. « Attention, lui recommanda-t-il. Accrochez-vous à mon épaule. N'importe qui serait en difficulté. »

Comment diable s'était-elle retrouvée là ? Le manteau de givre à l'entour était vierge de toute empreinte. L'herbe verte en dessous lui donnait l'aspect d'une mer écumante couleur de jade, force fatale sur le point d'engloutir l'inconnue. À supposer qu'elle fût tombée du ciel, elle avait évité le pire avec cet obélisque.

« Regardez dans son sac, indiqua le Dr Sprague à Joe Wear. Voyez si on peut y découvrir un indice. »

Il s'agenouilla à côté de sa patiente. Il vit la courbe de son œil frémir sous sa paupière. Les cils des dormeurs sont chargés de sens et emplis de beauté, fils télégraphiques acheminant les rêves – les siens ne faisaient pas exception. Le Dr Sprague s'émerveillait de les voir si adorables, ces cils de vison. Son poignet était étonnamment chaud entre ses doigts.

Un battement des paupières dévoila des yeux vert vif et l'âme d'une femme entre deux âges. Elle se redressa pour s'asseoir dans le givre tel un évêque en pierre tombé de son alcôve.

« Bonsoir, dit-elle avec amabilité au Dr Sprague.

— Oui », répondit-il.

La femme se tourna ensuite vers Joe Wear, qui fixait la petite boule et la fine quille en bois trouvées dans le sac avant de reporter son regard sur elle, l'air hébété.

« Ah, parfait ! fit-elle. Donnez-moi ça. »

Il s'exécuta. Elle les tint comme la reine d'un tableau ancien, l'orbe et le sceptre. Elle était en vie. Et c'était une joueuse de bowling.

« Un nouveau style de bowling, déclara-t-elle.

— Madame », intervint le Dr Sprague, mais Joe Wear lui coupa la parole : « Du candlepin.

— En quelque sorte », dit-elle sur un ton affûté. Elle posa la boule et la quille à côté d'elle. Puis s'adressant à Joe : « Vous êtes un connaisseur ?

— J'y ai joué. Au bowling. J'ai travaillé aux Misérables. »

Un lointain « Ohé » leur parvint de l'avenue des Afflictions. L'individu en question : un policier d'une cinquantaine d'années, tête en forme d'enclume et cheveux gris au léger chatoiement qui leur donnait l'aspect de l'aluminium martelé.

« Aidons-la à se mettre debout », dit le Dr Sprague à Joe Wear, et ils la relevèrent à la force du poignet, tandis que le policier descendait péniblement la pente givrée en talonnant le sol. Elle abandonna dans l'herbe sa silhouette couleur de foin, laquelle laissait supposer qu'elle était restée longtemps allongée. L'herbe resterait morte des semaines, puis des saisons durant. Selon le point de vue, son emplacement demeure visible au cimetière de Salford.

« Comment vous appelez-vous, m'dame ? » demanda le policier à la femme quand il fut arrivé sur place.

Elle eut l'air pensif.

« Vous ne pouvez pas l'avoir oublié. »

Après réflexion, elle articula d'une voix étrange : « Bertha Truitt. Oui, je crois que c'est mon nom.

— On ferait mieux de la conduire chez un médecin, conseilla Joe Wear.

— *Je suis* médecin », objecta le Dr Sprague, puis il prit la main de la femme, où se trouvaient pouls, sang et os.

Elle sourit. Et lui dit sur le ton de la confidence : « Je me porte comme un charme.

— Vous avez perdu connaissance, expliqua Joe Wear.

— Nous allons la conduire au Salford Hospital », trancha le policier.

Joe Wear ne pouvait se départir de l'effroi qui l'avait frappé en la voyant dans le givre matinal, ni de la joie qui avait été sienne lorsqu'elle avait ouvert les yeux. Elle était revenue d'entre les morts. Son nez rougissant, ses petites dents légèrement écartées. Il aurait aimé brosser l'herbe collée au dos de sa veste foncée, comme pour un cheval.

« Mais qu'est-ce que vous faisiez là ? » lui demanda le Dr Leviticus Sprague.

Le pauvre homme. Elle admirait la façon dont leurs deux mains semblaient entrelacées. « Très cher, répondit-elle. Je rêvais à l'amour. »

Comment ne pas parler d'amour quand on parle de bowling ? De bowling candlepin, plus précisément. Nous sommes en Nouvelle-Angleterre, où la violence sait elle aussi se montrer retorse. Elle pourrait encore vous tuer. De petit calibre, une boule de candlepin pèse un peu plus d'un kilo pour onze centimètres de diamètre, soit la taille d'un pamplemousse ou d'une tumeur opérable. Vous la soulevez dans votre paume. Le bowling candlepin est un jeu d'adresse : personne n'a encore réalisé l'enchaînement parfait, chaque tir abattant la totalité des quilles, d'un bout à l'autre de la partie, soit cent trente quilles d'affilée, multipliées et transformées par les mathématiques et le bowling en un score de trois cents points. Deux cent cinquante points, c'est le maximum qu'on ait obtenu. Autrement dit, personne n'a encore contemplé le visage de Dieu.

Voilà comment on joue au bowling en Nouvelle-Angleterre (à l'exception du Connecticut). C'est un jeu de puriste pour d'anciens puritains. Un jeu de dévotion voué à l'échec. Les boules de bowling sont aussi grosses que des boulets de canon. Les quilles de bowling sont ventrues et ressemblent à des gourdins. Les boules de candlepin ne sont pas plus grandes que la main. Les quilles du candlepin ont la forme de cierges, dont elles tirent d'ailleurs leur nom. *Inventrice du bowling candlepin, le sport des dames et des gentlemen*, dirait un jour la pierre tombale de Bertha Truitt, et elle l'était en effet, peu importe ce qu'affirment les manuels d'histoire, si tant est que les manuels d'histoire s'intéressent au candlepin. La plupart s'en moquent, mais pas ce livre, qui fournit une généalogie.

Il se peut qu'un autre ait eu la primeur de l'idée. Quelle importance. Nous avons tous mis au point des choses que d'autres ont su faire avant nous : marcher sur ses deux jambes, un sandwich à l'avocat agrémenté d'une rondelle d'oignon, un cocktail à la saveur mentholée, nous-mêmes, l'amour romantique, la vie humaine.

Il est ici question d'amour. D'amour à sens unique, serait-on tenté de croire, la boule irréfléchie et obstinée qui fonce aveuglément sur la piste. Elle s'approche au plus près pour choisir parmi les quilles celle qui a sa préférence, celle à qui il lui tarde de faire tourner la tête. *Je t'aime!* Et *patatras*. Ne reste plus qu'une pile de quilles en un seul morceau. Intactes mais malmenées. Encore et encore, elles se tiennent prêtes à être fauchées. Le retour de la boule sépare les bien-aimés, éconduit les quilles. *Reste*. La boule s'y refuse, le joueur la lance, la voilà qui file, *patatras*.

Vous saisissez l'idée. Cela semble à sens unique.

Le policier conduisit la dénommée Bertha Truitt au Salford Hospital, où on ne put déterminer si elle était frappée d'amnésie ou d'un sens du secret tel qu'il pourrait bien lui coûter la vie. Souhaitait-elle rester à l'hôpital? Il n'en était pas question. Quel âge avait-elle? Aucune réponse. Connaissait-elle quelqu'un en ville? Ça se pourrait bien : elle n'avait pas frappé de porte en porte pour poser la question. Combien de temps était-elle restée au cimetière? Si eux-mêmes l'ignoraient, comment pouvait-elle savoir. D'où venait-elle?

«Je suis ici, maintenant.»

Allongez-vous, allongez-vous.

«Me laisserez-vous partir ensuite si j'obéis?»

D'accord.

Les catholiques vinrent lui rendre visite, ainsi que des membres du cercle des couturières juives et quelques presbytériens. Elle n'avait pas besoin qu'on lui fasse la charité ; ils voulaient seulement voir à quoi elle ressemblait. Les journalistes venus interviewer la curiosité ne virent qu'une charmante femme replète inconnue au bataillon. La ville en était pleine. Le maire se déplaça ; son adjoint avait suggéré que l'étrange créature que l'on avait vue rôder dans les marais au nord de la ville – le diable de Salford, tel était son nom dans la presse – puisse être cette femme, à la recherche d'un havre. Le diable de Salford avait des yeux rouges et de robustes ailes noires, faisait la taille d'un chien, ou d'un cygne, ou d'un enfant souffrant de malnutrition, possédait une longue queue qui se terminait par un pinceau de poils (comme chez les zèbres, les girafes et les sphynx) ou s'ouvrait en éventail (comme chez les oiseaux). Bertha Truitt ne possédait aucun de ces attributs, et le deuxième jour de son hospitalisation, Moses Mood, le propriétaire de la quincaillerie, affirma avoir vu le diable de Salford enlever un caniche qui attendait son maître devant la bibliothèque municipale. Oui, un vrai caniche, grand comme un poney.

La confusion qui entourait Bertha Truitt était à son comble. Elle était tout et son contraire : l'âme d'une petite fille dans un corps de matrone – joues flasques, poitrine généreuse, postérieur rebondi, un peu toquée. On lisait dans son sourire ce joyeux élan propre aux bébés. Il vous donnait le sentiment d'en être la cause et, pour cette raison, d'être un sacré chanceux.

Elle ne reçut la visite d'aucun proche, mais les infirmières remarquèrent qu'elle parcourait sans cesse la salle du regard, comme dans l'expectative. On ne lui connaissait ni accent particulier ni us régionaux, pas plus qu'une addiction pour une salade de chou consommée d'un seul côté du Mississippi. Quand on l'interrogeait sur son passé, elle balayait la question d'un revers de la main. « Je suis ici, répondait-elle, peu importe où ça se trouve. »

On se mit à rêver d'elle. Et pas seulement les patients, même s'ils furent les premiers à rêver que Bertha Truitt se glissait dans leur lit, faisait ployer le matelas et grimper la température avant de se volatiliser dans la lumière du jour. Puis ce fut au tour des médecins et des infirmières, et enfin de la ville entière. Un homme jura l'avoir vue voler sur le dos, nue comme un ver, son impressionnante poitrine lui servant d'ailes.

Vraiment ?

Bon, à la réflexion, elle lui servait plutôt de gouvernail, avança-t-il. Mais le reste est vrai.

Ce n'est qu'un rêve, lui avait dit son épouse, comme les autres épouses de Salford, les époux, et les parents qui se demandaient où leurs enfants avaient entendu parler de cette femme qui leur chuchotait, tout sourire, dans leur sommeil : *J'ai un jeu pour vous.* Ou : *Il est possible d'envoyer valdinguer les soucis comme des quilles.*

Les patients s'attardaient autour de son lit dans l'espoir de recevoir un sourire. Comme Jeptha Arrison, un jeune homme à la tête protubérante hospitalisé après avoir ingéré un flacon d'aspirine, un comprimé à la fois – autant avaler un arbre, une brindille après l'autre. Très vite, on le trouva en train de dormir sous le lit de Bertha Truitt. « Laissez-le », dit-elle, et quoique la salle fût réservée aux femmes, on ne l'en chassa pas. Jeptha Arrison prit l'habitude de dormir sur le parquet, au pied de son lit. « J'aime bien cet endroit, lui confia-t-il. L'hôpital. D'après ma maman, j'ai bien failli mourir dans un hôpital mais maintenant je crois que je vais bien grâce à eux.

— Vous avez une bonne tête, observa Bertha Truitt, le regard admiratif.

— Vous pensez que je devrais devenir médecin ? demanda-t-il.

— Juste ciel, non, répondit-elle. Vous n'êtes pas du tout taillé pour ce métier. Je parlais de la forme de votre tête, d'un point de vue phrénologique. »

Du bout des doigts, elle effleura les tempes de Jeptha Arrison. Il était prêt à faire tout ce qu'elle lui suggérerait.

Les sports américains n'en étaient qu'à leurs balbutiements. Elle plaça la boule dans sa paume et chargea Jeptha Arrison de poser son unique quille, mince comme le manche d'un balai, à l'autre bout de la salle. Elle la fit tomber, indéfiniment. « Vos soucis, disait-elle, le bowling vous en débarrassera aussi simplement que ça. » Elle la renversa encore. Cela défiait l'entendement : le sol était carrelé au sud, le plancher vibrait sous les pas agités des malades, et pourtant chaque fois elle s'exécutait de main de maître. Bertha Truitt racontait à ses visiteurs que les pharaons jouaient au bowling. Évidemment, les pharaons avaient été précurseurs dans tous les domaines. Tout comme Martin Luther, avant de consacrer sa vie à Dieu. Henri VIII avait fait construire des pistes au palais de Whitehall. Quant à Rip Van Winkle, ne regardait-il pas ses compagnons jouer aux quilles lorsqu'il sombra dans un sommeil long de vingt ans ?

« Pour ma part, dit Bertha Truitt, je construirai un bowling. Où sommes-nous ?

— Où sommes-nous ? » demanda Jeptha. Il indiqua du doigt le lit sur lequel il était assis. « Salford ou…

— Salford, répéta Bertha. Le Massachusetts, dans ce cas. Soit. »

Le bowling sous la glace

Située à l'extrême nord de Boston, la ville de Salford possédait un brimborion de littoral qui suffisait à gâter les maisons et piéger l'éventuel promeneur. Comme Rome, elle avait été bâtie au milieu de sept collines ; à la différence de Rome, c'était un site marécageux, une cité faite de marais et de tourbières. Les fondateurs rasèrent une grande partie des collines, puis fourrèrent les débris dans les tourbières et en firent des places qu'ils nommèrent en hommage aux anciennes collines renfermées en leur cœur. Pinkham Hill devint Pinkham Square ; Baskertop Hill, Baskertop Square. Quant aux tourbières, restées anonymes, elles disparurent purement et simplement.

Il n'était pas rare de voir les anciens habitants des marécages errer dans la municipalité. Les castors prospères en manteau de fourrure paradaient dans Gibbs Square, l'air résolus à retirer leur argent des banques du coin ; les oiseaux nicheurs déploraient l'irruption dans le voisinage de ces nouveaux immigrants aux manières rustres, bipèdes comme eux qui répugnaient à voler. En passant devant le saloon, les grenouilles sautillaient sans entrain. À l'occasion, elles rentraient à l'intérieur. Gare alors à celui qui ne vérifiait pas le contenu de sa chope avant de la remplir. Salford foisonnait d'animaux échappés de ses poches. Le diable de Salford n'était peut-être qu'un ornithorynque tout ce qu'il y a de plus yankee, dont l'habitat avait cédé la place à un bazar.

Une colonie de petits oiseaux des tourbières avait été délogée du marécage devenu Philippine Square. On y trouvait désormais un cabaret, une épicerie et un arrêt de tramway, le tout enveloppé d'une odeur persistante de tourbe : humide et ne présageant rien de bon.

À cet endroit précis, Bertha Truitt décréta qu'elle construirait son bowling.

« Je me sens chez moi dans une tourbière, argumenta-t-elle. Une tourbière est une femme par nature.

— Et une colline ? » s'inquiéta Jeptha Arrinson. Le Jeptha de l'hôpital ! Il avait une caboche en forme de sac, des yeux humides gris anguille et un visage en aspic. Il se tenait à côté de Bertha sur le nouveau trottoir de Philippine Square, bordant une chaussée pas encore pavée, et fixait le bout de ses chaussures garnies de petites ruches de boue. « Ça va me rendre malade.

— Quoi donc ?

— La saleté. Et une colline ? insista-t-il.

— Une femme, aussi. Il n'y a pas une partie de la terre qui ne le soit pas. Oui, répéta Bertha Truitt, je suis chez moi dans une tourbière. »

Embauchez des Irlandais pour la pose des briques, lui avait dit un médecin à l'hôpital, un conseil qui avait pour Bertha valeur de talisman. Les Irlandais l'appelaient Truitt, en une seule syllabe – *Troot* –, et c'est sous ce nom que la plupart des gens la connaissaient : pas Bertha Truitt, pas Miss ou Mrs., pas la Femme Truitt, ni même Mrs. Sprague après son mariage. Cette absence de titre honorifique était tout ce qu'il y avait de plus honorifique : Troot. Troot dirige un bon établissement.

Le bowling fut construit en deux mois. C'était du jamais-vu, un bâtiment sortant si vite de terre, brique après brique, comme une chaussette sur des aiguilles à tricot. Truitt se rendait tous les jours sur le chantier, la mine préoccupée mais amusée et l'air de chercher moins des informations sur l'avancée des travaux qu'un être longtemps absent qu'elle se préparerait à accueillir d'une boutade : *Qu'est-ce qui t'a pris tout ce temps* ou *Je savais que tu finirais par venir* ou *Bonjour, toi.*

L'établissement de Truitt comportait deux niveaux et une cave. Regardez la scène par une des fenêtres de la façade comme dans les dioramas historiques de la bibliothèque de Salford. Le titre de ce diorama-ci est : *Au Bowling du Point du Jour.* Une lumière coquille d'œuf baigne l'extérieur; à l'intérieur, c'est une obscurité trouble et laborieuse. Inutile de chercher d'autres fenêtres : que le soleil se lève ou se couche n'a pas d'importance. Les boules tournoient. Comme la Terre (une femme par nature), ou pas.

Il y a six pistes. Les parquets sont en érable à sucre. L'extrémité des pistes est bordée d'une saillie – une haute étagère de bois courant sur la longueur du mur – où se perchent les pinboys au cours d'une partie. À l'ouverture de la salle, les pinboys s'assoiront sur la saillie tels des juges, ou des vautours, mais pas encore. Entre les pistes, il y a trois voies en fonte élevées – les retours de boules – grâce auxquelles les pinboys renvoient leurs boules aux joueurs. L'ordre règne Au Bowling du Point du Jour. Les quilles sont en place. L'une d'elles est tombée sur la première piste, pâle et filiforme. Faut-il y voir la négligence d'un pinboy ou le geste du créateur de ce diorama, nul ne le sait.

Personne pour regarder ou attendre son tour. Personne non plus derrière le comptoir en bois à l'entrée – une imposante structure en chêne évoquant une chaire et équipée d'une caisse enregistreuse spectaculaire, un limonaire à argent qui se tient prêt à jouer sa mélodie automatique. Vide aussi, le bar le long de l'autre mur, malgré le bocal d'œufs en saumure qui étincelle comme une diseuse de bonne aventure. Les tables et les chaises disposées au milieu de la salle attendent les traînards. Les plafonds sont hauts comme dans un entrepôt, afin que la fumée émise par toutes ces hypothétiques personnes (cigarettes, cigares, désirs, efforts) trouve à s'entreposer dans les airs. Six colonnes en fer cannelé en supportent le poids, trois à gauche, trois à droite. Dans un coin, un Sculptoscope, le tout premier des jeux à pièces. Glissez-y un penny, penchez-vous et collez vos yeux aux lunettes de cuivre : on se prépare à y découvrir les chutes du Niagara ou le Taj Mahal en stéréoscopie, mais Au Bowling du Point du Jour on voit une miniature du Bowling du Point du Jour, dans lequel on distingue un Sculptoscope réduit et sa vue miniature du Bowling du Point du Jour.

En dessous, la cave a été divisée en plusieurs espaces de stockage. Il y flotte une odeur de tourbière. Un seul détail attire l'attention, un coffre-fort trapu orné de fleurs peintes et du nom de son créateur (EXCELSIO SAFE & LOCK CO., SALFORD MASS.) en lettres exquisément ouvragées.

À l'étage, au-dessus des pistes, des remises à l'est et à l'ouest, et un appartement au milieu. À l'heure où le soleil se lève – mais le soleil se lève-t-il jamais Au Bowling du Point du Jour ? –, la lumière pénètre par les hautes fenêtres à guillotine et éclabousse un mobilier de bonne facture : un canapé de style victorien, une table laquée aux pieds sculptés, un lit à barreaux. Cette pièce ressemble elle aussi à une remise, les objets domestiques y sont disposés comme des meubles inutilisés, la baignoire à côté de l'évier de cuisine, le four près de l'entrée, les cabinets aménagés dans un placard. À l'avant du bâtiment, l'escalier descend dans le hall du bowling, marches en blanc, contremarches en vert.

« Pour *vous ?* » avait demandé le contremaître irlandais à Truitt lorsque cette dernière lui avait montré les plans de l'appartement. Elle les avait dessinés sur un papier gras qui à l'évidence avait servi à emballer un sandwich ; la symétrie gouvernait l'ensemble. Le contremaître avait eu honte de se découvrir si protecteur envers cette femme que ces sensibleries laissaient froide : *Je n'ai pas besoin qu'on me protège, M. Dockery, je m'occupe très bien de moi-même.*

« Grands dieux, dit-elle, non, cela ne me conviendrait pas du tout. J'ai le projet d'y installer un homme. »

L'homme en question, elle l'a bien sûr déjà trouvé : il s'agit de Joe Wear, l'ancien employé du cimetière. Elle a décelé en lui au premier abord l'âme d'un joueur de bowling. Il avait ce truc de la dévotion aveugle ; et elle avait reconnu dans sa charpente les angles d'un bowling.

Lors d'une visite à l'hôpital, il lui avait dit : « Je ne ramasserai pas les quilles. Je l'ai fait aux Misérables. Je suis de taille à diriger un établissement. » Elle lui offrit un visage rayonnant, réjoui, avide et aussi prometteur qu'un plateau pour la quête. « Je n'ai jamais voulu finir dans un cimetière. Le bowling… », ajouta-t-il. Sa voix se cassa, il la répara : « … c'est tout ce que j'ai. »

Elle l'embaucha séance tenante. Il se rendit sur le chantier du bowling pour y prodiguer ses conseils et serrer la main de Bertha Truitt. Chaque poignée de main était un test, il le savait. Qu'elle soit un prophète du bowling ne suffisait pas, il fallait que d'autres aiment ça aussi.

« Jeptha Arrison sera le capitaine des pinbodies », lui dit-elle. C'est ainsi qu'elle appelait les garçons employés pour ramasser et installer les quilles. « Tous les autres sont sous vos ordres, libre à vous de les embaucher ou de les virer. Faites bien votre travail et un jour le bowling sera à vous. »

Quelque chose clochait chez Jeptha Arrison – minuscule de taille, une tête énorme et bancale – et Joe Wear n'était pas certain de vouloir être son associé. Tout ne tournait pas rond chez Joe Wear non plus, mais au moins savait-il comment ça marchait. Partout ailleurs les femmes jouaient au bowling derrière un rideau censé préserver leur pudeur et protéger les hommes du spectacle de femmes en pleine activité sportive. Un rideau d'acier qui cachait aux regards jusqu'au contour d'une taille ou d'une cheville.

« Si vous autorisez la présence des femmes, il vous faut un rideau, décréta-t-il.

— Eh bien, répondit Bertha, j'ai inventé le jeu, donc c'est moi qui décide des règles.

— Comment ça ?

— J'ai inventé ce type de bowling. »

Elle était plus âgée et allait payer son salaire, cela aurait dû suffire à le faire taire. Mais il se surprit à dire :

« Ça ressemble à du candlepin tout ce qu'il y a de plus ordinaire.

— Ça ne l'est pas.

— À Worcester… »

Truitt fit entendre une sorte de glapissement. De rire ? Pas vraiment. De fureur ? Non, elle avait *glapi*, un bruit qui signifiait *qui est là-bas* et *ici, c'est moi*, mais aussi rien du tout.

« Je n'ai jamais été à Worcester, dit-elle.

— Bref », répondit Joe Wear. Sentant ses bras s'engourdir, il les croisa. Tout le monde ne lui offrirait pas un emploi, encore moins avec des responsabilités. Il devait se montrer reconnaissant et courtois. Mais ne lui avait-il pas déjà évité de faire une bêtise ? Ne l'avait-elle pas embauché pour son expérience ? « Il faut un rideau », répéta-t-il.

Bertha Truitt savait qu'on avait tort de préserver la pudeur d'autrui. Votre pudeur ne regardait que vous. « Pas de rideau, Joe.

— Les hommes vont venir se rincer l'œil.

— Qu'ils se rincent l'œil, si ça leur chante. »

Le chapitre était clos.

Voyeurs, reluqueurs, zyeuteurs, lorgneurs ! Elle ne les voyait pas, elle qui était aveugle aux regards lubriques. Elle parcourait la ville à bicyclette, vêtue d'une jupe-culotte, imperturbable face aux passants qui sifflaient à son passage. Elle continuait à s'immiscer dans les songes, s'évaporant toujours à la lumière du jour. Elle était peut-être un succube ou un vampire, à en juger par la façon dont elle se glissait dans les rêves et rentrait à Salford le matin venu, lisait de drôles de journaux sur le trottoir, faisant fuir les pigeons de ses éclats de rire.

On parla d'elle dans le *Bugle* de Salford, sous le gros titre : UN NOUVEL ÉTABLISSEMENT DE BOWLING ACCUEILLE TOUTES LES FEMMES. Une photographie de Truitt accompagnait l'article, elle y paraissait endeuillée, comme peuvent l'être les femmes à la poitrine opulente : cette dernière souffre, se montre courageuse, tient bon dans l'adversité. Sur cette poitrine s'était construit un bowling.

Elle avait des ancêtres, forcément. Tout le monde en avait. À moins qu'elle soit arrivée à Salford *sui generis*, quoique les généalogistes pensent que c'est impossible. Aucune génération n'est *spontanée*. Nous venons tous de quelque part.

« Des tracts ont fait mon éducation », aimait à dire Bertha Truitt, n'y voyant là aucun mal. Les tracts étaient obsolètes, bizarres et haineux la plupart du temps. On n'avait encore jamais vu combinaison plus étrange du futur et du passé.

Une fois par mois, elle organisait une fête au bowling. De la bière et du bœuf, des huîtres, des litres de crème glacée, du brandy, un gâteau coiffé de cerises, des tourtes en tout genre (au porc, à la mélasse, aux rognons), encore de la bière. On enchaînait les réjouissances durant une journée entière : une fête pour les enfants le matin, suivie d'un déjeuner pour ces dames, on servait ensuite le thé, les cocktails, puis (quand le jour virait au soir) un souper léger, des amusements, une soirée, une carousse, un gueuleton, un bal, et alors que l'alcool redescend, une conversation, un repentir optimiste, des vœux de réussite, d'amour. Il n'était pas rare que la fête décrive un cercle et recommence, même si ces jours-là il fallait prendre garde à ce que Bertha Truitt ne propose pas de la bière aux petits : elle aimait les enfants, mais ils étaient traités comme tout le monde. C'est ce qui se racontait plus tard. Des gens mariés disaient : Pour tout vous dire, nous nous sommes mariés il y a trois ans mais nous nous sommes rencontrés – vraiment, rencontrés – chez Truitt, soit à dix ou deux heures du matin.

Truitt, elle, ne racontait pas d'histoires. En pleines festivités, elle se levait, cueillait les cerises sur sa part de gâteau en jetant un regard plein d'espoir à la porte et offrait un visage réjoui à quiconque en franchissait le seuil mais, à l'évidence, elle n'était pas totalement satisfaite. Les mois passaient, et celui ou celle qu'elle attendait continuait à la faire se lever.

Au Bowling de Truitt, les femmes jouaient à la vue de tous. Quel spectacle ! LuEtta Mood, Hazel Forest, Mary Gearheart, Nora Riker, Bertha Truitt.

Une tête ronde surplombant un corps carré, Nora Riker était âgée de vingt-neuf ans, sentait la luzerne et sautillait comme un cabri. Elle avait épousé un homme trapu comme elle et anguleux prénommé Norman. En public ils passaient leur temps à se battre. Il ne fallait sans doute rien y voir de charnel ou de méchant : ils cabriolaient comme des chèvres, ou des airedales terriers. Une simple partie de whist leur donnait matière à se chahuter en s'esclaffant. Une simple danse, aussi. Elle cherchait un jeu où elle pourrait le battre.

Hazel Forest était une suffragette comme Bertha. Du moins, Hazel était-elle convaincue que Bertha était une suffragette ; elles s'étaient rencontrées lors d'une manifestation, mais Hazel ne tarda pas à s'apercevoir que Bertha était de toutes les manifestations dont elle croisait le chemin : elle aimait marcher en criant des slogans. Hazel portait les lunettes du prototype de la suffragette, et possédait un sens de l'humour acerbe, qu'avait aiguisé son emploi d'infirmière au Salford Hospital. Elle veillait sur les entrailles et menaçait les autres femmes de leur raconter toutes les choses dont elle avait été témoin.

Mary Gearheart avait dix-sept ans et était la plus jeune du groupe. Son père était le propriétaire du cabaret. Elle ressemblait à une souris carnivore avec ses petits yeux et sa grande bouche. Elle jouait au bowling pour occuper ses mains. Et la partie de son cerveau troublée, détruite.

LuEtta Mood était une vraie beauté. Elle avait entendu dire qu'une boule pouvait envoyer valdinguer la tristesse comme une quille.

Truitt jouait au bowling parce que la terre était un océan sur lequel il fallait apprendre à rouler.

« Je ne porte pas de corset », apprit Truitt à LuEtta Mood, Mary Gearheart, Hazel Forest et Nora Riker. Elles n'avaient rencontré personne de leur sexe qui lui ressemblât. Elle déploya ses ailes pour leur montrer. « Le corset contrarie les organes. Et puis le candlepin est une aubaine pour la silhouette féminine. Il affine la taille, raffermit les bras et gaine le buste. Regardez-moi. »

Ce que toutes firent, l'air inquiètes. Bertha Truitt était une femme bien en chair d'un mètre soixante-sept, et son buste non corseté avait la forme d'un parallélogramme voluptueux. Elles connaissaient l'histoire de son arrivée dans le cimetière ; Mary avait entendu dire qu'on l'avait trouvée avec le cadavre de son enfant et que le candlepin était la preuve de son chagrin sans fond.

« Désolée », avait dit Mary à LuEtta Mood, qui avait aussi perdu son enfant. LuEtta avait balayé les excuses et l'information d'un revers de la main.

Aucune n'aurait su dire quel âge avait Truitt. Plus âgée qu'elles, plus jeune que leurs mères, c'était fascinant.

« Maintenant regardez ma silhouette », dit Truitt. Elles s'exécutèrent. Elle avait enlevé ses chaussures mais gardé son chapeau – elle était déjà célèbre dans tout Salford pour ses chapeaux faits sur-mesure. Celui qu'elle portait était bleu marine et garni de volants ; aujourd'hui, elle appartenait à la marine étrangère. Elle jouait, les manches retroussées sur ses avant-bras. Le droit était taillé dans le chêne, le gauche dans le marbre. Sept pas, puis le lancer. Jeptha Arrison se tordait les mains, debout sur l'étagère des pinboys. Tous regardèrent la boule glisser le long de la piste.

« Vous placez mal vos pieds, Troot », lança l'orphelin Joe Wear. Il entendait par là qu'on attendait d'un joueur qui lançait de la main gauche qu'il pose son pied droit en dernier ; Bertha Truitt lançait *et* prenait appui sur le côté gauche. Ça ne pouvait pas fonctionner. Elle abattit pourtant six quilles. Joe siffla entre ses dents, aussi sec imité par Jeptha Arrison, un cri d'oiseau qui sonnait comme une déclaration nerveuse.

« Merci, Joe », dit Truitt d'une voix guillerette en fixant les quilles – Joe ne pouvait pas l'entendre – puis elle jeta un coup d'œil à son équipe. Comme Nora Rikler, elle voulait gagner. Elle voulait être la meilleure, en tout et tout le temps.

L'invention d'un sport : prenez un ballon, maintenant lancez-le au-dessus d'un filet si les autres vous le permettent. Prenez une batte : quelqu'un vous lance une balle, frappez-la et courez, si les autres vous le permettent. Prenez une minuscule balle et un club ; hors de vue, derrière cette butte herbeuse, il y a un trou du diamètre de la balle : vous devinez la suite.

Prenez cette boule. Soulevez-la dans votre main. Personne ne vous en empêchera. Un homme a beau vous donner un conseil, trop de conseils, cela reste votre partie, et c'est à vous, et à vous seule, de la remporter.

Bertha Truitt prit la deuxième boule, la soupesa et la fit légèrement rebondir dans sa main, puis elle la souleva et effleura de l'arrondi la partie charnue de son menton. Elle observa la position des quilles dont quatre étaient encore debout, enchevêtrées à celles au sol. Puis elle lança.

La boule renversa trois quilles supplémentaires, arrachant un autre sifflement à Joe, plus grave et solennel. Il s'approcha et se plaça derrière les femmes assises sur les bancs pris d'assaut, comme à l'église. LuEtta Mood demanda par-dessus son épaule : « C'est si bien que ça ? » Dans l'obscurité du bowling, ses cheveux avaient l'éclat du cuivre poli. Joe Wear ne cacha pas son agacement.

« On peut le dire. »

En ce temps-là, faire tomber neuf quilles au candlepin était un exploit, peu importe votre âge, votre sexe ou votre tour de taille. Les boules étaient plus petites, les quilles plus fines, les zones d'approche faites en bois brut fricatif, non huilé et non verni.

La troisième boule eut raison de la dernière quille. « Carton plein ! » s'exclama Joe Wear.

Jeptha Arrison sauta sur ses pieds, ramassa les boules et les renvoya le long des gouttières, puis il alla replacer les quilles sur leurs rondelles de métal.

« Joli lancer, Troot ! lança-t-il. Vraiment joli.

— D'accord, pinbody », répondit-elle d'une voix affectueuse. Jeptha avait la tête la plus intéressante qui soit. « Replace-moi tout ça. »

Les femmes regardèrent Bertha Truitt jouer une partie jusqu'à en épouser le rythme. Vous branchez votre cerveau en mode bowling et vous vous laissez entraîner dans sa nature sérielle. Trois balles par frame, dix frames par partie. Jamais elles n'auraient cru le bowling capable d'un tel suspense. Une histoire : notre héros (la boule) entreprend son voyage (le lancer), parcourt la longueur de son monde jusqu'à se heurter à un obstacle, s'acquitte bien ou mal de sa tâche, fin du chapitre.

Tournez la page !

Nul répit, si ce n'est à la fin de chaque manche, lorsque Jeptha Arrison sautait au sol pour récupérer les boules dans la fosse et remettre les quilles sur le plateau.

« Soixante-dix-sept ! » cria Joe Wear quand Bertha eut terminé sa première partie.

« Non, Joe ! Pas de point, merci ! » répondit Bertha Truitt.

On reconnaissait bien là la femme. Ne pas compter les points.

Elle cherchait cette sorte de grandeur inaccessible à son sexe. Et si elles accédaient à une petite partie de cette grandeur, c'était toujours au détriment de l'amour. Elle ne renonçait à rien.

L'importance des cimetières

Elle cherchait quelqu'un, bien sûr. Elle le chercha à l'hôpital – il était médecin –, et continua à le chercher pendant l'édification du bowling, puis dans les rues de Salford, à bicyclette. Elle avait construit un bâtiment et inscrit son nom sur la façade en guise de publicité. Naturellement elle retourna au cimetière, le lieu de leur première rencontre, et l'y chercha, là aussi. Certains détails étaient flous dans l'esprit de Bertha, mais elle se souvenait des températures glaciales : elle s'était allongée et avait déboutonné son manteau pour accueillir le froid en invité. Certains jours, elle parvenait à se rappeler la silhouette en forme de Bertha dans l'herbe du cimetière et à y penser avec tendresse. Son lieu de naissance, pour ainsi dire. Il était vain de s'appesantir sur le passé. On l'avait trouvée. Elle était toujours allée de l'avant, fidèle à sa nature. Il n'y avait que dans un bowling où aller d'avant en arrière vous menait quelque part.

Elle cherchait l'autre homme, celui qui était à peine plus jeune qu'elle et dont elle ignorait le nom. Il lui avait suffi de prendre son pouls pour pénétrer dans son esprit. Ses gestes étaient caressants, la pulpe de son doigt semblable à un archet frottant les cordes de son poignet.

PHOEBE PICKERSGILL, HERMANN SWETTMAN, SUSANA PETERSON, DELILAH FOREST, épouse de, fille de, quatre-vingt-un ans, dix-huit ans. Bertha Truitt songea qu'à l'instar des morts, elle était partie dans l'autre vie. À moins que les morts eussent été les personnes qu'elle avait laissées derrière, toute vie s'arrêtant à cette date, cette année, tous ceux qu'elle avait autrefois connus étant morts, sauf elle, ce qui était commode. Elle s'étonnait de ce cœur de fer. Un cœur de fonte qui résonnait comme une enclume. Pas toujours. Dans les moments importants, son cœur était de chair.

Elle pensait : *Quand j'aurai terminé de bâtir le bowling, c'est là que je le trouverai*, et cela s'avéra, quasiment au jour près.

Lorsqu'elle l'aperçut dans le cimetière qui remontait l'allée des saules jusqu'au bassin d'ornement au centre du parc, son cœur n'était ni de fer ni de chair mais un bassin, prêt à recevoir et à dissimuler tout ce qu'on y jetterait. C'était un bel homme noir, enveloppé et moustachu, vêtu d'un costume vert à carreaux orange. L'homme – qui ne l'avait pas encore vue – affichait une expression pensive et satisfaite qu'illuminait un feu intérieur. Elle sentit quelque chose tomber dans le bassin de son cœur et alla à sa rencontre.

Juin. Le soleil aiguisait ses rayons sur les pierres tombales. Dans le bassin d'agrément, les poissons ignoraient que leur présence était, elle aussi, purement ornementale. Ils remontaient à la surface en quête de lumière.

« Bonjour », dit-elle.

Il répondit d'une voix placide : « J'étais sûr que vous finiriez par réapparaître. » Sa moustache noire avait une aile plus longue que l'autre. Personne ne veillait sur lui. « Je suis content de voir que vous allez bien.

— Oui, c'est le cas. » Comme elle ne savait pas quoi ajouter, elle lui proposa de lire. De lire ? Votre tête : la phrénologie.

« Non merci, dit le Dr Sprague.

— Pourquoi pas ? »

Il la regarda longuement. Plus tard, elle connaîtrait cette expression dans ses moindres détails, l'écarquillement subtil des yeux, l'affection condescendante, le fardeau de la connaissance qui pesait sur lui. C'était un homme de faits. Sa poésie visait l'exactitude. « La phrénologie n'est pas une science, argua-t-il.

— Bien sûr que si ! s'écria Bertha Truitt. Des tas de choses ont été écrites sur le sujet.

— Les mots ne sont pas des faits. Un homme qui se cherche des inférieurs a beau jeu de prouver la supériorité de sa tête et de remplir des encyclopédies sur le sujet.

— Mais votre tête est splendide.

— Votre Dr Fowler ne serait pas de cet avis, compte tenu de ma race.

— Oh ! Vraiment ? Dans ce cas, il se tromperait. »

Elle posa sur son crâne un regard plein d'espoir et d'une admiration teintée de nervosité, de sorte qu'il enleva son chapeau melon et lui offrit sa tête. Sa splendide tête. Il aimait à croire que les compliments ne le touchaient pas, mais c'était faux.

Cela avait beau se passer il y a fort longtemps, ils n'étaient déjà plus tout jeunes. Surtout Bertha. Jusqu'à sa mort elle serait toujours la plus âgée.

Elle parcourut le territoire de son cuir chevelu sous ses cheveux coupés ras. Sa nuque sentait l'eau de Cologne et son par-dessus à carreaux, le tabac. Non, ne respire pas, se souvint-elle. Ça ne révélera rien.

Les gens se méprennent sur la phrénologie, pensa Bertha. C'était un exercice. Le débardeur qui soulève une lourde charge modifie la forme de son torse ; le philosophe qui soulève de lourdes pensées, la forme de sa tête. Comparez les portraits de Benjamin Franklin dans sa jeunesse et à la fin de sa vie, voyez la différence. Observez le magnifique front du Dr Sprague tendu par la réflexion, preuve de l'excellente éducation qu'il a reçue, des vers qu'il compose, des patients qu'il a sauvés. Elle s'arrêta sur les bosses situées à l'arrière de sa tête, sur les proéminences, comme de coutume.

La zone Capacité à aimer était particulièrement marquée, de même que la zone de l'Intelligence. Sa Gloutonnerie était préoccupante. Son Estime de soi laissait à désirer. Son Espoir – elle ne discerna rien d'abstrait. Était-ce une cicatrice ? Qu'avait traversé cet homme ?

« C'est à ce point mauvais ? demanda le Dr Sprague. Je vous avais prévenue.

— Difficile à dire », répondit Bertha Truitt. Elle voulait prendre son temps. Elle croyait en la phrénologie mais elle avait l'impression de se vider de ses croyances, comme si elles s'écoulaient à travers un conduit. Mais alors que ses doigts naviguaient autour du crâne du Dr Sprague, il lui apparaissait tel qu'il était car sa tête était l'unique moyen de le connaître. Elle avait gardé ses gants de chevreau, une erreur qu'elle regretta à l'instant où son petit doigt effleura l'extrémité de son oreille. Elle les ôta donc et en coinça un sous chaque aisselle. Elle sonda les étendues de son cerveau. Il était gentil et indolent, dévoué, négligent. Mélancolique, aussi. Il avait un penchant pour la boisson (elle le devina à l'odeur de fermentation douceâtre qu'il dégageait). Il ferait tout pour elle, du moins tout ce qui serait en son pouvoir. Il l'aimerait et la décevrait.

« À votre tour », dit-il, et il enleva ses gants.

Elle retira les épingles qui retenaient ses cheveux. Peut-être était-ce le seul moyen de lire quelqu'un. Vous appuyiez votre tête sur les doigts de cette personne, qui se glissait dans votre cerveau, dans votre menton, votre cou, vos épaules – et vous saviez tout. Elle baissa les yeux sur ses chaussures (des souliers de cuir marron dont les bouts fleuris avaient été déformés par ses orteils) et sentit la mécanique de son âme s'emballer et fléchir. D'accord, il était sceptique, mais la forme de son crâne ne risquait-elle pas de révéler chez elle une nature vénale, mesquine ou même imbécile ? Il ne la toucherait pas ainsi si c'était le cas. Elle ferma les yeux. Les deux êtres vivants touchaient du bout des doigts leur cuir chevelu ; les morts en dessous reposaient pieds contre pieds, tête contre tête.

Elle rouvrit les yeux, redressa les épaules. Ses moustaches bancales tressaillirent affectueusement. « Il ne fallait pas détacher vos cheveux », dit-il en prenant les épingles dans la main de Bertha. Elle sentit la chaleur de ses avant-bras contre son cou, à travers la veste, quand il la recoiffa. Elle devinait que la tâche était difficile, mais tendre.

Elle n'était pas belle, songea le Dr Leviticus Sprague. En tout cas, pas selon les critères de beauté qu'on lui avait enseignés. Son teint avait la couleur de la crème anglaise. Ses cheveux, celle d'un fruit blet. Son visage était de bric et de broc : un nez avec une bosse au milieu de l'arête, une lèvre supérieure épaisse qui ombrageait sa voisine du dessous, plus fine. Un menton étroit. Un front large. Ses yeux n'allaient pas non plus ensemble, le droit plus gros que le gauche, prompt à s'élargir pour exposer le blanc autour de l'iris, un détail qui ne manquerait jamais d'accrocher son regard. Et de faire carillonner son cœur.

Il avait longtemps été seul. Il n'avait vécu qu'avec des femmes de sa famille – sa grand-mère, sa mère, sa sœur –, aussi l'ardente curiosité que lui témoignait cette Bertha Truitt était-elle une chose inédite. Du reste, il l'avait aimée non à l'instant où il l'avait découverte dans la glace mais à l'instant où elle l'avait regardé et qu'il avait compris qu'elle pourrait l'aimer. *Pourrait l'aimer* était venu en premier ; il était une caverne, heureux de cet état, et elle, une lanterne brimbalante venue l'éclairer. Quand il l'avait entendue dire son nom à l'agent de police, il ne l'avait pas crue ; elle avait dû le lire sur une pierre tombale. Mais il avait fait le tour du cimetière une dizaine de fois depuis sans y trouver un seul Truitt. Le garçon claudiquant qui l'avait accompagné avait disparu. Il n'était pas allé demander de ses nouvelles au Salford Hospital, où il était certain du mauvais accueil qu'on lui réserverait en sa qualité de médecin. Il avait préféré s'abstenir.

Et la voici devant lui. Elle était très bizarre, il fallait bien le dire. Détonnante jusque dans son âme, et ravie de l'effet qu'elle produisait.

« Charlataneries, dit-il. Un mensonge, du début à la fin.

— Faites-moi quand même part de vos conclusions. »

Elle se montrerait toujours plus entêtée que son esprit logique. Et il finirait toujours par capituler.

« Je n'ai pas trouvé un seul défaut, dit-il.

— Vous jouez au bowling ? »

Il rit, de toute sa tête. Elle n'aurait pas cru qu'il était le genre d'homme qui riait.

« Eh bien, j'ai joué au bowling.

— Je veux dire au candlepin. »

Il acquiesça. Le candlepin existait aussi à Oromocto, dans le Nouveau-Brunswick, au Canada, son pays natal. Un sport non dénué d'élégance, avait-il pensé en regardant une partie, et comme la plupart des choses élégantes qu'affectionnaient les Blancs, d'une bêtise abyssale.

« J'y joue, moi », dit Bertha Truitt. Elle effleura alors l'oreille du médecin, sous le bord de son chapeau.

Mrs. Mood

Si on ne manquait jamais de s'étaler sur la nature joviale de Truitt, LuEtta Mood savait que ladite jovialité avait poussé sur un treillage de tristesse. Une tristesse de bon aloi ainsi faite qu'on la passait sous silence. C'est ce qui avait attiré LuEtta Mood. Le chagrin l'intéressait depuis sa prime jeunesse, longtemps avant qu'elle connaisse elle-même son lot de chagrins. Lorsque le malheur lui était tombé dessus, elle s'était demandé d'où lui était venu cet intérêt précoce et mystérieux.

Son mari, Moses Mood, était connu avec un rien de déférence pour être l'homme le plus ingrat de Salford. Enfant, son frère lui avait tiré une balle dans l'oreille, le laissant avec la figure balafrée. Pour autant, Moses Mood ne ressemblait pas à un homme meurtri dans sa chair ; non, on avait plutôt l'impression qu'une chose terrée au plus profond de son crâne avait creusé un tunnel pour s'en échapper et, affamée, avait fini par grignoter le pourtour de son oreille. Lorsqu'il avait ouvert les yeux après ce drame survenu l'année de ses huit ans, son père lui dit dans son oreille valide : « Eh bien, Mo, te voilà fait » ; néanmoins Moses Mood en décida autrement. Il ne se montrerait pas plus gentil qu'il aurait pu l'être, mais il ne serait pas non plus détruit. La cicatrice n'aurait aucune valeur à ses yeux. Et il s'y tint, à une exception près : il était comme un homme qui a été mordu par un serpent et pense pouvoir empêcher que cela se reproduise en apprenant à dominer les serpents. Il aimait les armes à feu. Tôt ou tard, le charmeur voit ses serpents se retourner contre lui.

La cicatrice n'était pas la cause de la laideur de Moses Mood ; il aurait été un homme aux yeux perçants et aux crocs pointus quoi qu'il en soit, avec des sourcils sombres et élimés aux extrémités. Enfant blessé, il était devenu un adulte lent et suffisant qui dévoilait dans un rire ses dents du bas comme un bouledogue. Il riait à tort et à travers. À l'image d'un philanthrope nourrissant les pauvres, il servait son rire à la louche. Son rire était un don, profitable à tous. La belle LuEtta Mood (anciennement LuEtta Pickersgill) avait été habituée à recevoir tout en généreuses quantités. Grâce à sa jeunesse et à sa beauté, elle n'avait jamais eu à se poser de questions à ce sujet. Ce n'est qu'une fois mariée qu'elle remarqua que l'affection que lui prodiguait son mari n'était ni plus large ni plus longue ni de meilleure qualité que ce qu'il témoignait à tout venant. Elle se résolut donc à l'aimer pour cette raison.

Puis le chagrin lui tomba dessus.

Il se prénommait Edith. Elle était née souffreteuse et avait vécu seize mois. Edith n'était pas morte de maladie, elle avait été ébouillantée par une tasse de café posée sur la table de la cuisine de sa grand-mère Mood. LuEtta ignorait qu'on pouvait en mourir. « Notre Edith n'était pas faite pour ce monde », répétait Moses Mood. Il pensait par ses mots réconforter sa femme, pardonner à sa mère, réconforter et pardonner en minimisant, ce à quoi LuEtta se refusait. Elle faisait du pardon son affaire. Elle conservait une mèche de cheveux de son bébé dans un médaillon, une mèche aussi ténue que de la poussière, vouée à disparaître. Rousse, sous un certain angle. Assortie aux yeux bleus d'Edith.

Qu'attendait-on de LuEtta ? Qu'elle se consume de chagrin. Qu'elle tienne le coup. Qu'elle incarne un paradoxe pour le restant de ses jours, à savoir une femme qui a enduré le pire et continuerait pourtant à vivre, coûte que coûte. Hazel Forest, qui côtoyait la mort au Salford Hospital, essayait de lui parler d'Edith, et c'était là le plus dur, écouter une femme parler comme si elle comprenait alors que, non, clairement elle ne comprenait pas. Pourtant, LuEtta avait agi ainsi durant toutes ces années où elle s'était intéressée au chagrin des autres. La compassion était le moyen qu'elle s'était trouvé pour se protéger.

Ce qu'on attendait également d'elle : avoir d'autres enfants.

Depuis deux ans qu'elle n'était pas tombée enceinte, elle lisait la pitié et l'impatience sur le visage des gens comme un mouchoir plaqué sur la bouche pour contrer la maladie – pourquoi la voyait-on marcher en ville quand il était préférable qu'elle se cantonne au lit conjugal ? La naissance d'un bébé aurait permis d'oublier Edith ; tout au plus aurait-on parlé d'elle de temps en temps avec une pointe de joie dans la voix. LuEtta ne souhaitait pas qu'on oublie Edith ; mais elle ne souhaitait pas qu'on se souvienne d'elle non plus. Elle voulait qu'Edith existe comme n'importe quel enfant.

C'est pourquoi LuEtta Mood pratiquait le bowling, pour offrir une autre facette d'elle-même. Joe Wear avait eu du nez, elle attirait des hommes, bien élevés pour la majorité, qui ne voyaient nulle part ailleurs une si jolie femme moite d'allégresse et ce, sans avoir à débourser un *cent* ni être obligés d'aller à confesse. LuEtta Mood pivotait sur elle-même et distribuait des sourires à son public. Puis elle lançait la boule.

Elle ne tarda pas à surpasser Bertha, et Bertha acheta une machine que l'on installa à côté du Sculptoscope, moitié spiromètre, moitié test d'effort. Histoire d'évaluer ce que Truitt avait dans les mains après toutes ces années de bowling ! Aucune femme, aucun homme ne la battait à la machine, pas même LuEtta. LuEtta pouvait jouer au bowling. Truitt n'en prenait pas ombrage. Elle détenait encore un record.

Mary, Hazel et Nora (celle qui ressemblait à un caniche) jouaient au bowling comme elles distribueraient le courrier, poliment, consciencieusement et un brin laborieusement, au contraire de LuEtta Mood dont l'ardeur et la conviction auraient pu inspirer quelque ballade folk.

Elle n'aimait pas le bowling – non, elle aimait ça, seulement cet amour-ci était indissociable de son amour pour Bertha Truitt. Les yeux verts fascinants de Bertha Truitt. Ce sourire unique – moins son sourire en coin qui ne manquait pas de charme que son grand sourire rayonnant, à la fois secret et magnanime. Ce style qui n'appartenait qu'à elle – elle avait toujours sa jupe-culotte, mais il lui arrivait de porter un jupon fendu en dessous qui froufroutait quand elle jouait. Et cette façon qu'elle avait d'appeler LuEtta par son nom complet. LuEtta Mood, *LuEtta Mood prenez garde à la fluidité de vos mouvements*, et rien n'aurait davantage fait plaisir à LuEtta que d'entendre son nom de jeune fille, le vrai, dans la bouche rocailleuse de Bertha Truitt, *LuEtta Pickersgill*, bien que LuEtta dût reconnaître que ce n'était pas aussi charmant.

« D'où êtes-vous ? s'enquit LuEtta Mood.

— Je suis ici, maintenant », répondit Truitt, selon sa réponse habituelle.

Notre chère LuEtta s'appliquait à reconstituer Truitt avec une grande rigueur. Une Bertha née au Texas ou à San Francisco, veuve ou vieille fille, offrait un visage différent. Trois années à vivre d'une façon ou d'une autre suffisaient à aiguiser ou à émousser les faits attenants.

Un matin, LuEtta vit un étranger, un homme noir vêtu d'un complet de tweed. Mis à part la pellicule de poussière qui en affadissait l'étoffe, son apparence générale était soignée. Ses pieds étaient posés sur un sac de toile, version plus petite d'un havresac de soldat. Il lisait un livre qui semblait riquiqui dans sa main, peut-être une bible ou un mode d'emploi ; un second livre était glissé dans sa poche de poitrine. Il tenait une grande pipe incurvée dans son autre main. Il fronça les sourcils – non, plutôt la moustache. Le reste de son visage était détendu. Rien dans son attitude n'indiquait qu'il était conscient d'être dans un bowling. Il se gratta la commissure des lèvres de son tuyau de pipe.

« Qui est-ce ? » demanda avec méfiance LuEtta à Bertha Truitt.

Sans un regard, Truitt ramassa une boule et dit : « Ce gentleman est mon mari.

— Je parlais de l'homme noir, crut utile de préciser LuEtta.

— Oui, c'est mon mari, le Dr Leviticus Sprague. Le Dr Sprague nous arrive des Provinces maritimes. »

Comment était-ce possible ? LuEtta avait bien eu vent de rumeurs lui prêtant un mari, mais Bertha Truitt était Bertha Truitt, solitaire sur sa bicyclette, pliant le journal pour rire aux pitreries de *Pim Pam Poum*, unique en son genre. Y compris dans ses rêves de Bertha, LuEtta n'avait pas imaginé rompre avec cette singularité et ne s'était jamais vue avec Bertha dans une banale cuisine, ou toutes deux assises sur un sofa ou le rebord d'un lit – nulle part ailleurs qu'au bowling.

L'homme était sans doute blanc. Se pouvait-il que les Blancs des Provinces maritimes soient noirs, comme dans les Açores, ou en Sicile ?

« Félicitations, dit LuEtta. Non, vraiment. Quand vous êtes-vous mariés ?

— Asseyez-vous, Lu », répliqua Truitt, irritée. Elle tenait la boule comme s'il s'agissait d'une chose intime à laquelle elle ne pourrait se confronter tant qu'elle ne serait pas seule. Honteuse de l'avoir si mal cernée, LuEtta rougit.

Elle s'approcha de l'homme, celui que Truitt appelait son mari, et se présenta.

Il leva les yeux, hocha la tête en souriant, et communiqua à LuEtta – qui avait un bon cœur, lequel la mènerait à sa perte car si elle décelait le meilleur en chacun, elle était en revanche incapable de tirer le meilleur de quiconque et devait se contenter de le regarder scintiller inutilement (c'était là la leçon de son mariage) – sa timidité rayonnante et douloureuse. Il avait le visage empâté, comparé au reste de sa silhouette. LuEtta brûlait d'envie de le toucher.

« Enchantée de faire votre connaissance. J'ai entendu dire que… que vous êtes marié à Bertha.

— C'est elle qui vous l'a dit?» Il secoua la tête et sourit à nouveau. «Eh bien, elle ne se trompe jamais, à ma connaissance.

— C'est un plaisir de vous rencontrer.

— Oui», dit-il avant de poursuivre : «Oui, c'est un plaisir. Pour moi. Autant que pour vous. Je vous prie de m'excuser.» Elle crut qu'il allait se lever, au lieu de quoi il porta sa pipe à ses lèvres et se replongea dans son livre.

Non, ce n'était décidément pas un Blanc.

Quand Bertha eut terminé, il alla la rejoindre. Sans échanger une parole ou un geste affectueux, ils sortirent ensemble, sans marcher de front pour autant. C'est ainsi qu'on les verrait évoluer dans le monde : suffisamment proches pour ne pas se perdre de vue, même s'ils ne se jetaient jamais un regard, et suffisamment éloignés pour passer pour des étrangers irréprochables en cas de mauvaises rencontres. Dans la rue, au même moment, par un concours de circonstances voulu par les dieux, et avec entre eux deux un espace d'un magnétisme tel qu'il aurait fallu être fou pour oser le violer.

Le bowling était du jamais-vu dans les environs : les superstitions poussèrent comme du lierre sur la façade de l'établissement de Truitt.

Ça porte la poisse de cracher dans un bowling.

Ça porte la poisse de boire de la bière au milieu d'une partie; attendez que les pinboys réinstallent les quilles avant de prendre votre verre.

Si le joueur à côté de vous enchaîne les mauvais lancers, attendez qu'il ait terminé sa partie avant de commencer la vôtre.

Malheur à celui ou celle qui naît dans un bowling.

Évitez à tout prix de manger du poisson dans un bowling : seulement du bœuf, du chevreuil, de la volaille.

Quelqu'un qui ne joue pas au bowling et passe du temps dans un bowling ne doit pas prendre une boule : il est comme un prêtre dans une maternité, deux choses qui ne doivent pas se rencontrer, et doit rester pur.

N'adressez surtout pas la parole à quelqu'un qui ne joue pas au bowling dans un bowling. Le pire serait à craindre.

(Pour qui ? Les joueurs, les pinboys ou celui qui ne joue pas au bowling ?)

Ça suffit pour l'instant.

Où était-il passé ? Mary Gearheart avait entendu dire qu'il était parti marcher. (Son père dirigeait le cabaret : elle flairait les phénomènes de foire.) Il avait marché depuis Boston jusqu'au Nouveau-Brunswick, au Canada, son pays d'origine, puis retour, soit une distance de mille sept cent soixante-dix kilomètres. Il avait remporté des compétitions de marche sportive, même s'il ne s'agissait pas d'une course à proprement parler. Cela lui avait pris cent jours, promenades incluses. Les promenades et les randonnées, les baignades dans les rivières, les visites aux connaissances. C'était une religion. Un trouble. Un penchant, au même titre que la boisson ou le bowling. Il était médecin, avait fait ses études à Glasgow. Avait-il marché jusqu'à Glasgow ? Tout comme : il avait marché des kilomètres sur le bateau qui l'y avait emmené. Parlait-il écossais ? Ce n'est pas une langue, Mary. Je crois bien que si, j'ai entendu dire qu'un Écossais le parle.

Les femmes l'imaginèrent chaussé de bottes de sept lieues, battant la surface de l'océan de ses semelles en forme de bateaux. Elles l'imaginèrent marcher à grandes enjambées vers le Canada, une canne à pêche inclinée sur l'épaule comme un fusil.

Les bruits du bowling ne le faisaient jamais sursauter, à croire qu'il était sourd. Son double menton était une invitation à y enfoncer l'index ou une offense aux yeux des étrangers qui regrettaient qu'il n'ait pas eu la décence de se laisser pousser la barbe. « Le Dr Sprague vient des Provinces maritimes », disait Truitt en guise de présentation. Dans sa bouche, *Provinces maritimes* semblaient être un lieu chronologique, pas géographique. Dans un sens, c'est ce qu'elle croyait sans pouvoir l'expliquer.

« C'est mon mari », répondait Bertha Truitt aux policiers qui croyaient voler à son secours, au marchand de fruits et légumes, aux femmes du bowling, à quiconque lui posait la question. Il parlait, et son débit reproduisait le roulement grondant des boules – peut-être était-ce pour cette raison qu'elle l'aimait.

« C'est l'homme le plus intelligent du monde », déclara Jeptha Arrison. Mais pour ce simple d'esprit de Jeptha, n'importe qui était l'homme le plus intelligent du monde. Le monde était à son échelle.

« Personne ne peut réfléchir autant, dit Joe Wear.

— Il écrit de la poésie », dit LuEtta Mood. Elle en avait d'abord voulu au Dr Sprague : si elle avait réussi à se faire une petite place aux côtés de Bertha Truitt, cet homme la lui avait volée. Elle lui avait attribué toutes sortes de méfaits, d'ailleurs leur mariage était-il légal (il l'était dans le Massachusetts) ou même réel (une tout autre question) ?

Mais Lu était ferme de corps et d'esprit : elle prit une décision. Elle le défendrait. « Il a publié deux livres. Il compose ses poèmes en marchant », répondit-elle à Joe Wear.

Joe Wear fronça les sourcils avec hostilité au milieu des rires moqueurs des femmes. « Bien sûr. Moi, j'ai un travail. Je n'aime pas la poésie. Et je ne vois pas ce qu'il y a de drôle, mesdames. »

C'était un enfant sauvage, Joe Wear, élevé par les exploitants d'un bowling dans leur établissement. Il avait accepté de travailler pour Bertha Truitt parce qu'elle n'était pas du genre à le materner : il n'avait pas besoin d'une mère. Il ne connaissait la sienne qu'au travers d'une photographie, d'une vieille tante et de sa maladresse maladive causée par les forceps du docteur (au dire de l'infirmière en chef de la Dolbeer Home for Destitute Children) ou par le cordon ombilical qui s'était enroulé autour de son cou (au dire de sa vieille tante). S'il ne boitait pas, sa démarche était néanmoins pataude. Il semblait avoir besoin d'un tour de clé à molette aux articulations, dans un sens ou un autre. Cela ne l'arrêtait pas. Il s'y refusait.

Pas de mère, pas d'imagination. Il lui était impossible d'envisager le moindre changement ni la moindre amélioration, par conséquent il suivait à la lettre les consignes de son employeuse. Elle l'avait rencontré alors qu'il était au plus bas, détruit par l'amour. Ou pas encore détruit, mais la destruction le menaçait comme le couperet d'une guillotine. Le couperet était toujours au-dessus de lui. Elle avait certes reporté l'exécution mais n'avait pas le pouvoir de le gracier.

Faites du bon travail, lui avait dit Truitt lors de son embauche, *et un jour le bowling sera à vous.*

Son employeuse, une femme pour le moins singulière que cette Bertha Truitt. Mariage ou non, le vieux Levi n'était rien pour lui. Sa présence le préoccupait pourtant. Truitt était un imposteur – elle clamait à qui voulait l'entendre qu'elle était l'inventrice du Jeu, mais tout le monde savait que c'était un mensonge –, et voilà qu'elle épousait un homme de couleur, preuve qu'elle n'était pas digne de confiance. Joe Wear craignait que le bowling soit réduit en cendres. Cela n'arrivait pas. Les riches étaient autorisés à faire des choses, présumait-il. Un jour il serait riche à son tour et vivrait comme bon lui semblerait.

Pas de rideau au bowling, trop de femmes, mais il logeait à l'étage et Truitt lui faisait confiance. Personne ne s'était jamais fié à lui. C'était une chose perturbante.

Ils étaient bâtis du même bois, Joe Wear et Bertha Truitt, deux enfants abandonnés pour qui la boule qui roule faisait l'effet d'une caresse sur le front, une main posée dans le dos en signe d'affection. Tant que vous jouiez au bowling, vous ne ruminiez pas vos regrets.

Une curiosité

Le Dr Sprague n'avait pas de théories en architecture, aussi laissa-t-il le soin à sa femme de dessiner les plans de la maison de Somefire Hill, proche de la mairie et à moins d'un kilomètre du bowling, selon les principes de O. S. Fowler : une bâtisse de forme octogonale pourvue de grandes pièces et d'un deuxième étage construit en retrait de la façade, et coiffée d'une coupole octogonale. C'était moins une belle maison qu'un spectacle en soi. Pas une folie (on pouvait y vivre) mais une pure folie (qui serait assez fou pour y habiter ?). Les murs avaient été remplis d'un mélange de chaux, de gravier et de poudre de riz, puis recouverts d'un stuc à base de plâtre et de charbon. *Une maison pour tous* (la brochure adéquate trouvée dans la sacoche de Bertha) promettait des jours heureux à ses occupants. Bertha supervisa la construction, les encadrements bâtis et remplis de mortier. Elle fit une nouvelle fois appel aux Irlandais : « Cette chaux va trouer mes chaussures, Troot », dit le contremaître. « Tant pis, je vous en achèterai une nouvelle paire », lui répondit Bertha. De mémoire d'homme, on n'avait jamais vu une maison avec autant de pièces et de placards à Salford. Le voisinage la surnomma « la Pièce Montée ».

Bertha l'appelait « Superba », sans oublier de préciser que cela signifiait *superbe* en latin. Elle n'avait pas reçu d'éducation classique, à la différence du Dr Sprague. « Ça veut dire arrogant, la corrigea-t-il. Sous sa forme féminine. » Oh non, opposa-t-elle, on commet souvent cette erreur, mais c'était elle qui avait raison.

Trouver une place pour chaque meuble dans ces pièces biscornues fut un véritable casse-tête, et Bertha déplaçait tables et chaises dans le sens des aiguilles d'une montre comme si elle mesurait le temps. Le seul escalier intérieur, en colimaçon, s'élevait au cœur de la maison, ainsi que le préconisait Fowler – peu de marches pour gagner du temps –, et ils s'y retrouvaient donc plusieurs fois par jour. Ils s'aimaient, tout allait pour le mieux le plus souvent, mais un escalier amplifiait la rancœur et un escalier en colimaçon la faisait tourner en rond. Quand ils se disputaient, le Dr Sprague empruntait l'escalier extérieur, construit dans le plâtre, pour accéder à la coupole, selon la dénomination de Bertha, au belvédère, comme il l'appelait, et que le lecteur pourra imaginer comme une promenade de veuve. L'escalier extérieur était imperceptible à moins que quelqu'un ne l'empruntât. On aurait dit que le Dr Sprague courait sur la Pièce Montée. Les voisins craignaient qu'il escalade un jour leurs maisons, comme s'il avait hérité de terrifiants pouvoirs propres à sa race.

(Il se glissait dans leurs rêves, comme son épouse. Les rêveurs ne le découvraient non pas dans un lit mais buvant un verre d'eau à la table de leur cuisine, dans l'expectative – en rêve, le Dr Sprague écoutait ses voisins lui confier leurs soucis de santé, puis leurs problèmes conjugaux; les défaillances de leurs intestins et leurs affections. En rêve, le Dr Sprague ne leur coupait pas la parole de sorte qu'ils continuaient de s'épancher en le voyant hocher la tête, et juste avant qu'ils se réveillent ils se reprochaient vivement d'avoir projeté de faire bouillir ou même de jeter le verre que le médecin avait effleuré de ses lèvres noires.)

Leviticus utilisait parfois le monte-charge pour transmettre un mot à Bertha, auquel elle répondait via le tube acoustique qui passait dans les placards et courait le long de la cage du monte-charge. Le tube acoustique s'ouvrait avec un souffle d'air signalant l'appel entrant. Leviticus Sprague était dans le belvédère, où il composait un poème. Il composait tout dans sa tête, la musique comme la poésie et les aquarelles, et il prenait quelques minutes exaspérantes pour les coucher sur le papier – hormis celles qu'il oubliait en descendant l'escalier, plusieurs dizaines, estimait-il, parce que les appels de Bertha lui avaient fait perdre le fil.

Leur chambre était spacieuse, et c'était une bonne chose car votre respiration pouvait vous tuer dans votre sommeil ou vous rendre – le plus grand danger qui nous guette, selon les experts en santé publique – *apathique*. Un lève-tard. Un mollusque. Non, pensa Bertha, ils ne seraient pas des limaces. Elle montrait les crocs face aux griffures : Leviticus connaissait tous les endroits. Il aimait être mordu. Une nuit, durant un orage qui les avait tirés du sommeil, déjà amoureusement mordus et griffés, elle surprit leurs reflets dans le miroir au-dessus de la commode, les deux mains noires de Leviticus autour d'un de ses seins blancs, et proféra ces paroles : *C'est ainsi que les autres nous voient*, et ce fut comme si leur lit en fer avait été frappé par la foudre. Mais ils étaient en sécurité dans leur chambre à l'étage, et elle avait simplement été frappée par l'amour. Il était mauvais pour la santé de dormir sous le toit à cause des courants d'air, au moins aussi mauvais qu'au-dessus de la cave à cause des légumes avariés et de leurs gaz nocifs.

Ils ne s'étaient jamais menti, mais le passé était derrière eux, et plus rien ne pouvait être fait pour lui.

« Quand j'aurai un toit, je prendrai un chat », avait dit Leviticus le jour de leur rencontre. Ils accueillirent une petite chatte écaille de tortue dodue et féroce qui miaulait autour du poirier et une tripotée de chatons ne tarda pas à surgir au pied du lit. Bertha les baptisa en l'honneur d'artistes italiens – Donizetti, Botticelli, Raphaël –, même si elle n'aimait pas l'opéra et n'entendait rien à la peinture. Maman Chat, leur mère, était une créature grincheuse à la voix de crécelle. Son ventre, ramolli par sa progéniture, frôlait les marches quand elle montait l'escalier. Maman Chat n'avait pas de temps à consacrer à Bertha, toute dévouée qu'elle était à Leviticus. Elle lui rappelait le sac en tapisserie que trimballait autrefois sa mère. Sur ses genoux, elle se donnait entièrement à ses tendresses, miaulait, lui distribuait des coups de patte et de griffes, frottait sa joue contre sa mâchoire.

« Elle me fait penser à quelqu'un, dit Leviticus à Bertha.

— Leviticus, pour l'amour du ciel, je ne suis pas un chat.

— Tu es quel animal, alors ? »

Elle resta silencieuse un moment.

« Un sphinx », finit-il par répondre à sa place.

Le Dr Sprague ouvrit un cabinet dans la ville voisine de Foxton, au sein du quartier noir de West Hills ; il avait bénéficié d'un traitement de faveur au Plymouth Hospital de Boston fondé par son ami le Dr Garland à une époque où on ne trouvait pas un seul médecin noir dans les hôpitaux des environs. Les Blancs de Salford ne concevaient pas qu'il puisse entendre ce qui allait de travers dans un corps. Si on avait la fibre musicale dans la famille de Leviticus, lui avait l'oreille absolue pour l'anatomie : gargouillis, silences, échos. Il décryptait les faux signaux, les douleurs au ventre qui présageaient d'une maladie de l'oreille, le boitillement qui indiquait que votre épaule avait besoin de soins. Au travail, il affichait un air docte et avait des gestes doux et impersonnels. Vous n'étiez pas votre corps, mais si vous vous obstiniez, votre corps devait être soigné. Ses patients l'adoraient. Ils lui demandaient des nouvelles de sa femme. « Elle se porte à merveille », répondait-il à Faucenia Brooks, Chickie Barksdale, O. V. Orlebar.

« Venez à l'église », lui proposa O. V. Orlebar. Il parlait de Shiloh Baptist, où O. V. était diacre, et Leviticus accepta son invitation à deux ou trois reprises. Il avait été élevé dans la foi. Son père était diacre, lui aussi. Mais l'église était le domaine de son enfance, de sa famille, et il lui avait tourné le dos. Ses parents étaient morts. Ses plus jeunes frères et sœur étaient restés dans la ferme familiale à Oromocto, où ils attendaient son retour. (Son argent lui venait de là ; sa famille cultivait la terre à Oromocto depuis 1776.) Sa sœur et ses frères – Almira, Benjamin et Joseph – penseraient à coup sûr que l'église était la première étape vers le nord. Les fidèles de Shiloh Baptist étaient dans leur grande majorité du sud des États-Unis, des gens d'une extrême bienveillance qui passaient pour exotiques aux yeux du Dr Sprague parce qu'ils croyaient en Dieu et à la vie éternelle.

Leviticus Sprague méprisait le bowling de son épouse, et il se gardait bien de le lui dire. Être au milieu de tous ces gens ! Pas seulement le joueur de la piste voisine, mais les ramasseurs de quilles, les curieux. Le vacarme à n'en plus finir. Le décor de troglodyte. La fumée et les crachats des hommes blancs. Les regards menaçants. Une animosité faite de fumée et de crachats.

Il craignait que la vie conjugale ne le soumette constamment au regard d'autrui. En société, les gens le dévisageaient, aujourd'hui plus que jamais du fait de son union avec Bertha. Une chose qu'il aimait dans son métier : ses patients le fixaient du regard, mais ils ne pensaient qu'à eux et au diagnostic qu'il poserait sur leur furoncle ou leur tremblement – seul leur corps les préoccupait. Bertha, elle, regardait. Elle le considérait comme son territoire. À la table du dîner, si par malheur elle l'attrapait avec un peu de sauce prise dans la moustache ou du ketchup sur le menton, elle l'interpellait d'un « Mon chéri », puis lui indiquait son propre visage. À la seconde près. Il ne savait pas pourquoi cela le contrariait, si ce n'est que sa moustache n'appartenait qu'à lui seul. « Alors ? » l'interrogeait Bertha dès la première bouchée, alors que la nourriture était encore intacte sur sa langue. Et les repas étaient innocents. *Elle regardait sans cesse.* Elle ne lui demandait pas d'abandonner ses mauvaises habitudes, seulement aucune n'échappait à sa vigilance. Une autre pipe, Leviticus ? Un autre verre de whisky ?

Il emporta toutes ses mauvaises habitudes en haut du belvédère. Le Dr Sprague ouvrait les huit fenêtres de la cabane octogonale, fumait sa pipe et ses cigarettes du Maurier, buvait son Gibson's Finest, se documentait sur l'histoire des Provinces maritimes, et avec le vent qui sifflait et la fumée qui enroulait ses volutes au-dessus de lui, Superba ressemblait à une bouilloire monumentale, ou à un bateau à vapeur remontant un fleuve à contre-courant, avec la cale pleine de marchandises. Là-haut, à l'abri des regards, il était lui-même.

Le matin, il s'adonnait à la marche. Il était dans la nature comme dans son élément et pouvait marcher plusieurs kilomètres le long de la rivière, jusqu'à Waltham, ou à travers les marécages de Salford en direction de Foxton, plus au nord. Au début d'une promenade, seul et en mouvement, le dos réchauffé par le soleil ou une pluie froide lui coulant dans le cou, il était davantage lui-même qu'en toute autre circonstance, jusqu'à ce qu'il se soit aventuré si loin qu'il n'était plus rien du tout, mais se fondait dans le Tout. Au point d'en devenir invisible. Il se serait converti à la première religion qui aurait fait sien ce principe. (À la différence de Bertha, il n'éprouvait pas le besoin de trouver ou de découvrir quoi que ce soit par lui-même.) Une preuve de l'existence de Dieu ? La preuve se situait dans le monde, et la seule façon de visiter le monde était à pied. L'hiver vous parveniez à la banquise qui évoquait un archipel de monuments voguant sur la rivière ; au printemps vous tombiez sur un buisson de magnolia couvert de rosée en pleine efflorescence. La marche était un engagement. Le plus souvent il se levait tôt et quittait Bertha encore endormie, marchait trois heures, puis rentrait préparer le petit déjeuner de son épouse. Que se passait-il durant ces heures ? Rien hormis le passage du ciel noir aéré d'étoiles au dégradé de l'aurore au soleil poudroyant la rivière et faisant vibrer l'or du dôme du palais de justice, rien hormis l'invention du matin, et Bertha jouant au bowling dans ses rêves à en juger par les tressaillements qui agitaient ses bras et son mauvais pied d'appui.

De bonne heure un matin, le Dr Sprague longeait la lisière des marécages quand il entendit un animal bruisser devant lui, parmi les hautes herbes. Qu'est-ce que ça pouvait bien être ? Une bête sauvage, espérait-il. Il était resté trop longtemps en ville à plonger son regard dans les yeux hostiles des hommes.

Il crut d'abord avoir affaire à un gros chat. Un castor. Un faune. À travers les oyats, il surprit une paire d'yeux, bien trop écartés pour une créature terrestre. Puis le visage devint tristement humain, quoiqu'il entendît le tac-tac vigoureux d'une queue musclée, qui n'avait rien de menaçant ou de réconfortant en soi, suivi d'un bruit d'ailes ou de parasol qu'on ouvre.

« Il y a quelqu'un ? » appela-t-il. Des yeux vert sombre. Un nez à l'arête étroite. Leviticus trébucha sur une bande de terre ferme en bordure du marécage ; ses mains gantées s'enfoncèrent dans la boue comme dans un corps sur la table d'opération, il sentit un cœur battre là-dessous, et il se retrouva au niveau de la créature. Il la connaissait, c'était son visage à elle. L'espace d'une seconde, il s'en persuada. Malgré la boue, malgré l'obscurité, la fugacité, la terre qui pulsait, il l'aimait, et il prononça son prénom.

La chose émit un sifflement, puis prit la fuite : un dandinement groggy, le bruit gras d'un corps bien en chair se laissant glisser dans les marais. Pas sa femme, après tout. Mais l'amour ne faiblit pas. *Bertha*, pensa-t-il. *Non, un animal, ou un esprit.* Il courut tout au long du chemin jusqu'à chez eux, où il trouva Bertha qui se retournait dans leur lit, encore empêtrée dans un rêve. « Qu'est-ce qu'il y a ? » s'enquit-elle. Il voulait lui raconter. « J'ai cru te voir dans les marais », lui dit-il.

Elle gloussa, à moitié endormie. « Tu as vu le diable de Salford, peut-être. »

Il rétorqua d'une voix sévère, lui qui ne l'était jamais : « Ça n'existe pas », et rampa tout boueux sous la courtepointe. Il se glissa sous les couvertures. « Où est Maman Chat ?

— Peut-être emportée par le diable de Salford, théorisa Bertha.

— Pas le diable. Nous ne croyons pas à ces choses-là.

— Je ne savais pas que nos croyances étaient liées. De toute façon, si elle est partie elle finira par rentrer, pleine de chatons. Le chat, Leviticus, pas le diable.

— Cette chatte est trop vieille pour ça », assura-t-il et il fit claquer sa langue contre son palais comme il faisait pour obliger les chats à sortir de leur cachette. Elle ne vint pas, seulement sa progéniture, Donizetti, Raphaël, Botticelli.

Maman Chat ne rentra pas de la journée ni de la nuit. Le lendemain matin le Dr Sprague partit à sa recherche dans le voisinage, marchant à quatre pattes muni d'un hareng pendant au bout d'une ficelle qu'il agitait sous les buissons avec des claquements de langue. Se pouvait-il que Maman Chat soit la créature des marécages ? Où était-elle passée ? Il visita les jardins des environs, jeta un coup d'œil sous les vérandas. « Maman, appelait-il, petite Maman. » « Tu vas te faire tirer dessus, le mit en garde Bertha. À cause d'un chat, alors que nous en avons trois autres ! » Il finit par la découvrir, son corps sans vie mais intact sous un de leurs rosiers : elle avait rampé jusque-là pour y mourir. Il sanglota sans pouvoir s'arrêter. Maman Chat aimait dormir sur leur lit dans le creux de ses genoux pour l'empêcher de bouger ; elle passait ses soirées à ronronner sous son livre dans lequel elle donnait des petits coups de tête. Sa présence lui manquait dans sa chair.

« Tu en trouveras une autre », lui dit Bertha.

Mais il était inconsolable. « Il n'y en a pas d'autre.

— Le deuil, ce n'est pas pour les chats.

— Ne fais pas ça, Bertie, protesta Leviticus. Ne fais pas ça. » Il ne pouvait achever sa phrase ; quoi qu'elle fît, c'était trop affreux pour être nommé.

Elle continua, pourtant. « Le deuil est une surprise. Le deuil, c'est : *Je n'étais pas préparé à ça*. Le deuil c'est : *Ce n'est pas juste*.

— Ce n'est pas juste, répéta-t-il d'une voix vacillante.

— Cette chatte était vieille comme Mathusalem, elle est morte dans une charmille de roses. Tu n'es pas accablé de chagrin. Tu as de la peine pour toi-même. J'ai de la peine pour toi, moi aussi. » Ils se regardèrent et comprirent : c'est ainsi qu'ils porteraient leur deuil, elle, l'œil sec et allant de l'avant ; lui, sanglotant et emmuré dans le silence. C'était ce qu'ils attendaient l'un de l'autre.

Mais Bertha Truitt était-elle le diable de Salford ? Le diable de Salford était-il une créature hybride : des ailes de mouette, les pattes palmées d'un canard, une queue de vache ? Bertha se transformait-elle pour l'étudier à son aise ?

Après cet épisode, Leviticus emporta sa flasque. Il marchait pour éliminer l'alcool, comme le reste. Bientôt, le souvenir de la créature lui parut sortir d'un rêve ou de l'imagination d'un enfant, une chose qu'il aurait fabriquée de toutes pièces pour se donner le frisson. Une chose qu'il conservait encore aujourd'hui par-devers lui.

La maison des femmes

Le spiromètre était l'indicateur le plus fiable de la condition physique de Bertha Truitt. Elle détenait le record de la prise musculaire et du souffle – chaque nouveau record vous permettait de récupérer votre pièce; si vous échouiez, vous récoltiez une décharge électrique –, et quoique sa poigne n'eût pas changé, un jour qu'elle soufflait dans le tube – *Hygiénique!* clamait à tort le spiromètre –, la machine la réprimanda d'un coup de jus. « Non », grimaça-t-elle. Elle essaya encore. Nouveau coup de jus. Elle fit tout ce qu'elle put : elle imagina ses poumons comme des soufflets, puis comme des cornemuses; elle fit taire son esprit et tenta d'endormir ses autres organes (chut, foie; calme-toi, pancréas); elle vida chaque centimètre carré de son corps pour emmagasiner plus d'air qu'elle ne pourrait en expirer dans le spiromètre. *Bzzz, bzzz, bzzz.*

Bertha ne pensait pas que son mari connaissait mieux son corps qu'elle – elle avait passé bien plus d'années en compagnie de sa carcasse que lui –, pourtant elle rentra le retrouver. Trois ans s'étaient écoulés depuis le dernier coup de peinture, mais la vue de Superba lui remontait quoi ? le moral ?, non, c'était plus physique que ça. Les angles la ravissaient, redressaient son esprit, la remettaient d'aplomb. Les rosiers du Dr Sprague, aussi. Sa capacité pulmonaire ne s'était en revanche pas améliorée : Bertha était à bout de souffle lorsqu'elle passa le seuil et il lui fut impossible d'articuler un mot dans le tube acoustique. Elle se contenta de l'ouvrir pour avertir son mari de son arrivée, et Sprague descendit dans son peignoir vert à revers matelassés, celui qui le faisait ressembler à une magnifique table de billard.

« Je vais peut-être mourir, lâcha-t-elle.

— À mon avis, c'est tout l'inverse. Assieds-toi, Bertie. »

Elle prit appui sur le bras du canapé Davenport. Il s'agenouilla à ses pieds.

Il avait remarqué l'envergure du nez de Bertha, ses chevilles enflées, la sensibilité qui s'était emparée de son corps et de son esprit.

« L'inverse de mourir, c'est vivre, dit-elle.

— C'est donner la vie. Bertie… » Elle baissa les yeux sur lui. « Tu attends un enfant.

— Un ? *Un ?* »

Elle évoqua son âge, avant de se rappeler qu'elle s'était juré de ne le révéler sous aucun prétexte, et dit *Ma mère n'a jamais…*, avant de se rappeler qu'elle s'était juré de ne pas parler de ses parents. Un bébé, à la ménopause ! Après tout, selon O. S. Fowler, la maison octogonale encourageait la procréation, même chez Bertha Truitt, aussi âgée fût-elle.

Toujours à genoux, Leviticus lui effleura la cheville droite avec galanterie, comme s'il s'agissait du lieu du miracle.

« Impossible, déclara Bertha. Non, je refuse d'y croire.

— Ce n'est pas affaire de croyance.

— Je ne crois que ce que je vois», rétorqua Bertha. Elle perçut le mensonge et clarifia : «Je ne vois pas d'enfant et, tant que je ne le verrai pas, je ne croirai pas qu'il existe.»

Les premiers temps, la grossesse était comme une idée qu'elle aurait eue, présente, indéfinie, entièrement sienne. Une chose qui attendait son heure. Vouée à l'échec, peut-être. Une mauvaise idée. Puis elle lui apparut comme un billet de train qu'on lui aurait fourré dans la main sans lui indiquer de destination, et elle se retrouvait dans un train, forcée de garder le poing fermé jusqu'à la venue du contrôleur. Puis ce fut comme si un passager avait posé son sac sur ses genoux – *tenez, prenez ça* – afin d'entraver ses mouvements, avant de se précipiter dans la voiture voisine. Et bientôt, ce fut comme si cet étranger avait récupéré son sac et s'était assis tout contre elle, mais en faisant en sorte qu'elle n'ait pas de motif de se plaindre ou d'appeler le contrôleur pour chasser le malotru.

Au bowling, les joueurs lui lançaient des regards en coin. Ses habits avaient été confectionnés pour s'adapter aux fluctuations normales de son poids – elle avait toute sa vie été un poney, prenant des kilos l'hiver pour se tenir chaud, les perdant, au moins en partie, l'été venu. À présent elle était engoncée dans sa jupe-culotte. Elle avait enflé de partout. Mary Gearheart déclara que c'était une tumeur, sa mère était morte…

«Je ne crois pas, dit LuEtta Mood. Je crois plutôt que Truitt va avoir un bébé.

— N'importe quoi», lui rétorqua Mary.

Mary Gearheart n'avait pas la langue dans sa poche. Personne ne lui posait jamais de questions : elle déblatérait. Elle parlait de ses crampes, de ses saignements et de son transit, de son mari – elle ne s'appelait plus *Gearheart* mais Phillips –, et décrivait si crûment les palpitations et les vrombissements, les gargouillis et les glougloutements, les épanchements et les relents de son corps qu'elle réussissait à choquer Hazel Forest, qui croyait en la médecine mais avait ses limites.

Mary Gearheart Phillips était enceinte, elle aussi. « Vous voyez », dit-elle en soulevant sa marinière blanche et en tapotant son ventre. « Dur. Ma mère est morte d'une tumeur grosse comme une ottomane. Et c'était mou. On y aurait enfoncé le poing. J'ai des poils aux orteils, au-dessus de la lèvre, et…, ajouta-t-elle à voix basse, sur les seins ! » Elle parlait de son corps comme d'une camarade de classe qu'elle aurait pris un malin plaisir à humilier.

« C'est naturel, dit Hazel Forest.

— C'est dégoûtant, oui, gazouilla Mary Gearheart.

— Ce n'est pas une tumeur », insista LuEtta Mood.

LuEtta avait depuis peu décidé qu'elle serait une source d'étonnement plutôt qu'une beauté. Elle avait vu nombre de belles femmes devenir folles à la cinquantaine, à l'âge où les restes de leur beauté devenue moins vibrante, plus monumentale, marquaient l'espace qu'avait jadis occupé leur magnificence. L'extraordinaire restait extraordinaire, peu importe les années.

Lu jouait au bowling. Elle jouait contre les femmes et les hommes. Un printemps, elle eut pour adversaire Minnie Barden, devenue célèbre dans sa ville du Massachusetts, lors d'un tournoi inter-tramway en dix manches : elles jouèrent cinq manches au Bowling de Truitt, puis prirent le tramway pour se rendre aux Pistes de Ripton et terminer la partie. LuEtta gagna avec soixante-dix-huit quilles. Elle apporta lc trophée à Truitt.

«Un jour, tu exécuteras une partie parfaite», promit Truitt, replète et gauche pour la première fois de sa vie.

«C'est impossible, dit Lu.

— Bien sûr que si. Sur les pistes de bowling tenpin, ça arrive régulièrement. C'est pour ça que Le Jeu – quand elle s'obstinait, elle disait *Le Jeu*, il n'y en avait pas d'autre; quand elle avait le cœur tendre, c'était *Notre Jeu*, un plaisir privé –, oui, c'est pour ça que Notre Jeu est supérieur à tout autre. Il est plus difficile. Il apporte peu de satisfaction. Mais LuEtta Mood, tu ne dois pas être déçue. Le monde est prodigieux. Il y a plus de choses que n'en voit l'œil.

— Truitt! s'exclama Lu. Tu parles de Dieu, des esprits et autres?

— Non, c'est tout l'inverse, en fait. Je parle du monde naturel, exténuant et fourmillant.»

Dans ce cas. Elle l'aborderait. «Quand le Dr Sprague doit-il rentrer?» demanda-t-elle, voyant qu'il était parti marcher. «Comment vous débrouillez-vous?

— Seule», répondit Bertha. Un sentiment de solitude s'immisça en LuEtta comme un son de cloche, attendant le prochain coup du battant.

«Pourquoi vous faites cette tête, Lu? J'aime être seule. J'ai été seule la majeure partie de ma vie.

— Je ne voulais pas, s'excusa LuEtta. Pardon. Je n'aime pas être seule. Vous aimez vraiment ça?

— Oh, les gens apprécient toutes sortes de douleurs. Croyez-moi. Ils paient pour ça. Ils aiment être piétinés, épuisés. Je connais une femme qui adorait être affamée.

— Truitt, dit LuEtta.

— Jouez.

— Vous allez avoir un bébé. »

Truitt haussa les épaules. « Peut-être.

— Peut-être, répéta LuEtta.

— Nous verrons bien.

— Nous verrons bien. »

LuEtta se demanda si Bertha Truitt serait dépassée par la vie ordinaire. Elle se demandait ce qu'elle ferait dans le cas où Bertha Truitt disparaîtrait dans la maternité. Les gens baissaient la voix quand ils parlaient de bébé devant elle, mais les autres bébés n'avaient jamais agrandi le vide laissé par Edith. Edith existait à l'intérieur de LuEtta, à l'écart des organes féminins, nichée dans sa cage thoracique. Après la mort d'Edith, LuEtta avait un temps désiré ardemment la venue d'un autre enfant – Edith l'Organe qui se faisait du souci pour sa mère lui avait insufflé ce désir. Vite ! Avant que cela devienne l'histoire de toute ta vie ! Un autre enfant ! Mais Edith l'Organe s'était calmée, et était redevenue elle-même.

LuEtta ignorait si Truitt connaissait l'existence d'Edith. Elle l'avait cru pendant ces années. Elle avait cru que l'affection particulière que lui portait Truitt – et qui n'avait échappé à personne – découlait de la compassion que lui inspirait la perte de son enfant. Grâce à Bertha et à son pragmatisme, LuEtta pouvait penser – tôt le matin ou à l'heure du déjeuner – qu'un jour elle quitterait Moses Mood. Elle partirait vers sa prochaine vie. Les cadeaux que lui avait faits Bertha : un jouet en bois qu'on lui avait rapporté d'Allemagne, à savoir deux ours qui donnaient à tour de rôle des coups de hache dans une bûche quand on tirait sur une ficelle ; des blouses confectionnées pour elle, ornées de broderies couleur cuivre assorties aux yeux de LuEtta. L'affection que lui manifestait Truitt ravivait le désamour de Moses Mood. Il n'avait d'estime que pour ses outils : marteau, clé anglaise, poinçon, rabot, râpe, pied à coulisse, pistolet. Une épouse n'était qu'un outil pour la reproduction et, à ce titre, LuEtta était défectueuse. Elle ne le quitterait pas mais rien ne lui interdisait de croire le contraire.

Truitt aimait nommer les choses sans les nommer. Le jeu. L'endroit. Le marais. L'endroit dans le marais. La tourbe et les tourbières. Les hommes. Les dames. Le bébé. Le joueur. La boule. Le bois : il fallait apprendre à le lire. Le monde : le monde s'arrête pour le jeu. L'endroit. La ville ; le Commonwealth. Le vieux ramasseur de quilles. Les morts. L'au-delà. Le temps. Ma mort. Le tout-puissant, la mort, la toute fin.

Elles avaient été deux femmes sans enfants ensemble. *J'avais un enfant mais il est mort*, songeait LuEtta, mais elle savait qu'il était trop tard pour le dire à Truitt, si Truitt l'ignorait.

Il n'y avait pas d'autre nom pour Edith qu'Edith.

À l'approche du terme, Leviticus apposa ses mains sur le ventre de Bertha pour réaliser les manœuvres de Leopold. « Qui est Leopold ? » demanda Bertha. « Chut », fit Leviticus. Ils étaient dans leur chambre à coucher. Si elle n'était pas consciente de la place qu'elle prenait dans leur lit, elle avait malheureusement une idée précise de l'espace supplémentaire qu'elle occupait dans le monde. Il s'assurait que le… non, pas *enfant*, insistait Bertha, ni *bébé*, elle repoussait chaque terme impliquant le futur de quelque manière que ce soit. Pas *visiteur* non plus, déclara Leviticus, ni *invité*, rien qui suggère la fugacité. Ils se mirent d'accord pour *étranger*, bien que le mot ne leur semblât pas moins fautif. Les manœuvres de Leopold devaient leur permettre de déterminer la direction et la présentation de l'étranger.

Bertha était couchée sur le dos. Elle aurait voulu parler des particularités du corps féminin avec LuEtta. De l'impatience des époux. De la grossesse, de ses plaisirs et de ses terreurs. De vessie, de sang. Autant de sujets que les femmes abordaient librement entre elles. Bertha le savait, pourtant elle n'en avait jamais parlé à personne et personne ne lui en avait jamais parlé et elle ne savait pas par où commencer. Les mains de Leviticus étaient posées sur le sommet de son ventre, fraîches et sèches. Une distance intime. Il hocha la tête, descendit plus bas. Tenant dans le creux de sa main gauche le flanc droit de son immensité, il prit sa main et la plaça au même endroit. Elle sentait un poids, une courbe qui n'était pas elle mais au-delà d'elle. « La colonne vertébrale de l'étranger », dit Leviticus avec tendresse.

Non, pensa-t-elle, *il ne faut pas*. Elle ne détestait pas les certitudes, ni les mystères, d'ailleurs, mais elle ne supportait pas l'entre-deux, et de savoir certaines choses – la tête de l'étranger était pointée vers le bas ! – et d'autres pas – qui ? *Qui ?* Y compris appeler l'événement *l'étranger* – dès qu'elle s'y habitua, elle détesta ça. Les mains de Leviticus s'aventurèrent plus bas encore. Il ne la touchait pas vraiment mais ça faisait mal. Il la pinça. Elle sursauta. Il remonta la vieille courtepointe sur ses pieds et elle eut l'impression d'être attachée à un piquet comme un animal de cirque. L'être qui vivait à l'intérieur était une idée qu'elle avait eue, une idée chérie, tout en rondeurs et intrusive. Il regarda vers le plafond. Lors de précédents examens, il n'y était pas allé de main morte pour la sonder, mais à présent il se contentait de palper, cherchant une forme plutôt qu'un écho. Ses mains ne quittaient pas son corps.

« C'est comme lire une tête, dit-elle.

— Ça n'a rien à voir, répondit Leviticus.

— Qui examines-tu ?

— *Toi* », murmura-t-il à son immensité. À qui s'adressait-il ? Il savait manier la langue pour les faux-fuyants.

Je porte un enfant, songea Bertha Truitt cet après-midi-là. *Un enfant*, songea-t-elle encore, cet être qui d'ordinaire essayait de l'écarter d'un coup de pied ou d'épaule, alors même qu'elle était partout autour de lui. Elle ne sentait rien, si ce n'est une légère douleur, une douleur qui irradiait de son corps, non de ce qui se trouvait à l'intérieur.

La douleur l'expédia au pied de l'escalier en colimaçon qui menait au belvédère, où le Dr Sprague fumait sa pipe. Un malheur va arriver. Monte. Le bébé aussi. Le bébé ? Oui, elle commençait à y croire. Elle cherchait le visage rassurant de son mari. Elle n'avait jamais aimé cet escalier de fer. Son corps ne ployait pas. Il défilait, il jouait au bowling mais il ne ployait pas. Même dans de meilleures circonstances, quand elle faisait tomber quelque chose, elle ne se baissait pas pour le ramasser. Sa poitrine était parfois aussi difficile à déplacer qu'un chiffonnier à travers une porte.

Elle jaugea l'escalier : *Domine-le, Bertha, sois sans pitié.*

Parvenue en haut, elle s'arrêta un instant – *victoire* –, pour reposer sa poitrine sur le sol du belvédère, gravit une autre marche et s'immobilisa.

« Leviticus, dit-elle, je suis coincée. »

Il était en train de lire. Il posa son ouvrage sur le guéridon vert à côté de son fauteuil à franges et la dévisagea.

Son embonpoint avait toujours réussi à se loger dans son buste et il lui servait, comme les moustaches d'un chat, à évaluer où elle passait. Ce n'était plus le cas.

Oh, Bertha : bloquée à l'entrée du belvédère.

Elle poussa un cri sauvage, et le Dr Sprague comprit ce qui l'avait entraînée dans l'escalier. Il vit qu'elle était devenue autre, à l'instar des femmes sur le point d'accoucher. C'est là le grand changement, savait le Dr Sprague, pas le bébé, inchangé d'un côté comme de l'autre de l'expérience. En vie et dorloté, peut-on espérer. Sur le point d'accoucher, Bertha était cette personne qui pouvait dire – et d'ailleurs, c'est ce qu'elle dit : *Je resterai ici pour toujours s'il le faut, n'approche pas, n'approche pas, fous le camp.*

Il n'avait jamais eu l'intention de mettre au monde cet enfant. C'était un travail pour Hazel Forest, que les naissances ennuyaient, et pour leur domestique, Margaret Vanetten, qui s'activait à la cuisine. Le Dr Sprague était d'une nature trop sensible.

« Tourne-toi sur la droite, lui dit-il. Peut-être…

— Hazel ! » cria-t-elle, puis : « Va chercher la domestique ! »

Il ne pouvait héler du haut de l'escalier une fille blanche qui n'était pas son épouse, domestique ou non. Il devait aller la chercher en personne. Il sortit par la fenêtre et se retrouva sur la pente du toit nervuré octogonal. Avait-il fait tomber sa pipe à l'intérieur ? Se souvenait-il d'avoir éteint l'allumette ? Il faillit faire demi-tour : il avait une peur bleue des incendies. Pas le temps. En cette fin d'hiver, il y avait du gel et de la neige. Son estomac se contracta mais il prit garde à poser ses pieds sur l'escalier extérieur de l'Octogone. L'humidité s'insinua dans ses pantoufles de cuir. Puis il entra en flèche dans la cuisine par la porte de derrière et trouva Margaret Vanetten qui pleurait au-dessus d'un oignon.

« Margaret, dit-il. Ma femme. Si ça ne vous dérange pas. Le moment est venu. »

Elle eut l'air tétanisée ; ce n'était qu'une jeune fille, un gros nez, le teint pâle, fraîchement débarquée du couvent. Elle croyait en Dieu ; elle croyait que Dieu était un homme vieux jeu. Le genre à détourner la tête pour ne pas assister à la naissance d'un enfant. De quoi avait-elle besoin ? Elle essuya la lame de son couteau sur sa jupe et le glissa dans la poche de son tablier, à toutes fins utiles. « D'accord, dit-elle, oui, mais par où êtes-vous passé ? »

Il pointa l'index en direction du ciel, puis l'entraîna dans la maison. Le ciel s'obscurcissait. *L'heure bleue**; mais toutes les heures ne sont-elles pas bleues ? « Suivez-moi, dit-il. Ça s'annonce compliqué, la gravité nous aidera. »

---

* Les mots ou expressions en italiques suivis d'un astérisque sont en français dans le texte original (*N.d.T.*).

Les jambes de Bertha étaient toujours là, nues sous la taille.

« Sainte Mère de Dieu ! s'écria Margaret Vanetten. Il faut aller chercher le saindoux ? »

Bertha s'était dissoute dans la maison, la maison l'avait amalgamée, et à elles deux elles composaient une sorte de créature mythologique de la domesticité. La structure formait un exosquelette autour d'elle. C'est ce qui arrivait quand vous aviez un bébé, songea-t-elle. (Il ne faisait plus de doute qu'elle allait en avoir un.) Vous faisiez partie intégrante de la maison.

Son corps lui sembla être à l'étage du dessous, mais près du plafond. Elle entendait les voix venues d'en bas, aussi, d'abord humiliantes mais l'humiliation disparut. Elle ne se sentirait peut-être plus jamais mortifiée, comprit-elle. Puis tout se déplaça, et elle eut l'impression que la maison lui ouvrait le torse en deux ; il y eut un pet phénoménal et libérateur et, les jambes et les pieds trempés, elle monta à toute vitesse jusqu'au belvédère, les marches grinçant sous sa foulée.

« Oh, fit Margaret Vanetten, oh, oh, ne vous en faites pas, docteur, je m'occuperai de ça plus tard. »

Tous deux montèrent l'escalier et la trouvèrent par terre, qui balayait du bout des doigts les mèches sur son front, un tic qu'elle avait pour se réconforter. Elle pouvait se lever mais il n'y avait pas moyen de la sortir de là, si ce n'est en deux morceaux. La pipe fumait dans le cendrier.

« Allons-y, Bertha », encouragea Leviticus. Il était redevenu un médecin, celui que les naissances ennuyaient aussi. « Il n'y a pas de quoi s'inquiéter.

— Si tout se déroule bien», dit-elle. Sa blouse blanche lui enveloppait les hanches.

«Tout le monde est passé par là, dit-il. C'est bien la seule chose que nous avons tous en commun.

— Pas la seule», dit Bertha d'une voix lugubre.

Si tout se passe bien, répétait-elle. Une fois sur trois, les mots étaient écrasés par la peur. Un marécage était une femme; une femme était un marécage.

Margaret Vanetten crut qu'elle allait elle-même mourir de peur. Elle n'avait encore jamais rien vu d'aussi intense, une vision où se mêlaient les fluides, la féminité et le mariage. Ça sentait le whisky renversé. Sûrement un objet stérilisé. Puis elle pensa : *je connaîtrai ce bébé toute sa vie, je l'aimerai plus que tout, plus que quiconque.* (C'était une fille, elle en était certaine.) *Si nous surmontons cette épreuve* – par nous, elle entendait le bébé et elle –, *j'aimerai cette enfant inconditionnellement.* «N'aie pas peur», la rassura-t-elle.

«Mais j'ai peur», répliqua Bertha. Margaret Vanetten la prit dans ses bras, mais Bertha la repoussa d'une bourrade qui la propulsa au sol, dos à la plinthe. «Ne me touchez pas!

— Les oignons», murmura la malheureuse Margaret en sentant ses doigts. «Oui, madame.»

Les hurlements de Bertha Truitt emplirent le belvédère. Elle crut que quelqu'un criait dans l'autre pièce. *Faites taire cette femme. J'essaie de mourir.* Son ancien moi roulait sur les planches de son cerveau, hors d'atteinte, comme sur le point de s'élancer dans le vide.

Elle allait mourir. Son âme abandonnait son corps. *Une* âme abandonnait son corps. Un corps quittait son corps, à contrecœur. Une personne.

Qui était cette personne ?

Elle pensa : *Si le pire se produit, je partirai. Je sortirai de cette maison et gagnerai la ville à pied.* Un autre point de divergence entre son mari et elle. Lui aurait disparu dans la campagne.

Elle aimait Leviticus, mais ce ne serait pas la première fois qu'elle quitterait un être aimé.

La situation pouvait déraper. Elle en était parfaitement consciente. Le ciel autour du belvédère avait pris des nuances de nacre : rose, or tamisé, bleu au creux des nuages. « Allez chercher une lampe », commanda le Dr Sprague à la domestique. Le belvédère était la seule pièce de la maison à ne pas avoir l'électricité. Une odeur de sel et de désastre monta dans l'air. Bertha se découvrit curieuse de savoir ce que ferait Joe Wear. Pourquoi diable ? Il était compétent et ne faisait pas de sentiment, à l'inverse de Leviticus et de la domestique. Il saurait comment régler le problème. Sans compter qu'il avait survécu à sa propre naissance, il était la preuve vivante qu'on pouvait échapper à la pire des calamités. Il avait raconté à Bertha qu'on avait douté de sa survie : « Il paraît que j'étais bleu. Le cordon était autour du cou. C'est pour ça. »

Le diable de Salford n'était qu'une femme, qui donnait naissance ou faisait son deuil, seule ou en mauvaise compagnie.

Elle était une créature à deux têtes, mi-femme, mi-enfant. « C'est bien ! » l'encouragea Leviticus comme si elle avait exprimé quelque chose. Femme et bébé furent alors deux êtres nus dans une pièce, pareils aux deux autres, bouche bée, couverts de sang et décemment vêtus. Non, pensa Bertha Truitt, on n'est mère qu'à l'instant où on regarde cette personne en face, et elle attendit, attendit, puis elle pensa oui, l'enfant est mort, la mort, c'était comme écouter quelqu'un lire un télégramme funeste dans la pièce d'à côté, puis crier, mais c'étaient ses cris à elle : elle aurait dû savoir qu'il ne faut pas compter sur la chance en amour, alors elle dit : « Leviticus. » « Ah ! dit-il, Bertha », et il lui tendit un objet, c'était un bébé, en vie, battant comme son cœur, avec un toit de chaume, large d'épaule comme une huche à pain, « Notre Minna ».

Ils avaient décidé que si c'était une fille, ils la nommeraient Minna. Elle ne se rappelait pas la raison de ce choix.

22 février 1907, l'anniversaire de Washington. On ne pouvait revenir sur la date : on alla l'inscrire à l'état civil.

L'enfant chérie

Des bébés, Margaret Vanetten en avait connu par le passé, d'adorables petites bêtes, mais dès ses premières heures Minna se révéla étrangement humaine. Elle communiquait avec les yeux, et Margaret comprenait. Il y avait les pleurs de faim. Il y avait l'humidité. Tenez-lui la tête, Miss Truitt, elle n'a pas les muscles pour le faire seule, c'est rien qu'un petit pain de jambon.

Margaret avait longuement hésité à rester dans cette étrange maison, au service de ce couple non moins étrange – leur mariage était-il seulement naturel ? était-il légitime ? – mais Minna était arrivée comme une réponse, une bénédiction, un amendement, un accord et elle était désormais la raison d'être de Margaret Vanetten.

« Ces boucles vont tomber », avait-elle prévenu Bertha, car c'est ce qu'elle avait entendu dire. Vous admiriez les cheveux d'un nouveau-né et voilà qu'ils tombaient, quelle tristesse pour vous deux. Mais les cheveux de Minna restèrent.

Minna, joues roses et visage congestionné, lait sucré, une odeur à faire chavirer Margaret – c'était en fait le parfum de la lessive que le Dr Sprague se faisait expédier du Canada, en même temps que son whiskey. « Il n'y a rien de comparable en Amérique », avait affirmé le Dr Sprague, qui composait des vers pleins d'amour à sa fille :

Ma fille, toi si petite, tu ouvres les yeux
Dans la lumière oblique du matin
Je suis venue te voir, ange des cieux,
Yeux brillants, visage rond et traits poupins.

Qui peut nous dire, Minna, si tu entends
Nos prières et nos rêves graciles.
Chaque heure nous donnons l'heure, ayant
Considéré le soleil indocile.

Dehors, notre cadran solaire, c'est toi
La mesure de nos journées, notre toise.
Tes oreilles sont des fleurs, je leur murmure tout bas
Tes yeux sont verts, verts comme la chrysoprase.

Minna, chérie, souviens-toi de ces vers
Si les bébés se souviennent de notre poésie.
Mon cœur, huit côtés, à découvert,
Je l'ai offert à Minna, ma Minna chérie.

(Le poème se trouverait dans le secrétaire de Minna à sa mort, rédigé dans une écriture toute en circonvolutions qui constituait à elle seule un motif à la rêverie.)

Bertha Truitt était une mère aimante mais perplexe. Dans ses bras, Minna levait les yeux vers elle. Personne n'avait jamais vu un bébé qui lisait un visage, en phrénologue appliqué : l'arrondi du menton signifie que tu es ma mère, ce front large signifie que tu es ma mère, cette oreille proche de la tête, ces yeux verts ! La petite Minna faisait une parfaite scientifique. Quelles inventions, quelles conclusions ! Elle avait un avantage, ayant littéralement sondé les profondeurs de Bertha, donné des coups dans ses organes et perçu le raffut de son système. Elle avait mesuré le temps à l'aune du régime et de la respiration de sa mère, de son activité physique, puis Minna était arrivée dans le vaste monde avec plus de connaissances que Bertha n'en réunirait jamais.

Bertha allait donc tous les matins au travail, histoire de se rappeler qui elle était. Bien sûr, le bébé l'accompagnait.

« Je viens aussi, proposait Margaret.

— La lessive vous attend », lui disait Bertha Truitt, comme si la lessive était l'homme qui allait enfin lui demander sa main. « Et le bowling nous attend. »

Ceux qui n'y connaissaient rien aux bébés se demandaient comment Minna pouvait dormir si paisiblement au milieu du raffut. Mary Gearheart la crut sourde. Nora Riker aurait aimé la secouer comme un ballon. Hazel Forest dispensait ses conseils sur son fonctionnement. LuEtta Mood perçut sa beauté, tricota de petits bonnets qui tenaient en lévitation sur ses cheveux bruns. Elle aurait aimé la prendre dans ses bras pour ressentir toute sa délicatesse. Mais les gens, surtout les femmes, se méfient des mères qui ont perdu un enfant, ou bien redoublent de gentillesse en leur présence. La mère endeuillée est un gaz combustible et le bébé, une allumette ; quant à savoir lequel est le plus dangereux, cela n'a pas d'importance, mieux vaut les tenir à distance. LuEtta ne savait pas comment demander sans passer pour plus dangereuse encore. Elle voyait bien qu'on ne l'autoriserait plus jamais à prendre un bébé dans ses bras et se contentait donc de jeter des coups d'œil par-dessus les épaules pour admirer Minna dans son landau : sa bouche ronde et pensive, ses petits poings ensommeillés. Oh, un bébé qui s'endormait rapidement le faisait plus rapidement que toute autre créature. Les femmes du bowling avaient elles aussi des enfants. Mary Gearheart, son petit trésor de Patrick à la bouche toujours ouverte ; Nora Riker, un garçon détestable au crâne chauve et au menton barbouillé de bave prénommé Philip ; Hazel Forest, les faux jumeaux Hollis et Ivy. Seule LuEtta Mood restait sans enfant, sans enfant au temps présent.

Le bowling berçait Minna Sprague, comme Rip Van Winckle avant elle, le grondement de la boule sur le plancher, le fracas des quilles. Peu importe la distance que Minna Sprague mettrait entre le bowling et elle – des océans, des diplômes et des maris –, son cœur était réglé, à l'instar de sa mère, sur le temps des pistes, bien qu'elle eût été furieuse de l'entendre.

L'étourdi Jeptha Arrison avait la fâcheuse habitude de prendre le bébé et menaçait de l'emporter sur l'étagère des pinbodies. Un jour, Joe Wear la trouva endormie sur la gouttière en fonte. Il la prit dans ses bras et alla en toucher un mot à Truitt. « Ce n'est pas un endroit pour un bébé.

— Et pourquoi ça ? Vous semblez à l'aise avec un bébé, Joe Wear.

— Les bébés ont besoin de calme et d'attention.

— Qu'est-ce que vous en savez ?

— Je ne connais pas les besoins des bébés, d'accord, concéda Joe Wear. Je dirige ce bowling. Miss Truitt, je dirige ce bowling, oui ou non ? »

Bien sûr, quelle question. Elle n'avait pas la moindre idée de comment l'endroit fonctionnait. Elle se reposait sur lui et il n'avait jusqu'à présent jamais fait acte d'autorité.

« Ce que je sais, c'est que les bébés ont besoin d'un endroit pour réfléchir », reprit-il. Il tenait le bébé dans le creux de son bras. « Et qu'ils n'aiment pas être trimballés partout. Un bébé qui grandit dans le bruit est malheureux. Hum », dit-il en regardant le bébé qui commençait à s'agiter. Il lui effleura le menton du doigt. Minna sembla surprise, puis dubitative, et – comme si elle venait de saisir la plaisanterie, ton doigt, mon menton – elle lui offrit un sourire qui dessina deux jolies fossettes aux coins de sa bouche. L'amour vous submergeait lorsqu'un bébé vous faisait risette. C'était une expérience mystique. Joe Wear céda.

« Voilà », dit-il, et au lieu de la tendre à sa mère, il la confia à LuEtta Mood. Le silence se fit parmi les femmes – il n'y avait pas d'hommes en cette heure matinale.

LuEtta Mood et Joe Wear n'avaient jamais parlé de leur compréhension mutuelle, Joe, l'orphelin de naissance, LuEtta, la mère d'une enfant morte, mais ils partageaient une sentimentalité impitoyable. « Ça ne vous dérange pas, Lu ? » demanda-t-il, et elle obtempéra. L'enfant était lourde de sommeil. Elle bâilla. LuEtta la tendit à Truitt. « Et voilà », dit LuEtta, feignant le détachement, comme quand on vous fait confiance pour la première fois et que vous aimeriez que cela ne soit pas la dernière.

« D'accord, Truitt ? » demanda Joe Wear. Il n'avait pas souri une seule fois durant leur échange, pourtant une semaine plus tard il remit à Bertha une vache articulée qu'il avait sculptée dans le bois d'une quille. Même la queue était articulée. Même les mamelles.

Il n'avait échappé à personne que Minna Sprague n'avait rien d'une enfant ordinaire. Elle s'assit à trois mois et prononça son premier mot – *éclair* – à sept. À un an et demi, elle lut à voix haute, disait-on, sans qu'on le lui ait appris, l'enseigne du théâtre Gearheart Olympia. Leviticus Sprague avait lui-même été un enfant prodige sous les coups de baguette de sa mère, jusqu'à ce que sa sœur Almira naisse et que leur mère décide qu'un prodige de la musique lui plairait davantage. Minna ne ferait certes pas l'objet d'une éducation aussi sévère, mais quel mal y avait-il à lui dire des choses savantes ? Et pourquoi pas en français ? Bertha le prit sur le fait.

« En italien, s'il le faut », lui dit-elle.

Bon, il ne parlait pas aussi bien l'italien, mais son accent était irréprochable. Ils apprirent ensemble.

Ils feraient l'éducation de Minna chez eux. « Avec une gouvernante », insista Leviticus, qui craignait que Bertha se pique de lui faire la classe. « Margaret Vanetten s'en chargera », répliqua Bertha.

Non, pas question. Le Dr Sprague se chargerait de l'éducation de sa Minna. Qui d'autre, à part lui ? Ils se retrouvaient dans le bureau du Dr Sprague au deuxième étage – il l'avait quasiment déserté au profit du belvédère – et lisaient ou étudiaient les tables de multiplication et les cartes de géographie. Bertha ne jurait que par les brochures mais rien ne satisfaisait tant le Dr Sprague que les ouvrages de référence, les atlas, les dictionnaires et les livres d'anatomie agrémentés de planches transparentes et de schémas découpés du corps humain de couleur rouge et rose qui faisaient penser à des cartes bon marché de la Saint-Valentin avec leurs cortèges de promesses : le foie pouvait être détaché du torse en papier. Des traités scientifiques avec appendices sur volets dépliants, d'énormes encyclopédies imprimées sur du papier bible. Ils lisaient côte à côte, s'interrogeaient à tour de rôle. Sa mère la couvrait de caresses avec délectation, lui grattait le dos ou lui faisait des nattes. Son père se contentait d'emplir son bureau de sa présence, les volutes de sa pipe enveloppant la petite Minna tout entière. Elle s'adossait à ses tibias, ou dénouait distraitement ses lacets. Elle avait du goût pour la musique et l'art, une attirance pour les musées, que le Dr Sprague avait en horreur, moins à cause des expositions que des hommes et des femmes qui allaient les voir.

Margaret Vanetten l'emmena au Harvard Museum étudier les bisons empaillés, les baleines ; les fleurs disséquées soufflées dans le verre, les structures alvéolaires semblables à leur maison, tout en facettes et cellules. Elles visitèrent la galerie d'art, où la section consacrée à la Vierge à l'Enfant attira l'œil de Minna, en particulier une interprétation byzantine au visage plat : Marie ressemblait à une louche ternie et le Christ à une pièce de bronze en équilibre sur son genou. Leurs corps entièrement tournés vers le visiteur, ils s'observaient du coin de l'œil, comme s'ils attendaient que l'intrus tourne le dos pour reprendre leurs commérages – si Minna s'attardait, pensait-elle, ils la laisseraient y prendre part.

Certains tableaux lui donnaient le sentiment d'être aimée. D'être attendue. Ce tableau, par exemple, exigeait qu'elle et elle seule lui consacre son attention. Les sculptures avaient quelque chose de hautain ; les paysages étaient des soupières, plaisantes à l'œil, nourrissantes pour un temps, mais par trop démocratiques dans leur propos. Le bon tableau – *La Mère et l'Enfant* par le maître de Nervi, par exemple – était une musique à son oreille, une invitation flatteuse à pénétrer dans son intimité. Elle croyait qu'il était inutile d'expliquer la chose à Margaret Vanetten, qui semblait toujours chercher chez elle quelques prétentions, lesquelles, si on ne faisait rien, risquaient de se transformer en folie ou en droit de vote. Margaret ne souhaitait pas se donner la peine de comprendre le monde. Elle attendait de lui qu'il soit simple et se plie à sa compréhension.

« Margaret », dit un après-midi Minna devant *La Mère et l'Enfant*. Elle avait six ans. « Où est-ce que tu es née ?

— À Salford, je crois, ou dans le coin. On m'a confiée aux nonnes. Donc je ne sais pas.

— Tu ne t'en souviens pas ?

— D'être née ? demanda Margaret en riant.

— Oui.

— Personne ne se rappelle sa naissance », assura Margaret, et elle ajouta : « C'est pas plus mal.

— Moi je m'en souviens. » Minna se tourna une dernière fois vers le tableau. « C'est bon. Nous pouvons y aller. Tu étais là, Margaret. Quand je suis née.

— C'est vrai.

— Je m'en *souviens* », répéta Minna en descendant l'escalier de marbre, lustré en son centre par d'innombrables semelles. « La nuit tombait. Et ça s'est produit dans le belvédère.

— Ton père te raconte trop de choses, dit Margaret, mal à l'aise.

— Il n'en fait rien. Je m'en souviens. C'était avant qu'il installe là-haut le cendrier sur pied. Ma mère criait, et puis elle s'est calmée. » Mina devint pensive. « Il faisait sombre à l'intérieur de Maman... je voyais des ombres, comme sur un abat-jour – c'est alors que j'ai vu de la lumière...

— Minna... »

Dans le hall, Minna se tourna vers Margaret. C'était l'heure de la fermeture. Depuis les étages supérieurs, les visiteurs regagnaient le rez-de-chaussée comme sous l'effet de la gravité. « Tu sentais l'oignon », ajouta Minna.

À ces mots, Margaret porta ses doigts à son nez et y chercha l'odeur de la soupe. « Oui, dit-elle, pour elle-même.

— Tu me crois, maintenant, dit Minna. J'étais très à l'étroit à l'intérieur de Maman. » Elle étira les coudes. « C'est pour cette raison que je suis née plus tôt. Je m'en souviens. »

Fallait-il s'en réjouir ou s'en désoler? se demanda Margaret. Toutes ces confidences murmurées, et dire qu'elle avait cru que l'enfant ne comprenait pas, cette enfant qu'elle avait prise pour un puits qui recevait ses souhaits. *Minna, je t'aime. Minna, personne ne t'aime à part moi. Je t'aimerai toujours plus que les autres. Petite fille sale. Noiraude adorée. Jolie Minna, tu es à moi. Peut-être qu'on devrait partir ensemble ? Là où personne ne nous trouvera ?*

Est-ce que tu te souviens de m'avoir aimée ? brûlait-elle de demander à Minna. Elle savait que la fillette de six ans l'aimait, avec la condescendance et le sens du devoir propres aux enfants qui aiment les choses auxquelles ils survivront. Mais se souvenait-elle de l'avoir aimée, bébé ? Vous êtes une énigme, lui disait le Dr Spraguc en voyant la petite Minna s'apaiser dans ses bras. Vous avez un don avec les enfants. Vous savez y faire avec elle. Mais Minna aimait Margaret, et Margaret aimait Minna, ce qui suffisait à leur bonheur, c'était aussi simple que ça.

« Il faisait un froid glacial quand je suis sortie », poursuivit Minna. Elle prit le bras de Margaret, et ainsi accrochées l'une à l'autre elles sortirent dans la froideur du soir. Leurs souffles dessinaient de petits nuages ; les petits nuages s'effilochaient. Encore l'âme d'une enfant, Minna souffla plus fort de plus grandes volutes et Margaret se joignit à elle, deux bouilloires et leurs nuages de vapeur. Minna devait savoir pourquoi le souffle se matérialisait dans le froid ; Margaret aurait voulu le lui demander.

« Il faisait un froid glacial quand je suis sortie, répéta Minna.

— C'est toujours comme ça », répondit Margaret.

Minna avait totalement délaissé le bowling. Petite, elle s'y était rendue de temps en temps pour voir sa mère sur la piste, or c'était plus qu'elle n'en pouvait supporter. Le vacarme des quilles la dérangeait moins que les clients importuns. *En voilà un gros livre pour une petite fille !* Ou *Non mais regardez-moi ces couettes.* Ou *Tu es la fille de Truitt. De Truitt et de cet homme.* Bébé, elle avait adoré être le centre de l'attention et admirée, mais au fond elle n'était pas comme sa mère : elle n'aimait pas être une bête curieuse. Si elle en était une – et elle était *au fond* une curiosité –, elle voulait en être l'orchestrateur. Elle n'irait plus au bowling. Je ne peux pas lire là-bas, argua-t-elle auprès de ses parents.

« Les romans ont détruit plus d'une jeune femme, dit Bertha. C'est une citation.

— Ah bon ? Et de quoi ? » voulut savoir Leviticus pour qui la vie domestique était tissée de lectures en famille et de silences qu'il ne rompait que pour lire un passage à voix haute.

« Tu n'es pas trop bien pour le bowling de ta mère », lui dit Margaret, en pensant l'inverse.

Leviticus était de cet avis, lui aussi. Bertha l'ignorait. Personne n'est trop bien pour les choses qu'il aime, aussi peu dignes d'intérêt soient-elles. Mais Minna était au-dessus du bowling. Comme lui. Ils devaient être meilleurs, ce que ne comprit jamais Bertha. Elle pouvait être médiocre et ne pas s'en soucier, elle pouvait jouer les excentriques en ville comme bon lui semblait. Ils devaient être meilleurs. Et garder leurs excentricités pour eux.

Minna chantait comme elle respirait. Elle chantait tout le temps, des heures durant.

> Qui peut dire ce qu'un chat aime ?
> Moi, je sais ce qu'un chat aime.
> Pas les souris, et pourtant elles sont exquises.
> Pas les lézards, pas les crevettes grises.
> Non, les chats aiment le feu
> Car ce que peuvent les chats peut le feu.
> Ronronner, rôder, veiller,
> Sauter deux ou trois fois pour célébrer.

Une seule chanson de Minna pouvait durer une demi-journée, et son père hochait la tête de contentement et prêtait attention à un couplet sur trois, et sa mère s'obstinait à vouloir l'accompagner – « Je connais cette chanson ! », « C'est impossible ! Je suis en train de l'inventer ! », « Non, je suis sûre et certaine de l'avoir entendue il y a longtemps » –, et Margaret en avait le tournis – « Comme elle est douée ! Mais tu vas te fatiguer » –, tandis que Minna, en son for intérieur, avait l'impression d'accomplir une prouesse athlétique et grisante, comme grimper à un arbre, un arbre qui serait la chanson et pousserait en elle : elle ne cessait de jaillir de sa bouche, peu importait qu'elle ne sache jamais de quoi serait faite la prochaine strophe, paroles et mélodie, jusqu'à ce qu'elle la chante. C'était là tout le plaisir qu'elle en tirait. Et cela exigeait d'elle de rester concentrée – non pas pour inventer le prochain vers mais pour le percevoir.

La maison était pareille. Minna la sondait comme son père sondait un corps : elle frappait de ses paumes l'escalier de métal qui menait au belvédère (où elle avait interdiction de monter sans autorisation), pianotait du bout des doigts les carreaux, *rat-a-tat*, murmurait des secrets aux angles obtus de la réserve à lait, curieuse de découvrir si sa voix ferait le tour de la pièce avant de revenir à son point de départ – son père lui avait raconté que les sons circulaient de cette façon sous le dôme de la cathédrale Saint-Paul à Londres. Elle chantait dans la cave. Elle chantait dans les placards de la maison. La maison était un tambour. Un tambour qui attendait d'être battu. Margaret Vanetten lui répétait : « Oh tu aimerais une sœur, pauvre petite », mais Minna n'en voulait pas, pour rien au monde elle n'aurait partagé la maison, ses parents ou son enfance.

« Je crois que la maison est un tambour », décréta-t-elle un soir à la table du dîner. Dans une tentative de les civiliser, Margaret Vanetten avait insisté pour qu'ils prennent leurs repas dans la salle à manger et se fassent la conversation, mais le cas était désespéré et ils étaient retournés à la cuisine manger tels des naufragés. Les manières du Dr Sprague passaient encore – il mangeait avec un couteau et une fourchette et ne se servait pas directement dans le plat comme sa femme – mais il n'acceptait de lever le nez de son livre, un air surpris sur le visage, que si on lui posait une question.

« Papa, interrogea Minna, crois-tu que la maison soit un tambour ?

— Est-ce que je crois quoi, ma Minna ?

— La maison n'est pas un tambour », intervint sa mère en pinçant distraitement un grumeau de purée de pommes de terre entre ses doigts. « C'est un octogone.

— Un tambour peut être octogonal, argumenta le Dr Sprague.

— *Peut*, dit Bertha Truitt.

— Moi, je pense que le soir, quand nous dormons, la maison se couche sur le côté et fait le tour du monde en roulant, et que tous les meubles se renversent et glissent sur les bords, dit Minna.

— Et que nous arrive-t-il ? » demanda sa mère, mi-amusée, mi-inquiète.

— Nous tournons, nous aussi.

— On appelle ça la force centrifuge, expliqua le Dr Sprague.

— On appelle ça avoir de l'imagination, renchérit Margaret Vanetten.

— Vous avez raison, approuva le Dr Sprague. Une imagination hors du commun, même.

— Je voulais dire… »

Minna se mit à chanter. « La maison est une roue, la roue tourne sur elle-même, les chats miaulent, nous dormons à poings fermés…

— Cette enfant aurait besoin d'une sœur », chantonna Margaret Vanetten de sa voix d'iceberg. Elle comprit à leurs expressions qu'elle avait gâché le moment sans pour autant savoir ce qu'elle avait fait de travers. « J'aimerais que vous sortiez de ma cuisine, gronda-t-elle sans s'adresser à personne en particulier. Je ferai peut-être mon travail correctement. »

Bertha posait ses mains sur la tête de Minna presque tous les jours mais ne la lisait pas, même si c'était une tête en tout point plus subtile (un trait caractéristique chez les enfants, d'après Fowler) que celles des adultes. N'était-il pas normal de vouloir le meilleur pour cette tête ? Les gens la jugeraient là-dessus de toute façon. Ils le faisaient déjà, ils regardaient Minna et pensaient des choses différentes à son sujet, selon la personne qui l'accompagnait, mère, père ou nounou.

Un enfant avait-il besoin d'avoir des secrets ? Oui, cela ne faisait aucun doute pour Bertha ; les pensées sombres cimentaient l'esprit, leur fonction était primordiale. Elles étayaient les bonnes pensées. Bertha savait à présent que la phrénologie n'était pas exacte. L'amour conjugal ne résonnait pas d'un côté du cerveau et la jalousie de l'autre – mais aujourd'hui encore elle *sentait* ces pensées, bonnes ou mauvaises. Elle les entendait, aussi, son cerveau tel un xylophone en spirale qui vibrait quand on le frappait.

Elle aimait son enfant, elle l'aimait en tout point. Son mari, aussi. Elle n'avait jamais eu l'intention de se marier comme d'autres n'ont pas l'intention d'aller à la mer. Cela la frappait ainsi, quelque chose sur lequel vous ne pouviez changer d'avis pendant des mois si vous n'aimiez pas ça. La vie aux côtés du Dr Sprague était un océan – un de ces océans étrangers remplis de sel où même le plomb flottait. Elle se trouvait au milieu. L'eût-elle voulu, elle n'aurait pas pu couler.

Ils étaient heureux, enfin, jusqu'au déluge.

Emportée

1919. Partout ailleurs, les salles de candlepin avaient fermé à cause de la guerre. Les joueurs avaient été mobilisés, et les pinbodies aussi. Le Bowling de Truitt avait survécu et accueilli le retour des Salfordiens blessés, Freddy Pearlman désormais sourd d'une oreille, Pinky DeMuth qui dissimulait sa mâchoire partiellement arrachée sous un foulard, Martin Youkins qui y avait laissé sa jambe gauche, Jack Silver qui avait perdu son avant-bras et jouait dorénavant en coinçant la boule dans le creux de son membre atrophié. Ils formèrent une équipe et la baptisèrent les Salford Half Nickels.

Bertha Truitt s'offrit une automobile Stanley Steamer dans l'année. Dirigée par les jumeaux Stanley, l'usine éponyme se trouvait à moins de dix kilomètres de son établissement. Les machines ! Il était sage de ne pas les aimer, mais c'était plus fort que Bertha. Les commandes pour allumer la chaudière, libérer la vapeur ; le bruit de sifflet qui s'ensuivait. Bertha chérissait sa bicyclette mais aimait plus encore son automobile. Elle fonctionnait à la vapeur, comme tout un chacun, certains pour frémir, d'autres pour bouillir. Écoutez Bertha Truitt s'échauffer ! Toutes ces choses qu'elle était capable de faire, avec ses idées à vapeur ! Vous en doutez ? Sentez : voici sa chaudière. Pourquoi ne portait-elle pas de corset ? Parce qu'elle avait été conçue par son inventeur et ne souhaitait pas étouffer sa source d'énergie.

Leviticus refusait de monter à bord. Il se moquait des superstitions de son épouse, mais il n'en était lui-même pas dépourvu : il pensait que les voitures finissaient toujours par exploser, malveillantes, sans crier gare. « Combustion interne ! dit-il. Une pensée terrifiante. » Bertha lui répétait qu'une automobile à vapeur était alimentée à l'eau et, de ce fait, sans danger. Mais il ne voulait rien entendre.

Le Dr Sprague préférait la nature, Bertha aimait les œuvres de l'homme. Elle avait un penchant pour les usines et les chantiers navals, pour les lignes de chemin de fer et les cimetières. Surtout les cimetières : elle leur devait son arrivée à Salford, ainsi que son mariage. De ce point de vue, c'était une victorienne pur jus, bien qu'on fût en 1919, que la reine Victoria fût enterrée depuis belle lurette, et que Bertha n'ait jamais vécu sous son règne. Elle continuait à porter ses vieux vêtements, des jupes-culottes et des gilets sans manches qui suscitaient la curiosité des passants dans la rue. Une forme d'armure, un moyen d'amener les hommes à faire affaire avec vous.

Ce matin-là, elle arborait une veste verte et un de ses couvre-chefs à plusieurs côtés, un chapeau bleu foncé qui lui donnait des airs de mage du Moyen Âge ou de *minuteman**. Certains partenaires ont tendance à se

* Ainsi qu'on appelait les membres de la milice des Treize Colonies qui se tenaient prêts à prendre les armes en cas d'urgence. Les premiers *minutemen* apparurent dans le Massachusetts, au XVIIIe siècle.

ressembler avec l'âge, mais Truitt, prête à prendre le volant en ce mois de janvier 1919, ressemblait à sa maison : octogonale, invincible. Elle se rendait à la Stearn's Warehouse pour y chercher de l'érable en vue de la fabrication de quilles plus robustes. À la suggestion de Joe Wear, une rainure devait courir au milieu des nouvelles quilles pour faciliter la prise en main.

« Viens avec moi », dit-elle à Leviticus ce matin-là de janvier. Elle venait de démarrer l'automobile. C'était une manœuvre complexe : il fallait allumer la chaudière, puis monter dans la voiture pour pomper la vapeur de la chaudière située à l'arrière vers le moteur situé à l'avant. Plus tard, Leviticus ne saurait s'il fallait se réjouir ou se désoler de ne pas l'avoir accompagnée. Il n'aurait plus jamais l'occasion de monter dans cet engin.

« Dans votre automobile ? Bertie.

— Je suis un as du volant. » Bruit de pompe.

« Si vous le dites. Non merci. Je mourrai dans une explosion, mais mon heure n'est pas venue. »

C'était là son intime conviction, sans compter qu'une bouteille de whisky l'attendait au belvédère. La Prohibition approchait : ce n'était plus qu'une question de jours avant que le dernier État vote l'adoption du dix-huitième amendement, et la loi entrerait en vigueur l'année suivante. Son penchant pour l'alcool le mènerait à sa perte. Il le savait. Il mettait en garde des patients moins grands buveurs que lui ; ses organes étaient imbibés par la boisson. Pendant ce temps ses amis de Gaspé continuaient à lui expédier des bouteilles du meilleur whisky canadien.

La voiture fut enfin prête à partir. Bertha s'éloigna. Une fois qu'elle eut disparu, il monta au belvédère et suivit du regard l'automobile dans la rue. Elle avait déjà pris la direction du fleuve. Il alluma une cigarette et éteignit l'allumette avec de l'eau. Il avait une peur bleue du feu, le pauvre homme. C'est ce que tout le monde dirait plus tard. Le pauvre homme, finir ainsi, il a dû être terrifié.

À Boston, Bertha se gara dans Commercial Street et alla se promener au Copp's Hill Burial Ground. Les cimetières lui rappelaient les pistes de bowling, surtout le Copp's Hill et l'Old Granary avec leurs pierres tombales inclinées que contournaient des projectiles divers et variés (touristes, enfants, oiseaux, généalogistes). Le bois mort : un des points qui différenciaient le candlepin et le bowling tenpin. Au bowling tenpin, le bois mort, c'est-à-dire les quilles renversées, est évacué après le passage de la boule, escamoté par le garçon qui positionne les quilles. Au candlepin le bois mort reste tout au long de la partie, entremêlé aux quilles debout ou couchées dans la gouttière. Le bois mort était votre allié, à condition que vous sachiez où viser pour qu'il fasse tomber les dernières quilles. Un mauvais lancer et il risquait de ralentir la boule et de l'envoyer loin des dernières quilles à abattre.

Elle n'est pas encore du bois mort, Bertha Truitt. Elle chemine dans le Copp's Hill, attentive aux noms gravés sur les pierres tombales. Shem, Goody, Increase. Des William et des Sarah à la pelle. Dans les cimetières, elle se sent en phase avec elle-même – peu importe ce que cela signifie –, sans entendre les voix d'autres personnes comme autant de décharges électriques qui la poussent à agir autrement. Les gens qui rapportent avoir vu le diable de Salford décrivent successivement un blaireau ailé, une mouffette géante, un essaim de chauves-souris en forme de chauve-souris. Elle croyait dur comme fer en l'existence du diable de Salford, et les métamorphoses successives constituent une preuve. C'est un animal réactif.

Comme elle. Elle est le diable de Salford – *comme* le diable de Salford –, une personne différente selon qui la trouve, une femme aux allures de matrone ou pleine de charme, une incorrigible pipelette, une femme discrète et contemplative, drôle, sans humour, timide, téméraire. Non pas à dessein : le courant qui pulsait en elle la contrôlait. Son âme n'était dépositaire d'aucune longue histoire. Son identité était sérielle. Une personne, puis une autre. À l'image d'un wagon de marchandises, une Bertha après l'autre. Elle avait jadis hérité d'une fabrique de godillots destinés à l'armée des États confédérés ; c'était de l'histoire ancienne. Elle avait aimé un Italien. La page était tournée. Puis un homme qui croyait en Dieu. À la revoyure, à plus tard, à demain, à un de ces quatre.

Bertha marchait dans le Copp's Hill. Elle songea à la chevelure mordorée de Minna, un ton plus clair que sa peau ; les jambes longues et intrépides de Minna chevauchant les siennes sur le canapé Davenport ; le souffle chaud de ses mots murmurés à l'oreille de Bertha. Minna avait douze ans mais Bertha devait faire un effort monumental pour ne pas la traiter comme un bébé, la porter dans les escaliers, la border dans son lit, la nourrir à la cuillère, lui chanter des bêtises, lui bécoter la nuque. Elle n'avait cessé de se considérer comme la propriétaire de Minna. Elle en était l'auteure, l'*inventrice.* À l'extérieur, on disait : *Oh, c'est bien la fille de son père.*

Pour tout dire, ils lui manquaient. Elle ressentit le besoin urgent de rentrer chez eux. Elle enverrait demain Joe Wear traiter avec le contremaître de la scierie, oui, il s'occuperait de tout. Qu'est-ce qu'une femme ne devait pas faire pour prouver qu'elle était à la hauteur! En vérité, les subtilités de l'érable lui passaient au-dessus de la tête. Joe en connaissait un rayon sur le sujet, il savait qu'on ne demandait pas la même chose pour un plancher ou pour des quilles. Il devinait en effleurant les nœuds sa nature et son histoire, les dommages liés à l'humidité, sa propension aux échardes ou au gondolage. Bertha devait se contenter de regarder le vendeur et de le juger sur sa bonne mine. Elle était douée, mais pas infaillible. Joe était infaillible avec le bois. Missionner Joe était la meilleure chose à faire.

Elle retourna à son roadster, alluma la chaudière et s'installa à l'intérieur. Elle patienta le temps que le moteur se mette en marche. Son ronronnement caractéristique crispait Leviticus. Elle aurait aimé qu'il soit assis sur le siège passager. Il lui manquait plus qu'elle ne compatissait à sa phobie.

Il devait être en ce moment dans la coupole, occupé à vider une bouteille de whisky. Elle savait qu'il buvait et aimait à penser qu'il ne s'en cachait pas : simplement, ils n'abordaient pas le sujet. Elle ne s'attendait pas à ce qu'il abandonne la boisson, ni sa pantomime sobre, d'ailleurs. Mais cela l'inquiétait parfois – quand il sombrait deux fois l'an dans un état de mélancolie alcoolisée, ou quand elle craignait qu'il meure avant l'heure. D'un autre côté, étant bien plus jeune, il lui restait plus de temps à vivre qu'elle, mais la boisson pourrait bien effacer cette avance, telle une paire de ciseaux coupant simultanément deux longueurs de ruban. Elle admettait qu'elle aurait dû souhaiter que son mari vive une très longue vie sans elle, et si l'amour qu'elle lui portait était profond, sincère et éternel, à la fin (elle ignorait que la fin était proche) il n'était pas aussi bienveillant qu'elle le croyait. Elle l'avait aimé instantanément pour les raisons suivantes : son calme, son front large, sa lèvre inférieure creusée de sillons, sa lèvre supérieure rosée à moitié mangée par sa moustache, sa moustache, sa certitude absolue en ses connaissances médicales, dont Bertha doutait parfois. Venaient ensuite la courbe érotique et broussailleuse de son bedon, le fait que le mot *bedon* l'horripilait, ses négligences (les pièces qui se déversaient de ses poches, les taches de nourriture sur ses chemises), son affection pour les chats – elle n'avait encore jamais rencontré d'homme qui les aimât au point de leur chuchoter des mots doux à l'oreille ; elle lui pardonnait ses excès au sujet de Maman Chat, que de bruit pour une bête dont l'heure était venue ! Son amour pour Minna, bien sûr, sans excès (malgré ses excentricités, Bertha pensait que l'amour entre une mère et son enfant, entre un mari et sa femme, surpassait celui qu'un père portait à son enfant : à cet égard, elle était une femme de son temps). Enfin et surtout : l'admiration qu'il lui vouait.

Ce fut une évidence lors de leur rencontre, et pour agréable que fût cette admiration, Bertha ne pouvait s'empêcher de penser que le plaisir qu'elle lui procurait était la preuve des faiblesses de son caractère. Maintenant elle savait : dans le mariage, qu'y avait-il de plus important que l'admiration ? Elle l'admirait aussi, bien sûr – elle l'aimait, connaissait ses folies, n'avait jamais cessé de le désirer, et ce désir lui fit accélérer le pas – mais plus que tout elle l'admirait. C'était la seule affection conjugale dont vous étiez autorisé à faire étalage, sans ambages, aux invités d'un dîner.

Quant aux gestes d'affections que vous n'étiez pas censé montrer en public… *aujourd'hui encore*. Bertha Truitt, dans ses vieux jours – un mot qu'elle n'aurait jamais employé d'elle-même –, à des kilomètres de son mari, sentit le rouge lui monter aux joues. Au début, il avait fait preuve d'une réserve qui seyait aux convenances, comme lorsqu'il lui avait lu la tête, mais c'était un homme affectueux qui aimait se blottir tout contre elle, et au final il n'y avait pas une seule région de son corps qui ne s'était frottée contre les siennes – à la différence de Savior Ercolini, qui faisait montre d'une sélectivité extraordinaire dans ses épanchements physiques.

Pourquoi donc pensait-elle à cet homme ? Il appartenait à une autre vie.

Des coups de feu retentirent. Elle se gara dans Commercial Street près de la ligne ferroviaire aérienne. Du moins crut-elle qu'il s'agissait de coups de feu, une succession rapide de six détonations sèches et métalliques. Puis il y eut le rugissement d'une créature formidable. Difficile de dire si l'animal détruisait tout sur son passage ou était en train d'agoniser.

Une vieille femme qui poussait un landau se tourna vers Bertha. « Qu'est-ce que c'était ? demanda-t-elle.

— On aurait dit… »

La femme poussa un hurlement.

Ce n'étaient pas des coups de feu mais la déflagration des rivets arrachés à la citerne qui coiffait la distillerie Purity. La citerne pleine à ras bord projetait à présent dans toutes les directions ses deux millions et demi de gallons de mélasse. Laquelle avait déjà tué deux enfants et un cheval, morts sur le coup.

Bertha savait nager. Elle savait trouver la poche d'air sous un bateau renversé. Elle savait qu'il fallait rester à l'intérieur lors d'un orage, se réfugier au sous-sol en cas de tornade, elle savait que le sel ou une couverture de laine étouffe le feu. Elle savait comment protéger son cœur – c'est-à-dire son cerveau – des inflammations liées à l'insatisfaction. Elle savait regarder un chien enragé droit dans les yeux et montrer les dents ; elle savait que, face à un ours, mieux valait passer son chemin.

Elle était prête à parer toutes les catastrophes, sauf celle-ci. Trop absurde pour elle.

Personne n'était préparé. Les gens essayaient d'échapper à l'inondation, mais où trouver refuge ? Aucune idée. La mélasse vola le bébé à son landau et transforma un gros bonhomme en un missile qu'elle propulsa dans le pare-brise d'un tramway.

Démarre, Bertha. Met en route la chaudière, tourne le volant.

La mélasse percuta la portière, l'arracha, puis extirpa Bertha Truitt de l'habitacle. Elle n'entendait rien hormis le bruit de la coulée. L'odeur était écrasante, douceâtre comme le bois. Elle lui tapissa la gorge. *Lente comme la mélasse.* La mélasse était tout sauf lente. La mélasse avait de la poigne et un dessein. Rien ne servait de nager contre elle. On ne pouvait pas s'en extraire à la force de son corps. Elle emporta son chapeau, et ce fut là la plus grande des souffrances, les cheveux tirés, *l'affront*. Chapardeuse, elle eut l'audace de délacer ses bottines, bestiale, elle eut la force de retourner l'automobile. Alors, la mélasse l'attira vers le fond, lui couvrit les yeux d'un voile noir et la réduisit au silence. Au-dessus de Bertha, elle arracha une maison au port. Le bébé volé à son landau, la ferraille, les chiens errants : tous défilèrent sur elle comme les ombres des oiseaux. Elle avait déjà pensé à Minna, à Leviticus, aux chats ondulants, et à son préféré, le noir et blanc, Donizetti, qui était vieux et n'avait plus que la peau sur les os, il allait lui manquer, elle en aurait du chagrin, les chats se démultipliaient dans sa mémoire octogonale, ils obstruaient l'escalier en colimaçon, envahissaient le monte-plats et elle se tenait sur le bord, à penser à ses parents, à sa sœur, et à Nahum – le retrouverait-on pour lui annoncer sa mort ? Elle s'était donné tant de mal pour le chasser de sa mémoire ! –, c'est alors qu'une seconde vague de mélasse vint redoubler la première et son cerveau s'illumina comme un ciel d'orage zébré d'éclairs, puis du vert passa à la nuit noire.

Autrefois, la catastrophe avait lieu. Quand un étranger appelait ou écrivait ou prenait le train, vous appreniez la catastrophe et à l'instant même elle devenait vôtre.

À Salford, le Dr Leviticus Sprague, veuf qui s'ignorait, attendait le retour de Bertha en scrutant Mims Avenue du haut de ce qu'on n'appelait pas encore une promenade de veuve. Grâce à son horloge interne, sa Bertha savait toujours l'heure. Son cœur avait une excellente mémoire du temps. Pas le sien. Il n'avait pas pris sa montre. Le fait est qu'il buvait moins ces jours-ci – plus que la plupart des hommes, certes, mais moins que bon nombre d'entre eux. Il avait tous ses esprits, dix-neuf fois sur vingt. Les huit fenêtres de la coupole – non, soyons honnête, seulement quatre, ce serait autrement mathématiquement impossible – laissaient pénétrer la lumière de janvier qui lui réchauffa le corps et l'esprit.

Il n'y avait pas de téléphone à Superba. À six heures on vint frapper à la porte. Margaret Vanetten alla ouvrir. C'était un policier qui tenait dans la main un objet, un petit bouquet détrempé. La mélasse avait emporté le chapeau de Bertha jusqu'au chantier naval où on l'avait découvert, collé à la coque d'un remorqueur en cale sèche. Son nom était cousu à l'intérieur. On n'avait retrouvé ni voiture ni corps ni chaussures lacées.

Margaret Vanetten gravit l'escalier jusqu'à la coupole sombre, dont l'accès lui était d'ordinaire interdit. Elle n'y était pas montée depuis la naissance de Minna.

« Dr Sprague, dit-elle. C'était une femme formidable… »

Margaret Vanetten était allée trop vite. Du Margaret tout craché.

Nous sommes au regret

Leviticus Sprague refusait de descendre de la coupole. Au deuxième étage de l'Octogone, les femmes du bowling criaient son nom au pied du petit escalier en fer forgé, ne se risquant pas à monter par crainte de le gêner ou de se ridiculiser. Elles ignoraient l'existence du tube acoustique. C'était leur première incursion à l'intérieur de la maison.

« Elle est peut-être en vie ! lança LuEtta.

— Il faut partir à sa recherche ! » renchérit Hazel Forest.

Il fallait un homme pour aller chercher le Dr Sprague. Elles auraient missionné Joe Wear si on avait su où le trouver – les lumières étaient éteintes au bowling qui affichait d'ailleurs porte close, et s'il était dans son appartement au-dessus, il n'ouvrait à personne. Jeptha Arrison n'était pas l'homme de la situation. Finalement, on envoya Norman, le mari de Nora Riker. Norman saurait se montrer doux et ferme à la fois : la pétulante Nora avait été emportée par la grippe l'année précédente.

« Il est soûl », déclara Norman Riker quand il redescendit. Et ce fut tout.

Le lendemain de l'inondation, LuEtta, Mary et Hazel descendirent de bonne heure en ville y chercher Truitt. Elles avaient été des jeunes femmes à l'époque de leur rencontre et Bertha était déjà entre deux âges; à présent, elles étaient à leur tour entre deux âges et Bertha… elles n'auraient su dire. Elles l'aimaient mais n'étaient pas habituées à cette pression particulière de l'amour qui se manifestait dans leur inquiétude. Elles se sentaient impuissantes, du fait de leur inexpérience.

« J'espère qu'on ne la retrouvera pas, dit LuEtta.

— Eh bien », dit Mary Gearheart. La petite fille vicieuse s'était muée en une femme à la sévérité et au calme redoutables. « Eh bien, LuEtta, j'espère que nous la retrouverons, et j'espère qu'elle se remet.

— Je disais seulement », répondit LuEtta sans aller au bout de sa phrase. Elle savait ce que cela faisait de trouver une personne qui n'en avait plus pour longtemps à vivre.

« Chut », fit Hazel. Elle était infirmière. Il ne pouvait y avoir de mort sans cadavre. « Les filles, allons-y. »

Truitt ne se trouvait pas à l'hôpital de fortune de Haymarket, où on avait conduit les blessés, noirs de mélasse, la peau marbrée et comme enduite de cire. Tout était couvert de sirop, c'était hideux à voir. On voyait des traînées de mélasse sur les oreillers et par terre, sur les médecins et les infirmières, mêlées au sang. Les gens sanglotaient en silence. Les roues en caoutchouc se décrochaient des brancards; leurs semelles collaient au sol. Truitt était peut-être amochée, méconnaissable. Deux femmes non identifiées avaient été amenées, aucune n'était Truitt. L'une d'elles était une vieille femme qui les regarda d'un œil noir – le second était-il obstrué par la mélasse ou arraché ? – et dit : « Je n'arrive pas à sortir, j'essaie de sortir, Rachel. »

Dehors, les rues étaient recouvertes d'une glu marron. Il y eut des coups de feu. Réels.

« Qu'est-ce qui se passe ? demanda Hazel.

— Les chevaux, répondit Mary. Pris au piège. Ils les abattent, les pauvres bêtes. Prochaine étape, la morgue, j'imagine. »

Les cadavres n'avaient plus besoin de se battre, aussi était-il plus facile de les regarder que les survivants. Enrobés de mélasse, ils ressemblaient à des antiquités pillées, ou à des insectes emprisonnés dans une goutte d'ambre. La morgue était plus bruyante que l'hôpital de fortune : remplie de cris, sans blessé qu'on risquait de déranger. Après avoir fait le tour des lieux, elles sortirent en suffoquant.

« Tout ce que je disais, expliqua LuEtta à Mary et à Hazel à bord du trolleybus qui les ramenait à Salford, c'est qu'elle s'est peut-être enfuie.

— De chez elle ? demanda Mary avec stupéfaction.

— Pour aller ailleurs. »

Elles commencèrent à débattre de cette éventualité, d'abord avec inquiétude, puis avec excitation. Après tout, ce n'était pas la première fois, elle avait atterri à Salford, Bertha *ex machina*, et il y avait les rumeurs, celles qui lui prêtaient un mari et un enfant abandonnés. Elle avait tout recommencé, corps et âme, pleine d'enthousiasme, et ils ne lui en avaient pas tenu rigueur. Peut-être était-ce son rythme à elle : choisir une vie, la vivre, s'en débarrasser. Quand elles imaginaient sa fuite, l'or qui brillait derrière sa voiture était la lumière du soleil, pas de la mélasse, et elle n'avait absolument rien en commun avec ceux et celles qu'elles avaient vus aujourd'hui, l'homme au torse transpercé par une pique, la vieille à l'hôpital de fortune, semblable à une barque délabrée balayée loin du port, qui attendait le retour de sa Rachel.

Truitt, elle, leur apparaissait dans sa Steamer. Roulant vers l'est, Chicago, peut-être. Ou le Texas.

« Non », intervint Hazel. Elle s'était mariée, avait eu des jumeaux, avait divorcé, vieille fille ayant gagné sa respectabilité avant de la perdre. Elle se serait enfuie si elle en avait eu l'opportunité. « À New York.

— Une pile de quilles sur le siège passager, ajouta Mary Gearheart.

— Non, fit Hazel avec assurance, le bowling, c'est de l'histoire ancienne. Elle sera le modèle d'un artiste. »

Mary Gearheart éclata de rire.

« Et pourquoi pas ? demanda Hazel.

— Truitt ? Toute nue, avec une coupe de fruits ?

— C'est Truitt, l'artiste, avança LuEtta.

— Oh ! » dit Mary Gearheart, et Hazel, reconnaissante mais regrettant de ne pas y avoir pensé elle-même, acquiesça : « Bien sûr. » C'était Hazel qui croyait que nudité rimait avec liberté, pas Truitt.

Leur escapade leur avait échauffé l'esprit. Elles avaient consacré trop de temps à organiser leur vie autour de leur mari et de leurs enfants, à essayer d'accéder au bonheur à travers celui des autres : toujours les premières levées et les dernières couchées, et c'était pourtant toujours à elles que revenait le morceau de poulet dont personne ne voulait. Mais elles ne partiraient pas, LuEtta, Mary, Hazel. Un jour peut-être, elles iraient à New York et feraient le tour des bowlings, des parcs, des théâtres et des musées dans l'espoir de l'y trouver. Et si elles ne la trouvaient pas, elles resteraient un jour de plus pour inspecter restaurants et salles d'opéra. Une fois leur curiosité assouvie, naturellement, chacune rentrerait retrouver les siens.

Leurs semelles sirupeuses collaient au plancher du tramway.

« On ne la retrouvera peut-être jamais », reprit Mary, avec une pointe d'espoir, car elle était bien placée pour savoir qu'elle était morte et que *disparue* était un temps préférable à *morte*, avant que les choses se corsent. Elle toucha le coude de Hazel et Hazel sut, elle aussi.

LuEtta secoua la tête. « Nous reprendrons nos recherches demain.

— Oh non, dit Mary. Je n'en aurai pas le courage.

— Ah », fit Hazel, puis elle pleura.

Personne ne l'avait encore jamais vue dans cet état, elle qui avait pourtant veillé tant de gens en piteux état, les patients sauvables, les cas désespérés, les comme-au-premier-jour et les plus-jamais-comme-avant. LuEtta et Mary lui prirent les mains. Curieusement, elle avait les doigts collants, mais pas autant que leurs chaussures, c'était plus comme une réminiscence, suffisant à parfumer une lettre d'amour. « Je suis désolée », dit Hazel, qui ne pouvait ni sécher ses larmes ni se cacher le visage. « Je suis désolée.

— Nous reprendrons les recherches demain », décréta LuEtta. Hazel et Mary secouèrent la tête.

Ce fut donc seule que LuEtta se rendit à l'hôpital de fortune à Haymarket le lendemain, puis à la morgue temporaire, puis à la morgue de Grove Street, qui abritait également les personnes décédées de causes plus banales :

rougeole, vieillesse, œdèmes. Le troisième jour elle découvrit Bertha à Grove Street, la peau sombre et sucrée, les bras repliés au-dessus de la tête : la mélasse avait emporté son chapeau, ses chaussures, et lui avait cassé deux dents au milieu de sa bouche béante. Le croque-mort ne l'avait pas encore lavée au bicarbonate de soude pour lui redonner l'aspect d'une personne du XXe siècle. Sa silhouette était reconnaissable, avec sa lourde poitrine, sa jupe-culotte, indomptable, abaissée.

Vésuve, Pompéi. Quelle autre force aurait été en mesure de balayer Bertha Truitt de la surface de la terre ? LuEtta s'était dès le début tournée vers la prière : Faites que Bertha soit en vie, même si ce n'est pas ici. Gardez-la en ce monde. Elle n'avait jamais fait une partie parfaite. N'avait jamais glissé un bulletin dans une urne. Le chagrin qu'éprouvaient Hazel et Mary était ordinaire, pour Truitt, pour les enfants tués dans l'inondation, pour elles-mêmes, pour avoir été témoins de tout ça, pour la fille de Truitt, orpheline de mère. *Cette femme stupide*, disait Moses Mood au sujet de Truitt. Non, par pitié, gardez-la ici. Bertha apprendrait à LuEtta à conduire, comme elle le lui avait promis. Elle inviterait LuEtta à entrer dans Superba, à monter dans la coupole : elles dormiraient sur le toit de la maison, ainsi que Truitt lui avait dit qu'elle faisait en été. Elles rouleraient à bicyclette, manifesteraient aux côtés des suffragettes. Elles tiendraient dans le creux de leurs paumes les calamités du passé – Edith ; quoi qu'il soit arrivé à Truitt – et parleraient d'elles, seulement si elles en avaient envie : la conversation ne serait pas capitale. Rien de tout ça n'avait semblé possible du temps où Truitt était là. À présent, rien de tout ça n'était possible sans son retour. C'était la raison pour laquelle LuEtta s'était rendue à l'infirmerie avant de retourner à la morgue alors que trois jours s'étaient écoulés depuis l'inondation et qu'il n'y avait plus l'ombre d'un espoir de sauver quiconque des décombres et de la gadoue.

En lieu et place du Vésuve, le réservoir de la United States Industrial Alcohol Company. Et de la mélasse en guise de cendres. Vingt et une personnes étaient mortes selon une information qui ne serait révélée que quatre mois plus tard après la découverte d'un dernier cadavre dans le port.

Truitt semblait d'un autre temps, femme préhistorique traînée dans un marécage, femme primitive qui ignorait ce qu'était la mort. Une catastrophe, oui, mais pas de l'ordre de l'universel. C'était le deuxième cadavre de LuEtta, qui n'avait pourtant pas été autorisée à voir le visage grièvement brûlé de sa petite Edith. Edith n'avait pas eu besoin d'être authentifiée. Ce n'était qu'une enfant morte, nul mystère là-dedans.

« Bertha Truitt », énonça LuEtta à voix haute. Comme une adresse. L'employé des pompes funèbres y vit une identification. Elle ne serait recouverte d'un drap qu'une fois son corps lavé de la mélasse et dévêtu à coups de ciseaux. Désolé, merci, au revoir.

La nuit de l'inondation, encore sous l'emprise de l'alcool, Leviticus écrivit à sa sœur qui résidait à Oromocto. Il s'était résolu à y envoyer l'enfant avant qu'il sache quoi lui dire. Il serait toujours temps de tout expliquer dans une lettre, plus tard. Rares étaient les mots qu'il pourrait prononcer.

Minna était au lit. Quand dormait-elle ? Ils ne lui avaient pas donné de bonnes habitudes. On la trouvait endormie au salon à huit heures du soir ou veillant dans la cuisine à minuit. Quand elle capitulait, son sommeil était profond et total, la bouche ouverte et les yeux étrangement mi-clos. Leviticus tendit l'oreille à la porte de sa chambre et n'entendit rien. Il alla ensuite chercher Margaret et la découvrit dans la cuisine, où elle préparait des sandwichs. Il la connaissait assez pour savoir que c'était sa façon d'exprimer ses émotions : attente, chagrin, inquiétude, rage, tout expédiait Margaret Vanetten à la huche à pain, au réfrigérateur ou à la table de la cuisine. Il examina les sandwichs, comme s'il pouvait y déceler quelque indice de son humeur. Du pain complet, du beurre, du cheddar. Son expression était elle aussi indéchiffrable, un visage de beurre et de cheddar. Elle se retourna.

« Margaret Vanetten », dit-il.

Pas de larmes, mais une nervosité visible.

« Meg.

— Oui. »

Comment devait-elle l'appeler ? Tout dépendait de ce qu'il lui demandait, se souvint-elle. Bertha donnait les ordres, mais le Dr Sprague (il restait le Dr Sprague à ses yeux) posait les questions. Bertha était gentille, pourtant elle ne croyait pas que Margaret Vanetten ait une vie intérieure. Le Dr Sprague était plus gentil, et il croyait en la vie intérieure de Margaret, en son âme, en ses peines et en ses ambitions, non sans crainte : il ne la regardait jamais dans les yeux plus d'une poignée de secondes.

Si Bertha Truitt était morte, Margaret devrait faire preuve d'audace. Elle pourrait bien materner sa fille comme elle l'entendait, sans refréner son amour – elle pourrait être une *mère*. Margaret s'était flattée toutes ces années de ne pas être moins bonne qu'une mère, et elle s'était même considérée comme une seconde mère – maternelle, maternant –, un statut qui, elle le comprenait à présent, ne suffisait pas. Elle devait revendiquer ses droits. Il était tentant de croire que si vous réussissiez à vous faire la plus petite et la plus légère possible, à vous fondre dans le décor, on vous autoriserait à rester presque partout. Or les femmes dociles tombaient aux oubliettes : cela, elle l'avait appris de Bertha Truitt. Ce que les femmes devaient faire, c'était conquérir l'espace. Devenir indéboulonnables. Elle ne deviendrait jamais la maîtresse d'une maison de ce rang – et pourquoi pas ? Elle n'épouserait certes pas Sprague – et pourquoi pas ? Elle n'avait pas de famille et ne risquait donc pas de scandaliser qui que ce soit.

Elle anticipait la solennité de la question qui allait suivre. Il avait revêtu une chemise propre et une cravate. *Accepteriez-vous de rester, avec d'autres fonctions ? Pour vous consacrer entièrement à Minna ? Soyez rassurée, j'emploierai une nouvelle domestique pour les tâches ménagères.* Ou : *Que vais-je faire sans elle, Margaret ?* Ou : *Margaret, dites-moi, suis-je un pauvre pécheur ?* Ou : *Que va-t-il advenir de nous ?* Ou : *Alors, Margaret ?* Alors quoi ? *Alors ?*

Il dit : « J'envoie Minna dans ma famille à Oromocto pendant quelque temps. J'ai acheté des billets de train pour vous deux. Vous voudrez bien faire les valises et emmener Minna à la gare à huit heures, et lui expliquer… »

Elle sourit. Un sourire qu'elle devina bête. « Non. »

Il hocha la tête.

« Enfin, reprit-elle, je ne lui expliquerai rien. Vous vous en chargerez au moment des au revoir.

— Ça non, répondit le Dr Sprague. Non, Margaret. Quel intérêt y a-t-il à ce qu'elle me voie dans cet état ? » Il se désigna d'un geste de la main. Il était persuadé que sa ruine était déjà totale et manifeste, alors qu'un jour ne s'était pas encore écoulé. Il était soûl, c'est vrai, mais cela lui arrivait souvent. Dans les jours prochains il s'effondrerait comme les hommes le font quand il n'y a personne pour les voir. Pour l'heure il arborait un costume terne de laine verte et la cravate sombre qu'il avait enfilée pour descendre parler au policier.

« C'est terrible de dire au revoir, lâcha-t-il.

— C'est pire de ne pas le faire », dit Margaret.

Elle n'en était plus si sûre le lendemain matin. Elle avait préparé leurs malles et revêtu ce qu'elle imaginait être une tenue de voyage, même si elle n'avait jamais voyagé. Elle caressa la possibilité d'échanger les billets de train à la gare pour aller où bon leur semblerait : Cape Cod, voir les baleines. À Coney Island, faire un tour de grande roue. D'ici là, elle s'assurerait que l'enfant dont elle avait la responsabilité dise au revoir à son père.

Il cria depuis les marches du belvédère : « *Bon voyage !*[*]

— Venez dire au revoir », ordonna Margaret d'une voix sévère.

---

[*] En français dans le texte original.

Silence.

« Nous monterons dans ce cas ! » cria-t-elle, ce qui le décida à descendre.

Minna attendait seule au pied de l'escalier. Elle faisait sa taille à présent. Pour son douzième anniversaire, il lui avait acheté une caisse claire, au grand désarroi de Margaret Vanetten, mais elle préférait le tambour à ces marches métalliques en bas desquelles il se tenait à présent. « Les femmes ne jouent pas du tambour », avait dit Margaret Vanetten. « C'est une fille », avait-il rétorqué. « Regardez mieux », avait-elle insisté, et Leviticus vit en cet instant qu'elle avait raison. En route, quoi qu'il en soit. Mais elle jouerait de la batterie.

« Tu pars à l'aventure », lui déclara-t-il.

Elle hocha la tête. La veille, Bertha avait coiffé ses cheveux nuance de bronze en deux nattes serrées. Elles dessinaient deux dagues dans son dos, sortes de talismans qui la préserveraient du mauvais sort. Quand Minna était sérieuse, elle offrait un tout autre visage : elle n'était alors qu'une jolie fillette dénuée de théories surprenantes. Mais lorsqu'elle riait ou chantait ou jouait de son instrument, sa beauté se réveillait, une beauté étrange, avec sa grande bouche et ses dents du bonheur. Son nez et ses dix-sept taches de rousseur : elle était dorée, d'or, dorée, et il posa une main sur son épaule pour refouler ses larmes.

« Tu ne viens pas ? demanda-t-elle.

— Je reste.

— Et Maman ?

— Elle te rejoindra dans quelque temps. Tu pars avec Margaret. Chez ta tante et tes oncles. Ça va être un sacré voyage !

— Oui», dit-elle, en pensant clairement *non*.

«Minna Sprague», reprit-il. Rien ne l'empêchait d'ajouter *je viens aussi*, et d'être bordé par Almira. «Je t'aime, ma Minna», dit-il, ce qui la fit rire car on n'exprimait pas ce genre de chose dans leur famille d'ordinaire encline à mépriser ceux qui préféraient les grandes déclarations d'amour aux actes. Margaret, par exemple. Minna ne devait pas le prendre au sérieux. «Je t'écrirai, lui promit-il. Et toi, tu m'écriras?

— Bien sûr.» On pouvait parler de son affection dans une lettre. C'était facile, suffisamment facile.

Plus tard dans la journée, Minna et Margaret parties, il s'imagina marcher pour la rejoindre. Attendre le départ du train, lui laisser prendre de l'avance. Il pourrait semer sa terreur, et lorsqu'il arriverait enfin à Oromocto il serait le père de Minna, un veuf, un frère. (Mais si Bertha était en vie!) Une marche colossale. Une parade en sa mémoire. Il ouvrirait la voie et chaque borne serait une commémoration.

Autre option, il resterait chez eux à boire.

Par la suite, son affection paternelle s'exprima dans les colis qu'il expédiait vers le nord – peut-être fallait-il y voir la raison pour laquelle Minna se souviendrait tendrement de lui comme d'un cœur généreux, elle avait tant de choses de lui, et rien de sa mère, dont elle n'avait jamais été séparée jusqu'à sa mort. Il se souvenait de ce qu'elle aimait et n'envoyait jamais deux fois la même chose. Une édition reliée cuir de Shakespeare, un sautoir en perles de jais, des robes de soie. Il lui écrivait des lettres d'amour, des poèmes d'amour. Il laissa l'argent de Bertha à la banque, n'en manquant pas lui-même. Bertha s'enorgueillissait de cette fortune qui devait lui permettre de soigner les pauvres de Salford. Il ne lui avait jamais confié qu'il possédait une ferme à Oromocto, que dirigeait son frère – il avait renoncé à tant de choses pour son mariage ! –, assez pour mettre Minna à l'abri du besoin.

Sa sœur, Almira, lui écrivit : *Désormais tu sauras que le chagrin peut façonner une vie.*

Ce qui était faux, le chagrin ne façonnait pas votre vie. Il la pulvérisait. La sectionnait, la vidait, la dissolvait. L'anéantissait. C'était là le plus dur. Il avait anéanti la logique de son cerveau, aussi. Une explosion ! L'automobile – oh, il savait –, non, pas une automobile, un réservoir. L'explosion l'avait donc tuée ? Pas exactement, le déluge. Un raz-de-marée ? En quelque sorte. Comment ça ? De la mélasse. Elle s'est noyée ? Oui, ou elle est morte asphyxiée, ou assommée. C'était une femme merveilleuse, votre épouse. Ils étaient rares, ceux qui avaient appelé Bertha son *épouse* de son vivant. Qu'était-elle maintenant ? Le passé. Elle n'était plus : ni femme ni mère. Insupportable.

Elle avait ses frayeurs, surtout après la naissance de Minna. Les incendies de maison en étaient une, et les raz-de-marée. Les abeilles. Les ouragans, modérément. Les bandits de grand chemin. La noyade, sous toutes ses formes : baignoire, mer, pneumonie. Être enterrée vivante. Tomber dans les escaliers. *J'aurais dû faire construire un bungalow*, avait-elle coutume de dire en regardant Minna virevolter dans l'escalier en colimaçon.

Elle ne craignait pas sa Stanley Steamer. Il la tenait pour responsable.

Margaret Vanetten lui avait écrit une carte et l'avait laissée avant leur départ, trois jours avant que Bertha – mais était-ce Bertha ? un doute qu'il hésitait à qualifier de métaphysique –, avant qu'un cadavre correspondant à la description de Bertha ne soit extrait de la boue. Margaret avait recopié une phrase tirée d'un almanach : *Nous recouvrons la cage d'un oiseau pour l'entendre chanter, la nuit rehausse l'éclat des étoiles, et le chagrin nous révèle tant de vérités.* Des mots qu'il ne pouvait que désapprouver. Chez d'autres, le chagrin pouvait rehausser l'éclat des étoiles. Son chagrin à lui rendait la vie creuse et inutile.

Il monta au belvédère pour écrire. De la poésie, pensa-t-il d'abord, et c'est ce qu'il écrivit en effet :

Bertha, ma chérie, t'en es-tu allée ?
As-tu quitté le bowling, notre maisonnée ?
Au coin de la rue, sur la chaussée,
Loin de la vie que tu as laissée.

Bertha, mon cœur, je t'en supplie,
Ne quitte plus jamais ton Levi.
Car pour toujours c'est toi qu'il chérit,
Toi à jamais perdue, avant lui partie.

Mais il devait admettre que Bertha n'avait jamais eu cure de la poésie. « Pas assez de mots, disait-elle. Et la moitié choisie pour la rime. » Non, Bertha aimait les mythes. Lorsqu'elle lui faisait part de sa théorie selon laquelle le cerveau humain n'était pas un seul organe mais plusieurs organes différents, il disait : « J'ai vu le cerveau humain, Bertha, et laisse-moi te dire que tu as tort. »

Elle répondait, catégorique : « Je crois que c'est vrai », comme si la croyance constituait une preuve en soi.

Il aurait dû partir à la recherche de sa femme quand ces joueuses de bowling l'avaient supplié de le faire, quand ce veuf blanc et guindé qu'il n'avait jamais vu de sa vie était monté lui dire : « Allez, Leviticus, reprenez-vous et allez-y, avant qu'il ne soit trop tard. » Il était resté. Il n'aurait pu vivre à Salford s'il n'avait pas eu des œillères. Comme un cheval, il n'avait tenu que grâce à sa capacité à se détourner de la haine et des ragots, de l'indifférence cruelle, de la curiosité insolente. Aujourd'hui encore : il se détournerait pour regarder le passé. Il écrirait le mythe de Bertha, comme elle l'aurait écrit elle-même, et la joie transpirerait dans chaque page.

Il écrivit :

Vie de Bertha Truitt

… il s'arrêta, en larmes : *Vie*, parce qu'elle était morte.

Non, Leviticus. C'est ton travail, maintenant.

Crois en tes balivernes : fais-en sorte qu'elles se réalisent. Derrière tout ça, il y avait ces horribles brochures qu'elle collectionnait. *Un foyer pour tous* et *Le Guide du mariage*. On écrivait pour se persuader, parce que les idées étaient magnifiques, à leur façon. Dormir sous un toit octogonal pour réussir son mariage ; élire l'élu de son cœur sur la forme de sa tête signifiait qu'une destinée scientifique guidait votre vie. Le cerveau était un placard des plus retors : plein à craquer, sens dessus dessous. Qui ne rêverait pas d'y mettre de l'ordre ?

Il écrivit la vie de son épouse. Il mentit beaucoup, comme elle avait menti : par omission, par exagération.

Le premier jour de travail fut épouvantable, Bertha distante, comme si elle ne lui avait pas révélé un seul secret durant leur vie commune et ne le ferait plus à présent. Qui était cette femme rencontrée dans le cimetière de Salford seize ans plus tôt ? Il ne savait rien d'elle. Le lendemain, sa chaleur l'enveloppa, elle se tenait derrière sa chaise, il sentait son souffle sur sa nuque comme par le passé, et le jour suivant – comme s'il s'agissait d'une faculté phrénologique, l'essence de Bertha –, il sut tout et écrivit sans rien omettre. Ses pieds, petits et adorables, quand elle jouait au bowling ; son buste qui la gênait quand elle se balançait ; du temps où Minna était un nourrisson, elle plaçait des feuilles de chou dans sa brassière. C'était curieux, la vie d'une femme. Il n'y avait jamais songé.

Il ne descendait qu'en cas d'absolue nécessité, se contentant d'écrire et de boire, assis dans le belvédère. Sa fille y avait vu le jour, Bertha y était restée coincée, avec la maison en dessous formant une crinoline autour d'elle. Il n'avait désormais besoin que de cette pièce.

Dans le belvédère, il dormait comme un mort : ni rêves ni repos, seulement des minutes extraites de sa vie. Il était réveillé et tout à coup il se débattait à nouveau pour rester en éveil. Assis, on ne rêve pas. La chose était impossible d'un point de vue architectural. Bertha avait peur d'être enterrée vivante – et elle l'était ! elle l'était ! – mais cela ne l'aurait pas dérangé, lui : quelle différence cela faisait-il ? Il fermait les yeux et se souvenait de ces choses, dans cet ordre : *Je suis vivant, je suis un être humain, je ne suis pas au lit, Bertha est morte, je m'assois, je suis dans un fauteuil, je suis dans une boîte en verre, le Seigneur me voit sous tous les angles, les oiseaux aussi, c'est lundi, je suis en vie.*

Les chats venaient se pelotonner sur ses genoux, malgré son indifférence. Ils ronronnaient moins et finirent par quêter l'affection ailleurs.

Le livre lui demanda trois semaines de travail au bout desquelles il éclata en sanglots parce qu'il en avait terminé avec Bertha. Il balaya la coupole du regard et constata les preuves de sa folie, les cadavres de bouteilles, la puanteur qui se dégageait de son corps. Il avait tenu à éloigner l'enfant en prévision. Il se rappela avoir pissé dans le tube acoustique. La maison pouvait bien tomber en ruine, pour ce que cela lui faisait.

Il envoya le manuscrit à son éditeur, rebaptisa la maison Supersum – ce qui subsiste – puis se rendit au bowling désert et s'endormit sur la piste de Bertha.

2

Un mariage de bowling

Joe Wear connaissait deux des victimes de l'inondation de mélasse : Bertha Truitt et un Écossais, un dénommé Virgil Fraser qui (d'après le *Bugle* de Salford) construisait des bateaux sur un chantier naval. C'était Virgil qui avait initié Joe Wear au bois ; et ce fut la mort de Virgil qui l'anéantit. Joe Wear lut son nom dans l'édition de l'après-midi et se mit au lit, fou de chagrin. Moins pour ce Virgil-ci – ils ne s'étaient pas vus depuis vingt ans, calcula-t-il avec stupeur – que pour le jeune homme qui avait partagé son lit les nuits de bamboche (selon l'expression de Virgil), bourrés comme des coings (une autre de ses expressions). Joe avait seize ans. Virgil aurait pu en avoir vingt-trois, vingt-deux ou quarante-cinq, pour ce qu'il en savait. (Le journal l'éclaira sur ce point : il était mort à cinquante-deux ans. Il en avait donc trente-six l'année de leur rencontre.) Ils s'étaient rencontrés aux Misérables, où Joe était pinboy – Virgil rénovait les parquets en érable des approches. Le premier soir ils avaient bu, s'étaient endormis et réveillés dans le même lit, rien de plus. La chambre de Virgil était située au dernier étage, un espace que rognait le toit en mansarde et qu'agrandissait un chien-assis surplombant Scollay Square.

La deuxième nuit, Joe ouvrit les yeux dans le noir, tiré du sommeil par cette question où on sentait poindre l'amour, et c'est Virgil qui la lui posa de sa voix noueuse : *Tu dors ?* Sous les combles, Joe était bien en peine de répondre – il ignorait quelle réponse était exacte (était-il réveillé ?) ou donnerait suite à ses désirs, ou pousserait Virgil à prendre : quoi au juste ? des libertés, ou Joe lui-même. Il voulait que Virgil prenne ce qu'il y avait à prendre. Virgil posa ses lèvres sur l'arrière de son crâne. Joe y vit un baiser. Puis Virgil le mordit à l'épaule : *Réveille-toi.* Bien. Joe se retourna. « Te voilà, dit Virgil en prenant Joe dans sa main avec détachement, vous voilà. »

Virgil avait des cheveux fins et courts qui laissaient deviner ce qu'il avait laissé – une tête magnifique, deux oreilles tarabiscotées –, à défaut de ce qu'il avait perdu. Le jour, Joe allait au travail et ramassait les quilles. La nuit, il dressait des inventaires alcoolisés. Les côtes de Virgil ressortaient sur son torse musclé. Il lui manquait deux doigts, la moitié d'un pouce et trois orteils. De peur de paraître impoli, Joe ne l'interrogea pas à ce sujet et – penché sur le lit une place, fixant la ligne ferroviaire aérienne, les mains incomplètes de Virgil agrippées à ses épaules – il s'accrochait à ses bonnes manières. Il avait toujours raillé cette manie qu'avaient ses tantes irlandaises de s'accrocher au linge qu'elles avaient emporté (mouchoirs, nappes tachées), mais il comprit qu'on s'accrochait à ce qui nous restait. La longévité était synonyme de fiabilité. C'était peut-être l'essence même de notre être.

Virgil n'avait jamais demandé à Joe d'où lui venait sa démarche bancale et chaloupée. Les autres n'avaient pas autant de scrupules et agissaient comme s'ils ne pouvaient se faire une opinion de lui ou écouter ce qu'il avait à leur dire sans cette information. À croire qu'il était une personne différente selon la date de l'événement : avant sa naissance, sa naissance, son enfance, l'année dernière. Ou selon la cause : un traumatisme *in utero*, un père brutal, un cheval en fuite, un acte de bravoure ou de lâcheté, le destin, un coup du sort, sa responsabilité.

« T'inquiète pas, gamin, lui avait dit Virgil le lendemain matin devant son visage sidéré. Ça te passera, tout ira bien. »

Comme chaque mois, il passa l'après-midi avec sa tante Rose restée vieille fille. Elle lui avait rendu visite à la Dolbeer Home for Destitute Children sans toutefois jamais le recueillir chez elle. Ils étaient les derniers membres de leur famille, lui rappelait-elle souvent, car elle était trop âgée et lui trop bizarre pour prétendre à se marier et avoir des enfants. Une vieille fille et un éclopé : leur nom s'éteindrait avec eux. En attendant, elle habitait une pièce circulaire à la proue d'un immeuble en forme de part de tarte situé non loin de Copley Square. « Ma tour », disait-elle, bien qu'elle résidât au premier étage et qu'en guise de douves, elle dût se contenter de l'intérieur triangulaire d'une enseigne Rexall.

Ils se retrouvaient chez Shaw's, une cafétéria où Rose commandait invariablement une assiette de chop suey et Joe, la salade de bœuf. Elle n'était pas si vieille – à quarante ans à peine, elle avait le teint faisandé et la voix poussive d'une octogénaire. Il croyait savoir qu'elle avait été mariée – elle s'appelait Daisy Friant, or on lui avait dit que le nom de jeune fille de sa mère était Crump, Daisy Crump –, mais comme pour les doigts de Virgil, il n'évoquait jamais le fantomatique M. Friant par souci de discrétion.

« Quel appétit ! s'exclama Tante Rose en le regardant manger son assiette. Tu es si difficile d'ordinaire. » Son regard était brillant et taquin. « Serais-tu amoureux ? »

Il est vrai qu'il avait toujours mangé du bout des lèvres les morceaux de bœuf enrobés de sauce crémeuse. Ce jour-là il mangeait d'un air distrait, la manche de sa chemise traînant dans son assiette et badigeonnant la nappe de gras. Joe vit qu'il avait en effet englouti son plat. Sa tante portait des bouts de céleri, côtelés comme ses bas, à sa bouche circonspecte.

Quelle drôle de chose que l'amour. Embrasser un homme se retenir à un homme se donner à un homme – c'était on ne peut plus normal (toujours selon Virgil). Des cas similaires, il y en avait eu des tas à la Dolbeer Home. Un jeu qui était, comme tous les jeux, tantôt amusant et agréable, tantôt violent, horrible, honteux. Mais l'amour, c'était la perversion, comprit-il. Et celle-ci était de nature à vous empêcher d'entrer au paradis de Tante Rose. Joe secoua la tête et se mordilla le pouce.

Ils étaient assis derrière la vitrine donnant sur la rue. Le monde était baigné de lumière. Joe le méprisait.

« Un jour, Jo…, commença Tante Rose. Mais… qu'est-ce que tu as au pouce ? »

Il le sortit de la bouche pour l'examiner. « Une écharde », dit-il, surpris de la voir. Il la lui montra.

« Dans ce cas, n'utilise pas ta bouche, dit Rose. Elle est sale. » Elle saisit son pouce d'une main et, de l'autre, fouilla dans son sac. Les vieilles tantes ont toujours tout ce qu'il faut pour gagner leur place à bord d'un canot de sauvetage en cas de naufrage : nécessaire à couture, gouttes de marrube, chaussettes de rechange. Elle sortit une aiguille et, sans un mot, entreprit d'extraire l'écharde du pouce de Joe Wear.

« Sois courageux, déclara-t-elle au pouce.

— D'accord, répondit Joe.

— Tu as toujours été un garçon courageux. » Elle ne le regardait pas. « Voilà. » Elle essuya l'écharde sur la serviette couleur ivoire posée sur ses genoux, puis retourna la main de Joe et soupira. « Tu en as partout, Joe ! Ça ne te fait pas mal ? »

Il n'aurait su dire.

Elle approcha sa chaise près de la sienne. Quelle image renvoyaient-ils ? Une femme qui pouvait passer pour sa mère tenant la main d'un garçon trop vieux pour ça. Une bohémienne lisant les lignes de la main. Un homme et une femme engagés dans une entreprise sérieuse. Une bonne âme priant pour le salut d'un pauvre pécheur. Une pécheresse demandant l'absolution. Joe Wear se sentit rougir jusqu'aux oreilles, moins pour ce qu'il avait fait avec Virgil Fraser dans cette chambre louée près de Scollay Square que pour avoir apporté leurs ébats sur les genoux de Rose Friant, qui s'évertuait à retirer écharde après écharde de sa main comme s'il s'agissait d'une relique de la croix de Jésus. Elle les sortit une à une – « Maintenant, l'autre, poursuivit-elle, l'autre main, Joe » –, et chacune finissait sur sa serviette avec un petit gloussement.

Les cals rendaient ses paumes presque insensibles à la douleur, mais elle devait percer le cuir pour atteindre la chair. D'où lui venaient ces échardes ? Les quilles, les boules, les parquets ; les montants du lit, le châssis du chien-assis, la chaise de bois cintré, le minuscule bureau, le sol de la pension de famille ; récoltées sur le corps constellé d'échardes de Virgil Fraser. Tant d'endroits possibles. Il était impossible de connaître l'origine de chacune. Elles formaient un tout. Il aurait voulu retirer sa main, s'enfuir et retourner à Scollay Square : plus tard, il considéra que rien ne lui avait demandé un si grand courage.

« Tu pourrais construire un bateau », dit-elle quand elle eut terminé, sa main retenant toujours la sienne. Que ferait-elle si elle savait où ces mains avaient traîné ? Les avait-il lavées ? Elle tapota l'intérieur de son poignet et le regarda de ses yeux bleus, rendus plus vifs par l'afflux de sang : « Ce n'est rien, Joe. Tu pourrais rencontrer une fille qui s'en fiche. Serre-moi la main !

— Quoi ?

— Serre-moi la main. On devine le caractère d'un homme à sa poigne. » Elle ferma les yeux pour mieux juger. Puis elle les rouvrit et regarda la serviette piquetée d'échardes. « Ne m'oublie pas, Joe. Tu me dois un service. Androclès et le lion. »

Qu'avait-elle décelé dans son caractère ? « Ma mère me racontait souvent cette histoire », répondit-il même s'il n'en avait aucun souvenir.

Elle eut un sourire plein de pitié. Le pauvre, il croyait encore que sa mère et ses histoires n'appartenaient qu'à lui seul. « Je sais », répondit-elle enfin.

Cet après-midi-là, aux Misérables, il travailla avec fièvre. Il installait les quilles avec célérité sous le regard des autres pinboys qui s'étaient assis pour l'observer passer d'une piste à l'autre, remettre d'aplomb les quilles sur leurs plaques, balancer les fissurées et en attraper de nouvelles, sablant à la volée pour qu'elles restent en équilibre. Il est vrai que les quilles lui rappelaient Virgil Fraser et il était à peu près certain de ne plus pouvoir en tenir une avec l'innocence d'autrefois. Comment les avait-il tenues auparavant ? Ce qu'ils avaient fait avait semblé nécessaire et allumé un feu dans la chambre ; ce feu continuait à brûler et il craignait qu'il le consume : la cause de sa mort serait la *sodomie*. C'était le mot qui s'imposait à lui. Biblique. Il n'avait pas lu la Bible. Tante Rose découvrirait la vérité et en informerait sa défunte sœur au détour d'une prière. Malgré tout il mourrait d'envie de retrouver Virgil Fraser et son odeur puissante, son affection fauve. La chaise de bois cintré, la lucarne, le lit. C'était du reste l'objet de sa honte, qu'il soit capable de recommencer, lui, le seul espoir de sa famille.

Il brûlait. De honte ? D'amour ? L'un et l'autre pourraient bien le tuer. La douleur physique, aussi : il avait compris le matin même qu'il serait terrassé, les muscles tétanisés, incapable de se hisser à temps sur l'étagère pour esquiver les boules. (Un esprit de malveillance flottait sur Les Misérables. De mauvais plaisantins visaient parfois les pinboys.) Il aurait voulu que chaque quille saisie remplace les échardes qui lui avait été volées : il ne pouvait toucher personne de ses mains douces, pas même Virgil Fraser, un homme qui lui semblait fait de bois : douves de tonneau, quilles de bowling, poncé, vernis ou brut. Sa respiration de sciure.

À la fin de son service, Joe démissionna. Il repartirait de zéro. Il trouverait un travail où il ne se ferait pas remarquer, où il ne désirerait pas, où personne ne braquerait une arme ou son regard sur lui. À la fin de la semaine, il trouva un emploi à Salford, à moins de dix kilomètres de chez lui, dans un cimetière, parmi les morts, lesquels (découvrit-il) ne gardaient pas leurs jugements pour eux. *Vous serez un jour comme je suis à présent. Ne me pleurez pas. Elle était sans péchés.* Les morts étaient regroupés par famille, les époux reposaient à côté de leur première et de leur seconde épouse, les célibataires au pied de leurs parents, toutes ces pierres payées par quelqu'un, au bout du compte. Une foule de gens morts est tout autant une foule qu'un bowling, pensa-t-il, jusqu'à ce matin où il trouva une femme en vie au milieu des pierres tombales. Il alla lui rendre visite à l'hôpital, et elle lui offrit un travail, un logement, son drôle de sourire et lui tendit sa main. Il la serra.

On devine le caractère d'un homme à sa poigne, lui avait dit Tante Rose. Qu'en était-il des femmes ? La main de Bertha Truitt lui donna l'impression d'être taillée dans l'érable ; quant à la sienne, il lui semblait que l'aiguille de Rose l'avait désossée. Il vit en cette femme un moyen d'échapper à Virgil Fraser, à son influence corruptrice, puissante, à son odeur saisissante, à ses plaisanteries dangereuses et à son affection néfaste – à moins que ce ne fût qu'un passe-temps pour Virgil ? À l'instant où Virgil Fraser l'avait retourné sur le lit, il s'était su à un carrefour – *oui*, *non* – qu'il pressentait être le premier d'une longue série : seulement, il ne se doutait pas qu'un autre se présenterait si vite à lui.

« Est-ce que vous vous joindrez à moi ? » avait demandé Bertha Truitt, des paroles qui sonnaient moins comme une question que comme une persuasion, ce qu'elles étaient précisément. « Faites bien votre travail, avait-elle dit, et un jour le bowling sera à vous. »

Joe Wear quitta la chambre qu'il louait et emménagea dans l'appartement au-dessus du bowling où il pensa à Virgil Fraser à toute heure du jour et de la nuit. Puis une fois par jour. Puis, les années passant, une fois par semaine. Puis seulement quand il voyait un homme grand et aux jambes arquées passer l'entrée : Virgil est venu me chercher, pensait-il en se retenant de bondir par-dessus le comptoir pour sauter au cou de l'étranger.

En janvier 1919, Joe Wear était au lit dans sa chambre au-dessus du bowling, seul avec son chagrin. Personne n'était venu frapper à sa porte. Personne ne lui avait donné de consignes. Pour la mort de Bertha Truitt, le vieux Levi aurait le droit à des couronnes, des rubans et des messages de condoléances. Autant d'intentions concrètes. Et Joe Wear, à quoi avait-il droit ? Il n'avait jamais prononcé le nom de Virgil Fraser, ou alors pas depuis vingt ans, voire jamais. Il avait retrouvé sa tante Rose chez Shaw's chaque semaine, jusqu'à ce qu'elle s'entiche d'un veuf, père de trois enfants en bas âge. Elle était devenue mère, avait déménagé dans le New Hampshire pour prendre un nouveau départ. S'il avait abandonné Virgil pour elle (Virgil n'avait jamais été à lui, aussi ne pouvait-il l'abandonner), s'il avait abandonné pas juste une autre vie, mais la vie elle-même, comment avait-elle pu le laisser pour ce M. Birch, cet homme chauve, cette tête de piaf, propriétaire de chalets d'été disséminés au bord d'un lac ?

Et pourtant. Installe-toi dans un chalet, lui avait-elle proposé. Que ferait Joe Wear dans un chalet ? Ses seuls biens, le collier de corail, le linge venu d'Irlande, le sens des convenances, seraient légués à ses beaux-enfants.

Faites bien votre travail et un jour le bowling sera à vous.

« Ne tombez pas amoureux de cette femme ! » l'avait mis en garde Tante Rose vingt ans plus tôt lorsqu'il lui avait parlé de Bertha Truitt. Une femme qui possédait son affaire avait forcément quelque chose de louche. Mais s'il était tombé amoureux, ou s'il s'était tout du moins marié, il serait l'heureux propriétaire du bowling à l'heure qu'il est.

Il lui avait demandé en une seule occasion ce qu'elle faisait dans le cimetière. Elle n'avait rien répondu tout d'abord, puis : « Joe, vous êtes orphelin, non ? – Oui. » « Eh bien, j'étais orpheline de moi-même. – Je ne comprends pas. » Mais il comprenait parfaitement. C'était une chose terrible et la raison de leur arrangement : ils étaient tous deux passés par là.

« Orpheline de moi-même, avait dit Truitt, je me suis abandonnée sur le seuil de Dieu. Vous m'avez trouvée avant lui. – Et votre mari. – Vous d'abord, Joe Wear. Je n'oublierai jamais que c'est vous qui m'avez trouvée le premier. »

Et un jour le bowling sera à vous.

Ses mots exacts. Il en était certain. Une promesse qui lui avait semblé farfelue sur le coup ; Truitt s'était révélée un être humain non moins farfelu, mais on pouvait compter sur elle. Si vous paraissiez avoir faim, elle vous faisait livrer une dinde pour le dîner. Si vous admiriez son chapeau, elle en commandait une réplique même si ce n'était pas dans vos habitudes de porter des chapeaux de dame. Dans son monde, les gorgées de whisky et les sandwichs étaient remplacés par des caisses d'alcool et des cochons rôtis.

Il se redressa et s'adossa aux barreaux du lit. Ses pieds caressaient les ressorts. Toutes ces journées passées au lit avaient transformé ses muscles en draps empesés. Il avait mal rien qu'à les soulever. Il se demanda s'ils le retenaient.

Sans lui, le Bowling de Truitt ne tournait pas, il en était sûr. Les quilles auraient été rangées en fin de soirée, les boules renvoyées le long des retours, les cendriers vidés, empilés et laissés ainsi pendant des jours. Ce n'est pas le vieux Levi qui aurait ouvert, encore moins Jeptha Arrison. Personne, à part Joe. Il n'était pas impossible que la vitrine soit constellée d'empreintes de mains et de nez des joueurs curieux de savoir si le Bowling de Truitt rouvrirait à présent que la maîtresse des lieux était partie.

Peut-être qu'il en était le propriétaire. Peut-être que l'établissement était venu à lui.

Il descendit, cahin-caha, et prit la décision d'ouvrir le bowling.

On avait accroché une couronne de roses et d'œillets à la porte et noué un ruban noir à la poignée. Après une seconde d'hésitation, Joe enleva le ruban et sortit ses clés.

La salle avait besoin d'un sérieux coup de propre : il donnerait ses directives à Jeptha Arrison. Non, pensa-t-il, il s'en chargerait lui-même cette fois-ci. Une cérémonie, en quelque sorte. Et un peu d'exercice lui ferait le plus grand bien. Il alla actionner les interrupteurs des lumières, et c'est seulement alors qu'il vit, telle une apparition, le vieux Levi assis dans le noir. L'homme se tourna pour regarder Joe et lui adressa un signe de tête menaçant. Passant outre, Joe alluma les lumières.

« On ouvre, non ? » demanda Joe.

Un autre signe de tête énigmatique.

Joe Wear n'avait jamais porté le vieux Levi dans son cœur, et cette façon qu'il avait de s'aplatir devant Bertha avec sa morgue habituelle ou d'entrer dans le bowling en propriétaire le débectait. Il avait l'air de se soucier comme de sa chemise de ce que Joe Wear pensait de lui. Un ivrogne déprimé, prostré dans un coin, noir de surcroît, pouvait planter l'affaire. Il ressemblait à un meuble abîmé par le temps, s'aperçut Joe : élimé là où apparaissaient les arêtes de sa charpente, les articulations craquantes, le rembourrage bosselé.

« Vous êtes bien, ici ? » demanda Joe Wear.

Le vieux Levi agrippa la table ronde, visiblement dans l'expectative. « Je ne suis bien nulle part », répondit-il.

Si Bertha avait laissé un testament – il y en avait forcément un, Bertha n'aurait jamais manqué une opportunité d'expliquer en détail ce qu'elle donnait, à qui et en quelle quantité –, elle n'aurait pas voulu charger le vieux Levi d'un fardeau en lui léguant le bowling. Il n'en aurait pas voulu ; elle ne le lui aurait pas donné. Ni à leur fille. Il y avait un testament, qui allait être lu. D'ici là…

« … je ne suis pas viré, dit Joe.

— Pas viré, non. » La voix du vieux Levi était onctueuse comme le lait, comme s'il cherchait à éteindre le feu qui consumait Joe Wear. « Allez-y, ouvrez.

— Écoutez, Sprague…

— Docteur Sprague. » Il n'avait pas complètement lâché la rampe. « Si vous cherchez un emploi ailleurs…

— Non, Levi, ce n'est pas le cas. Je ne suis pas viré ?

— Pas viré », répéta le Dr Sprague, agacé par le ton de Wear. Il ne fallait rien changer au bowling de Bertha, quitte à garder cet idiot.

Ils jetèrent un coup d'œil à la porte principale et virent les trois femmes qui regardaient à l'intérieur, une main en visière. Elles avaient été attirées par les lumières du bowling, restées éteintes les quinze derniers jours. Elles se redressèrent et leur tournèrent le dos, faisant mine de s'être arrêtées en chemin pour faire un brin de conversation.

« Ne vous inquiétez pas, M. Wear, reprit le Dr Sprague, d'une politesse qui frôlait l'insolence. Je n'en ai plus pour longtemps.

— Ce n'est pas ce que je veux.

— Quoi alors ? interrogea le Dr Sprague.

— Je ne veux rien. Je veux que le travail du jour soit exécuté. » Une fois la reprise des affaires, il ne faisait aucun doute que l'homme partirait retrouver les siens au Canada. « Mes sincères condoléances », poursuivit Joe. Puis : « Pour vous. Pour votre épouse. »

Il attendit une réponse et finit par aller ouvrir aux femmes.

« Mesdames », déclara-t-il d'une voix pincée, submergé par l'odeur de mélasse. Elle avait pénétré à l'intérieur dans le sillage des femmes ralenties dans leurs mouvements par cette glu qui faisait couiner leurs semelles à chaque pas.

Les femmes – Mary Gearheart, Hazel Forest, LuEtta Mood – avaient consulté tous les jours le journal à la recherche d'un avis de décès. Les funérailles auraient-elles lieu au Cedrone's Funeral Parlor ? Au bowling ? Surtout pas à l'église : Truitt les fuyait. C'est du moins ce qu'elle affirmait. Elles devaient faire *quelque chose*, ne serait-ce que jouer sur la piste de Bertha Truitt. Elles avaient suspendu la couronne, noué le ruban et étaient rentrées chez elles pour jouer au bowling. À présent elles étaient ici.

En apercevant le Dr Sprague dans un coin, LuEtta Mood songea à fuir. Elle avait identifié le cadavre de Bertha et aurait dû se rendre directement à l'Octogone pour le lui annoncer. Au lieu de quoi elle avait laissé la police s'en charger. Elle s'était contentée de lui envoyer un mot, or elle savait que c'était insuffisant. Elle était bien placée pour connaître le sens que revêtait un mot ou une lettre aux yeux d'une personne en proie à un deuil terrifiant. Elle n'avait jamais compris le Dr Sprague, mais s'en était-elle seulement donné la peine ?

Elle s'approcha de la table. « Dr Sprague », commença-t-elle. Il leva le visage vers elle.

Il avait maigri. Son double menton autrefois charnu, presque gênant, s'était amenuisé ; ses moustaches tombaient, frappées d'abattement. Que se produisait-il dans un mariage ? Le sien s'était effondré comme un gâteau, à supposer qu'il ait un jour tenu debout, et depuis la mort de Bertha elle rêvait de fuir, mais elle comprit qu'il n'était pas besoin que ça en reste à ce stade-là : partir est une chose nécessaire. « LuEtta Mood, continua-t-elle. J'étais une amie de votre femme. »

Lui avait-elle seulement adressé la parole dans l'année ? À l'autre bout de la salle, Mary et Hazel avaient commencé une partie dans le calme, autrement dit sans grand talent, une quille après l'autre. Jeptha était assis, prêt à aller repositionner les quilles – quand était-il arrivé ? –, et ni lui ni les femmes ne leur prêtaient attention. LuEtta savait qu'elle ne pouvait revenir vers elles les mains vides.

« Nous nous demandions s'il y aura des funérailles, dit-elle.

— Une commémoration. Plus tard. »

La négligence manifeste du Dr Sprague alarma LuEtta : il s'occuperait des choses quand il en trouverait le temps, pas avant. Il ne s'était peut-être même occupé de rien : le corps, pomponné, retapé, étincelant comme un saint, pouvait être entreposé dans la maison. Elle songea que la mort d'Edith l'autorisait à évoquer la mort de sa femme. « Et l'enterrement ?

— Déjà eu lieu, répondit le Dr Sprague. Au cimetière de Salford.

— Naturellement. »

Il la regarda comme si elle venait d'exprimer une opinion sur un rêve qu'il avait fait.

« Je chercherai la pierre tombale, s'il y en a une, reprit LuEtta.

— L'année prochaine, comme le veut la coutume chez elle.

— Chez elle. »

Il hocha la tête et retomba dans le silence.

Elle s'assit à table. Pour quel motif n'était-elle pas allée le voir après la découverte du cadavre de Bertha à la morgue ? Parce qu'il aurait fallu qu'elle renonce à son propre chagrin, qu'elle le plie en un triangle bien net comme un drapeau et le lui remette. Elle ne se sentait pas prête à franchir le pas. Elle inclina la tête pour voir ce qu'il écrivait ; il tourna la feuille vers elle.

BERTHA, était-il écrit à l'encre de couleur et en lettres qui sortaient de l'ordinaire : une construction architecturale, le lierre grimpant sur le mur extérieur du *B*, et le *R* recouvert de roses et de lucarnes ovales, le *A* couleur pêche dans les derniers rayons d'un coucher de soleil. Elle aurait aimé l'emporter ; ses pouces punaisaient le dessin à la table. Il déclara : « Elle n'a pas disparu, elle est partie en avance », à quoi elle répondit : « Oui, mes condoléances. »

Il fronça les sourcils. De sa voix de médecin, il répéta : « *Pas* disparue. » Puis il la regarda et, radouci, ajouta : « Bertha m'a dit que vous avez perdu un enfant. »

Elle hocha la tête.

« Je suis désolé. » Il examina son visage quelques instants, comme troublé. « Il n'est pas trop tard pour en avoir un autre, si c'est ce que vous souhaitez. Si c'est ce que souhaite votre mari.

— Merci », répliqua-t-elle, même si – songea-t-elle plus tard en préparant le dîner de Moses Mood, des foies de volaille et des pâtes au beurre –, ce n'était pas une permission qu'elle recherchait.

Leviticus regarda les femmes jouer. Il aimait Bertha, ses pensées ne s'étaient jamais abandonnées à d'autres femmes, aussi adorables fussent-elles, mais elles erraient pourtant. L'inattention, c'était son vieux péché. Peu importait le spectacle qui s'offrait à lui, il laissait ses pensées vagabonder. C'était un rêveur dans l'âme – parfois, rarement, il articulait les spondées et les iambes d'un vers de poésie. Le plus souvent, il était vide.

Il marchait dans une rue de Fredericton, traversée plusieurs dizaines d'années auparavant. Il se remémorait les poèmes appris par cœur dans le passé, les siens mais pas seulement, une opération qui s'apparentait à lire de vieilles lettres dénichées dans une malle : rien de neuf, et pourtant tout lui apparaissait sous un jour nouveau.

S'il pratiquait une religion, il serait allé se confesser. *Bénissez-moi mon père car j'ai... De quoi parlions-nous ?*

Au lieu de quoi, comme beaucoup de pécheurs, il cultivait son péché. Il restait assis dans un coin du bowling. Une flasque dans la poche. Les yeux rivés au plafond. Le passage fugace d'un souvenir de Bertha, puis sa mort dévastatrice.

Pourvu qu'elle ait eu au moins le goût du sucre sur la langue.

Pouvons-nous tout lui pardonner? Absolument tout? Même les chats? Il les avait abandonnés. *Ce sont des animaux sauvages*, s'était-il dit, mais sauvages ou pas, ils étaient enfermés dans une maison octogonale. Ou : *Margaret Vanetten les a laissés partir* – c'était elle qui les nourrissait –, mais Margaret avait pris le train avec Minna, et elle avait cessé d'être à son service à l'instant où elle avait foulé le quai de Fredericton. Chaque fois qu'il se souvenait des chats – quand Minna lui écrivait pour prendre de leurs nouvelles –, il pensait : *Bertha est morte, comment puis-je avoir du chagrin pour un chat ?*

Il songea à Maman Chat, perdue, retrouvée et pleurée, et au dégoût de Bertha.

Les chats sont sans pareils pour le chagrin. Ils ont de la résistance pour ça, ils méprisent les convenances. Un chien essaierait de vous changer les idées. Les chats lui apporteraient du réconfort. Il ne supportait pas d'être consolé.

Amène-moi Donizetti lors de ta prochaine visite, écrivit Minna, à quoi il répondit : *Je ne pourrais pas vivre sans lui.*

Il songea qu'il ne quitterait Salford que dans un cercueil, ou une urne.

L'autre vie de Bertha Truitt

On l'avait surprise qui marchait dans Mims Avenue, le visage tuméfié, en vie. On l'avait surprise qui marchait dans Atlantic Street, un ectoplasme à la recherche de son chapeau. Elle guettait à travers la vitrine de son bowling, les poches de sa veste aussi pleines d'argent qu'une machine à sous. Au fond du cercueil, son corps ressemblait à un moule fait de mélasse ; elle avait nagé pour se mettre à l'abri. Elle reposait sur son ancien lit, à l'Octogone, semblable à un fruit au sirop. Son corps avait été démembré – tête, bras, bras, buste, jambe, jambe –, puis mis dans un sac et enterré dans une balle de caoutchouc. La veille, elle avait dit à ses camarades de bowling : Si je disparais je reviendrai dans le cimetière de Salford, venez me chercher, au plus tard le 1er mars à midi, près de l'obélisque Pickersgill. L'affluence fut telle qu'on dut fermer les grilles.

Elle errait dans les marécages au nord de la ville. Elle s'appelait dorénavant Abigail Patrick et prêchait l'abstinence dans les rues de Nantucket.

Elle était cette chaleur perturbante sur la taie de votre oreiller en février, l'extase troublante qui vous tirait du sommeil à deux heures du matin, triturant la literie, essayant de trouver votre chemin à travers le rideau pour retourner dans ce rêve humiliant de toute beauté.

Elle volait dans le ciel, nue, sur le dos, son énorme poitrine comme…

… Oui, Earl, tu l'as déjà dit ; on ne te croit toujours pas.

Non, pensa Leviticus, ce serait une chose vite expédiée que de mourir. Joe Wear était un rustre, un homme sans famille, sans amour. On ne pouvait pas lui demander de comprendre ce que c'est, de mourir de chagrin. De vouloir mourir. D'attendre patiemment son heure. Son éditeur lui avait retourné son manuscrit avec ce mot agacé : *Soit, mais à quoi bon ?*

Il restait le plus souvent prostré dans son coin du bowling. Autrement, on l'entendait fureter dans la cave, au milieu des vieilles quilles et des boules d'ébonite ébréchées. C'était à se demander s'il rentrait chez lui. Les joueurs le surnommaient désormais le « Fantôme du Bowling ».

Ils cohabitaient pour ainsi dire, Wear et Sprague. À l'étage, Joe installa son lit à l'autre bout de l'appartement pour échapper aux ronflements – il soupçonnait le vieux Levi de dormir sur la piste de Bertha, sans couverture ni drap, avec le seul souvenir de son épouse pour couche, la sensation de sa boule roulant sur sa colonne vertébrale. Il arrivait que Joe se réveille au milieu de la nuit, étreint par le sentiment d'être seul dans le bâtiment : il avait l'impression d'être attaché à son lit. *Je n'en ai plus pour longtemps*, lui avait dit le vieux Levi. Joe Wear luttait pour ne pas souhaiter sa mort.

Rien de bon ne pouvait en sortir. Pourquoi avait-il dit une chose pareille ? Pourquoi avait-il mis cette idée dans la tête de Joe ?

Un matin, il regarda le vieux Levi. « Vous mettez les gens mal à l'aise, dit-il.

— Je sais. »

Joe Wear hocha la tête. « Moi aussi, je mets les gens mal à l'aise », reprit-il, comme s'il se rendait pour la première fois à cette évidence.

Rien ne pouvait émouvoir Leviticus Sprague, qui tout au long de sa vie avait observé avec un calme étrange la place qu'il occupait dans le monde – un état d'esprit que sa mère avait instillé chez ses enfants et qui n'était pas étranger à la religion, même si Leviticus faisait généralement mine de l'oublier –, à savoir que l'opinion des autres lui importait peu. Il ne lui apportait pas beaucoup de crédit. Aux gens, oui, mais pas à leurs opinions. Il était patient. Il avait cette capacité d'attendre une chose aussi longtemps qu'il le fallait. Il ne voyait pas ça comme une qualité. Qu'est-ce qui le retenait dans ce trou paumé de Salford ? Il était encore temps de s'installer à West Hills, de rejoindre la Baptist Church. Ou de prendre un train à destination d'Oromocto pour être auprès de Minna, d'Almira, de Benjamin et de Joseph. De la fratrie, il était le seul à s'être marié. C'était trop tard, à présent. (Et pourquoi ça, Leviticus ? Parce que. Parce que Almira dirait : *Tout va bien, le plus important c'est que tu sois rentré*. Comme s'ils avaient attendu qu'il se débarrasse de Bertha.)

Le Dr Sprague s'asseyait à une table dans le coin du bowling et buvait. Il ne donnait plus de consultations et en avait informé le Plymouth Hospital. Son ami

Cornelius, le fondateur de l'hôpital, avait cherché à l'en dissuader, sans grande conviction. Le Dr Sprague avait cessé de s'intéresser au monde et le Dr Garland savait que la médecine ne se pratiquait pas ainsi.

Bientôt, le bowling prit possession de son corps, son sang était une boule lancée dans ses veines, ses poumons étaient remplis de bois. Il s'asseyait à sa table et regardait les joueurs. Les femmes continuaient à venir, visiblement mal à l'aise dans leurs tenues sportives à présent que Bertha et ses excentricités vestimentaires n'étaient plus là pour leur voler la vedette. Les culottes bouffantes, les marinières qui leur avaient donné du chien à ses côtés leur donnaient désormais l'impression d'être accoutrées comme des gamines. Leur gêne était le signe d'un déclin, la preuve que le souvenir de Bertha se dissipait.

Le Dr Sprague alla enfin soumettre à Joe Wear sa proposition. « J'ai du travail pour vous, M. Wear. Est-ce que cela vous intéresserait ?

— J'ai déjà un travail. Je travaille pour vous. Vous me dites ce que je dois faire et je le fais. Alors ? »

Le Dr Sprague soupesa ces paroles. « Non, répondit-il. Il s'agit d'autre chose. Je vous paierai.

— Vous me payez déjà.

— *Plus*, argua le Dr Sprague. Je cherche quelqu'un de soigneux et je pense que vous êtes l'homme qu'il me faut. J'ai besoin d'un corps. »

Joe Wear agita les bras et s'enlaça le torse. « Je ne suis pas le…

— Des membres, je voulais dire. Des jambes. En bois. J'ai imaginé un monument pour Mrs. Sprague.

— Votre mère ? »

Le Dr Sprague était accoudé au comptoir de chêne, une position qui ne lui ressemblait guère. Il regarda Joe Wear avec un air consterné qui aurait pu être pris pour un compliment : il s'était attendu à mieux. « Non… ma défunte Bertha.

— Oh, Truitt.

— Précisément.

— Je connais mal.

— Vous venez…

— … je connais mal ses membres », insista Joe Wear. Leviticus Sprague rit, un autre phénomène auquel Joe Wear n'était pas familier. Il avait cru le Dr Sprague physiquement incapable de rire, comme ce garçon à la Dolbeer Home qui prétendait ne plus pouvoir pleurer depuis qu'on lui avait enlevé les glandes lacrymales à cause d'une fièvre infantile. Jusqu'alors, Joe pensait que les fluides corporels – les larmes, la sueur, la salive, la pisse – étaient puisés à la même source.

Le rire resta prisonnier de sa bouche, comme un éternuement étouffé. Ses épaules étaient immobiles mais son ventre tressauta. Puis il se reprit et déclara : « Oui, j'imagine, M. Wear. Je construis, comme je vous l'expliquais, une sorte de monument. La tête, je peux m'en charger. Les jambes, les bras… bon, je ne peux pas surmonter les difficultés anatomiques. Mais je me suis souvenu de votre habileté avec le bois. Vous avez fabriqué cette petite vache pour Minna. Avec une queue qui bouge. Elle l'a toujours.

— C'est vrai ? » demanda Joe. Il n'avait plus repensé à Minna depuis son départ. Ce n'étaient pas ses affaires. « Dans ce cas. D'accord.

— N'utilisez pas des quilles de bowling.

— Des quilles, sinon rien», et Leviticus Sprague capitula face à son expression déterminée.

« Mais le bois ne dure pas, insista Joe Wear. Pour un monument, s'entend. »

Leviticus resta silencieux un moment. Puis – d'un ton moqueur ? afin de se faire comprendre ? – il dit : « Il ne durera pas éternellement, mais il ne sera pas bâclé. Les jambes, d'abord. Quand vous aurez fini, nous regarderons votre travail, puis nous discuterons des bras, des mains, des pieds, et ainsi de suite.

— Grandeur nature ? »

La question surprit Leviticus. Il visualisa la silhouette de Bertha et songea que cela passerait pour une imposture. Il n'existait rien de tel : vous seriez toujours légèrement en dessous de la vérité, et cette différence serait un crève-cœur. Il dessina une forme dans l'air. « Grande comme ça, dit-il. Large comme ça.

— Plus petite, alors.

— Plus petite. Forcément. »

De vieilles quilles usées en érable à sucre étaient éparpillées sur la table de Joe Wear. Il s'attaquerait d'abord aux mollets. Il avait refusé le bois neuf du vieux Levi mais accepté un assortiment d'outils, marteaux et burins, petits rabots, papiers de verre de différents grains. Les quilles en érable étaient difficiles à sculpter mais robustes, à l'image de Truitt. Sous la peinture blanche, le bois clair. Il comprit rapidement que l'aspect de la jambe avait son importance. Le vieux Levi avait demandé que les jambes soient articulées aux genoux et aux chevilles. Lui-même se chargeait du buste. Logique. Que connaissait

Joe Wear aux parties féminines ? Quel homme demanderait à un autre de fabriquer le corps de son épouse ?

D'abord, la partie inférieure de la jambe. Plus prudent. Il prit modèle sur ses propres muscles. Un mollet en position debout, un autre en position assise, un autre encore avec le pied posé sur la table. Quel était ce monument pour lequel il construisait le piédestal ? Il sculpta l'arrondi d'un mollet, le tibia à peine suggéré. Ajouta une jolie cheville, la malléole, des entailles sur la peau, le long du tendon d'Achille. Il affinait, traquait les aspérités. Sprague lui avait offert un livre d'anatomie mais il n'aimait pas le regarder. Dieu avait créé les corps de l'extérieur. Une chose qu'Il était le seul à pouvoir faire. Joe Wear avançait. Il se découvrit une fièvre dans le travail. Le bois et le travail l'avaient toujours fasciné. Dans l'obscurité de la nuit, il parachevait la cheville et s'interrogeait au sujet du pied. Comment s'articulerait-il ? Il avait les genoux cagneux, le gauche davantage que le droit; les pieds tournés en dedans, le droit plus encore que le gauche. Ses jambes de bois, il les voulait sans un défaut.

Joe Wear soupesa le mollet. Ressemblait-il à celui de Truitt ? Rien n'était moins sûr. Le mollet de Truitt. Ils s'étaient à peine touchés. Elle était la Grande Serreuse de mains, et personne au bowling n'échappait à sa poitrine, qui vous effleurait toujours quoi que vous fassiez. Ses manières étaient franches – elle ne vous prenait pas dans ses bras mais vous administrait une tape dans le dos, ou vous donnait un petit coup de coude. Elle vous ébouriffait même les cheveux, si elle était d'humeur affectueuse. Mais elle faisait attention. Joe Wear était un funambule. Il se dérobait aux mains des autres. Elle l'avait laissé tranquille.

Et voilà qu'il tenait dans sa main, si ce n'est le mollet de Bertha, celui de quelqu'un. Il le fourra sous son oreiller avant de se mettre au lit. Le lendemain, sans bien savoir pourquoi, il mentit au Dr Sprague : « Je m'y mets demain. »

Le mollet l'obséda tout au long de la journée : quand il regardait les joueurs, quand il était censé compter les points pour les ligues. Et ensuite ? Un mollet, puis un autre, une cuisse, puis une autre ? Ou toute une jambe d'un coup ? Comment s'y prendrait-il pour fabriquer un genou qui soit à la fois fonctionnel et réaliste ?

Ce soir-là, il fit le mollet gauche pour que le droit ne se sente pas seul. Plus tard, il songerait : *Une cuisse droite pourrait tout aussi bien tenir compagnie à un mollet droit, Seigneur, Joe Wear, tu n'es pas forcé de choisir le compagnon évident.* Le second mollet s'avéra plus difficile, parce qu'en plus d'imiter la vie il devait être identique à son pendant.

Toute la semaine, il ne put penser à rien d'autre. Sculpterait-il une rotule dans le bois afin de cacher la charnière du genou ? À quel angle la partie supérieure devait-elle joindre la partie inférieure de la jambe ? Les jambes devaient en outre supporter autant de poids que nécessaire, même si le Dr Sprague lui avait donné peu d'indications – des jambes pour un monument ; et si elles lui convenaient, des bras pour le monument ; et s'ils lui convenaient, les pieds et les mains. Il décida qu'il ajouterait directement les pieds aux jambes. Les Salford Half Nickels jouaient encore au bowling. Joe songea que s'il réussissait ses jambes il proposerait de fabriquer une jambe de bois à Martin Younkins, qui ne se déplaçait qu'en béquilles, une jambe de pantalon attachée par une épingle. Et aussi un bras pour Jack Silver.

Il observa le jeu des Half Nickels, en particulier la façon dont se mouvaient leurs jambes, entières ou raccourcies. Il étudia les jupes et les culottes bouffantes des femmes, leurs angles et leurs replis. LuEtta Mood était une terrible doublure pour Truitt, si ce n'est que les deux n'avaient cure de leur apparence lorsqu'elles jouaient. Il se rendit compte qu'il ne prêtait d'ordinaire pas autant attention à l'apparence des gens. Riche de toutes ces informations, il regagna son appartement au-dessus des pistes et se remit au travail.

Le talon, les orteils, la voûte, le cou-de-pied. Nu, les tendons bien visibles, même s'il savait au fond de lui qu'il aurait été dur de les distinguer sur le pied trapu de Truitt. Il envisagea de faire le portrait en négatif de Virgil : trois orteils en bois, deux doigts en bois.

Les cuisses, il les garda pour la fin car c'était le territoire le plus intime. Il devait d'abord faire connaissance avec le reste de la jambe avant de les entreprendre.

« Vous avez fait les deux jambes.

— Je ne pouvais pas comprendre une jambe indépendamment de l'autre. Il n'y a pas de peinture, pas de vernis non plus. Je n'étais pas sûr de ce que vous vouliez. »

Il posa les jambes sur la table devant le Dr Sprague. La seule chose dont il était sûr à cent pour cent, c'était l'ingéniosité des articulations ; il regrettait de ne pas avoir articulé les orteils et réfléchit à un moyen d'assembler les jambes au buste.

« Extraordinaire », dit le Dr Sprague. Il les posa sur ses genoux. Elles semblaient plus petites, mais ça allait, possiblement la moitié de la taille de Truitt.

« Satisfait ? »

Le Dr Sprague secoua la tête. Il palpa les deux genoux l'un après l'autre. Il plia la jambe gauche pour prendre le pied dans sa main. « M. Wear ? Des quilles de bowling ?

— Oui, monsieur.

— Elles ne sont donc pas dénuées de grandeur.

— Elles lui ressemblent ?

— Pas du tout, répliqua le Dr Sprague. Prochaine étape, les bras.

— Comment est la tête ?

— Je vais devoir faire mieux maintenant.

— Vous utilisez quoi pour la fabriquer ?

— Je suis encore au stade expérimental, répondit le Dr Sprague. Je n'ai pas votre talent artistique. »

Dans un premier temps, Joe Wear s'ennuya à faire les coudes. Quelle valeur sentimentale a un coude ? Qui reconnaîtrait le coude de l'être aimé au milieu d'une douzaine d'autres ? On ne sait même pas à quoi ressemble son propre coude : impossible de le regarder de face ou d'approfondir ses recherches des deux mains. Après avoir passé un temps considérable à tenter de donner un sens aux coudes, Joe Wear changea d'avis à leur sujet. Il était lui-même un coude. Utile, invisible, au service des autres. Pourtant il aimerait bien se frotter à quelque chose d'important.

Il se montrait dorénavant plus hardi avec le Dr Sprague. L'homme lui avait demandé une faveur et Joe y avait répondu avec succès. *Grandeur :* c'était le mot qu'il avait utilisé. Joe pourrait lui demander de lui renvoyer l'ascenseur. Il apportait dorénavant de petits beignets à la cannelle le matin, posait le sac en papier sur la table. C'était surtout Joe qui les mangeait mais le Dr Sprague en acceptait un de temps en temps.

« Alors ?

— Je dois reconnaître que c'est divin », répondait le Dr Sprague, du sucre plein la moustache. Joe se demandait si l'homme ne se nourrissait pas exclusivement de ce qu'il lui apportait.

« Que comptez-vous faire de cet endroit ?

— Rien d'autre que ça.

— Pourquoi ne pas le vendre ?

— Il appartenait à ma femme. Ce n'est pas à moi de le vendre.

— C'était à Truitt. C'est à vous, aujourd'hui. »

Silence.

« À vous, aujourd'hui, répéta Joe. À moins qu'elle ait laissé un testament ? »

Le Dr Sprague secoua la tête.

« Alors quoi ?

— Qu'il aille au diable, dit le Dr Sprague.

— Vous pourriez le vendre. » Joe n'avait pas les fonds pour le racheter, mais un jour prochain, pourquoi pas ? « Vous ne voulez pas rentrer chez vous ?

— C'est trop loin, je ne parle pas que du temps et de la distance. Ils le vendront à ma mort. J'espère que vous resterez jusque-là, M. Wear. Ou…

— Ou quoi ? »

Après une seconde d'hésitation, le Dr Sprague reprit : « Tant qu'ils ne trouvent pas la famille.

— Quelle famille ?

— La famille de Bertha. Ses descendants.

— Minna ?

— Non, pas Minna. Non, jamais Minna. Cet endroit… non. »

Le Dr Sprague avaient entendu dire qu'il existait des testaments pour prévenir, ou imposer, certains mariages à ses enfants, pour les empêcher d'embrasser certaines carrières ou de se consacrer à des bonnes œuvres. Il pouvait l'écrire noir sur blanc dans son testament, il pouvait laisser le bowling à qui bon lui semblait. Cet endroit était comme des sables mouvants prêts à engloutir toutes les âmes innocentes qui s'y aventureraient. Il le voyait à présent, c'est ce qui avait tué Bertha, non pas l'automobile mais sa quête incessante pour satisfaire ce lieu. Lui-même avait été englouti. Minna ne devait jamais en devenir la propriétaire, pas même pour le vendre. Il imaginait que Bertha aurait sans doute voulu que son bowling se transmette de génération en génération. Elle avait aimé Minna plus que son bowling, mais c'est pourtant ce dernier qu'elle avait choisi pour son immortalité.

« Pas de Sprague. Jamais de Sprague. Seulement des Truitt, affirma-t-il.

— Il y en a d'autres, des Truitt ?

— Les avocats se pencheront sur la question.

— Et s'ils ne trouvent personne ?

— Alors il sera à vendre.

— Au plus offrant ?

— M. Wear, dit Leviticus Sprague, vous méritez mieux.

— Être propriétaire d'un bowling, c'est déjà pas mal.

— Je ne le souhaite à personne. Croyez-en mon expérience. »

La tête ressemblait à Bertha, quand Joe Wear avait la possibilité de la voir et même si le Dr Sprague ne la lui montrait jamais frontalement. Le teint pâle, les joues flasques comme son modèle, les lèvres roses, l'expression pleine de tristesse. Joe se demanderait plus tard de quoi elle était faite, de plâtre, d'argile, de papier mâché, de fer-blanc, de soie, de suif, de chocolat blanc, de verre, de bois, de porcelaine, de feutre, de coton, de laine ? Il avait beau chercher dans ses souvenirs, il n'aurait su dire si elle réfléchissait la lumière ou la diffusait. Il regarda le Dr Sprague l'installer sur un des guéridons à côté de la piste, puis la couvrir d'un linge.

« Cette tête m'a donné un mal fou », dit le Dr Sprague. Il posa sa main sur le linge. Une main énorme, remarqua Joe Wear. Une boule de candlepin aurait disparu dans son poing, une tumeur aussi. « Elle croyait en la phrénologie.

— En quoi ?

— Elle ne vous en a jamais parlé ? L'étude des têtes. Une croyance d'un autre âge. Mais pas pour elle. Il n'y a jamais eu la moindre preuve. C'est dangereux de rechercher une explication scientifique à ses croyances, plutôt que de former ses croyances sur des preuves scientifiques, même si la sensation est vraisemblablement la même. Pourtant j'ai découvert que mouler la tête de quelqu'un revient à cartographier son âme. J'en suis à ma neuvième tentative, et c'est toujours aussi mauvais. Quelle chose épouvantable que de croire qu'on peut juger le caractère d'un individu en fonction de la forme de son crâne.

— Pourquoi? demanda Joe Wear. On juge bien votre caractère sur la forme de votre corps. » Il étendit sa jambe raide. « J'en sais quelque chose. Éclopé, gras, gringalet. Vous aussi.

— Juge ou jugé ?

— Les deux.

— Peut-être bien, M. Wear. »

Le Dr Sprague joua avec le linge sans le soulever. Puis il prit un des bras et le tint comme un bébé entre ses propres bras. Il avait l'air de ne pas savoir quoi en faire : l'avaler tel un sabre, caler sa joue dans le creux de la paume en bois.

Ils commençaient à se ressembler, Wear et Sprague, deux hommes qui se noyaient loin des regards. Ils n'en avaient pas pour autant perdu leurs manières – l'homme avait beau être décati, il conservait cette civilité agaçante; Joe Wear suivait certaines règles, pour ne pas sombrer avec lui – mais ils étaient négligés. L'un et l'autre pouvaient disparaître et personne ne s'en rendrait compte; chacun croyait que ce n'était vrai que pour lui-même.

« Où allez-vous la mettre ? questionna Joe.

— Oh, nulle part.

— Je croyais que vous vouliez faire un monument. »

Le Dr Sprague se tourna et regarda Joe Wear. Le chagrin était et serait toujours le sien. « Un jour, peut-être, répondit-il. Je laisse ça aux avocats. »

C'est tout ce que vit Joe de l'effigie avant longtemps. À quoi servait ce pantin? Il était peut-être doté de pouvoirs surnaturels. Invoquer les esprits, les divinités ancestrales, pour donner vie à ses coudes en bois. Le vieux Levi avait dû lui trouver une cachette improbable, car Joe Wear la chercha partout sans la trouver nulle part.

Comme le Dr Sprague : une fois qu'ils eurent atteint leur but, il ne put que constater son échec. « Désolé, Bertie », dit-il au bois, qui n'était pas Bertie, il savait que ce n'était pas Bertie, mais peut-être transmettrait-il le message, peut-être avait-il envie d'y croire ; chaque portrait agit comme un téléphone vers son modèle.

Conflagration

Le bruit courut dans le voisinage que l'auteur de l'incendie n'était autre que Joe Wear. Puis la police l'accusa à son tour. Le feu s'était déclaré dans un coin du bowling, là où Leviticus Sprague était assis ces derniers mois – où il était resté assis quand le feu s'était déclaré, quoique les faits eussent lieu après la fermeture du bowling. Personne ne savait au juste comment vivait Sprague : se lavait-il au lavabo des toilettes pour hommes, dormait-il assis sur sa chaise à cette table ronde ? Si Joe Wear avait voulu tuer Leviticus Sprague, il aurait pu s'y prendre autrement, racontait-on aussi dans le voisinage : poison, asphyxie. Même la patience aurait fait le travail.

Il n'était pas nécessaire d'aller jusqu'à brûler vif un homme.

Non, bien sûr : la victime s'était elle-même mis le feu. En fumant, peut-être. Son plastron était tout humide de whisky ou de larmes ou de larmes mêlées de whisky, c'était aussi simple que ça. Tu parles d'une lumière. Sa femme était morte voilà presque deux ans. Il l'avait peut-être fait exprès.

Ce matin-là, à peine Joe Wear avait-il ouvert la porte du bowling qu'une odeur pestilentielle le força à reculer. Mais l'odeur avait déjà pénétré ses narines :

douceâtre à travers le parquet, obscène de près. À petites doses, les odeurs fétides sont presque plaisantes. À présent, il crut qu'il allait tourner de l'œil.

Dans le coin, le mystère impénétrable.

Une chaise réduite en cendres. La table fondue, le métal qui s'affaisse, comme à l'agonie.

Le feu avait pris subitement, puis s'était éteint de lui-même. La chaise avait disparu, le dessus de table, les lambris, disparus eux aussi, et il ne restait de Leviticus Sprague qu'une jambe, entière, intacte, au sol. Il ressentit un choc en la voyant. Le choc de voir cette chose fondamentalement humaine, fondamentalement morte, abandonnée.

Une jambe à moitié revêtue de tweed. La jambe du vieux Levi. Était-elle fausse ? Ce détail avait-il pu échapper à Joe ? On voyait un morceau de cheville marron. La peau assortie à la personne d'origine. Était-ce la jambe de la Bertha de bois, gonflée par la fumée ? Sans doute. Était-ce seulement possible ? Il se baissa machinalement pour la toucher.

Seigneur. Seigneur.

Par la suite, tout le monde dirait : Joe Wear n'a pas pipé mot mais vous auriez dû entendre ses cris.

Le plus curieux dans tout ça : il y avait un chat dans le bowling, une petite femelle noir et blanc, qui s'était faufilée à l'intérieur Dieu sait comment. Était-ce l'âme de Leviticus Sprague, comme certains affirment qu'une colombe est une âme ? Une image à vous fendre le cœur : Donizetti qui cherchait son maître. Mais Donizetti était un vieux mâle et ce chat-là était moitié moins grand. Les deux avaient toutefois en commun leurs taches holstein et leur gazouillement.

La compagnie d'assurances envoya un inspecteur sur les lieux, qui conclut à l'absence de cause. Pas de combustibles, pas de sources de chaleur. Seulement des cendres et une jambe.

Ils arrêtèrent pourtant Joe Wear et le jetèrent dans une cellule du sous-sol de la mairie. Le lit lui était familier car il provenait du complexe industriel qui procurait sa literie à la Dolbeer Home for Destitute Children et où des prisonniers et des orphelins fabriquaient des matelas destinés aux prisonniers et aux orphelins, garnis des crins de leurs rêves. Il dormit à poings fermés. L'incendie l'avait vidé de ses forces et il ne pouvait rien faire d'autre que rester allongé et se laisser porter par le fleuve du sommeil.

Il entendait les conversations étouffées des policiers : « Regarde-moi ça. Comment est-ce qu'il peut dormir ?

— Le sommeil de l'innocent.

— Les innocents ne dorment pas en prison.

— Tu crois qu'il l'a fait ?

— Fait quoi ? Il a fait quelque chose, ça oui. »

Trois jours passèrent, puis on le laissa sortir. Aucune preuve ne le reliait à l'incendie, qui n'avait fait somme toute qu'une victime, un étranger noir moribond. De toute façon, Joe Wear avait un alibi, dit l'officier en déverrouillant la porte.

Vraiment ? se demanda Joe Wear. Dans ses rêves, il allumait le feu. La chaleur était telle qu'il se demanda s'il n'avait pas rêvé d'incendies au cours des mois qui avaient précédé l'étincelle. D'un autre côté, il se savait incapable de la brutalité et de la malveillance qu'il fallait pour éliminer l'homme et épargner le bowling. S'épargner, lui.

«Je leur ai dit que nous étions ensemble, dit Jeptha Arrison à Joe Wear au commissariat de Salford. Je te raccompagne.»

Ils rentrèrent en tramway sans échanger un mot, allèrent directement au bowling et gravirent l'escalier étroit jusqu'à l'appartement de Joe. Jeptha tenta de passer la porte au même moment que Joe, manquant de peu de les coincer tous deux dans l'embrasure. Une grande pièce de vie avec un lit, une petite glacière inutilisée, un évier, un four et une baignoire, pour économiser une canalisation d'eau chaude. Les toilettes, séparées, avaient été installées dans un placard. L'endroit était plus petit que dans le souvenir de Joe, son bol et sa cuillère avaient été lavés et séchaient près de l'évier, la chaise rangée sous la table. Plus décrépit, aussi. C'était un endroit décrépit.

Il crut voir un des chapeaux noir et blanc de Bertha sur son lit. Non, c'était un chat pelotonné sur lui-même.

«Qu'est-ce qu'il fait là?

— J'sais pas, dit Jeptha. Il traîne dans le coin. C'est celui de Bertha.»

Joe s'assit sur le lit et attira l'animal contre lui, un de ses chats accordéon qui s'allongent quand vous les attrapez par le milieu. Il se remit en rond une fois sur ses genoux.

«Merci, Jep, dit Joe. Tu peux rentrer, maintenant.»

Mais Jeptha traversa la cuisine, cherchant des yeux des provisions qu'un autre que Joe avait mises là. Des fruits, un sac de cacahuètes dans lequel il plongea la main. «T'as faim?»

Joe hocha la tête d'un air pénitent.

« Bien sûr, quelle question. Moi aussi, j'ai faim. Je vais nous préparer un petit quelque chose. »

Jeptha chercha de la vaisselle du côté de l'évier. Il regarda dans le placard et la baignoire.

« Il n'y a qu'une seule cuillère, dit Joe.

— Des bols ?

— Seulement celui-là. »

Pour la première fois de sa vie, Joe eut honte. Il s'assit à table.

« On va partager, dit Jeptha.

— T'aurais pas dû mentir.

— J'ai pas menti.

— T'as menti, Jep. T'as dit qu'on était ensemble.

— On était ensemble.

— Je ne…

— Je le fais parfois, dit Jeptha. C'est tant mieux, quand même. »

Joe sentit un frisson courir entre ses omoplates et descendre jusque dans son torse. Le chat sauta au sol.

« J'étais ici », dit Jeptha. Il sortit comme par magie une brique de la glacière d'ordinaire vide. « Chez toi. Je marche à pas de loup. Tu sais bien, Joe Wear. Je viens parfois.

— Ici, dit Joe Wear. *Ici.* »

Jeptha sembla mal à l'aise. Il tendit le bol à Joe. « Pas tout le temps. Goûte-moi ça. Pêche Melba. Enfin, c'est comme ça que j'appelle ça. C'est bon. Après, ça sera mon tour. »

Joe posa le bol froid sur ses genoux encore chauds du passage du chat. Pêche, glace à la vanille, framboises, cacahuètes salées. Il n'avait encore jamais rien mangé de tel et il sentit les larmes affleurer à ses yeux. Jeptha le dévorait du regard.

On racontait que Jeptha était un ancien jockey qui avait pris un coup de sabot dans la tête. Ce qui expliquait son petit gabarit et son esprit embrouillé. Sa tête semblait changer de forme au gré des saisons. L'automne, il pouvait passer pour bel homme s'il n'avait pas été anormalement oblong au-dessus du cou ; au printemps sa caboche était un sac de farine ; l'été, un pudding qui s'avachissait dans la chaleur ambiante.

(Du reste, Jeptha changeait à l'intérieur, aussi. Ses pensées étaient fonction de l'inclinaison des rayons du soleil. Il croyait en des choses fausses – qu'il comprenait les pensées affreuses des chevaux – et ne croyait pas en d'autres avérées – qu'il mourrait un jour. Les migraines ne lui laissaient aucun répit. Parfois il ne pensait qu'aux quilles et à la façon dont elles jouaient dans les gouttières de sa vision. Quand elles claquaient et s'entrechoquaient, sa migraine était, sinon meilleure, du moins nettement plus intéressante.)

« Je me faufile partout, dit Jeptha. Tu dors comme un bébé, avec tes petits bras levés au-dessus de la tête. » Il leva ses mains en manière de démonstration, sans quitter le bol des yeux.

« Ne fais pas ça, dit Joe.

— Je sais que tu es innocent. »

Joe eut un déclic. « C'était toi ?

— Quoi donc ?

— L'incendie.

— Ça non. Joe ! Non ! Non, c'était un feu spontané », protesta Jeptha sans pouvoir détacher ses regards du bol de glace. « Je sais, à cause de la jambe.

— Tu sais quoi ?

— Des cas comme ça. Attention, tu ne… »

Il y avait une quantité impressionnante de crème glacée. Joe continua de manger.

« Tu vas te coller une migraine, le mit en garde Jeptha. Des cas comme ça. Un feu qui prend si fort, si vite… Pourquoi les autres chaises n'ont pas brûlé ? Et tous ces combustibles à proximité, pistes, quilles, boules ? Et comment ça a pu se passer alors qu'il était seul ? Et la *jambe* », dit Jeptha. Il toucha la sienne. Il sembla se demander quelle impression cela ferait de se libérer de son corps par le feu.

Joe leva les yeux. Le chat se frotta à son tibia. « Tu es un sadique.

— Non, m'sieur. Il est parti en fumée. Ou c'est un coup des Puckwoodgenies. Mais je crois pas.

— Les quoi ?

— Le petit peuple. Faut toujours qu'ils fassent des bêtises.

— Tu peux me dire comment tu as fait pour entrer ?

— Les clés. La patronne me les avait données.

— La patronne ?

— Truitt. Elle m'aimait, Joe.

— C'est vrai. » Joe leva les yeux sur les poutres sombres au plafond. Jeptha avait été le premier employé du bowling, et serait sans doute le dernier. Il était là avant Joe, même. Il était né sur les pistes, pour ainsi dire. Bertha adorait Jeptha, elle le dorlotait comme un enfant : elle lui achetait des sucres d'orge et des caramels mous, des pulls quand il faisait froid. Elle le laissait promener le bébé. *Pauvre Jep*, l'appelait-elle parfois avec ravissement, comme s'il était un cadeau de la vie.

« Tu sais quoi ? lui demanda Joe. J'ai toujours rêvé qu'elle me le lègue. Dans son testament. Toi, t'as plus de chance.

— Le bowling ? » Jeptha gratta sa pomme d'Adam de l'index. « Pas à moi non plus. Nahum Truitt, probablement. »

Joe posa sa cuillère. « Qui ça ?

— Son fils. Il vit dans le Maine, je crois bien. Les avocats sont à sa recherche. À la mort de Bertha, le bowling est allé au docteur, et le docteur le laissera à Nahum dans son testament. S'il existe. Tout le monde n'est pas de cet avis. Y en a qui pensent que c'est une invention. Mais c'est pas le cas. Bertha me l'a dit. Joe Wear, je connais des secrets.

— C'est vrai ? » demanda Joe, mal à l'aise. Un fils. Il avait bien envisagé qu'il existât un autre Truitt, mais pas un fils. S'il avait su, il n'aurait nourri ni espoir ni rancune. Il serait parti depuis longtemps. La nuit commençait à tomber mais aucun d'eux ne fit un geste pour allumer la lumière.

Jeptha rit. « Y en a qui pensent que j'existe pas, moi non plus, pourtant je suis bien là. Je voulais pas te regarder dormir, Joe. C'est pas plus mal que je l'aie fait, pas vrai ? »

Toutes ces années auparavant, au Salford Hospital, quand les patients rêvaient de Bertha Truitt sous leurs couvertures : c'était Jeptha. Il avait volé son parfum, *Fleur Qui Meurt**, s'en était mis quelques gouttes derrière les oreilles pour imiter Bertha. Puis, à la faveur de la nuit, il s'asseyait sur les lits ou se glissait sous le sommier. Il était à lui seul toutes sortes de phénomènes inexpliqués, ce Jeptha Arrison.

« Tu as tout mangé », observa-t-il.

Joe regarda l'intérieur du bol. « Désolé.

— Tu avais faim. » Cela sonnait comme la pire des accusations.

Et qui pouvait dire avec certitude que Jeptha Arrison se trompait ? Si le Dr Sprague avait eu un seul souhait, quel était-il ? De quitter ce monde non pas de sa belle mort mais de telle sorte que l'on sache qu'il avait aimé une femme dont la perte l'avait rendu inconsolable et ne lui avait laissé d'autre choix que de se consumer dans les flammes. Mais les gens réclament des preuves. Elle ne lui avait pas écrit une seule lettre d'amour et il n'y avait pas trace des siennes. C'est qu'elle avait une sainte horreur des mots.

Il est à sa table. Les joueurs pensent qu'il a renoncé à tout. Ils pensent qu'il ne fait rien de ses journées à part boire et griffonner sur des morceaux de papier. (Le bougre a les moyens de s'offrir plus que des morceaux. C'est à la limite de la perversion.) Les joueuses pensent qu'il n'est pas trop tard, qu'il peut encore tourner la barque de son chagrin et regagner la rive. D'accord, aujourd'hui il est à la dérive ; mais un jour prochain il se découvrira un but ; il se souviendra de sa fille, ou honorera le souvenir de son épouse en faisant le bien, en propageant la joie, en endossant son rôle de père. Mais ce n'est pas ce que pensent les hommes : un regard éteint chez un ivrogne indique qu'il est fini, et ni la loi ni la sobriété ne le tireront d'affaire. Les hommes et les femmes pensent : le temps file. Ils ne sont juste pas d'accord pour dire s'il est fichu pour de bon.

Mais *nous* savons : le chagrin ne ressemble à rien vu de l'extérieur, il ressemble à une capitulation, mais, en réalité, c'est une lutte ô combien cruelle. C'est une friction. C'est un broyage spirituel, et qui peut dire qu'il en faut plus pour produire l'étincelle et la chaleur qui, avec un peu d'essence, suffisent à réduire un homme en cendres ?

Presque finie

Des annonces parurent dans les journaux partout en Nouvelle-Angleterre – Orono, dans le Maine ; Portsmouth, dans le New Hampshire ; Mystic, dans le Connecticut ; Boston, Worcester, Providence. On ne trouva Nahum Truitt nulle part. Joe Wear prit la direction du bowling. Il supervisa la reconstruction de la première piste, qui ne demandait pas grand-chose, si ce n'est un nouveau banc, un nouveau sol et une nouvelle table. Le temps, la fumée et les nippes graisseuses des joueurs aidant, le parquet retrouverait d'ici peu son lustre d'antan : on y voyait une auréole. Joe Wear échafaudait des projets pour un nouveau bowling dont il serait le propriétaire : sans le comptoir dont le bois avait gauchi et que la Prohibition avait rendu inutile, et avec deux pistes supplémentaires. Il commença par embaucher deux garçons, paya leurs salaires, se paya, et déposa la recette à la banque en attendant la venue du fils de Bertha Truitt. Celle-ci n'avait pas laissé de testament, mais Leviticus Sprague s'était montré prévoyant. Minna était seule héritière, sauf pour ce qui était du bowling, qu'il léguait à tout autre parent de Bertha Truitt. Du bowling elle était dépossédée. Jeptha Arrison avait sorti Nahum de son chapeau.

Qu'était-il advenu de la jambe ? Enterrée seule dans un cercueil, partie en fumée elle aussi, mise sous scellés au commissariat ?

« Tu crois qu'il vient nous hanter ? s'enquit Jeptha, comme une fille attendant qu'on l'invite à danser. J'ai toujours voulu rencontrer un fantôme. Celui d'un gars que je connais, je veux dire.

— Ça n'existe pas, ces choses-là », répondit Joe, qui s'était pourtant posé la question. Les objets du bowling donnaient de la voix : les toilettes chantaient au milieu de la nuit, les radiateurs secouaient leurs chaînes en poussant des sifflements. Depuis l'incendie, il avait l'impression d'être veuf, ou marié. Deux hommes ne peuvent être mariés, songea Joe Wear, sauf si l'un d'eux est un fantôme.

Jeptha ferma les yeux. « J'attends de voir un fantôme depuis toujours. J'en serai un si on veut bien.

— Comment ça ?

— Je suis né ici et je mourrai ici. C'est ce que je voulais dire. »

Mais il avait des parents, deux vieux Yankees gâteux qui prenaient plaisir à regarder leur Jeptha installer les quilles. La mère Arrison, une femme trapue au nez pointu, était installée à côté de l'entrée, son sac à main près de son visage, formant un rempart contre la fumée.

« Mrs. Arrison ! s'exclama Joe Wear. C'est un plaisir. Dites-moi… » Il chercha une question à lui poser : « Où est né Jeptha ?

— On vit à Attleboro, répondit froidement Arrison. On a toujours vécu à Attleboro. »

Joe se demanda s'il devait prendre ça pour une réponse.

« Oh, regardez-le », dit Mrs. Arrison. Sa voix glaciale avait un peu fondu sur les bords. Elle devait avoir dans les soixante ans, et Jep quarante. Il se trouvait sur la huitième piste, où il installait les quilles comme sur une scène. À cette distance, derrière l'écran de fumée, il leur apparaissait en noir et blanc ; le bruit ambiant l'avait rendu silencieux. Il se tenait en équilibre sur une jambe, Buster Keaton au milieu des quilles, fredonnant son propre accompagnement. La grâce même faisant un travail idiot. L'amour même, aussi. Il posa les quilles avec mille précautions, comme des enfants endormis. Et les couva du regard comme des œuvres d'art.

« Nous avons failli mourir, M. Wear, dit Mrs. Arrison. Lui et moi. Quand il est né. Regardez-le. Il aime être ici. On pensait qu'elle le mentionnerait dans son testament. Pas qu'elle lui laisserait le bowling, mais qu'au moins elle aurait écrit qu'il resterait ici pour toujours, quoi qu'il se passe. » Les yeux humides de Mrs. Arrison ressemblaient à deux huîtres grises d'iode. Elle poursuivit sur le ton de la confidence : « Quoi qu'il se passe, vous devez le garder. Il en mourrait s'il devait partir.

— D'accord.

— Je suis sérieuse.

— Les mères sont sérieuses par nature », dit Joe Wear, en dépit de son inexpérience dans ce domaine.

Partout dans Salford, telle la cendre jetée aux quatre vents, les particules du Dr Sprague s'insinuaient dans les rêves. Il grimpait aux murs. Il triait les conserves par ordre alphabétique. Il soigna deux migraines. Vingt personnes l'entendirent roucouler « Somewhere a Voice Is Calling » alors qu'on ne l'avait jamais entendu chanter une note de son vivant. Il tint compagnie à Jeptha Arrison et rendit visite à Joe Wear. *Je vous suis reconnaissant d'être resté, M. Wear ; je sais que vous regretterez.* Vous voulez dire que je ne le regretterai pas. *Vous ne m'avez pas bien entendu ?*

Il apparut en songe à Hazel Forest : il déchirait sa chemise, puis s'ouvrait le ventre devenu une plaie béante, qu'il écartait à son tour pour révéler un chaudron dégoulinant. *Vous êtes infirmière, vous auriez dû savoir*, lui disait-il. C'est vous, le médecin ! rétorqua-t-elle. *Oui.*

Mary Gearheart descendit et le trouva à la table du petit déjeuner, discourant sur le fait qu'il était une statue de cire du musée, et que c'était pour cette raison qu'il avait disparu dans les flammes.

LuEtta Mood rêva que le Dr Sprague la retrouvait à la bibliothèque, devant les dioramas (*Salford au temps des pèlerins* ; *Le Globe de Shakespeare* ; *Salford, comme Rome, est bâti sur sept collines* ; *Salford au temps de la Révolution*). Il lui disait : *Vous êtes enceinte.* Elle entendait sa mère l'appeler depuis un hall imaginaire – Où est Edith ? Où est-elle ? –, elle qui n'avait jamais prononcé le prénom d'Edith à voix haute. *C'est impossible*, répondait LuEtta au médecin, mais, sitôt réveillée, un rapide calcul – les semaines, les symptômes – laissa place à un sentiment d'enchantement. Elle allait sur ses quarante ans, un âge trop avancé pour avoir un autre enfant même si c'était plus jeune que ne l'avait été Truitt.

Ni sorcellerie ni miracle. Comme pour la plupart des choses incroyables, c'était purement et simplement un coup, certes troublant, de la biologie.

Pourquoi ne pas se faire passer pour Nahum Truitt ? Les annonces étaient sorties. Les avocats attendaient. Il avait l'âge adéquat.

«Je suis Nahum Truitt», déclara Joe Wear. Il était seul dans l'appartement au-dessus du bowling. Il s'imagina en être le propriétaire. Ce n'était pas si sinistre, après tout. Par les grandes fenêtres, il voyait le ciel bleu et le toit de l'épicerie. Les murs en brique lui rappelaient la rugosité qu'il avait jadis aimée et perdue. «Maman avait honte, dit-il sans grande conviction. Maman Truitt.»

Bertha Truitt avait abreuvé Jeptha d'affection, mais à lui, elle n'avait pas témoigné une once de tendresse maternelle. Et alors ? «C'était sa mère tout craché, s'entraîna-t-il à dire. Pas de chouchou.»

Il n'avait jamais rien possédé. Et ça ne s'était pas arrangé avec le temps. Ses yeux allèrent de la cuisinière, où une boîte de soupe sifflotait, à la minuscule glacière inutilisée. Bertha avait acheté les meubles, dignes incarnations de son affection : un cœur de crin et une peau de soie. Des meubles de bonne facture. Posée en travers du placard derrière les toilettes, une échelle menait au toit où Joe Wear aimait fumer. Il y monta.

Il s'assit sur le goudron. «Je suis Nahum Truitt», répéta-t-il. Il essaya de sentir ce que cela ferait de posséder tout ce qui se trouvait sous la toile de son pantalon. «Avant j'étais Nahum Truitt. Nahum Truitt est mon nom de naissance.»

Il ne s'était jamais considéré comme un héros d'aucune sorte. Il était le factotum, tour à tour concierge et homme à tout faire. Il lui suffisait d'endosser le premier rôle de l'histoire. On ne peut pas envoyer valdinguer sa vie comme on l'entend mais on peut s'emparer de celle qu'un autre a soigneusement confectionnée. Sauter dedans, comme dans un pantalon.

À la différence de Jeptha, ils n'avaient pas de parents pour l'importuner ou lui jeter l'opprobre. Les siens, s'était-il laissé dire, avaient traversé l'océan avec leur bébé, attrapé la tuberculose et rendu l'âme dans le port de Boston. Il avait vu des photos. Dans son souvenir, ils jouaient aux cartes, personnages pittoresques visibles sous un seul angle. L'homme avait l'air d'avoir douze ans, le visage criblé de taches de rousseur, les yeux brûlés ; la femme devait en avoir cinquante, abîmée par la vie, une coiffure grossière comme sculptée dans le bois. Ils étaient morts il y a bien longtemps, étaient nés dans un pays qui n'éveillait aucun souvenir chez Joe. Peut-être étaient-ce eux les imposteurs. Peut-être n'avait-il jamais respiré l'air de l'Irlande.

Ce qu'il savait, en revanche : il avait grandi à la Dolbeer Home for Destitute Children. D'aussi loin que remontaient ses souvenirs, il s'était toujours senti seul. Il y avait bien sa tante Rose – mais il n'était plus certain qu'ils fussent de la même famille vu la facilité avec laquelle elle était partie pour son nouveau foyer. (Il songea dans un moment poignant : et s'il était sur le bon chemin mais sur le mauvais poney ? Qui était cette femme qui disait être sa tante ? Elle pourrait…

… Non, Joe. Une femme à la fois. Mais il savait, et cette blessure le poussait à croire qu'il ne méritait rien de ce qu'il réclamait.)

Si Jeptha était d'accord, il le garderait, Mère Arrison.

Sept mois plus tard, un homme qui disait être Nahum Truitt débarqua à Salford, un vieux journal dans la main pour preuve de son identité. Le *Providence Journal*, pas le *Messenger* d'Orono. «Je vis à Vinalhaven, vous connaissez? dit l'homme. L'île au large de Rockland. Ne me demandez pas comment cette chose est arrivée jusque là-bas. Par le ferry? Dans le ventre d'une baleine? Je suis pasteur à l'Église des Bois. Vous connaissez? J'ai pas fait ça toute ma vie. Je pêchais le poisson avant de pêcher les hommes. C'est comme ça que je me suis retrouvé sur cette île. Le vrai poisson m'y a conduit. Et puis j'ai eu une expérience. Vous voyez? J'ai su. J'ai *compris*. À ce que je vois, vous avez connu des temps difficiles, vous aussi.

— Écoutez, dit Joe Wear, vous permettez que je vous demande votre âge?

— Pas aussi jeune que vous le pensez. L'air salé m'a conservé.»

Conservé comme du bœuf séché, songea Joe Wear. L'homme était grand, avec une barbe grisonnante, un col de pasteur et un visage usé comme un vieux bardeau. Un homme sauvage qu'on aurait trouvé dans les bois, lavé, vêtu de force d'un costume et introduit dans le monde, la barbe taillée, les favoris débarrassés des teignes à coups de peigne. Il cligna des yeux comme un ours de cirque; ses mains brunes ressemblaient à des pattes. La vigueur de ses cheveux gris était la seule chose qui respirait un tant soit peu la jeunesse.

La piété était au-delà du concevable, mais pas autant que tout le reste : sa taille, ses yeux étroits marron-jaune, ses pommettes tannées bordées de rose, sans compter qu'il paraissait aux yeux de Joe Wear avoir dix bonnes années de plus que Bertha Truitt. Au moins était-on sûr que le Dr Sprague n'était pas son père. C'était un gros type blanc sans correction.

« Vous avez des enfants ? demanda l'homme qui prétendait être Nahum Truitt.

— Célibataire. Et vous ?

— Ils ont quitté le nid, au grand désespoir de leur mère.

— Qui vous a élevé ?

— Ma mère.

— Et… qui était-ce ? »

Nahum tressaillit. « Votre patronne. Bertha Truitt. Jusqu'à ce que je sois grand. Enfin, c'est ce que je croyais. Nous nous sommes disputés. Si j'avais été moins têtu nous aurions vécu ensemble. Si elle avait été moins têtue, elle aussi. Elle aurait connu l'amour de ses petits-enfants et l'amour de ma femme, qui aurait été comme sa fille. Mais j'avais quinze ans et je croyais que je pouvais prendre ma vie en main. Et vous savez quoi ?

— Non, mais vous allez me le dire, l'encouragea Joe Wear.

— J'en ai été capable ! Hélas. Je regrette, vraiment. Je regrette la raison. » Il s'appuya contre le comptoir en bois. « Le nègre, dit-il. Elle avait prévu de se marier avec lui. "Il sera ton père." C'est ce qu'elle m'a dit. Vous savez, m'sieur, ma mère m'a élevé sans une once de piété, qu'elle repose en paix. Elle a fait de moi un garçon au cœur et à l'esprit durs. J'ai enlevé la bible familiale qui gardait ouverte notre fenêtre, et je l'ai emportée par dépit. J'étais un pécheur quand je suis parti et me voilà, tel que je me présente à vous. » Il effleura son col du bout des doigts. «Je lui pardonnerais aujourd'hui. Je lui pardonne. Dieu lui a pardonné, lui aussi.

— C'était un homme bon», dit Joe Wear. Il eut de la peine en réalisant que c'était vrai. «Le meilleur des hommes.» Peut-être pas. Joe lui-même n'était pas un homme bien, le miroir lui renvoyait une image qu'il trouvait détestable.

«Un ivrogne, dit Nahum.

— Pas faux.

— J'en ai tâté, avant de trouver ma voie. Je lui pardonne. Je sais maintenant que tous les hommes sont frères, et c'est un péché de juger quelqu'un sur la couleur de sa peau. Dieu nous a faits. Non, m'sieur, je sais maintenant que je ne l'aimais pas pour d'autres motifs.

— Et votre père ?»

L'homme resta silencieux un instant, puis répondit : «Je laisse à Notre Seigneur le soin de le juger. Bertha Truitt m'a élevé, m'a prénommé Nahum. Un an là-bas, et elle pensait être une mormone.

— *Truitt ?*

— Notre Bertha. Pour me baptiser, elle m'a immergé à travers un trou dans la glace à Joeson City, Michigan. Après ça, elle a plongé à son tour. Ça n'a pas pris, sauf que je crois bien que le froid a pénétré dans mes veines. Donc le Maine. Vous êtes déjà allé dans l'État du Maine ?

— Vous avez une sœur.

— À ce qui paraît, acquiesça Nahum, en plissant ses petits yeux. Je n'en savais rien. Je suis venu pour connaître notre Bertha. Je suis ici pour connaître les gens qu'elle connaissait, pour serrer les mains qu'elle serrait. J'ai fait le voyage histoire de jeter un coup d'œil avant de décider si nous plions bagage. Cet endroit a peut-être besoin d'un Nahum Truitt, vous voyez. »

Joe Wear fit un rapide calcul dans sa tête, rien de tout ça ne tenait debout. Il prit un crayon ; sans écrire les nombres, il griffonna tout en additionnant. Minna avait quinze ans, ou dans ces eaux-là. Non, il était impossible qu'elle et ce type aient la même mère. Quarante ans devaient les séparer.

Pas de Dieu, un Dieu mormon : il fallait qu'il se décide. Un escroc venu du Maine affublé d'un faux col pour se donner des airs de respectabilité. Est tombé sur l'annonce. A saisi l'opportunité de se faire un paquet d'argent. Le plus stupéfiant, c'était qu'il n'y ait eu qu'un seul imposteur.

Il avait failli y en avoir deux, se souvint Joe.

« Elle m'a eu toute jeune, dit Nahum. Si vous faites le calcul. Une pécheresse de quinze ans. Dieu lui a pardonné. J'ai cinquante ans, elle en avait donc soixante-quatre quand elle nous a quittés, prématurément, il y a trois ans.

— Ce n'est pas vrai, rétorqua Joe Wear.

— C'est pourtant la vérité. »

Il plongea la main dans son pardessus et en retira un livre relié de cuir vert sombre bordé d'un liseré doré. « Regardez un peu. » BIBLE, était-il écrit sur la couverture. Joe Wear avait toujours jugé ce titre ridiculement court, mais les choses étant ce qu'elles sont, il ne pouvait rien y faire. Nahum l'ouvrit. Le nom de Truitt apparut dans l'écriture inimitable de Bertha. Pleine de fioritures et d'empattements, une signature élaborée pour les contrats et les admirateurs, *Bertha Truitt, née en 1855 à…*

Le lieu de naissance avait été biffé. En fait, l'arbre généalogique avait été expurgé en entier. Elle avait eu des parents, le fait était incontestable, ces derniers apparaissaient pourtant simplement comme *Papa* et *Maman*. *Papa* était mort en 1861. Leurs dates de naissance n'étaient pas non plus renseignées. Sous le stylo bleu de Bertha, on devinait les boucles estompées d'un autre. Joe prit le livre et le feuilleta pour s'assurer que Bertha ne s'était pas permis de corriger la Bible ou de se glisser dans quelques histoires palpitantes.

« Vous êtes où, vous ? » demanda Joe, regardant de nouveau au dos, *Bertha Truitt*, puis quelques autres noms aux extrémités de l'arbre, *Sissy*, *Bachman* et *Anthony*. Un faux ? Non, les boucles vigoureuses du *B* étaient sa marque de fabrique.

« Ça ne m'intéresse pas, répondit Nahum Truitt. À ma connaissance elle n'a jamais lu le bon livre. Il gardait une fenêtre ouverte, comme je vous l'ai expliqué. La chance de ma vie. Donc, dit-il, je ne connais rien au bowling. Vous éclairerez ma lanterne ? »

Ce soir-là, Joe s'assit à la table de la cuisine et ne dit rien quand le chat noir et blanc grimpa sur le plateau et vint se frotter à lui. Qu'est-ce qu'un chat avait au coin de la bouche qui nécessitât une affection spéciale ? Aucune importance. Il ne pensait pas que le chat était le fantôme de Leviticus Sprague, comme l'avaient suggéré certains joueurs, mais il croyait que les esprits le connaissaient.

L'homme qui prétendait être Nahum Truitt ne s'intéressait pas au Jeu, pas plus à ses règles qu'à ses finances. À Joe Wear qui lui donnait quelque explication, il répétait : « Je ne comprends que l'âme humaine. »

Il regardait parfois les joueurs, observant leurs mouvements avec une intensité qui gâchait la partie. Il donnait l'impression d'étudier comment être un humain. Il déclina l'invitation de Joe Wear à venir loger dans son appartement et prit une chambre dans une auberge de jeunesse en bas de la rue. « Vous payez un loyer ? » lui demanda Nahum. « C'est prélevé sur mon salaire », répondit Joe après réflexion. « Dans ce cas, pas besoin, dit Nahum. En plus, cet endroit est envahi par les chats. »

« C'est en attendant qu'on s'installe ailleurs », énonçait-il parfois, ou « Jusqu'à ce que nous prenions une décision concernant le Commonwealth du Massachusetts ». Il se référait constamment au *Commonwealth du Massachusetts* et à l'*État du Maine*. De deux choses l'une, ou il pensait qu'il y avait une distinction qui méritait d'être soulignée, ou il aimait les expressions à rallonge. Il utilisait le nous de majesté, à moins que, sous ce *nous*, il désignât sa femme restée dans le Maine et lui, ou un partenariat qu'il aurait passé avec Dieu : nul ne savait. Sa barbe s'épaississait. De loin, sa coupe de cheveux semblait être rafraîchie quotidiennement. Il abandonna son col de pasteur et n'apparut plus qu'habillé d'un pantalon de couleur sombre et d'une veste de coutil. Il ne touchait pas de salaire.

« Pas grave, patron, avait-il dit à Joe Wear. Vous n'avez qu'à tout déposer à la banque. »

Il lui arrivait de disparaître durant plusieurs semaines avant de revenir, l'air plus sauvage encore ou bien rasé de près. « Quel succès ! racontait-il à Joe Wear. Notre renaissance. Nous avons sauvé des âmes par dizaines dans l'État du Maine. Oh, elles ont résisté d'abord, elles se sont accrochées à leurs bouteilles et à leurs jeux, à leurs péchés, à leurs parts obscures – n'est-ce pas effroyable, Joe Wear, ces ténèbres qui vous font croire qu'elles sont une aubaine, vous font croire qu'elles sont intéressantes – mais ils ont fini par venir à nous ! Par centaines !

— Je croyais que c'était par dizaines.

— Par centaines, si vous voulez mon avis », dit Nahum Truitt.

Nahum Truitt pouvait à tout moment prendre la poudre d'escampette, finir sur un bateau ou dans le ventre d'une baleine, retourner à l'Église des Bois, à son Épouse des Bois ou à quoi qui se trouvât dans ces Satanés Bois (enfants, petits-enfants, élevage de homards). Personne ne croyait cet homme qui prétendait être Nahum Truitt, le fils de Bertha. Sa taille, ses dénonciations, son élocution. C'était à mourir d'ennui. Si seulement. Nahum Truitt avait sans doute le projet de transformer le bowling en une salle d'église ou une mission.

Au lieu de quoi il voulut simplement en chasser les femmes. L'idée s'était imposée à lui lors d'une incursion dans le Maine, l'État du Bois.

« Les hommes ont besoin d'un endroit où se retrouver », déclara Nahum. Joe Wear connaissait des endroits qui avaient pris ce genre de mesure. Il savait que depuis la prohibition tout se passait dans les caves au Massachusetts, mais il était loin de se douter que c'était ce que Nahum avait à l'esprit. « Il leur faut un lieu de récréation et d'exercice où ils peuvent parler sans être dérangés. Sommes-nous des joueurs de bowling ? Oui, nous sommes des joueurs de bowling, mais nous sommes aussi des chrétiens, et quand des chrétiens se retrouvent dans un lieu de compréhension et de décence, ils peuvent trouver Dieu.

— Qu'est-ce que votre mère en penserait ? »

Nahum fronça les sourcils. « À vous de me le révéler.

— Elle n'aimerait pas ça. »

Nahum parut presque ému. « Hélas. Elle détesterait. Elle était comme ça. Qu'est-ce qu'elle dirait ?

— Elle dirait… », répondit Joe, en essayant d'entendre sa voix. Il ne pouvait pas exhumer son visage de sa mémoire, même s'il reconnaîtrait sa démarche chaloupée de loin. « Elle dirait "Le Jeu est à tout le monde, Joe Wear".

— Pas à vous. Qu'est-ce qu'elle me dirait, à moi ? »

Joe Wear n'en avait pas la moindre idée. Il essaya quand même : « Nahum Truitt, laissez les femmes jouer.

— Nous devrions installer une table de billard, proposa Nahum.

— Vraiment ?

— Allez chercher une table de billard, Joe Wear. Deux, même, nous devons amener plus d'hommes à communier. Mais avant, débarrassez-nous des bonnes femmes. »

L'ange des pistes

La plupart des femmes étaient de toute façon rentrées chez elles retrouver enfants et famille, parties dans des bars clandestins ou vers d'autres loisirs. Quant à LuEtta Mood, pas un samedi ne passait sans qu'elle vienne avec, sur son dos, son bébé dont on ne voyait que la tête à la grosseur absurde. La première fois, enceinte d'Edith, elle avait été troublée par la présence d'un être vivant à l'intérieur d'elle; la deuxième fois, par celle d'une créature mortelle. Elle avait sans cesse refréné son imagination et avait donc été surprise de voir ce garçon qui, avec ses cheveux noirs et son nez retroussé de prince étranger, n'offrait aucune ressemblance avec Edith. Il avait déjà six mois mais elle avait l'impression de ne pas le connaître.

« Désolé, Lu, lui dit Joe Wear le premier samedi du règne de Nahum. Nouveau règlement. Pas de femmes.

— Un règlement ? De qui ?

— Du nouveau propriétaire. M. Truitt. Qui d'autre ? »

LuEtta était plus grande que Joe Wear. Elle se pencha pour soulager son buste sur le comptoir en verre avec l'air de défendre son territoire. « C'est la maison de Bertha Truitt », dit-elle. Son menton avait quelque chose d'impressionnant. Elle le pointait vers lui, plein de conviction.

Jeptha Arrison longea tel un funambule la gouttière à petits pas.

« Lu ! appela-t-il. Lu !

— Bonjour Jep. M. Wear, dit LuEtta qui ne l'appelait jamais ainsi, expliquez à votre nouveau patron que vous m'avez informée de la situation et que ma réponse est non. » Elle sortit ses chaussures de sa sacoche. « Je suis venue jouer au bowling. J'ai joué ici pendant les jours d'ouverture et je jouerai les jours de fermeture. Appelez la police si ça vous chante.

— Je ne vais pas appeler la police », répliqua Joe, visiblement agacé.

LuEtta se dressa de toute sa hauteur et fit bouffer sa jupe-culotte. « Je ne partirai pas.

— Vraiment ? demanda Jeptha Arrison avec effroi. Vraiment ? Joe, moi non plus, je ne partirai pas. Je reste avec Lu et le bébé.

— Qui t'a demandé de partir ? s'enquit Joe. Tu es une femme ?

— Pas que je sache.

— Tu ramasseras mes quilles », dit LuEtta.

Une main posée sur la poitrine, Jeptha répondit : « Ce serait un honneur. »

« Qui est cette bonne femme ? demanda Nahum à Joe cet après-midi-là. Je croyais avoir dit pas de femmes. C'est une mission de bowling, je me souviens distinctement de vous l'avoir dit, et nous prêchons aux hommes. Les hommes ne s'ouvrent pas en présence des femmes, par peur d'être contredits. Cette femme m'a tout l'air d'avoir un fort esprit de contradiction. Est-ce qu'elle a l'esprit de contradiction ? Elle m'a l'air d'avoir un fort esprit contradictoire et contraire.

— Elle ne fera pas d'histoires», assura Joe. Il n'aimait pas que Nahum s'installe derrière le comptoir avec lui : l'homme était coutumier des coups de coude et d'épaule, des confidences absurdes à mi-voix, un pardessus vivant qui voulait qu'on le revête par tous les temps. «Elle a gagné des tas de trophées à une époque. Je la laisserais tranquille si j'étais vous. Occupez-vous plutôt des chats.

— Du chat ou de la *femme*, qui est le pire ? Les deux sont froids comme la glace et sentent le poisson ! Ces satanées bonnes femmes ! »

Lu ne tourna pas la tête.

«Je vais la faire partir, dit Nahum sombrement. Pourquoi cet idiot ramasse ses quilles ? Hé ! Hé ! Toi, le pinboy. Ne ramasse pas ses quilles. » Il donna un douloureux coup de coude dans celui de Joe Wear. «Il est sourd ou quoi ?

— Peut-être bien depuis toutes ces années. Il va bien. »

Nahum regarda Jep. « Vous êtes sûr ? »

Mais le bouillonnant Jeptha Arrison n'allait pas bien, il vibrait en ramassant les quilles de LuEtta Mood, comme s'il était relié à elle par une corde à piano. Il aurait juré que la boule était encore chaude de sa paume et sentait son parfum.

Il était amoureux.

Si Jeptha Arrison avait reçu un coup à la tête, ce n'était pas à cause d'un cheval, du moins pas directement. Son père l'avait destiné à une carrière de jockey bien que Jeptha eût peu de goût pour les chevaux, leur tête en forme de derrick, leurs yeux noirs, leur bouche barrant à l'oblique l'extrémité de leur nez. « J'aime les vaches », avait-il dit à son père à l'hippodrome de Rockingham qui devait l'employer. Le père avait jeté un regard circulaire autour de lui et secoué la tête. Une jument pie éternua force filaments gluants. « Bah, fit son père, je ne connais pas ces dames, faudra en trouver toi-même. Épouse une fille de ferme. Ma foi, je n'en connais pas non plus.

— Je ne me marierai pas avec une fille de ferme.

— Mon petit Jep, dit son père, tu ne te marieras pas tout court. »

Sa mère affirmait le contraire ; à vingt ans Jeptha Arrison fut marié et à vingt ans et demi il fut veuf. Sa femme, Bessie, une institutrice, l'avait aimé d'un amour antiseptique, un amour rempli d'affectueux reproches. Elle adorait le border au lit avec des gestes féroces, ses mains telles deux sarcloirs coinçant les draps tout autour de lui. « Vous voilà bien au chaud, M. Arrison », disait-elle. Ils étaient mariés depuis six semaines quand, assis dans Baskertop Square, ils détournèrent les yeux des hommes qui travaillaient à l'érection d'un monument au sommet de Bledsoe Hill, l'une des deux collines qui avaient échappé aux travaux de nivellement de Salford. Le monument susdit était une tour commémorant une bataille de la guerre d'Indépendance pour laquelle Salford avait fourni les armes ; il avait la forme d'une salière.

« Presque finie ! » s'écria Bessie. Sur ces entrefaites, les maçons en haut de Bledsoe Hill laissèrent échapper un chariot plein d'un bloc de granit. Il dévala la colline avec fracas et, comme à dessein, arracha Bessie du square, la maria à l'Indien en bois du débit de tabac, puis les propulsa tous deux – Bessie et le chef indien – à travers la vitrine dans un grand bruit de verre brisé.

Jeptha haletait sur la chaussée, s'accrochant au sac à main de son épouse.

«Juste ciel!» s'écria une femme qui avait assisté à la scène. Elle essaya de lui arracher le sac, le soupçonnant sans doute de l'avoir volé. L'espace d'un instant il crut qu'il s'agissait de Bessie revenue reprendre son bien : son sac, son Jeptha. Elles avaient à peu près la même silhouette et Jeptha n'avait pas la mémoire des visages. Puis il s'aperçut que la femme était plus âgée, rousse et telle qu'elle-même : elle refusait de lâcher prise et ils cessèrent leur lutte seulement quand elle hurla : «Vous saignez!»

Il avait les jointures des doigts éraflées et un orteil cassé, c'était tout. Il ne pouvait même pas mourir dignement, songea-t-il plus tard. Il l'avait laissée mourir seule.

Jeptha avait toujours confondu les mots *veuf* et *neuf* et à présent, c'est ce qu'il était précisément : un veuf neuf. Il émit le souhait que le granit meurtrier serve de pierre tombale, mais la ville refusa. Il y aurait gravé les mots : BESSIE ARRISON, PRESQUE FINIE. Au lieu de quoi ils remontèrent la pierre dans un camion et la remirent en place, et ils conduisirent Bessie à la morgue, puis au cimetière. Il ignorait ce qu'il était advenu de l'Indien. Sa famille mit un petit cénotaphe en marbre avec cette inscription :

BESSIE
ÉPOUSE
ET FILLE BIEN-AIMÉE

« Épouse bien-aimée aussi », dit-il à sa belle-mère. « C'est ce qui est écrit », répondit-elle. Elle lui indiqua du doigt « épouse » puis « bien-aimée », comme si la grammaire était la clé de tout. « *Très* aimée », ajouta Jeptha.

Oh, il voyait bien qu'il contrariait les gens. C'était déplorable quand il était Jeptha, et seulement Jeptha ; perturbant quand il était Jeptha, le mari partageant la couche d'une femme ; une fois devenu Jeptha, l'homme endeuillé, il devint intouchable. Il travailla à l'hippodrome – son père y avait un ami –, mais à la cantine. Il était à part, il le savait. Les chevaux posaient sur lui leurs regards accusateurs. Être témoin de la mort de son épouse ! Les gens préféraient la suspicion à la pitié. Les chevaux, aussi. Surtout les chevaux. Dans un accès de chagrin il goba de l'aspirine et séjourna à l'hôpital, où il rencontra Bertha Truitt. Elle le prit sous son aile, fit construire le bowling autour d'eux.

Ici, il n'était que Jeptha Arrison, l'homme à la grosse tête : qui imaginait qu'il ait un passé ? Toujours Jeptha. À jamais Jeptha. Ses parents étaient seuls à percevoir dans sa méticulosité avec les quilles une preuve de son exactitude et de sa grâce, un homme recréant le monde, dix quilles à la fois et dix frames par partie, du matin au soir jusqu'à l'extinction des lumières. Un homme né pour l'amour.

Chez elle, LuEtta Mood nourrissait le bébé tout en cherchant à réveiller le souvenir de Bertha Truitt : qu'aurait-elle dit à l'homme qui prétendait être son fils ? Il n'y avait pas une goutte de Bertha dans ses veines. Il était cuir et tendons, yeux méchants, paresse. De toute façon, c'est le Dr Sprague qui lui avait laissé le bowling.

Bertha aurait pu ne pas être d'accord. Son choix aurait pu se porter sur quelqu'un d'autre. Une femme. Un collectif de femmes. Pourquoi pas elle, LuEtta ? Pourquoi Bertha Truitt aurait-elle permis qu'un homme reprenne son bowling adoré ? Elle avait montré peu d'intérêt pour le sexe opposé : elle aimait son mari, et Jeptha Arrison. Les joueurs mâles de Salford, elle les évitait autant que possible, quoiqu'elle ait eu une tendresse particulière pour les soldats qui avaient sacrifié leur bras ou leur audition à la guerre. Leur noblesse dénotait une certaine féminité. Quant aux autres, elle prenait leur argent et se souciait comme d'une guigne de leurs conseils. Ils se montraient avares avec le premier et généreux avec les seconds.

« Il dit que les hommes ont besoin d'un endroit où se retrouver sans femmes », lui avait expliqué Joe Wear. Mais le monde entier n'était-il pas déjà à leur disposition ? Et à quoi pouvaient prétendre les femmes ? Le Bowling de Truitt avait été sien durant toutes ces années, y compris après la désertion de ses coéquipières. Ce dont les femmes avaient besoin, c'était peut-être moins d'un endroit où se rassembler que d'un endroit pour être seules. Et c'est ce que le bowling lui avait offert : elle avait pu réfléchir en paix dans le vacarme ambiant. Son mari détestait ce lieu.

Elle n'avait rien perdu de son talent, le bébé toujours dans son dos, hors de sa vue, mais sa respiration perceptible, preuve qu'il était en vie. Elle avait oublié combien de minutes une mère consacrait à cette question, même avant l'accident d'Edith. En vie, maintenant ? Et maintenant ? Plus le sommeil d'Edith était profond, plus sa vie était superficielle, semblait-il. Quelle sérénité absolue dégage un bébé dans son sommeil ! Observer les mouvements de son ventre, ses joues rouges. LuEtta sortait alors de la chambre, et revenait un peu plus tard. Plusieurs heures s'écoulaient dans cette seule question. En vie, maintenant, maintenant, et maintenant ?

Les heures ne comptaient plus ces derniers temps. Elle attachait le vigoureux bébé dans son dos. Loin du bowling, son corps entier dispensait son amour, cou, visage, seins, ventre. Chez Truitt, son dos prenait le relais, désintéressé. Il était un animal endormi. Elle jouait bien. Il ne faut jamais renoncer aux choses pour lesquelles on est doué.

Elle croisa sa vieille équipière Hazel Forest au salon de thé. « C'est insupportable ! se plaignit Hazel. Ça doit faire plus d'un an que je n'y suis pas allée, mais que dirait notre Bertha ? » Malgré son âge avancé, Hazel avait des enfants encore petits : elle avait cet air épuisé de l'expérience, c'était pourtant une femme qui avait un avis sur beaucoup de choses mais en savait très peu. Si vous lui demandiez les ingrédients du soufflé au fromage, il est fort à parier qu'en guise de recette, elle vous raconterait comment le sang coulait à flots dans les caniveaux de Paris au temps de la Révolution.

« On n'a qu'à s'enchaîner au retour de boules, proposa Hazel.

— On ne peut pas jouer au bowling si on est enchaîné, dit LuEtta.

— Nous occuperons l'espace. Nous mettrons notre grain de sel. Ils veulent être tranquilles pour se réunir entre hommes ? Nous les en empêcherons. Nous prendrons des cymbales. Des cuivres ! Des *hachettes*.

— Des hachettes ? demanda LuEtta d'une voix apeurée. On ne cherche pas à détruire le bowling.

— Pourquoi pas ? Il n'est plus à nous, de toute façon. À quoi bon, alors ? »

Pourquoi pas ? L'endroit appartenait à Bertha. Elle le leur avait laissé. Bertha était morte depuis quatre ans, et l'amour de LuEtta n'était plus que de la mélasse renversée au sol. Avant l'inondation, elle savait qu'il était sien, juché sur une étagère, contenu et non ouvert. À présent il était partout, il allait partout, son odeur, son aspect gluant, son inutilité. *Tu parles trop de cette femme*, l'avait interrompue Moses Mood, alors qu'elle lui lisait le compte rendu du procès contre la distillerie Purity, propriétaire du réservoir incriminé. Elle voulait qu'ils payent pour la mort de Bertha, mais préférait que les avocats ne se penchent pas sur ce que valait la vie de Bertha en dollars. *Elle est morte*, avait poursuivi Moses. C'était indéniable. *Et je suis en vie.* Rien n'était moins sûr. Certains jours, LuEtta aurait juré que la balle tirée des années auparavant avait eu la peau de son mari. C'était un mort qui continuait à parler.

« À quoi ça nous servirait de le détruire ? » demanda LuEtta à Hazel. Si on veut pouvoir…

— J'ai vu cet homme. Cet homme hait le sexe féminin. C'est le diable.

— Il peut changer d'avis.

— Il préférerait s'ouvrir en deux plutôt que de changer d'avis. Bertha *manifestait*.

— Pas chez elle. Chez elle, elle jouait au bowling. Nous jouerons donc au bowling. »

En réalité, Hazel n'avait pas envie de jouer au bowling du fait de ses handicapantes douleurs articulaires à l'épaule. Elle était plus âgée que LuEtta Mood, et avait divorcé huit ans plus tôt. Golda Bastian, qui comme Hazel occupait un poste d'infirmière à l'hôpital, avait emménagé chez elle pour l'aider, mais à l'évidence Golda avait développé à l'égard des enfants une intolérance digne d'une bigote. «Je jouerai avec vous», déclara Hazel.

Elle ne tint pas plus d'un après-midi.

Les hommes venaient de partout en voiture ou en tramway pour voir l'Ange des Pistes. Le temps avait émoussé la pointe de son menton et, ainsi que l'avait prédit Bertha Truitt, le bowling avait sculpté sa silhouette. LuEtta n'abandonnait pas. Elle jouait seule. Elle arrivait le matin et restait jusqu'au soir, vêtue d'une jupe-culotte blanche et d'une marinière bleue. Quand Bertha Truitt jouait seule, ce qui se produisait souvent, aucun homme ne l'aurait dérangée dans sa solitude. LuEtta était différente. Les hommes voulurent bientôt la défier. Ou plutôt, ils cherchaient à flirter et elle répondait : «Jouons pour ça.

— Pour quoi ?

— Pour discuter. Si vous perdez, vous me laissez tranquille.

— D'accord», répondait parfois l'adversaire.

Il fallait la voir offrir le genre de spectacle que méprisait Joe Wear, mais il découvrit que cela ne le dérangeait pas tant que ça. Il se découvrit même de l'admiration pour elle.

Par la suite, tout au long de la journée, on trouverait LuEtta Mood prendre une liasse de billets des mains d'un homme renfrogné, le bébé non moins renfrogné attaché dans son dos. Quel petit être impérieux ! Il avait un air désapprobateur jusque dans ses silences :

il attendait son heure pour ordonner votre exécution par le biais de ses fidèles ministres. Fort heureusement, il oublierait tout ça, c'était une chose terrible que d'être lié par le devoir et l'âge, et dans peu de temps le bébé – avait-il un nom ? personne ne l'avait jamais entendue le prononcer – détournerait obstinément les yeux, comme blessé par la simple vue de sa mère, comme si elle agonisait dans un lit d'hôpital. Le devoir. Tu t'asseyais aux premières loges, il le fallait bien, mais regarder ta mère dans une activité si sombre, si personnelle signifiait que ce serait la seule image que tu garderais d'elle.

Un après-midi, Moses Mood les attendait devant le Bowling de Truitt. C'était la première fois qu'il sortait dans Salford depuis un an. Ses assistants tenaient la quincaillerie pendant qu'il broyait du noir chez lui. Ses cheveux d'un noir d'encre qui ne manquaient jamais de susciter l'étonnement étaient devenus blancs comme neige. *Ils ont blanchi en une nuit*, disait-on, *à cause du choc*, mais la vérité était qu'on ne l'avait pas vu depuis un bail. Il avait maigri, et la cicatrice était à nu sur sa joue. Lu voulut la toucher, comme elle le faisait jadis. Il la couvrit de la main.

Moses Mood avait cru que le bébé améliorerait la situation. Qu'il consumerait un peu de l'affection de Lu pour leur défunte Edith, de sorte que la part dévolue au mari l'emporte sur celle de chaque enfant. Mais non, ce bébé glouton avait dévoré ce qui lui restait d'amour et d'attention, puis elle l'avait emmené au bowling durant de longues journées. Il avait un an aujourd'hui et son appétit féroce n'avait pas diminué.

« Lu-Etta », appela Moses Mood d'une voix lente et courroucée. « Lu-Etta. » Il secoua la tête et gloussa. Les hommes ne gloussaient jamais. « Rentre à la maison, c'est l'heure du dîner. »

Que portait-il ? Une chemise et une cravate pour paraître à son avantage, mais avec un petit châle sur les épaules censé le protéger du froid en ce mois de mars. Il avait un pistolet dans la poche, de petit calibre.

« J'ai faim, annonça-t-il avec un rictus effrayant pas plus grand que le pistolet.

— Tu sais te faire à manger, répondit-elle.

— Rentre à la maison, il n'y a plus rien dans la glacière. Je t'ai cherchée partout. Je t'ai appelée. J'ai eu Snodders au téléphone qui m'a dit : Elle est encore au bowling. »

Pouvait-on s'étonner qu'elle passât son temps au bowling avec un mari pareil ? Ses tentatives pour lui plaire s'étaient invariablement soldées par un échec. Elle avait cousu, tricoté, crocheté le trousseau du bébé (c'était elle qui avait confectionné le châle de Moses), forçant l'admiration de ses amies : aucun point n'était plus serré que l'autre. Mais Moses Mood ne trouvait qu'à dire : *Regardez-moi ce petit gars dans sa robe de bal.* Elle avait mitonné de bons petits plats, sans jamais recevoir de compliment. Elle avait chanté des comptines au bébé : *Qu'est-ce que c'est que ces miaulements, Lu ?* Peu importent les efforts déployés au fil des ans, elle n'avait jamais récolté que des *Laisse-moi faire*, *Tu vas le bousiller* ou *Cette maison est un capharnaüm, non laisse-moi, je vais nettoyer, comme d'habitude.* Elle se tassait sur le canapé en attendant que l'orage passe. Son père la battait. Moses n'avait jamais levé la main sur elle mais cela ne tenait qu'à son aptitude à se faire toute petite.

« Il n'y a plus rien à manger, répéta-t-il. J'ai regardé.

— Tu m'as dit que tu étais trop malade pour manger ! Tu as dit que tu voulais rester au lit, seul ! » Elle eut l'impression d'être une étrangère en train de houspiller un vieillard sur le trottoir et elle s'adoucit. Le bébé se tourna dans son dos.

« Je suis en train de mourir, ma chérie. Viens me soigner, appela Moses Mood en souriant.

— Je le ferai. Bientôt.

— Dans ce cas j'emmène le garçon. » Il s'approcha et essaya d'extirper le bébé de son bandeau.

« Qu'est-ce que tu fabriques ?

— Il n'a rien à faire là. » Il lui attrapa la main. Celle avec laquelle elle jouait et qui semblait minuscule dans la sienne. « Garce », lâcha-t-il à mi-voix. En plus de sourire, il riait aussi. Pour dédramatiser.

Ça va barder, pensa LuEtta.

Le danger était une averse. D'ordinaire elle interprétait les signes, le tonnerre qu'elle seule entendait, le ciel qui tournait vert, une rafale d'ozone. Pas aujourd'hui. Jusqu'alors, elle avait sagement gardé ses distances. Elle plaçait le bébé dans son dos pour que personne ne le lui prenne, pour faire rempart entre la catastrophe et lui si la situation l'exigeait. Le danger était-il plus grand à présent que Moses Mood était en public ? Il se souciait des apparences. C'était la raison pour laquelle il riait. Il croyait avoir un rire délicieux.

Elle savait qu'il avait un pistolet parce qu'il ne sortait jamais sans. Le pistolet ne l'effrayait pas particulièrement. En tout cas, elle ne le craignait pas davantage aujourd'hui. Le bébé attaché dans son dos lui faciliterait la tâche si elle devait fuir, c'était au moins ça. Elle avait déjà empaqueté le plus important. Elle aurait compté sur la compassion de Hazel pour emménager chez elle si l'acariâtre Golda Bastian n'avait pas pris le contrôle de la maison. « Lâche, Moses », lui dit-elle, avant de réaliser que tant que ses mains étaient occupées il ne s'emparerait pas du pistolet. Elle se demanda combien de temps elle pourrait continuer cette danse. Le bébé était en vie. En entendant son pouls battre dans sa poitrine, elle sut qu'il allait pleurer.

« Tu n'as pas peur », dit Moses Mood à son fils ou à son épouse.

Que devait-elle répondre à ça ?

Puis la porte du bowling s'ouvrit et Jeptha Arrison sortit. « Votre piste vous attend, Mrs. Mood, dit-il d'une voix douce et courtoise.

— Non », fit Moses Mood. Il éclata de rire à la face de Jeptha, cet idiot qui croyait pouvoir voler une femme à son époux.

« Dans ce cas, répliqua Jeptha avec une galanterie exemplaire qui força Moses Mood à reculer, je prends le bébé. » Le bambin tendit ses bras vers Jeptha. Il avait semblé irrémédiablement attaché à sa mère. Mais à présent, c'est à peine s'il ne volait pas vers Jeptha. « Après vous », dit Jeptha à LuEtta. Il lui tint la porte, puis tous les trois – la joueuse, le bébé et le pinboy – rentrèrent dans le bowling.

« J'ai dit *non !* » hurla Moses Mood resté seul sur le trottoir. « Non ! Non ! » Il pétaradait comme un pistolet, le sien pourtant toujours silencieux dans sa poche ;

il sentait son poids. Non ! Non ! Vers qui pointerait-il son arme ?

Quand on apprit quelques semaines plus tard que Moses Mood s'était tiré une balle dans l'autre oreille, LuEtta était avec Jeptha et ses parents à Attleboro. Mood avait laissé deux mots, le premier disait : *J'appartiens à l'éternité*, et le second : *Lu, je ne t'en veux pas, tu vois, je n'arrivais pas à me supporter moi-même.*

« Vous m'avez sauvée, Jeptha », déclara LuEtta, ce à quoi il répondit : « Vous seule vous êtes sauvée. »

Mais avant ça, Nahum Truitt força LuEtta Mood à parier son âme au bowling.

Secouée

LuEtta s'apprêtait à lancer la boule quand elle sentit quelque chose s'enfoncer dans son mollet. Elle crut d'abord que c'était un chat ; il y en avait trois à présent, trois félins noir et blanc qui rôdaient dans l'établissement de Truitt. Eux seuls réussissaient à dérider le bébé, de sorte que LuEtta se demanda si son fils n'avait pas hérité de l'humour au vitriol de son père. Les chats ne réagissaient pas. Mais le bébé était silencieux, et ce n'était pas un chat mais Nahum Truitt qui, deux genoux et une main au sol, lui assenait de petits coups de la pointe d'une queue de billard. Sa barbe était un fourré broussailleux. Un peu de craie bleue marquait le bas blanc de LuEtta. Elle ramena sa jambe et s'éclaircit la voix. Sans quitter des yeux l'extrémité de la queue de billard, Nahum rampa vers elle pour lui donner un autre petit coup, sa cravate de tricot rose traînant au sol comme une langue.

Elle l'appela. « M. Truitt. » Il ne réagit pas. Recommença. « M. Truitt ! »

Se servant de la queue de billard comme d'une canne, il se releva, puis se tourna vers la piste voisine où jouaient les Salford Half Nickels. Ils s'entraînaient en vue du tournoi de la Sheaf House, à Boston.

« Ça vous tente, une petite prière ? leur demanda Nahum en piochant une boule dans le retour. Je sais que vous allez à la messe une fois par semaine. Ce n'est pas assez. Vous voyez vos épouses tous les jours, et vos camarades deux fois par semaine, Dieu mérite mieux que ça ! Alors ? »

Les hommes échangèrent des regards gênés. « La YMCA a une équipe », dit Jack Silver, un homme de peu de foi. « Peut-être…

— La YMCA n'a pas besoin d'être convertie ! » rétorqua Nahum Truitt. Son regard passa de Jack Silver à la boule qu'il tenait au creux de son bras droit atrophié. « C'est comme ça que vous jouez au bowling ? Votre bras valide est de l'autre côté.

— J'suis droitier, répondit Jack Silver.

— C'est impossible, répliqua Nahum. La main qui vous reste est tout ce qu'il y a de plus à gauche.

— Je joue de la main droite. »

Nahum fronça les sourcils. « C'est perturbant. »

Jake Silver donna à la boule une légère secousse sur son membre raccourci et dit : « Pour ce que ça me fait. »

Nahum secoua la tête. « Soit. Ça m'est égal. » Il se tourna vers LuEtta. « Je vais jouer avec les hommes », lança-t-il par-dessus son épaule aux Half Nickels comme s'il déclinait une invitation. Il alla directement se positionner sur la ligne de faute, et jongla avec la boule, en fixant les quilles du regard. C'était la première fois qu'on le voyait manifester de l'intérêt pour le jeu. Les hommes craignaient qu'il balance la boule par-dessus sa tête plutôt que sur la piste.

« Vous tenez à jouer comme ça ? s'enquit LuEtta Mood.

— C'est comme ça que je fais », dit-il avant d'envoyer de toutes ses forces la boule droit dans la gouttière.

« Bon, consentit Pinky DeMuth, le capitaine des Half Nickels, hésitant à choisir un camp. Vous avez une approche de trois pas, ou de cinq pas, ou de sept pas. Reculez…

— C'est comme ça que je fais, insista Nahum. Femme ! » appela-t-il d'une voix autoritaire. Il cala la boule contre sa hanche. « Tu paries, à ce qu'on raconte.

— Je joue à des jeux d'argent », répondit LuEtta. Le bébé et elle vivaient chez les Arrison. Elle avait besoin de cette petite manne.

« Parie contre moi. »

Était-il possible qu'un homme connaisse si mal les femmes ! Lui donner des ordres, à elle, la meilleure joueuse du bowling. Martin Younkins se pencha sur ses béquilles, l'air perplexe, et déclara : « Truitt, vous devriez…

— Parier n'est pas un péché ? demanda LuEtta.

— Pas du tout, répondit Nahum. Non, car Dieu n'est-Il pas un joueur ? Il est prisonnier d'un jeu...

— Bon, bon », répondit LuEtta. Le bébé était toujours niché dans son dos. C'était un enfant, à présent. Plus silencieux et perplexe que jamais. Comment réussissait-elle à rester droite avec ce poids qui la tirait vers l'arrière ? « Un dollar par partie, progressif.

— Une seule partie, rectifia Nahum. Jouons pour votre présence dans ce bowling. »

Les hommes du bowling étaient divisés au sujet de LuEtta Mood, non pas en moitiés égales mais en plusieurs parts, à la manière d'une tourte. Elle était là depuis plus longtemps que quiconque. Elle faisait partie des meubles, c'était un accessoire vieillot, le dernier spécimen de femme entre ces murs. Mieux valait surveiller son langage en sa présence (pourtant rien ne la faisait sourciller : elle avait entendu pire). Que pensait M. Mood de son épouse ? Sa place n'était-elle pas à la maison ? (Ils ignoraient qu'elle avait quitté l'un et l'autre.) Il fallait la voir, une vraie beauté. Pas aussi belle que ce que racontait la rumeur, mais il devenait difficile de se concentrer sur son jeu quand elle était dans les parages, et ces derniers temps, elle était toujours là.

Nahum Truitt, lui, ils ne pouvaient pas le sacquer.

Aussi quand ces deux-là conclurent leur marché, les Half Nickels n'auraient su dire qui de Nahum ou de LuEtta était le diable. En revanche, ils savaient que tous deux pariaient leur âme.

« Une partie, répéta Nahum Truitt. Pas une de plus, et le gagnant laisse l'autre tranquille. »

LuEtta le regarda. « En somme, si je gagne, le bowling est à moi. »

Joe Wear tenta d'intervenir : « Non…

— D'accord, répondit Nahum. Pourquoi pas. Si tu me bats, femme, je me ferai une joie de te le céder. »

Martin Younkins secoua la tête et tous l'imitèrent. Ils voulaient participer ! « Ce n'est pas juste, commenta Younkins. Elle gagne, elle récupère un bowling, et lui… »

Nahum prit une posture de grand seigneur, une statue aux traits nobles avec un pigeon perché sur le sommet du crâne. « Vous voyez, j'ai à cœur que mon bowling soit débarrassé des femmes.

— Bon sang ! » s'écria LuEtta, mais elle entendait son cœur tambouriner dans sa poitrine. Elle pourrait gagner le bowling. Elle effleura du doigt la cheville du bébé pour se porter chance.

« Tu comptes garder cet enfant ?

— Oui », dit LuEtta. Le bébé dormait. « J'ai l'habitude.

— Une seule partie », répéta Nahum.

Avec une moyenne de 103, LuEtta surpassait chaque membre des Half Nickels, des Diamonds, des Greystockings ou des Kings. Elle ne voyait aucun inconvénient à jouer son âme contre Nahum Truitt : elle la jouait au bowling chaque jour. Elle faisait partie de ces joueurs au regard vide, ceux qui pariaient contre eux à longueur de temps. Le regard vide à dessein, le regard vide dans la lumière qu'elle répandait lorsqu'elle jouait. Le bowling était tout ce qu'elle possédait et elle avait besoin de lui pour connaître une fin heureuse, une perspective dont elle doutait de plus en plus. Posséder le bowling pourrait y remédier.

Nahum fit un petit moulinet du poignet plein de condescendance. Les femmes d'abord.

Durant ces vingt dernières années, quand LuEtta se saisissait d'une boule, elle traversait chacune de ces étapes. Elle se sentait en veine : la boule ne la décevrait pas. Puis elle se sentait en butte aux caprices du destin : elle visualisait la boule rouler le long de la piste avant de s'engouffrer dans la rigole. La raison prenait alors le dessus : la chance n'avait rien à voir là-dedans ! Puis la superstition la rattrapait : elle était entourée de forces qui travailleraient à sa victoire pour peu qu'elle sache les apaiser : *Je vous honore, esprits du bowling, je vous aime, libérez ma boule.* Alors, et seulement alors, était-elle prête à lancer.

Elle avait une approche de trois pas, sans grande originalité, et un accompagnement élégant et alangui de la main après avoir lâché la boule. La première boule culbuta six quilles. La deuxième lui permit d'abattre toutes les autres, les quilles au sol percutant la neuvième quille, la neuvième quille faisant tomber la deuxième quille, puis, par ricochet, la septième et la première. Au bout de la piste, Jeptha sauta à terre pour les ramasser. Mais avant il embrassa la deuxième boule chaude des doigts de LuEtta et de son triomphe.

Les hommes ignoraient la nature de ses sentiments envers LuEtta ; ils ne voyaient en Jeptha qu'un enfant qui aimait les jeux, un éternel maladroit avec les femmes. Jeptha était mordu de quilles. Ce n'était un secret pour personne : il était le meilleur de sa catégorie. Jamais il ne connaissait une baisse de régime. Quand Jeptha Arrison s'occupait de vos quilles, vous saviez comment elles voleraient avec une précision qui ne faisait jamais défaut.

Cette fois LuEtta eut besoin de trois boules pour renverser sept quilles. C'était au tour de Nahum de lancer.

Les Salford Half Nickels ne purent réprimer une grimace. Il avait laissé tomber son veston, roulé ses manches de chemise et coincé cette affreuse cravate rose dans son gilet. Un homme sec comme un hareng, tout en articulations et griffes : il tenait la boule du bout des doigts. Dans d'autres circonstances, Joe Wear n'aurait pas autorisé un tel amateurisme. (Joe avait fermé l'entrée et s'était joint au groupe des spectateurs.) La partie était jouée d'avance face à l'Ange des Pistes. Rares étaient les habitués qui pouvaient prétendre rivaliser avec elle, ne parlons même pas d'un homme de Dieu inexpérimenté et doté de deux mains gauches.

Dieu lui-même (à n'en pas douter un joueur de tenpin car Il aime la clarté, la promesse de perfection) en aurait bavé face à LuEtta Mood.

Que ferait-elle du bowling si elle gagnait ? En bannirait-elle les hommes comme Nahum avec les femmes ? Les menacerait-elle d'un coup de bâton comme des serpents ? Deviendrait-il la chasse gardée des chats et des filles ?

Bertha Truitt ne se serait jamais permis une chose pareille. Bertha Truitt n'accordait guère d'importance aux hommes, néanmoins elle ne les avait jamais considérés comme des parasites, leur avait parlé comme si elle était leur égale, et c'était énervant. Mais LuEtta Mood et son air supérieur l'insupportaient. Elle se croyait au-dessus de tout le monde. Du moins voulait-elle s'en convaincre.

La boule enserrée dans la paume de Nahum était cernée d'un halo de lumière. Il prit position derrière la ligne de faute et lança. Pas d'approche, pas d'accompagnement, mais des quilles tombèrent. Trois quilles, puis cinq, puis deux pour les dix frames. Martin Younkins inscrivit le score à la craie sur le tableau.

Le pinboy, Leslie Bish, garçon malingre de dix ans aux cheveux filasse, était en train de manger du sucre candi. Il posa la friandise sur l'étagère, puis sauta pour renvoyer les boules au patron. La propreté de ses mains ne lui importait pas davantage que la qualité de son travail. Il n'y prenait pas grand plaisir : les quilles auraient aussi bien pu être des bouteilles de lait à la fête foraine ou des arbrisseaux le long d'un chemin. Il lui arrivait de flanquer un coup de pied dans une ou deux quilles en s'activant. À supposer qu'il se fût appliqué, il n'y aurait eu que Jeptha pour l'en féliciter, or les plus grands lui avaient conseillé d'éviter Jep car une fois qu'il trouvait en vous une oreille attentive il n'y avait plus moyen de s'en débarrasser. La mère de Leslie Bish comptait sur son salaire. C'était vrai de tous les pinboys à l'exception de Jeptha qui, juché sur son étagère, ne cachait pas sa peine pour les quilles.

Faute de pouvoir surveiller les pinboys, il surveillait les quilles. Ils l'en empêchaient. « Dégage, Jeptha », lui ordonnaient-ils, lui, qui en sa qualité de seul adulte du groupe se sentait pourtant bien placé pour leur donner des ordres. Pour une raison qu'il ne s'expliquait pas, il avait reçu des ordres des hommes quand il n'était qu'un garçon et à présent qu'il était un homme, c'étaient des garçons qui lui en donnaient. Peu importait. Il veillerait sur sa piste.

Jeptha Arrison parlait aux quilles. Il les aimait. Le bowling ne l'intéressait pas vraiment, il n'y avait d'ailleurs jamais joué, c'était une pure perte de temps, quoi qu'il se gardât bien de le dire aux joueurs qu'il adorait. En revanche les quilles, il les comprenait. Voilà que survient la boule intruse, deux fois, trois fois, puis il saute au sol – Mama, Jeptha ! car il est une mère pour elles – et se précipite vers ses petits trésors. « Là, ma chérie », dit-il à la quille numéro dix, à la numéro cinq, à la numéro trois. Il sait précisément l'emplacement de chacune, y compris quand elles sont tombées. « Quatre, cinq – oh, tu t'es coupée. Ma pauvre chérie, tu es bonne pour la casse. » Regardez-le jeter la quille.

Moins une mère que Dieu. Une mère est toute-puissante, une mère soigne à force d'amour ses préférés. Si vous êtes coupé en deux, ce n'est pas Dieu qui prétendra le contraire. Dieu Jeptha s'assoit au-dessus des quilles et attend. Quand le monde est en ruine, il le répare. Il le remet d'aplomb.

Avec ses doigts collants, Leslie Bish mettait du sucre partout : d'abord sur le retour, ensuite sur le joueur, la piste et de nouveau la main du pinboy. Chaque étape du jeu s'en trouvait dégradée. Jeptha faillit héler Nahum pour le mettre en garde. Un pari n'était pas une chose à prendre à la légère et ne souffrait ni malhonnêteté ni aspérité. Or la place de LuEtta au bowling était en jeu, aussi garda-t-il le silence. Ce fut le premier péché que Jeptha Arrison commit au nom du bowling, mais pas le dernier.

Ce fut au tour de Nahum de lancer. La première boule en abattit deux. La deuxième, cinq. Il en aurait renversé une autre à coup sûr avec la troisième, pourtant la sixième quille hésitait à tomber, la sixième quille luttait contre le sommeil – et Leslie Bish, sautant trop tôt au sol, la renversa lui-même.

« Hé ! cria Nahum Truitt. Pinboy ! Dégage ! »

Leslie Bish leva la tête. Il était maigre et luisant comme un maquereau. À seulement dix ans, il avait été renvoyé à cause de sa paresse. Il tendit la main pour ramasser sa friandise, mais elle s'était collée à son pantalon et, avec l'aide de la gravité, tentait de défaire sa poche.

« D'accord, Wear, cria Nahum Truitt. Vous ramasserez pour moi.

— Oh non, dit Joe Wear. Jeptha le fera pour vous deux.

— Pas cet idiot. Il va magouiller. Vous ramasserez pour moi. »

Pourquoi diable Joe Wear accepta-t-il ? Il aurait mieux fait de prendre la porte avec Leslie Bish, histoire de noyer son chagrin dans le sucre candi ou la bière de contrebande. Non, il traversa la piste. Il sentait les regards juger sa démarche maladroite.

« Hé, Joe », lui lança Jeptha. Joe secoua la tête.

Si Joe Wear avait jadis fait la fierté des Misérables, c'était de l'histoire ancienne, et il n'avait aucune envie de se mêler de ce pari. Il voyait d'ici les échardes qu'il allait récolter. Et si LuEtta gagnait ? Le renverrait-elle ? Lui céderait-elle le bowling à bon prix ? Elle n'avait pas sa pareille dans ce bowling, exception faite de Joe Wear, qui jouait tous les soirs, y compris pendant ses jours de repos quand il allait à la Sheaf House à Boston pour parier. Il aurait dû jouer pour gagner le bowling, tiens.

« Je peux m'occuper des deux pistes », proposa Jeptha, mais Joe avait déjà terminé. Il avait passé beaucoup de temps dans les fosses au fil des années à vérifier les plaques de métal indiquant l'emplacement des quilles, à écarter les quilles abîmées et à surveiller scrupuleusement l'état des pistes, néanmoins il ne s'était pas assis sur l'étagère des pinboys depuis son adolescence. Il constata avec stupéfaction qu'il avait pris de la carrure. De près, Jep était d'une grâce à vous fendre le cœur, il se déplaçait sur la pointe des pieds, tel un colibri dans un parterre de fleurs piétinées.

« Je peux faire les deux, Joe Wear, assura-t-il d'une voix vexée.

— Je sais bien.

— Je suis l'honnêteté incarnée.

— Je sais.

— J'aime le jeu, rien que le jeu.

— Absolument.

— Je suis honnête, répéta Jeptha. Je ne veux pas retourner avec les chevaux. Une fois qu'on les a quittés, c'est fini pour de bon. Le bowling, c'est toute ma vie, Joe. Je suis né ici et c'est ici que je mourrai.

— Tu n'es pas né ici.

— Si, dans un sens.

— Non. On ne naît pas dans un bowling. De toute façon LuEtta va gagner, je vais être viré et y a des chances que tu finisses manager. »

Jeptha secoua sa lourde tête. « Il l'a effrayée. C'est fichu. »

Joe sauta au sol pour replacer les quilles. Nahum avait laissé la quille du roi. Trop grand pour ce travail, Joe ressemblait à un pigeon qui chercherait à se faire passer pour un colibri, les talons ferrés de ses bottes martelant le sol. Son corps n'avait pourtant rien oublié du plaisir singulier que lui procurait cette activité, une quille coincée sous son bras, tandis qu'il en mettait une autre d'aplomb avant de la laisser rouler le long de son flanc jusque dans sa main. Ces quilles-ci n'avaient ni haut ni bas; à la différence des quilles de tenpin, il importait peu qu'elles soient posées sur une extrémité ou une autre. Joe pouvait lui aussi trafiquer le jeu et faire en sorte que Nahum n'en laisse tomber aucune. Et assurer la victoire à LuEtta. Il jeta un regard dans sa direction. Pas effrayée pour un sou, lui sembla-t-il. Elle jouait avec cette précision qu'on lui connaissait et devançait son adversaire de onze quilles.

« Vous avez fini, femme ? » beugla Nahum Truitt.

Elle bégaya sur l'approche, ses pas trop longs, le bébé endormi poussa un soupir frémissant, et LuEtta se retrouva sur la ligne de faute et la dépassa. Il pouvait encore gagner.

Toutes les têtes étaient tournées vers Nahum Truitt qui arborait le masque neutre de l'homme conscient que toute émotion, négative ou positive, pourrait précipiter sa chute. Le corps raide, il tenait la boule différemment, et il la fit tournoyer, un tour de tenpin qu'on voyait rarement dans les bowlings de candlepin. Certains avaient cru la chose impossible, et voilà que Nahum l'avait exécutée. Il cessa de parler aux Salford Half Nickels. En attendant de jouer ses deux prochains coups, il enfonça les mains dans les poches et regarda LuEtta, qui s'était figée. Puis il joua. Toutes les quilles abattues en deux lancers, puis neuf, et c'était plié. Lu n'avait pas l'ombre d'une chance de le rattraper. Il semblait presque blasé par son talent.

Dieu n'avait rien à voir là-dedans, savait Joe, mais il devinait que Nahum affirmerait le contraire. Il était doué et l'avait caché, voilà tout, un arnaqueur qui avait attendu son heure pour passer à l'action. Ses disparitions successives lui avaient permis de s'entraîner ailleurs.

Les tricheurs, Joe les avait mis sans relâche à la porte durant ses années chez Truitt, des hommes qui avaient fait entrer en douce des boules lestées ou d'une taille non réglementaire, mais Nahum était le propriétaire et, pour ce qu'il pouvait en dire, il n'avait pas triché : il avait seulement lancé un pari visiblement gagné d'avance. Même avec la meilleure volonté du monde, Joe ne pouvait plus truquer les quilles en faveur de Lu. Elle avait baissé les bras.

Les hommes du bowling avaient abandonné pistes et pronostics. Une dizaine de cigarettes oubliées se consumaient dans des cendriers en fer-blanc estampillés TRUITT's. LuEtta joua, grande femme chaussée de cuir blanc, ses chevilles indécentes gainées d'un fin coton. Sa chevelure blonde était animée de reflets cuivrés. Sa silhouette, exemplaire. Elle ressemblait à un daim qui aurait déboulé avec fracas par la fenêtre d'une gare. Sa présence était devenue indésirable, on ne cesserait jamais de parler d'elle, on devait la chasser, c'était dans son intérêt, aussi. Pourquoi rester si vous étiez le dernier spécimen de votre espèce ?

Vous restez à cause de votre obstination, une qualité que vous a inculquée votre mentor. Vous restez parce que vous êtes persuadé qu'à force d'obstination vous ne serez plus le dernier spécimen de votre espèce : un de vos semblables vous rejoindra, tôt ou tard. Une femme entourée d'une vingtaine d'hommes, dont aucun ne lèverait le petit doigt pour la défendre, peu importait qu'elle soit native de Salford ou ait été proche de Truitt, celle-là même qui avait donné son nom aux lieux, la seule, la vraie Truitt. Ô Bertha, si d'aventure un étranger poussait la porte de ton bowling, avec quelle facilité il prendrait Nahum pour le maître de céans ! Qui dit femme seule dit tracasseries, pensaient-ils. En grand nombre, elles étaient inoffensives – on les remarquait à peine. Une femme seule était une insulte, un poison, une poule, une nana, une cocotte, il fallait la remettre à sa place, c'est-à-dire à la rue. Perché sur son étagère, Jeptha Arrison semblait prier pour un quatre-cavaliers, une ligne de quilles qui pouvait permettre à LuEtta d'abattre toutes les autres – à quoi bon ?

LuEtta Mood secoua la tête et frissonna. Elle essayait de se convaincre que la chance qu'elle avait eue, deux spares, deux fois dix frames, était une sorte d'enchantement. De croire que c'était à cause du talent et de la physique si elle était, comme l'avait expliqué Nahum, finie. Quel sens cela aurait eu de posséder le Bowling de Truitt si l'homme le lui avait cédé ? Quitter son mariage pour de bon. Ne jamais quitter Salford. Honorer Bertha – elle aurait tant aimé sentir la présence de Bertha à ses côtés, or c'était impossible.

Au bout du compte, l'homme battit la femme 117 à 101. La perdante tendit la main. Le gagnant tourna la tête.

« Dans ce cas, lâcha LuEtta Mood, dont tous virent la mine défaite et soulagée, je pars.

— Allons bon, dit Martin Younkins. Il n'était pas sérieux.

— Je pensais chaque mot, chaque quille, intervint Nahum. Elle doit partir, il le faut. Aujourd'hui débute l'Ère commune du Bowling de Truitt, notre mission va pouvoir commencer.

— C'est un bowling, nom de Dieu, protesta Jack Silver.

— Oui, *pour* Dieu, renchérit Nahum. Tu as fait preuve d'aveuglement, femme, pourtant je ne te jette pas la pierre. J'ai moi-même été élevé dans la croyance que rien ne séparait l'homme et la femme, et si différence il y avait, elle était infime entre cet homme et cette femme qui étaient comme des partenaires et prenaient chaque décision comme on signe un accord. C'était un leurre. Le sexe opposé est plus intelligent et rusé depuis le jardin d'Éden, par conséquent l'homme de l'espèce doit se montrer plus fort. Là est la véritable égalité, dans la vie comme dans le mariage. Au revoir, lança-t-il à LuEtta Mood. Il est temps de partir.

— Donnez-moi…

— Maintenant ! » tonna Nahum. Il regarda de biais Jeptha Arrison, qui avait un air de chien battu, la bouche ouverte, visiblement indécis. Le mieux était de lui donner une tape sur le museau. L'homme secoua même la main comme un toutou sa patte et l'offrit, le poignet mou, à Nahum, qui la lui prit. La main de Jeptha sembla grandir dans celle de Nahum, jusqu'à ce qu'une main engloutisse l'autre. Il se pencha pour murmurer quelque chose à l'oreille de Nahum. *Pauvre hère*, songea Nahum, *ignorant tout des secrets de ce monde et trouvant en moi, un étranger, son unique confident.*

« Je crois, chuchota Jeptha Arrison à Nahum Truitt, je crois…

— Parle, mon enfant.

— Je crois que vous irez en enfer », poursuivit Jeptha d'une voix aussi placide que le goudron. Lorsqu'il se redressa, l'assemblée des hommes crut à voir l'expression de Truitt que Jeptha Arrison avait fini par mordre quelqu'un. LuEtta était déjà sortie. Jeptha se pencha une nouvelle fois et dit : « Moi aussi. J'ai truqué les quilles pour vous, patron. »

Jeptha rejoignit ensuite LuEtta devant le Bowling de Truitt.

« Lu, dit Jeptha, il ne nous reste plus qu'à nous remarier.

— Avec qui ? » demanda Lu.

Jeptha lui prit la main et LuEtta, comme Nahum, perçut ses étranges propriétés de transformation, des années de tendresse dévouée aux quilles et de sens de l'à-propos. Qui la comprenait mieux que lui ? Le bébé se réveilla. Elle sentait ses membres se recroqueviller après un long sommeil.

« Avec nous, répondit-il. Vous et moi. Alors, Lu ? »

Je suis déjà mariée, voulut-elle dire. Son mari était encore en vie. *Ne soyez pas bête, j'ai un enfant, vous ne pouvez pas être père*, voulut-elle dire. Elle eut l'impression que sa poitrine était une cage à oiseau qu'on ouvrait, et quelque chose en elle, de terrible ou de nécessaire, rejoignit le ciel dans un battement d'ailes, ou du moins passa le clocher de l'église méthodiste.

« Vous voulez bien, Lu ? » reprit-il.

Oui, dans un sens, oui.

À l'intérieur, Nahum donna un coup dans la machine à chewing-gums qui dégringola du comptoir. « Le chewing-gum, c'est pour les idiots et les imbéciles, déclara-t-il aux hommes stupéfaits. Ils prennent le chewing-gum qu'ils ont dans la bouche pour une pensée dans leur caboche. »

La disparition de Joe Wear

Cette nuit-là, Joe Wear fut réveillé par un bruit : quelqu'un s'asseyait sur le bord de son lit. Ayant grandi dans un orphelinat, il avait maintes fois été tiré du sommeil par des étrangers. Quand il dormait, il retournait à l'état d'enfant abandonné et recueilli par la mauvaise personne : son instinct lui dictait de faire le mort jusqu'à ce qu'il ne lui soit raisonnablement plus permis de continuer à faire semblant. La partie adulte en lui se vidait alors des rêves. « Jep », dit-il. Ce n'était pas Jep.

« Il est pas mal ce logement, répliqua Nahum Truitt.

— Je suppose, oui. Qu'est-ce que je peux faire pour vous ? demanda Joe Wear.

— Oh rien. Pas mal du tout ce logement. Et pas un mauvais lit que vous avez là. » Il poussa un soupir guttural et flegmatique. « Je me suis perdu dans le noir. Donnez-moi ça. »

Il désignait par *ça* la main gauche de Joe, posée sur la vieille courtepointe à motif fleuri, et par *donnez*, il lui signalait qu'il s'apprêtait à la prendre entre les siennes. La lumière venue de la cuisine jetait sur le lit une faible lueur que teignait d'étain l'abat-jour de fer-blanc. Les mains de Nahum étaient tendineuses, comme le sont les pieds chez la plupart des hommes ; la main de Joe était musclée et menaçante, la paluche de cuir d'un travailleur manuel. Il s'imagina donner un coup de poing à Nahum et tout le plaisir qu'il en tirerait.

« Vous êtes du genre oblique, pas vrai, Wear ?

— Je vous demande pardon. » Ce n'était pas une question.

« Un inverti. Pas de ce monde. Écoutez, je sais les reconnaître. »

Son contact avec un être humain n'aurait pas été moins gauche s'il s'était agi d'un objet. Dans le noir, les os au dos de sa main saillaient comme les côtes d'un éventail. « Je peux vous guérir, poursuivit-il d'une voix mi-menaçante, mi-séductrice. Je l'ai déjà fait, Wear.

— Guérir ? De quoi ? De moi-même ?

— Nous nourrissons le mal qui nous ronge, acquiesça Nahum. Ça nous tue à petit feu. »

Il retira une de ses mains et Joe fut chagriné de s'apercevoir qu'elle lui manquait. *Je me suis perdu dans le noir.* Où alliez-vous, quand vous vous êtes aventuré dans le noir, avant de vous perdre ? Nahum posa sa main libre derrière lui, sur la cheville de Joe, puis il s'allongea en travers de ses cuisses, les deux hommes formant une croix sur le lit. « Ma mère ne me pardonnerait pas ce que j'ai fait, dit Nahum.

— Bertha ? »

Nahum ne répondit rien tout d'abord. Puis, les yeux fixés au plafond : « Je pars dans l'État du Maine. M'accompagnerez-vous ? Vous avez besoin qu'on vous pardonne, vous aussi. »

Joe lui opposa un silence.

« Vous n'en ferez rien, dit Nahum, comme s'il posait son pied à terre. Pour quoi ? Pour un meurtre. »

À ces mots, les artères de Joe s'emplirent de mercure. «Je ne vous ai pas demandé pour quoi.

— Aucun homme ne mérite de périr dans les flammes, dit Nahum. Pas même celui-là. Vous pensiez que vous vous en tireriez ?

— Non», répondit en bloc Joe Wear. Les années n'avaient pas entamé le pouvoir de nuisance de l'accusation. De la même façon que les mauvais jugements vous faisaient douter de vous-même, déformaient jusqu'à votre ombre et la grammaire de votre âme. On l'avait poussé à croire que l'innocence était un sentiment pur, un sentiment doté de propriétés assainissantes qui décapait la culpabilité et la lâcheté. Faux. L'innocence était une chose douloureuse. Il aurait été plus facile d'être accusé d'un crime dont il se serait rendu coupable.

Le poids de Nahum sur sa jambe lui faisait mal. L'homme continuait à parler. S'était-il jamais arrêté ? Ne serait-ce qu'une seule fois ?

«Je vais aller chercher Mrs. Truitt, dont j'ai souvent parlé avec tendresse. À mon retour, il y aura quelques changements.

— Quand ? questionna Joe.

— Je pars aujourd'hui.

— Aujourd'hui ?

— Ce matin. C'est déjà le matin.»

Joe Wear jeta un coup d'œil par la fenêtre et vit qu'il disait vrai. Le bruit des boules dans les retours percolait par le plafond.

«C'est quoi, ça ?» demanda Nahum. Il se leva d'un bond et chancela jusqu'à la table de la cuisine.

«Jep, j'imagine. Il traîne souvent de bonne heure.»

Nahum sembla sur le point de sauter sur la table comme un chat dans un arbre. « Ce débile est revenu ?

— Il semblerait. Vous allez avoir besoin de lui.

— On trouve des pinboys à tous les coins de rue.

— Il mourrait ici si on l'y autorisait.

— Mon Dieu. » Nahum donna un coup dans la lampe de la cuisine qui se balança un moment. Joe ferma les yeux face au vacillement insistant. « Cet endroit, dit Nahum. Je n'étais pas fait pour cet endroit.

— Salford ?

— Le monde et sa malfaisance. Vous ne devinerez jamais ce que cet idiot m'a dit avant de partir avec cette femme. » Il se retourna et posa sur Joe son regard bigle et sulfureux. « Devinez ce qu'il a eu l'audace de me dire. »

Joe secoua la tête.

« Ce n'est pas votre problème, Wear. Il regrette sans doute encore ses paroles. »

Le jour où Nahum Truitt rentra du Maine avec ses bagages et une femme en robe de voyage couleur lavande, Jeptha Arrison était posté derrière le comptoir de verre. Le printemps – tel un babillement verdoyant déferlant dans les rues – embrassait le seuil du Bowling de Truitt et jusqu'à l'intérieur. La femme était coiffée d'un chapeau cloche en feutre piqué de violettes artificielles.

«Je vous présente Mrs. Truitt, dit Nahum à Jeptha Arrison. Elle sera votre maîtresse.

— Elle sera ma quoi ?

— Votre patronne. Mrs. Truitt.

— C'est Margaret Vanetten, le corrigea Jeptha. Bonjour, Meg ! Comment ça va depuis tout ce temps ?

— L'ancienne Margaret Vanetten, précisa Nahum, visiblement perturbé. Oui. Mrs. Truitt, maintenant. Notre mariage a été célébré à l'Église des Bois. Nous avons passé notre lune de miel à Boothbay Harbor et nous sommes rentrés pour sauter à pieds joints dans le bonheur conjugal.

— Nous avons sauté à pieds joints ! s'exclama Margaret.

— Apparemment. »

Ils se tenaient par la main. La barbe de Nahum avait été taillée en une sorte de bassin où l'ancienne Margaret Vanetten pouvait nicher sa tête. Ce qu'elle venait précisément de faire.

« Bonjour Jep, lâcha-t-elle. Je ne savais pas que vous étiez toujours là.

— Bonjour Meg », répéta-t-il. Puis, en s'adressant à Nahum : « Où est votre épouse, patron ?

— Devant vous, comme je vous l'ai dit. Mrs. Truitt, depuis une semaine et à jamais.

— Meg ? demanda Jeptha.

— Appelez-moi Mrs. Truitt », dit-elle, l'air de lui autoriser une petite familiarité.

— Pardon, mais où est votre épouse ? » demanda Jeptha.

Nahum Truitt écarta Margaret Truitt de sa barbe afin que Jeptha la voie mieux. « Je suis veuf, Jeptha Arrison. Je vous l'ai dit. Morte ces dix dernières années. Morte et enterrée. J'étais seul au monde jusqu'à ce que je rencontre Margaret. Jeptha Arrison, poursuivit Nahum, vous m'avez dit quelque chose. En partant. »

Les yeux pâles de Jeptha devenaient parfois d'un blanc iridescent. Puis les traits de son visage se recomposaient, un sourire réprimé, une intelligence un peu canaille. « Bah, patron, je vous ai donné un coup de pouce. Vous pensiez quand même pas la battre aussi facilement ? »

Nahum hocha la tête, comme malgré lui.

« Pas Lu. Les anges sont du côté de Lu. Moi j'étais du vôtre.

— Eh bien, rétorqua Nahum, le regard tourné vers la nouvelle Mrs. Truitt. Cela la guérira peut-être de ses penchants athlétiques.

— Elle jouera au bowling mais ailleurs. Non, ils la tueraient. J'ai compris tout ça sur mon bout de piste. Par exemple, qu'est-ce que vous feriez, vous ? » Jeptha regarda Nahum avec un semblant de tendresse. « Vous ne savez pas, je parie.

— Jeptha ! s'indigna Margaret Vanetten Truitt.

— Pas grave », dit Nahum avec des accents de magnanimité. Il frappa un grand coup sur le comptoir. « Aujourd'hui nous repartons de zéro. Où est passé Joe Wear ?

— J'sais pas, répondit Jeptha.

— Eh bien, allez vous renseigner.

— Ça avancera à rien, personne ne sait. Il est parti. »

Les Half Nickels répéteraient pendant des années : « Joe Wear saurait, lui », mais Joe Wear restait aux abonnés absents. Il n'avait communiqué aucun renseignement. Il n'était pas le dernier de son genre même s'il se comportait comme si c'était le cas, depuis trop d'années. Enterré vivant. Où irait-il ? Ailleurs. Il emporta sa tête pleine de bowling hors du Massachusetts, et ne revint pas avant longtemps.

Le futur approche. C'est l'inéluctable vérité. Nous avons des générations pour le traverser d'abord, des mariages et des divorces, des veuvages et des secondes unions, le joug des familles, l'affranchissement. Les disparus et les déplacés. La vie pathétique enjambe les enfants morts, la laide vie avide enjambe les anciens. *Elle a connu une fin tragique.* C'est vrai tant pour l'adolescent effondré (un balcon à Barcelone, une romance brisée) que pour votre grand-tante, morte à cent trois ans après des années de confinement silencieux, qui s'est transformée, semble-t-il, en savon et en bourbier. Votre naissance approche. Vous êtes attendu. Les dégâts que vous infligerez à l'arbre généalogique n'appartiennent qu'à vous, et à vous seul. Mais minute. Un peu de patience.

3

Fiancée et redevable

Il était une fois, ils vécurent heureux et eurent beaucoup d'enfants… on ne revit plus jamais ça. Ces choses-là n'existent que dans les contes, pas dans notre monde. Il était une fois une petite fille… non, de tout temps il y a eu des millions de petites filles. Elles vécurent heureuses – mais après la catastrophe, votre bonheur est assombri par l'imminence de votre fuite. On ne revit plus jamais ça – vous voyez sans cesse le loup ouvert en deux comme une valise sur le lit, son estomac retourné et déformé par le bonnet en dentelle de votre mère-grand, ses intestins perforés sous ses coups de talon. Les morts apparaissent encore et encore, et la plupart des vivants.

Il était une fois une fille. Ce n'est pas la fin de son histoire.

C'était une parcelle de personne, Margaret Vanetten, abandonnée, entreposée, puis renvoyée une nouvelle fois. Abandonnée par sa mère sur les marches des Petites Sœurs des pauvres. Élevée par les religieuses qui croyaient pouvoir faire d'elle l'une des leurs – elles ont plus de sagacité que les loups, elles ne pensent pas qu'un bébé nu abandonné fait automatiquement partie du clan. Envoyée par ces mêmes religieuses pour servir de riches excentriques dans leur étrange demeure. « Est-ce qu'ils m'adoptent ? avait-elle demandé à sœur Catherine.

— T'adopter ? demanda la sœur. Margaret Mary, vous avez quinze ans. »

Margaret attendit longtemps la suite de la réponse. Soixante-dix ans plus tard, elle l'attendait toujours lorsqu'elle poussa son dernier soupir.

Dans le train qui les emmenait, Minna et elle, vers le nord, elle avait regardé la Nouvelle-Angleterre défiler et pensé : *On pourrait descendre n'importe où.* N'avait-elle pas élevé cette petite fille ? N'était-elle pas plus en droit de réclamer cette enfant que ces Canadiens ? Minna et elles pourraient refaire leur vie à deux. Bien sûr, on risquait de ne pas croire que cette fillette noire était la sienne. Pourtant la mère du bébé était blanche comme neige, comme Margaret (elle suspectait néanmoins quelque ascendance basanée et étrangère chez Bertha : juive, ou perse peut-être). Minna pouvait passer pour juive, ou perse. Elle était née avec la peau claire – Margaret pouvait en témoigner – mais avait foncé en grandissant, et avait aujourd'hui la peau mate et des yeux verts. Or où iraient-elles ? Aucune maison dans le monde n'accueillerait Margaret, hormis celle octogonale dont on l'avait renvoyée. Avec Minna. Comment le Dr Sprague avait-il pu leur faire ça ?

À bord de ce train qui roulait en direction du nord, elle caressa l'idée de se marier et d'avoir des enfants. Elle avait déjà vingt-sept ans, son célibat fermement accroché à ses orteils et à l'extrémité de ses doigts, sa singularité grimpant en haut de ses membres. Elle ne dirait pas non à un mari, même petit et modeste. Un homme comme Joe Wear l'estropié, un autre employé de Truitt : ses prétentions étaient limitées. Un pinboy pourrait faire son bonheur. Leurs enfants auraient le candlepin dans le sang. Et Minna vivrait avec eux : une fille avait besoin d'une mère et d'un père, même étranges, car ils formeraient un drôle de couple. Minna aurait enfin des frères et des sœurs.

Le Dr Sprague leur avait réservé un compartiment avec des sièges convertibles en couchettes. *Votre mère est morte*, dit en pensée Margaret à Minna, même si elle n'en était pas certaine. La fillette tenait son journal intime sur ses genoux. Elle ne comprenait pas qu'il s'agissait d'un livre d'histoire. La veille, sa mère avait coiffé sa chevelure mordorée en deux nattes qui commençaient à se défaire au sommet, dernier vestige de son amour maternel.

« Tu crois qu'ils vont me reconnaître ? Ma tante et mes oncles.

— J'imagine que oui, répondit Margaret. On reconnaît toujours les siens. » Ma chérie. Mon trésor. Minna, rien ne t'oblige à vivre avec ces étrangers, se retint-elle de lui dire.

Bien que depuis longtemps en terre canadienne, elles étaient encore loin de leur destination : cela perturbait Margaret, native du Massachusetts. Tant d'espace vous rendait claustrophobe. Elles pourraient ne jamais en voir le bout. Elle sentait le Canada juste au-dessus de sa tête, comme une mine de charbon.

À la gare de Fredericton, Benjamin Sprague les attendait à côté de son automobile REO d'un vert onctueux, un pied posé sur la barre de frottement. C'était le portrait de son frère, sauf qu'il était plus grand et plus mince, qu'il n'avait pas de moustache et portait de nouvelles chaussures bicolores comme n'en aurait jamais eu le Dr Sprague, des chaussures pour aller en ville. Il avait aussi la peau plus claire, et un nez qui avait manifestement été fracturé – en réalité, on les aurait pris davantage pour des cousins, même s'il affichait cet air grave typique des Sprague. Margaret espérait qu'il décide pour elle. « On en sait plus ? » l'interrogea-t-elle. À son regard humide et circonspect, Margaret comprit que Bertha était morte mais qu'ils ne l'annonceraient pas tout de suite à Minna. Elle se mit à sangloter. Elle s'avança pour étreindre Minna et murmurer le secret brûlant à son oreille, mais l'enfant avait déjà grimpé sur la banquette arrière de l'élégante berline et regardait sa vieille nounou avec des yeux secs et une expression légèrement horrifiée.

« Minna ! s'écria Margaret. Vous allez m'écrire ? »

La fillette acquiesça.

« Vous avez le mal du pays », dit Benjamin à Margaret de sa voix grave, mi-compatissante, mi-autoritaire. Il lui tendit un mouchoir rouge à motif cachemire, qu'elle fourra dans sa poche, bien qu'elle sût que ce n'était pas là le sens de son geste. « Vous devriez rentrer chez vous. »

Elle regarda dans son sac, comme si sa vie en dépendait. « Je n'ai pas de billet », répondit-elle d'une voix humide. Elle voulait suivre Minna et être élevée par la famille Sprague. Des choses étranges s'étaient déjà produites. Néanmoins, elle comprit que Minna et elle n'avaient pas été congédiées ensemble. Margaret avait été renvoyée. La fillette avait été sauvée.

Benjamin Sprague sortit une liasse de billets de sa poche. « Pour votre aide. » Il la lui tendit : de l'argent contrefait, indéniablement, non, canadien. « Vos patrons vont vous regretter. Merci, devrais-je dire. Merci de nous avoir amené Minna.

— Donnez-moi votre adresse, dit-elle, pour que j'écrive à ma protégée.

— Il n'y a plus de raison de la protéger », répliqua-t-il. Cependant, il l'écrivit au dos d'un dépliant d'horaires de train, en lettres curvilignes. Ah, il y avait un atavisme certain dans le vigoureux *S* et le frêle *e* de Sprague. Elle plia le document et le glissa dans la poche de son manteau.

Elle n'avait pas de proches. Elle n'avait pas de famille. Quand l'automobile de Benjamin Sprague eut disparu, elle gagna le centre-ville à pied, trouva une chambre dans une pension pour femmes, un emploi dans un restaurant, resta là une année entière au cas où Minna aurait eu besoin d'elle. Elle envoya ce mot à Benjamin Sprague :

Cher M. Sprague (ou faut-il vous appeler docteur vous aussi ? Je n'en serais pas étonnée avec une famille éduquée comme la vôtre), si Minna me cherche, je travaille à la cafétéria de Bach, j'y suis une grande partie de la semaine mais je peux aller n'importe où.

Plus tard, elle se souviendrait de cette année comme de la plus solitaire et de la plus paisible de son existence. Elle attendait : Minna, les clients. Elle écrivait chaque semaine à Minna, jusqu'à ce qu'une enveloppe lui soit retournée. RETOUR À L'EXPÉDITEUR, y était-il indiqué. Sans plus d'explications.

Benjamin Sprague avait raison : Margaret Vanetten avait le mal du pays. Un mal du pays qui l'habitait depuis la naissance et ne la quitterait qu'à sa mort. Elle était née en regrettant le ventre maternel, avait été laissée au couvent – elle n'avait jamais eu de lit à elle avant d'aller travailler pour Sprague et Truitt, et les premiers temps toutes ces portes et ces pièces dans la maison l'avait empêchée de fermer l'œil.

Elle avait aimé le Dr Sprague comme un père ; elle ne lui pardonnerait jamais son renvoi. De ce qu'elle savait, Minna était rentrée une fois le pire du chagrin de son père passé. Deux semaines, ou deux mois – bien sûr, elle rentrerait, plus grande mais encore une enfant, pour consoler son père et dormir dans son propre lit. Maintenant cette enveloppe. Elle était l'expéditrice. Son amour lui avait été renvoyé. Seule Margaret avait été oubliée. Seule Margaret avait été écartée. Salford était aussi son foyer. Ces gens ne pouvaient pas l'en tenir éloignée.

À son retour, elle découvrit que le Dr Sprague était mort et que la maison avait été barricadée. Il lui était insupportable de s'arrêter au bowling, d'être au milieu de ces gens qui savaient depuis tout ce temps ce qu'elle, une idiote, n'avait pas : il ne restait rien de la vie qu'elle avait connue et pourtant elle ne s'était aperçue de rien, n'avait noté aucun changement.

Elle redevint une domestique et loua ses services à une famille domiciliée à Pinkham Square, qui lui avait vanté les qualités de leur maison et de leur ascendance. Dans le vestibule trônait un arbre généalogique, brodé sur une étoffe de lin, encadré, monumental, et remontant jusqu'à 1620. Le sien aurait mentionné, en tout et pour tout :

Margaret (1892 ? - ?)

Elle ignorait jusqu'à la provenance de son patronyme. « Il vous va bien », avait assuré sœur Catherine, comme s'il s'agissait d'un chapeau trouvé. Personne derrière ni devant, à l'image de l'irruption de Bertha à Salford. Bertha avait confié à Margaret « Je n'ai jamais voulu être rattrapée par toutes ces histoires de famille » tout en serrant la petite Minna alors âgée de deux ans, une adorable enfant qui formait des phrases entières mais percevait encore les angles surnaturels de la prime enfance. « Je n'ai jamais voulu être une ligne dans la bible familiale. »

C'est tout ce qu'avait toujours désiré Margaret. Être l'ancêtre de quelqu'un. Les Petites Sœurs des pauvres l'avaient découverte en train de serrer dans sa main une mèche tressée de cheveux châtain clair, l'objet le plus insignifiant et le plus important dont pouvait hériter une orpheline.

À Pinkham, elle fut logée dans un placard attenant à la cuisine. Dans l'Octogone, elle dormait dans une chambre au premier étage avec le reste de la famille, une pièce aux dimensions généreuses mais à la forme étrange, et elle marchait jusque Somefire Hill tous les jours pour se remémorer les personnes qu'elle avait perdues – Bertha, le Dr Sprague, Minna – aussi bien que la maison qui les avait tous perdus. Inhabitée, de fond en comble. Pouvait-elle se faufiler à l'intérieur ? Une de ses robes était encore suspendue dans le placard, et une brosse était restée sur la commode. Elle lui avait brisé le cœur, cette famille. Comme une orange, elle l'avait d'abord épluché (la mort de Bertha), en avait prélevé les quartiers (son renvoi par le Dr Sprague), puis l'avait dévoré (Minna, qui n'avait pas versé une larme lors de leur séparation). Cette brosse lui appartenait de droit. La pièce, aussi.

Puis un jour, elle vit un grand homme barbu qui marchait sur les plates-bandes de pelouse autour de la maison. « Curieuse maison, observa-t-il. Bâtie par des gens curieux. Ça me dépasse qu'on puisse vivre là-dedans. Ça a dû les déformer, si vous voulez mon avis. Tous ces angles bizarres. » Il tapota sa tête. « Et là aussi. » Il se frappa le cœur.

« Je pourrais vous raconter, dit Margaret Vanetten.

— Je vous écoute, répondit l'homme. Dites-moi tout. Je me présente, Nahum Truitt. Le fils de Bertha. Oh, femme, relevez-vous, qu'est-ce qui vous prend ? »

Bertha s'était assise sur la pelouse, abasourdie par la nouvelle. « Vous êtes en vie !

— Jusqu'à ce jour. Vous pourriez m'aider à vivre plus longtemps.

— Je croyais que vous étiez mort-né », énonça-t-elle, puis elle couvrit sa bouche de sa main. Ce n'était pas une chose à prononcer tout haut ! D'un autre côté, ce n'est pas Bertha qui lui avait parlé de *Nahum Truitt*, mais Jeptha Arrison.

L'homme s'assit à côté d'elle sur la pelouse. Il n'avait pas à se soucier des taches d'herbe sur son pantalon noir, mais elle, elle les sentait sur le sien. Tout à coup, elle se rappelait être une enfant et apprendre que l'herbe avait le pouvoir de peindre vos vêtements en vert pour ne pas qu'on l'oublie ; quelle chose merveilleuse ! L'homme avait un visage long, triste, sincère. « Non, assura-t-il. Ce n'était pas moi. Non. J'ai survécu. J'ai vécu. Plus longtemps qu'elle. »

Un écureuil s'approcha pour les observer. Somefire Hill en était rempli, des spécimens marron et musclés, mais celui-là était leur écureuil, et il s'assit sur son arrière-train. Dans ces circonstances on ne pouvait qu'être frappé par sa ressemblance avec un pasteur venu marier un couple, le museau plongé dans sa minuscule bible.

Oh, elle faisait un bien piètre juge de la nature humaine, elle le savait, incapable de prédire qui se battrait pour elle et qui la trahirait, et elle croyait tour à tour que des gens bien veilleraient sur elle ou qu'elle était condamnée à être exploitée par des gens sans cœur. Cet homme lui inspirait ces deux choses à la fois.

« Eh bien, je suis contente », dit Margaret. Craignant de paraître désagréable, elle ajouta : « Aucune mère ne doit vivre plus longtemps que son enfant, c'est contre-nature. »

Il plaça une main derrière sa nuque. « Rien de ce qui se passe dans la nature est contre nature. C'est la chose la plus commune au monde. Les voies du Seigneur sont impénétrables.

— Vous êtes catholique ? interrogea-t-elle

— Avec un *c* minuscule », répondit-il.

Elle prit ça pour un oui et crut qu'il n'était pas pieux. Le temps qu'elle comprenne son erreur il serait trop tard, une semaine après, lors de leur mariage à Rockland, dans le Maine. Sa présence était écrasante, en un sens : sa voix puissante comme un chêne, sa taille, son corps velu – on aurait dû la prévenir que les hommes pouvaient être barbus ailleurs sur le corps. Ce pasteur squelettique du Maine qui les maria, peut-être. Le contrôleur qui prit leurs billets de train. Non que cela aurait changé quoi que ce soit, à part s'asseoir tranquillement et contempler le paysage.

Elle était désormais une femme mariée aux yeux de tous. La plupart du temps, cela l'enchantait, sa taille, sa pilosité abondante, menaçante. Nahum Truitt n'avait rien de juvénile, et pour cette raison on la respectait (croyait-elle) parce qu'elle avait pris cet homme pour mari.

Nahum n'avait cure des histoires de sa sœur, qui demeurait au fin fond du Canada ; son nom ne devait pas être prononcé. Ni ceux de Bertha et du Dr Sprague. Pourquoi l'avait-il épousée ? Elle avait imaginé qu'elle était un pont vers sa famille. Elle les connaissait, avait encore en elle une réserve d'amour pour eux, restés en bonne forme au fond de son cœur, une réserve qu'elle pourrait partager. Non, ça ne l'intéressait pas. C'étaient eux, les Truitt, à présent.

À quelle vitesse les origines d'une personne étaient atomisées ! Salford avait oublié que Bertha avait été découverte inconsciente dans un cimetière, sans sous-vêtements convenables ; Salford oubliait, dans sa quasi-totalité, du moins pendant un temps, que les origines familiales de Nahum Truitt avaient toujours été douteuses, que Margaret Vanetten avait été la domestique. Les nouveaux Truitt dirigeaient le bowling et vivaient au-dessus. Ils s'étaient installés dans l'appartement, autrefois occupé par Joe Wear qui était parti sans rien y laisser pour preuve de son passage – si ce n'est les toilettes dans le placard si sales que Margaret préférait utiliser celles pour dames du bowling.

À un kilomètre de là, à Somefire Hill, l'Octogone demeurait vide, une planche clouée en travers de la porte d'entrée et une épaisse couche de poussière sur les fenêtres, même si le terrain continuait d'être entretenu et les pelouses tondues. « La construction est tout ce qu'il y a de plus païen, expliquait Nahum quand on l'interrogeait. Nous n'avons rien à voir là-dedans. » Des entrepôts pour les fantômes ou, plus vraisemblablement, la fortune des Truitt, parce que s'il y avait bien une chose que personne n'oubliait, c'était l'argent. Il devait y avoir dans chaque coin obtus de la maison, des trésors, et ces deux grippe-sous de Truitt, vêtus de couleurs non salissantes : noir (pour lui), violet (pour elle). C'était toujours ça d'économisé sur la lessive. L'Octogone leur servait vraisemblablement de magot.

« Bon, annonça Margaret Truitt, le jour où elle prit ses fonctions au bowling, mettons-nous au travail. Mr. Arrison. Expliquez-moi ce que vous savez.

— Les quilles, dit-il. Les quilles, rien que les quilles. Vous, prenez le tabouret, Meggie. Joe Wear connaissait l'affaire, mais moi je m'y connais seulement en quilles. Sauf…, poursuivit-il d'une voix lourde de sens.

— Oui ? questionna Margaret.

— Je m'y connais en boules de bowling, aussi. Mais ce que j'aime, c'est les quilles. Laissez-moi vous aider à vous relever. »

Ce qu'il fit, sur le haut tabouret installé derrière le comptoir en chêne. L'arrière du comptoir était un labyrinthe, dont Margaret serait dorénavant la gardienne.

« Voilà de l'argent pour vous. » Jeptha lui indiqua une liasse de billets retenue par un élastique dans une case.

« Il y a le livret d'épargne. Wear saurait, lui, mais il est parti. »

Elle passa l'après-midi à examiner chaque case. Elle y découvrit d'autres billets qui n'avaient pas été déposés à la banque. En ce temps-là, on notait encore les scores à la craie sur des tableaux suspendus au mur, cependant il y avait des morceaux de papier sur lesquels Joe Wear avait répertorié des matchs intéressants, ou bien imaginaires. On voyait qu'il avait écrit avec des petits bouts de crayon.

Elle retira de la rangée du bas ce qui ressemblait de prime abord à un sandwich oublié. Sans doute par le Dr Sprague. Margaret l'avait toujours trouvé particulièrement tête en l'air avec ses sandwichs. Celui-ci était emballé dans une feuille de papier paraffiné un peu graisseuse. Elle l'ouvrit et découvrit un paquet de lettres. Écrites par Minna à son père. L'adresse indiquée au dos n'était pas celle de la ferme à Oromocto, mais Paris. Un autre pays étranger.

Oh. Elle tint les enveloppes comme si c'étaient les mains de Minna. *Je t'embrasse, Papa.* Pas elle. Du papier épais, blanc crème. Marquées d'un sceau à la cire bleue, par trop dramatique, à l'image de Minna, et rompu par le Dr Sprague. Les hommes jouaient sur leur piste. Elle sortit la lettre, juste assez pour lire la date, *10 septembre 1919*, soit quelques mois à peine après que l'automobile verte lui eut enlevé Minna. Tout ce temps qu'elle l'avait attendue à Fredericton, toutes ces lettres que Margaret lui avait écrites : Minna était déjà partie.

Elle ne les lirait pas. Ou plutôt elle les lirait, mais pas maintenant. Assise au bureau en chêne du bowling, elle écrivit à Minna Sprague, 44, rue du Temple, Paris.

Elle écrivit sur une longue bande de papier dévidée de la bobine qui servait aux reçus. Elle la plia, puis la glissa dans une enveloppe. Minna reconnaîtrait-elle l'adresse inscrite dans le coin ? Margaret ne l'aurait pas reconnue pour sa part : elle avait cru que le bowling était situé dans Philippine Square, or son adresse était 74, Mims Avenue. Elle ajouta *Appartement 1.* Et omit *Truitt.* Pour quelle raison ? Oh, les explications viendraient bien assez tôt, mais pour l'instant elle ne voulait être que la Margaret de Minna, et pas… qu'était-elle donc ? Elle laissa échapper un rire. Sa belle-sœur.

Bon, Margaret croyait aux reliques. Elle jeta l'emballage paraffiné et noua un ruban bleu autour du paquet qu'elle cacha ensuite tout au fond d'une des cases du bas, là où Nahum ne le trouverait jamais.

Elle reçut une réponse de Minna, Minna la Parisienne. *Chère Margaret*, écrivait-elle. *Si je m'attendais à avoir de tes nouvelles !*

C'était une lettre courte, bien orthographiée, peu chaleureuse. Pas de cachet à la cire bleue. Minna y expliquait qu'elle avait quitté Oromocto avec sa tante quelques semaines après son arrivée ; sa tante pouvait lui enseigner le violoncelle – Minna devait bien sûr jouer du violoncelle – mais Minna avait aussi besoin de cours de chant, et Almira Sprague n'avait pas cette compétence. Son père était mort, Margaret était-elle au courant ? Elle avait dû apprendre la nouvelle à son retour à Salford. Elle signait : *Bien à toi.*

Margaret lut cinq fois la lettre. Puis, à court de mots, elle s'autorisa à lire les lettres de Minna à son père.

La différence lui sauta aux yeux. Ces lettres-ci étaient d'étranges ragoûts à base de langage, certes, mais à l'anglais se mêlaient des mots étrangers qui lui faisaient l'effet de douches froides au milieu des phrases chaleureuses de Minna. (Latin, français, italien, probablement, et même quelques lignes hérissées de grec, présuma Margaret.) Il y avait aussi d'impromptues portées de musique, des dessins au crayon ou à l'aquarelle. Était-ce parce que Minna et son père ne se comprenaient pas qu'elle avait recours à autant de langues qu'il était concevable, espérant découvrir celle que tous deux parleraient couramment ? Ou était-ce parce qu'ils se comprenaient si bien que c'était là leur façon de communiquer ? Son écriture était pleine de rébus et de codes. Une lettre commençait par *Mon petit Papa ! C'est un lipogramme. Il lui manque quelque chose. Sais-tu ce qu'il lui manque, mon Papa chéri ? Indice : c'est une toute petite chose, mais sans elle nous ne pourrions signer de notre patronyme, ni toi de ton prénom.*

La lettre de Minna à Margaret était banalement écrite en anglais. *Chère Margaret, si je m'attendais à recevoir de tes nouvelles ! Tu dis que tu me reconnaîtrais partout. N'en sois pas si sûre. J'ai bien changé. Pour répondre à ta question : non, je ne crois pas que je rentrerai un jour à Salford. En fait, jamais. Tu dois comprendre que cet endroit m'évoque de terribles souvenirs, pire que ce que tu crois. Plus jamais*, écrivait-elle encore, soulignant le mot, et sous le *jamais* – c'est idiot quand on y pense et pourtant c'était la vérité –, Margaret crut déceler un indice de l'enfant qu'elle avait connue. Le papier était déchiré. *Jamais*, mais, en un sens, elle était là. À jamais.

Pour cinq lettres envoyées à Minna, elle ne recevait qu'une réponse. Minna restait factuelle, donnant l'impression de s'adresser à une lointaine amie, comme on envoie quelques piécettes à la compagnie d'électricité qui vous réclame plusieurs centaines de dollars : ce n'était pas honnête mais elle ne vous couperait pas le courant pour autant. Margaret noua aussi un ruban bleu autour de ses piètres archives.

Nahum procéda à quelques changements dans l'ancien appartement de Joe Wear, déménagea les toilettes à l'autre bout de l'appartement, ajouta un évier. Acheta un réfrigérateur électrique Monitor Top.

« Qu'aimeriez-vous d'autre, Meggie ? demanda-t-il. Vos désirs sont des ordres. »

Elle aurait aimé ne pas vivre au-dessus du bowling, avec toute cette fumée qui traversait le plancher. Elle aurait aimé dire : « Nous sommes mariés maintenant, ramenons Minna à la maison ! » Mais Minna était un rêve lointain, et Nahum était réel, et elle l'aimait. On abandonnait bien des choses par amour. Les religieuses le lui avaient enseigné. Elle voulait la maison et elle imagina que Minna en était la propriétaire et elle imagina que Minna la lui cédait, après tout ce qu'elle avait fait pour elle.

Il laissa la baignoire dans la cuisine, afin de pouvoir, assis à la table tard le soir, regarder Margaret prendre son bain, Margaret si petite qu'il voyait seulement sa tête appuyée contre le haut rebord, une main alanguie gouttant sur le côté, jusqu'au moment où – c'était d'un suspense insoutenable, on ne savait jamais quand cela allait se produire – elle se reprochait sa paresse et se levait en ruisselant, comme si elle se hissait dans les airs, son corps pâle sans une seule tache de rousseur, sans un seul grain de beauté, sans une seule cicatrice, l'immaculée Meg, pas même quand elle fut enceinte, la première fois (de Roy, professoral déjà bébé), la seconde (d'Arch, dragueur-né). Pas de petites filles. C'était tant mieux, les petites filles n'avaient pas leur place dans un bowling. Laisser la baignoire, regarder les garçons faire les loutres dans leur bain du soir, toujours (pensait Nahum) sur le point de noyer l'autre; vous saviez, à ce si jeune âge, que la vie n'a de sens que si vous gagnez, peu importent les moyens que vous employez pour y parvenir.

Margaret croyait y voir quelque féerie. Une remise devenait une chambre. Une domestique, une épouse. Une femme pouvait devenir une mère, même sans que cela soit intentionnel. Certains jours, elle fermait les yeux et cherchait à ranimer le souvenir de cet autre chemin, celui qu'elle avait emprunté et qu'elle pensait détester. Une femme seule qui devait subvenir seule à ses besoins. L'année passée à Fredericton, où elle avait attendu que les Sprague viennent la chercher, lavé la vaisselle, épargné chaque sou de son salaire pour offrir un foyer à Minna et à quiconque se joindrait à elles. Lorsqu'elle se rappelait la jeune fille qu'elle était, elle voyait la lumière partout autour d'elle et pensait : *Tu étais si malheureuse ! Et tout ça pour quoi au final ?*

Abandonnée, recueillie. Seule, mariée. Elle ne savait pas qui elle était. Son âme était un poisson rouge, minuscule chose à l'intérieur du bocal de son corps. Elle devait se concentrer pour la trouver avant de dire ses prières.

Des rêves gravés dans le bois

Si Roy, son frère aîné, était un enfant replié sur lui-même, sédentaire et studieux, Arch Truitt ouvrait tout et n'importe quoi. Les portes, les placards, les sacs, les poches des pantalons traînant au sol ou portés par leurs propriétaires, les paquets de savon en poudre. C'était un enquêteur, et un pilleur. Il déconcertait ses parents, qui avaient présumé que les enfants connaissaient la frontière entre le monde de l'enfance et celui des adultes et qu'ils ne la franchissaient pas sans autorisation. Roy avait été cette sorte d'enfant, au moins d'un point de vue physique, mais Arch, blond comme les blés, d'un naturel insouciant et rieur, devait être l'exception qui confirme la règle. Pourtant, quand ils le surprirent, à quatre ans, à dormir avec cette poupée dans son lit, leur premier réflexe fut d'accuser Roy, alors âgé de cinq ans. Cette poupée était aussi grande qu'Arch. Plus grosse, aussi. Comment avait-il pu la transporter sans que ses talons en bois claquent contre le parquet ?

Ce fut Margaret qui, penchée au-dessus du lit, découvrit l'enfant et la poupée, dont la tête reposait sur l'oreiller à côté de celle d'Arch, son visage tourné vers le haut. Les lèvres du garçon effleuraient son cou. Sa tête, grossièrement rembourrée avec du duvet de canard, ressemblait à un bulbe dodelinant, à peine un menton, à peine un nez, et pourtant le visage, peint à la main, avait quelque chose de poignant.

« Seigneur ! » chuchota Margaret, avant que la stupéfaction la réduise au silence.

Elle avait d'abord cru que le diable de Salford s'était échappé des légendes et avait trouvé refuge dans le lit de son enfant. La poupée était hybride, comme le diable de Salford, avec un magnifique bras sculpté dans le bois passé au-dessus des couvertures et une tête qui ressemblait à un oreiller usé : l'image éveilla en elle le souvenir d'une femme qu'elle avait croisée, une femme qui avait des yeux bleu jacinthe et la mâchoire déformée par une grosseur pourpre, défigurée *et* belle à la fois. La poupée avait de grands yeux verts, une bouche acidulée, proche de l'endroit où la tête était attachée à ce qui faisait office de cou, des lèvres entrouvertes sur de petites dents peintes. La poupée passait un bon moment. Margaret découvrit son corps – un torse blanc rembourré, dont les formes n'avaient heureusement pas été tracées au pinceau, mais plantureux, dépourvu de tétons et de nombril ; des membres en bois confondants de réalisme. Arch dormait une main posée sur le large sein droit de guingois.

Roy s'était réveillé et Nahum se tenait debout sur le seuil de la chambre. « Qu'est-ce qui se passe ? » questionna Roy dans un bâillement. La chaleur estivale avait relevé le haut de son pyjama sur son ventre. « C'est quoi, *ça ?*

— C'est Bertha, répondit Margaret.

— Bertha ? » demanda Nahum, en entrant d'un pas mal assuré dans la chambre, qu'il considérait d'ordinaire comme le territoire des femmes et des enfants ; l'heure du coucher et l'heure du réveil étaient dévolues aux mères. Les intrus, eux, incombaient aux pères, et il y en avait manifestement un. Il secoua les couvertures.

La poupée était calme et avait les pieds nus. À la différence des poupées de porcelaine qui dévoilaient leurs dents, elle avait l'air serein de quelqu'un qui va bientôt toucher un chèque. « Bertha, dit Margaret, ça ne fait pas de doute.

— Bon, fit Nahum, un peu embarrassé. Elle a grossi. Archie. Archer, réveille-toi. »

Mais, toujours endormi, Arch se pelotonna en agrippant plus fort le sein. Margaret tourna la tête.

« *Arch* », insista Nahum, et, pénétrant dans les rêves du garçon par la porte de derrière, il dispersa les êtres qui les peuplaient, les chiens, l'homme au cygne mécanique, les femmes miniatures. Et Arch se redressa en clignant des yeux. « Qui est-ce ? » interrogea-t-il au sujet de la poupée. Il toucha ses cheveux peints, son oreille peinte comme s'il se souvenait, et répondit lui-même à la question : « Je l'ai trouvée. »

Que faire de cette effigie ? Où pouvait-on la mettre ? Margaret souhaitait l'installer dans le bowling. Nahum voulait la brûler; il savait que c'était impossible. La noyer, mais les poupées ne se noient pas. La céder à quelqu'un, mais à part Arch, quel autre enfant prendrait un machin pareil dans ses bras ? La jeter dans une barque et l'expédier dans l'estuaire de Salford. La jeter dans les marais et laisser les bêtes décider de son sort. L'enterrer au cimetière du coin. L'emmurer. L'asseoir sur une chaise et lui offrir des friandises. Lui construire une maisonnette où elle pourrait couler des jours heureux. La fourguer à l'accessoiriste du théâtre de Salford et lui donner une chance de monter sur les planches. La donner à un ventriloque qui pourrait lui arranger le portrait – non, mieux valait ne pas lui donner le pouvoir de parler, elle était bien assez étrange. Lui offrir un billet de train pour Hollywood. Partir à la recherche des siens. Écrire des lettres à son double vivant – non, son double était mort, bien sûr, et il n'y avait que Bertha qui aurait su quoi faire de la Bertha en bois.

Nahum la détestait et l'enfermait au sous-sol. Arch l'adorait et la tirait jusqu'en haut des escaliers pour la cajoler et l'emporter dans sa chambre. Seul Roy était indifférent, même si cela l'amusait de se servir d'elle comme d'un mannequin pour les objets trouvés – écharpes, chapeaux, lunettes. Margaret lui confectionna une tenue – une jupe-culotte, une veste croisée aux manches retroussées, un chapeau annulaire – et l'assit sur le comptoir en chêne à l'entrée de l'établissement.

Le pire était Jeptha Arrison. Lorsqu'il avait terminé son travail, il prenait place à côté d'elle à une table et lui tenait la main, sans mot dire. Une fois, il installa la poupée sur le comptoir en verre et lui frictionna les articulations avec un peu d'huile de lin. « Oh là là là, son cerveau est en train de sortir. » Il enfonça par la couture un peu de crin de cheval dans la tête de la poupée. « Elle n'aime pas ça du tout.

— Vraiment ? » demanda Margaret, effrayée qu'on parle d'elle comme d'un être humain. « Ça sent le combustible.

— Elle craint rien, notre fille n'est pas du genre à brûler. »

Margaret l'observait avec une gêne visible masser les genoux de la poupée en se référant aux siens qu'il tâtait avant de retourner à ceux de la poupée. « D'où est-ce qu'elle vient ?

— Du paradis », répondit Jeptha.

Margaret secoua la tête.

Nahum fusilla la poupée du regard. « Cette chose est maudite. Elle va nous porter malheur. »

Son visage était pâle, ses membres hâlés. On voyait chaque articulation, on entendait le sang battre sous le vernis. Il n'était pas rare que les joueurs la prennent sur leurs genoux. Ils lui manquaient de respect. Son expression joviale rendait la chose particulièrement scabreuse.

Son visage se couvrit de crasse. On lui mordit le sein. On lui dessina des poils pubiens, que Margaret décolora avec de la javel et une brosse en détournant les yeux. Le bruit courut que la poupée changeait de place pendant la nuit.

« Boris ! » renifla Arch. C'est ainsi qu'il l'avait prénommée. « Boris ! »

Un jour elle disparut. Personne ne se dénonça.

« Mais qui c'est, Bertha ? voulut savoir Roy.

— Personne, répondit Margaret. La fondatrice du bowling. La première Truitt.

— La première Truitt, répéta Roy. C'est une parente, alors ? On est de la même famille que la fondatrice ? Bertha Truitt.

— Eh bien, oui, dit Margaret.

— Comment ça se fait ?

— Pour l'amour du ciel !

— C'est la mère de Papa? On pourrait faire un arbre généalogique.

— Pas besoin. Nous avons été élagués.

— Mais…

— Qu'est-ce que tu cherches, pour l'amour du ciel? Je ne te suffis pas? Et ton père? Le problème avec toi, c'est que tu veux toujours plus. »

(Elle avait cette mauvaise habitude : elle pensait quelque chose de cruel et l'exprimait : *Tu ne peux pas dire ça*, mais c'était plus fort qu'elle et elle l'exprimait en sachant pertinemment que c'était blessant, ce qui lui ôtait tout le plaisir de sa méchanceté.)

Margaret regarda son fils. Il avait le teint pâle, des taches de rousseur et des cheveux roux, et n'offrait aucune ressemblance avec un visage qu'elle connaissait. *Je t'ai mis au monde*, songea-t-elle d'une façon accusatrice, comme souvent. Il n'était rien resté de Bertha Truitt dans la cave avant le retour de Margaret; il n'y avait aucune trace d'elle chez Roy, sauf peut-être son embonpoint. « Roy, déclara-t-elle, je ne peux rien te dire. Ne demande pas à ton père. Je ne sais pas quoi te dire d'autre.

— Pourquoi je peux pas demander?

— Tu sais très bien pourquoi. » Si Roy ne savait pas pourquoi, il savait au moins *ça*. Son père savait comment faire passer l'envie à quelqu'un de lui poser une question.

Mais il n'était pas si simple de rayer Bertha de leur existence. Cela ne suffisait pas de ne jamais prononcer son nom à voix haute. Si Roy poussait ses recherches – quand Roy poussait ses recherches –, il découvrait les albums, les coupures de presse encadrées, les portefeuilles à monogrammes, les photographies. Bertha était présente dans chaque recoin, et Nahum, les matins sombres, en venait à se demander si la poupée ne s'était pas assemblée à partir d'émanations stagnantes.

La mauvaise fortune s'infiltra progressivement, se changea en difficultés, puis en catastrophes – à moins qu'elle n'ait toujours été là, telle une infestation s'était frayé un chemin à travers le plancher depuis la cave. Ou bien ils payaient le prix de leur négligence auprès de la matriarche en bois. Un après-midi, le testeur de force que Bertha avait tant aimé dominer cracha une gerbe d'étincelles lorsque Jeptha Arrison le pressa. C'était le dernier objet où vous pouviez mettre votre main et imaginer, l'espace d'un instant, serrer la main de Truitt et presser votre bouche contre le tube, à l'endroit exact où elle avait posé la sienne. Bien sûr, il y avait aussi les boules de bowling, mais les boules roulaient sur les pistes à de drôles d'angles, et étaient parfois mises à l'écart; on ne savait jamais avec certitude. Voilà pourquoi Jeptha chérissait le testeur de force et la décharge qu'il envoyait si vous ne pressiez pas assez fort (Jeptha ne pressait jamais assez fort), une douleur qui lui chatouillait autant les parties publiques que les parties privées, la courbe de ses joues, ses abats, ses huîtres. Jusqu'à ce jour où l'appareil l'envoya à l'hôpital.

Les trois chats noir et blanc qui vivaient au bowling – une mère et ses chatons – moururent successivement avoir mangé des rats qui avaient ingéré du poison à la cafétéria Coop's d'à côté.

Arch attrapa la rougeole, ce qui leur valut à tous une quarantaine. «Quarantaine tire son origine du mot latin qui signifie “quarante” », pontifia Roy qui en savait un rayon sur l’ancien temps et méprisait le monde moderne. Nahum et Margaret eurent la rougeole à leur tour, mais pas Roy, qui réchauffait la soupe et était aux petits soins pour sa famille. *Ça veut dire qu’il s’occupera de moi*, songea Margaret dans une poussée de fièvre. *Ça signifie que je réussirai à me libérer*, pensait Roy, *parce que je peux me prendre en charge*.

La chaudière attrapa la coqueluche, toussa, toussa, toussa, jusqu’à en crever. En deuil, les tuyaux gelèrent, puis éclatèrent et répandirent leur contenu sur la piste dix, dont le bois gondola et finit par pourrir.

Martin Younkins des Salford Half Nickels, l’équipe des vétérans, s’avança devant le camion du *Bugle* de Salford par une rose soirée de printemps, celle de la ligue, dans une atmosphère emplie de possibilités et de pollen. « Il a fait un vol plané ! » rapporta un témoin, or c’était faux, il était mort sur le coup et ne vola plus jamais. Le reste des Half Nickels en eurent le cœur brisé et désertèrent définitivement le bowling.

Nahum blâma la poupée. Ce n’était pas encore la ruine – celle-ci surviendrait plus tard – mais si la chance les avait bel et bien abandonnés, il devait la retrouver. Il n’était pas doué pour trouver les choses, pas plus le nom d’un habitué du bowling que l’écharde dans sa main. Joe Wear secouait toujours la tête lorsque Nahum égarait une fois de plus ses affaires. Joe Wear trouvait les choses. C’était un de ses talents.

« Où penses-tu qu’il est parti, celui-là ? » demanda Nahum à Margaret un soir qu’ils étaient au lit. Grâce à elle, leur chambre s’était métamorphosée, avec un plaid jeté sur un édredon et des rideaux à fleurs, et ce malgré la cage de leur lit en fer et le boucan du radiateur, comme une tasse en fer-blanc qu'on aurait cognée contre les barreaux d'une cellule.

« Qui ça ?

— Joe Wear, où est-ce qu'il est parti si subitement ?

— N'importe où, répondit Margaret d'une voix enjouée.

— D'où venaient ses parents ?

— D'Irlande. Ils sont morts. Il est peut-être bien mort, lui aussi. Il avait une petite santé. »

À ces mots, Nahum huma l'air, comme à la recherche d'une piste, puis il enroula les franges du jeté de lit autour de ses doigts. Il aurait voulu une couverture de laine rêche, le genre qui lui râperait le cou et la joue ; il se retint de tirer d'un coup sec sur les tentacules inutiles de ce monstre tricoté par sa femme pour s'en débarrasser. Il se retenait de crier, il savait que cela ne le mènerait à rien. Sa première épouse avait réagi aux cris – elle s'était éclipsée une heure, un jour, puis était partie pour de bon – mais Margaret était immunisée contre le bruit. Elle ne prêtait aucune attention à ses cris et y répondait de sa voix habituelle. Elle pouvait même chanter sa réponse. Sa conscience était d'un calme constant.

« Et la fortune de Truitt ? demanda Nahum. L'or, celui avec lequel elle est arrivée. » Mais il ne savait pas vraiment comment fonctionnait l'argent, s'il était stupéfiant qu'il ait été dilapidé ou qu'il en reste après tout ce temps.

« Englouti. Dans la maison et dans cet endroit. Il y a des années de ça.

— Englouti.

— Dépensé.

— J'imagine. Mais la poupée. Où est-elle ?

— Quelqu'un l'a volée pour nous jouer un mauvais tour. Elle reviendra peut-être. Tu sais, Nim, lui dit-elle d'un air taquin, il y avait une autre femme avec nous tout ce temps.

— Elle est partie avec notre chance.

— Non, dit Margaret.

— Elle était notre planche de salut.

— Elle te manque. Ta mère te manque.

— La poupée me manque. Je la veux. Un crétin l'a cachée. »

Il était à Salford depuis huit ans, et il n'avait jamais eu l'intention d'y rester, attendant seulement de faire fortune pour partir. Trouver l'or, s'il y en avait encore, ou vider le compte en banque. Il était dans son bon droit. Néanmoins il s'était fait mettre la bague au doigt et il avait compris depuis peu que l'or s'était volatilisé. Dépensé, ou emporté au fond du port. Il avait fouillé l'Octogone dans ses moindres recoins avec un profond dégoût, conscient de commettre un crime au regard de la loi. Le coffre-fort dans la cave du bowling était vide ; il avait claqué la porte et avait donné un coup dans la roue. Puis il avait rouvert le coffre-fort, croyant que la roue avait actionné quelque mécanisme et fait sortir l'or de sa cachette. Pourquoi était-il resté toutes ces années ? Pourquoi avait-il épousé cette drôle de petite femme ? Pour la raison la plus consternante qui soit. Il l'aimait. Il ne pouvait pas vivre sans elle.

Le matin venu, il partirait à la recherche de la poupée en bois. Il avait détesté cohabiter avec cette fausse Bertha, pourtant il faut croire qu'il ne pouvait pas vivre sans elle non plus. Tout comme la vraie Bertha.

Il chercherait l'or, aussi, de la cave au grenier, même s'il savait que cela ne le mènerait à rien. Non, se raisonna-t-il, tu dois continuer d'y croire, la chance, c'est aussi dans la tête. Rien ne faisait davantage fuir la chance qu'un homme qui se sent malchanceux.

Qui était-il ? Qui avait-il jamais été ?

Nahum Truitt, comme il le disait. Pas le fils de Bertha. Mais son premier mari qui lui avait donné son nom et ses premières leçons de bowling. Elle lui avait d'abord volé sa première quille, sa première boule, puis elle lui avait brisé le cœur et l'avait quitté pour Leviticus Sprague. Ils s'étaient rencontrés à Saco, dans le Maine. Ils s'étaient séparés à Boothbay. Elle était un tyran. Doublée d'une voleuse. Il l'aimait encore.

Des années plus tard il mourrait avec ces vérités sur les lèvres. Il aimait tous ceux qu'il avait jamais aimés.

Margaret submergée

En 1932, Nahum Truitt alla se faire raser la barbe chez Picardi's, le salon pour hommes situé à Philippine Square. Il contempla son reflet dans le long miroir, cerné par les lames du barbier. Il avait suffisamment confiance en Picardi pour le laisser passer la plus aiguisée de toutes dans son cou ; et il avait suffisamment confiance en lui pour ne pas arracher le rasoir des mains de Picardi et le retourner contre lui ou autrui. Cela n'avait pas toujours été vrai. Donc la barbe.

Aurait-il l'air plus vieux ou plus jeune sans elle ? Il l'avait laissée pousser non pas pour cacher son âge, mais son visage, et ce sourire nerveux qui ne lui avait apporté que des ennuis. Un menteur avait besoin d'une barbe, mais aujourd'hui il allait dire la vérité à sa femme :

Il l'aimait.

Le Commonwealth du Massachusetts le tuait à petit feu.

Il n'aimait pas le bowling.

Il n'était pas le fils de Bertha Truitt.

Ils étaient fauchés. Non, ils étaient au fond du gouffre.

Ils déménageraient dans l'État du Maine, tous les quatre, et une fois là-bas – confiant dans sa bonne fortune, une fois pour toutes ! –, il ferait une croix sur les jeux d'argent.

Ils vivraient heureux pour le restant de leurs jours.

Voilà. Il ne supportait plus Salford. Si elle refusait, il la quitterait, il abandonnerait leurs garçons et le Massachusetts, pour toujours.

Il n'arrivait pas à hiérarchiser ces informations dans son esprit. Que valait-il mieux ? Commencer par les bonnes nouvelles ? Entremêler les bonnes et les mauvaises ? Comme préambule :

Meg, j'ai quelque chose à t'annoncer. J'ai de bonnes nouvelles. J'ai malheureusement… je suis parvenu à une conclusion malheureuse. Je peux t'expliquer. C'est impossible. Partons.

Je ne suis pas moi-même, Meg, depuis notre rencontre, et bien avant, même. Je t'aime.

(Et les garçons dans tout ça ? Il les aimait mais il ne pouvait pas le leur dire. L'idée même le rendait fou de colère.)

Nahum avait accumulé les dettes. De grosses dettes, qui peuvent précipiter la perte d'un homme. Et celle de sa famille. Si vous croyez en elles. Nahum n'avait pas toujours cru en ses dettes. Elles étaient une absence d'argent, elles étaient dans sa tête, et il avait toujours cru que s'il les comblait juste assez ou s'il les fuyait, il ne devrait rien à personne.

Nahum Truitt avait perdu des paris, mais il n'était pas le seul : le pays entier avait perdu des paris, et des boulots, et des fortunes, de sorte qu'il devenait difficile de vous employer à prendre l'argent d'un autre afin de combler vos propres pertes. Ces derniers temps, il s'était servi dans la caisse pour des paris stupides. Il misait au bonneteau ; il allait voir des courses de chiens et des courses équestres, même s'il devait ensuite se débarrasser de l'odeur des chevaux de crainte d'être démasqué par le flair de Jeptha, toujours prompt à aboyer et moucharder. Il pariait sur les joueurs de bowling, mais lui-même ne jouait plus au bowling par peur de retomber dans l'arnaque – vous ne pouviez pas verser dans l'arnaque tout en restant dans un endroit sans être bel et bien battu. Il avait été battu au cours de sa vie, à coups de poing et de boules de bowling, lancées par un grand gitan à Bangor, comme des bombes prêtes à exploser. C'était un joueur pieux bien qu'il eût le sentiment que sa foi était mise à l'épreuve par la réalité.

Lorsqu'il ne resta plus de mousse ni de poil sous le tranchant de la lame, il s'examina et comprit son erreur. Son visage avait longtemps vécu dans une forêt vierge et n'était pas préparé à affronter le regard des hommes, blanc, échauffé par le rasoir, le menton battant en retraite. Derrière lui, Picardi fit la grimace. Le menton était presque inexistant. Ça pouvait lui retomber dessus.

« *Voilà** », lâcha le barbier d'une voix tragique. C'était un barbier chauve. Il avait transféré sa vanité de coiffeur sur ses clients.

« Merci, dit Nahum.

— Y a pas de quoi, répondit le barbier. Je ne fais que mon travail. »

À visage découvert, Nahum alla retrouver sa petite épouse pour déjeuner et s'ouvrir à elle. (Jeptha s'occupait du comptoir au bowling; on le lui permettait encore en ce temps-là.) Nahum aurait aimé aller prendre son dernier déjeuner à Salford chez Coop's – il avait dû attendre d'avoir plus de quarante ans pour s'attabler dans un restaurant, et s'il avait été millionnaire il y aurait pris tous ses repas – cependant, d'un naturel frugal, sa femme avait insisté pour préparer des sandwichs et les emporter au parc. Son corps semblait produire des sandwichs à son insu. « J'aime bien les restaurants, disait-elle toujours, mais je préfère quand c'est moi qui cuisine. » Une autre de ses mystérieuses et effrayantes qualités qui avait forcé son admiration. Son avarice leur avait permis de rester tant bien que mal à flot.

Elle lui avait demandé d'arrêter de jouer, mais il n'y parvenait pas. Il n'envisageait pas le monde autrement. Le jeu posait une série de questions : Ai-je de la chance ? Suis-je bien loti ? Suis-je différent des autres hommes ? Est-ce que je mourrai seul ? Suis-je aimé ? Respecté ? Les réponses à ses questions arrivaient sans tarder, et on ne pouvait les mettre en doute. Puis la certitude s'effaçait progressivement. C'était la bonne nouvelle. Il fallait reposer les questions. Seule une contrée sauvage pourrait le guérir, là où il n'y aurait pas d'homme contre qui parier.

Au Plocker Park – ils s'étaient donné rendez-vous devant le bassin à grenouilles –, le printemps était installé et l'eau bouillonnait de frai – Margaret marcha vers lui, puis le dépassa bien qu'elle eût reconnu son complet noir. Quel pourcentage de son être avait représenté sa barbe ? L'espace d'un instant, il sentit monter en lui l'incertitude et la nervosité, qui sont les deux moteurs de l'imposture. Il pouvait continuait à marcher. Soit il partait dès à présent pour le Maine, soit il restait à Salford et ses environs, incognito, espionnant sa famille de temps en temps par la fenêtre. Mais non. Sa bien-aimée revint sur ses pas. Elle le cherchait. Il ne partirait pas seul. Il était encore temps de lui parler.

« Meg », appela-t-il.

Avril à Salford est comme les cartes éparpillées d'un jeu : chaque jour pareil et différent des autres. Hier, il faisait à peine vingt degrés ; aujourd'hui la journée était ensoleillée mais on avait perdu six degrés. Le visage de Nahum Truitt se sentait interrogé par l'air frais, le soleil, et à présent sa femme, qui le regarda et eut l'air d'avoir reçu une gifle.

« Ta barbe ! Ta belle barbe ! Nim ! » Puis, d'un ton plein de reproches : « Tu as perdu un pari. »

Il n'avait jamais su dire si *Nim* était un surnom ou un malentendu tenace. « Non, m'dame, pour l'amour du ciel, comment pourrais-je parier ma barbe ? »

Elle avait posé son panier au sol et d'une main, qu'elle avait d'abord pris soin de déganter, tâtait le visage de son mari pour s'assurer qu'elle n'était pas victime d'une illusion d'optique. « Je ne sais pas. Tu en serais capable. Tu l'as gardée ? »

Il prit sa main. « Elle est partie dans le poêle du barbier », répliqua-t-il sans savoir. Qu'advenait-il des barbes rasées ? Étaient-elles des fantômes ou des cadavres ? « C'est moi qui lui ai dit de le faire.

— Tu as perdu un pari contre le barbier.

— Ce n'est pas les barbes qui lui manquent, il peut en avoir autant qu'il veut. Non, poursuivit-il. Ce matin je me suis réveillé et je me suis souvenu de ce que j'ai dit un jour à Joe Wear et j'ai pensé qu'un menton rasé de frais m'aiderait à prendre un nouveau départ.

— Es-tu marié à Joe Wear ? » demanda-t-elle.

En quelque sorte, songea Nahum. « Écoute », reprit-il d'une voix douce. Il avait été surpris par beaucoup de choses au cours de sa vie : le froid qui lui avait transpercé les os lors de son baptême, le mal de mer à l'époque où il projetait d'être marin, un démon aux yeux rouges qui avait saccagé son campement et n'était en réalité qu'un petit raton laveur arrogant, une femme nue sur une plage qui oscillait entre la beauté et la rapacité – « Monsieur, lui avait-elle dit, vous n'avez pas vu mon Larry ? », et il n'eût su dire si Larry était son enfant, son mari ou un mot cru pour désigner une chose qu'elle proposait de lui offrir, une chose dont il ne voulait pas mais qu'il aurait peut-être dû accepter. Il avait souvent été surpris par la colère, et par la paternité, par l'invention de l'automobile et par le nom de NAHUM TRUITT, s'étalant en toutes lettres dans le *Messenger* d'Orono – néanmoins rien ne l'étonnait davantage que l'amour qu'il éprouvait pour son étrange petite épouse, sa seconde. Il l'aimait plus qu'elle ne l'aimait. *Opalescent :* qui va droit au cœur. Ses pensées étaient magnifiques. Peut-être que cela aiderait, au bout du compte.

« Meg, voici ce que j'ai dit à Joe Wear, il y a bien longtemps : allons voir si le Commonwealth du Maine a besoin de moi. Je crois que le Commonwealth du Massachusetts a rendu son verdict et qu'il est négatif. Il n'a pas besoin de moi. Je suis né dans le Commonwealth du Massachusetts, il m'a déjà rejeté une fois et je crois qu'il s'apprête à recommencer. Quittons l'État du Maine,

Meg. Tu veux bien ? Allons au bord de l'océan. Pour y construire une maison en pierre. Notre maison à nous. Avec autant de côtés qu'il te plaira, ma chérie. Un dodécagone. Les garçons pêcheront et iront à la chasse. Nous vivrons en paix avec nous-mêmes. L'État du Maine, dit-il, et il serra ses mains froides dans les siennes.

— Non.

— Pourquoi ?

— Notre métier, c'est le bowling. » Elle lui tendit un sandwich emballé dans une feuille de papier paraffiné.

« Ce n'est pas vrai, dit-il en fourrant le sandwich dans la poche de sa veste. Ça nous est tombé dessus par hasard et nous sommes à deux doigts de mettre la clé sous la porte. Débarrassons-nous de ce boulet. Cédons-le à Jeptha. Laissons-le aux chats. Je n'étais pas fait pour le monde des hommes. Meg, tu dois choisir.

— Choisir quoi ?

— Me choisir, moi. Pas le bowling. Laisse-moi te dire qui je suis, Margaret, laisse-moi te révéler la vérité… j'ai de bonnes nouvelles ! J'ai… »

Elle secoua la tête, incrédule. « J'ai écrit à Minna, reprit-elle. Elle va nous aider.

— Qui ? » demanda-t-il, mais il savait très bien.

« Ta sœur, je vais lui récrire. Je vais lui demander de l'aide. Pour qu'elle nous donne enfin l'Octogone. Qu'elle nous laisse y vivre.

— Mais comment as-tu fait ? Où as-tu trouvé son adresse ? »

Elle hésita. « Je lui ai écrit par l'intermédiaire de son oncle Mr Sprague, c'est un ami. »

Nahum vit avec plaisir ses joues rosir à ce mensonge.

Margaret n'avait pas d'amis. « Non, dit-il. J'en ai fini avec les Sprague.

— Nim…

— Non. Je ne demande rien aux Sprague, je n'attends rien des Sprague. Bertha Truitt a renié les siens par leur faute.

— Elle était orpheline avant de rencontrer le Dr Sprague, expliqua Margaret.

— Ah. Oui, elle n'était pas seule au monde. Je parle de moi. Elle m'a abandonné, *moi*. Je lui ai posé un ultimatum. Je lui ai dit : Maman, si vous l'épousez, c'est la dernière fois que vous me voyez, voilà, je m'apprête à partir, regardez-moi m'en aller, Maman, vous n'avez qu'un seul mot à dire, et elle ne l'a pas fait, voilà tout. C'était la dernière fois. Jusqu'à ce qu'elle meure. Elle ne t'a pas répondu, la fille ?

— Pas encore », répondit Margaret. Puis elle ajouta : « Ta barbe.

— Ce n'est pas le problème.

— Ta barbe, répéta-t-elle. Je ne pourrai penser à rien d'autre tant qu'elle n'aura pas repoussé. »

D'ici là, elle aurait vécu tant d'abandons et tant de morts. Tout était allé de travers dans sa vie. Elle était orpheline, elle aussi, bien sûr – à croire que le statut d'orphelin était héréditaire et contagieux. Eh bien, c'est le cas, c'est une chose que l'on transmet souvent à ses enfants.

« C'est ta sœur, dit Margaret à Nahum. Elle t'aimera toujours, quoi qu'il se passe. On s'assoit ? »

Il n'existait pas de mot pour désigner la descendance du second mariage de votre première épouse. Il sortit le sandwich de sa poche, le regarda et le remit dans sa poche. Il s'étranglait sans en avoir pris une seule bouchée. Dans ce cas, le Maine, alors, seul, ou bien il se livrerait à ses débiteurs et périrait entre leurs mains. Mais s'il partait, il ne possédait rien. «Je retrouverai l'appétit dans le Maine, conclut-il. Je te verrai sous peu.»

Il l'embrassa. Sans la barbe, ce baiser leur sembla à tous deux distant et écrasant, comme s'ils sautaient d'une falaise. Margaret s'était attendue à ce que son visage nu soit froid, pourtant il était chaud comme le reste de son corps, et elle faillit leur proposer de rentrer se mettre au lit, puisque Jeptha ne les attendait pas et que les garçons étaient à l'école. Ce n'était pas dans ses habitudes, et à la place, elle déclara : «Sous peu. Bientôt, alors?

— Bien assez tôt.»

Je n'étais pas fait pour le monde des hommes. Par *hommes*, Nahum entendait *les êtres humains*, comme c'était l'usage à l'époque. Un monde de femme l'aurait tué d'un coup d'un seul. Il avait un sandwich au jambon dans sa poche pour le dîner. Il n'avait pas envisagé un seul instant que Meg puisse refuser de l'accompagner dans le Maine. Elle qui ne lui avait jusqu'alors refusé que les choses trop onéreuses. Il ne prendrait pas le train à la gare de Salford, trop risqué, même s'il y avait peu de chances qu'on le reconnaisse sans sa barbe. Son visage était douloureux. Son cœur, aussi. À Boston, alors, pour se fondre dans la foule. Reverrait-il un jour ses fils? Le suspectaient-ils d'être un menteur? Roy ne tarderait pas à avoir des doutes, et il les partagerait avec Arch, lui qui aimait tant détruire. Si Nahum avait eu des filles plutôt que des fils, il ne les aurait pas bernées tout ce temps mais elles lui auraient peut-être pardonné.

Pas de pardon chez les fils. Il était bien placé pour le savoir. Eh bien, il mourrait de toute façon. Ça leur ferait plus de place chez eux : ils n'auraient plus à reculer devant lui, à se faire tout petits pour laisser de l'espace à ce père encombrant. Il ne comprenait pas que son absence serait aussi grande que l'avait été sa présence, exactement de la même taille, moulées sur son corps comme pour une sculpture en bronze. Et aussi résistant à l'épreuve du temps que le bronze.

Le bruit du tonnerre ordinaire

« Il est temps d'apprendre le métier aux garçons, décréta Margaret à Jeptha Arrison.

— Aux garçons, répéta Jeptha.

— À mes fils. Il faut apprendre à Roy et à Arch à ramasser les quilles. Il va y avoir des changements ici. »

Les changements qu'apporta Margaret au Bowling de Truitt lui permirent de survivre à la Dépression, comme tous les autres loisirs peu coûteux : parce qu'ils sont précisément peu chers. Avec dix *cents*, vous pouviez jouer au bowling; et c'était gratuit pour s'asseoir et regarder. Le matin, les hommes allaient chercher du travail, mais l'après-midi il n'y avait pas une seule piste de libre. Margaret fit des équipes, organisa des expositions, des jeux d'argent qui se déroulaient sur une journée, une semaine ou un mois, les trois ou dix ou cent meilleures variations du bowling. Le bowling tricorne, où trois quilles formaient un triangle. Et il y avait de quoi se remplir le ventre, aussi. Margaret ne s'éloignait jamais des recettes de jambon qu'elle préparait pour les dîners de Bertha Truitt et du Dr Sprague, mais dans le domaine du jambon elle était un génie mineur – d'économie, au moins. Elle rôtissait le jambon dans sa petite cuisine au-dessus des pistes et remplissait son frigidaire de sandwichs emballés dans du papier paraffiné.

Si elle vous appréciait, elle montait vous préparer une assiette d'œufs au plat au jambon. Trois fois sur dix, les œufs étaient préparés à la perfection, bordés d'une belle collerette marron, et le jambon en dessous presque chaud ; le reste du temps, elle maltraitait les œufs, cassait les jaunes et trouait les blancs. Les restes de jambon étaient préparés à la diable ou hachés, pour agrémenter une salade de pommes de terre ou des spaghettis accommodés d'une sauce au ketchup, ou encore émincés dans un ragoût de haricots. Certains la soupçonnaient d'incorporer du hachis de jambon à un invraisemblable gâteau, mais c'était fort peu probable : seulement, elle mettait une mesure de farine dans toutes ses préparations pour leur donner un petit goût de gâteau. La toute fin du jambon terminait dans une soupe de pois cassés parfumée avec l'os et accompagnée de pain sec. Lorsqu'elle servait la soupe de pois au déjeuner, les hommes savaient qu'un nouveau jambon n'allait pas tarder à apparaître. Margaret tirait orgueil de sa cuisine et attendait en retour des compliments et des remerciements, qu'elle balayait toujours d'un geste de la main. « Ah non, disait-elle, non, non » tout en rosissant de plaisir. Elle ne demandait jamais rien en échange. Dans l'esprit de Margaret Truitt, les hommes étaient irrémédiablement liés à la guerre et il fallait bien nourrir les troupes.

À ceux qui l'interrogeaient à propos de son mari, elle répondait en secouant la tête : « Parti. » Libre à eux d'interpréter ça comme bon leur semblait. Elle-même n'en savait pas plus. Elle savait en revanche qu'on la croyait embarrassée.

Il n'en était rien, elle éprouvait plutôt du soulagement. Chronique, débilitant, inconstant : c'est ainsi que l'amour s'était toujours manifesté chez elle.

Elle pouvait être n'importe où quand il frappait, les signes de son corps rampant sur le sien, son souffle et sa chaleur, ses caresses et son étreinte. Le brouillard échevelé qui lui faisait savoir qu'ils étaient dans le même bâtiment, même si elle était en haut devant l'évier et qu'il venait de passer le seuil du bowling, de retour de la banque. Il était parti, pourtant ils étaient dans le même bâtiment, il lui suffisait de découvrir la bonne porte, celle qui ouvrirait sur le bon couloir, qui la mènerait à son lit, où qu'il soit. Mais si une autre femme s'y trouvait ! Aucun souvenir d'un homme en vie avait ce pouvoir. Il fallait qu'il soit un fantôme venu la tourmenter ou la réconforter.

Elle ne parvenait pas à l'oublier. Il pouvait revenir d'un jour à l'autre ! Alors elle le tuerait. La nuit, de la même façon qu'elle avait saisi avec stupéfaction, une fois mariée, la force de son désir, elle était sidérée par sa soif de sang. La nuit, elle le savait vivant. Elle l'assassinerait. L'anéantirait. À mains nues, avec un chandelier, une quille cachée dans les plis de sa chemise de nuit : elle l'assommerait, le mettrait hors jeu, le couperait en morceaux. Puis elle longerait le couloir en sens inverse jusqu'au Massachusetts et brûlerait sa chemise de nuit dans le poêle.

Elle avait lu l'histoire d'une femme dont le mari était mort sur le front. On lui avait retiré le cœur et elle se l'était fait expédier depuis le champ de bataille et l'avait déposé dans une boîte en verre où elle le contemplait sept heures par jour. Avec amour ? Oui, mais un amour féroce. Sinon, comment réussiriez-vous à regarder un cœur ?

Margaret voulait le cœur de son mari. Il lui avait laissé ses fils pour seules reliques, même si elle savait qu'elle ne pourrait pas les garder éternellement.

« C'est un travail noble, ramasser les quilles », observa Jeptha Arrison. Il avait grossi ; dans sa combinaison à rayures, il avait une proue semblable à celle d'un navire. Roy et Arch étaient également en combinaison. Il était impossible de ne pas se sentir beau en uniforme, pensait Arch. Il était impossible de ne pas se sentir crétin en étant accoutré comme tout le monde, pensait Roy. Son poids était réparti tout autour de son corps et il n'aimait pas sentir son caleçon sous la combinaison. « Noble, répéta Jeptha comme si on l'avait contredit. C'est quoi, ça, Archie ? »

Arch avait onze ans. Pour son premier jour de travail, il avait emporté un illustré – *Favorite Funnies* – et un sandwich au jambon entre une tranche de pain pliée.

« Tu ne vas pas camper, lui dit son frère, c'est pas un voyage de nuit. »

Arch le salua avec la croûte de son sandwich.

« Je ne vois pas le mal », remarqua Jeptha.

Roy détestait le bowling et les joueurs, qui l'affublaient de surnoms ridicules. Ils l'appelaient Spot à cause de ses taches de rousseur ou bien Tubby, Doughnut et Speedy. Ils l'appelaient Tiny et Babe. Quand il était au lit, il pouvait rentrer le ventre et se persuader que ce n'était pas si terrible. Il sentait sous ses doigts les ailes de sa cage thoracique, les muscles de ses cuisses. Au bowling, il redevenait cet enfant grassouillet, ce garçon boudeur au visage tavelé de son et aux oreilles mal assorties, la première gibbeuse, la seconde écarlate. À part lui, personne dans la famille n'était gros, studieux ou acerbe. D'où venait-il ?

Mais son frère, Arch : même des années plus tard, après qu'il eut trouvé la mort à la suite d'un malheureux accident, les gens continueraient à dire de lui qu'il était *drôle*. Il aimait rire. Il avait hérité des cheveux broussailleux de son père et de ses yeux tombants, quoique plus grands et d'un bleu limpide chez lui.

Roy et Arch restèrent un moment perchés sur l'étagère des pinboys à regarder Jeptha installer les quilles d'un air érudit. Il était encore en bonne forme ! Apprendre aux fils Truitt à installer les quilles donnait une forme à sa drôle de tête, le rendait à nouveau léger sur ses pieds.

« Une quille, dit-il, l'index pointé vers l'avant du pont en acier, où il fallait poser la première quille. Deux quilles. Trois, quatre, cinq, six, sept, huit, neuf, dix.

— Merci bien, je sais compter », répondit Roy.

Jeptha se tourna et fronça les sourcils ; on voyait dans ses cheveux blancs les sillons creusés par les dents du peigne. « C'est le pinbody, le patron. Personne ne pense à ça. Le talent d'un joueur ne vaut rien sans un bon pinbody. Vous disposez parfaitement les quilles, à leur place exacte, bien au milieu, ensuite c'est plus qu'une question de technique : il sait comment faire voler les quilles. Un pinbody négligent peut faire perdre tous ses repères au joueur. Il suffit de pas grand-chose pour changer le cours d'une partie. Certains joueurs le savent très bien. Ils vous proposeront de l'argent pour que vous installiez les quilles d'une façon pour eux et d'une autre pour leur adversaire. C'est de la triche. N'acceptez aucun argent.

— Pinbody ? demanda Roy.

— C'est comme ça que Bertha nous appelait, alors moi aussi je dis *pinbody*. C'était une joueuse, Bertha Truitt. » Jeptha désigna le bowling, les hommes sur la zone d'approche et leur mère, la seule présence féminine. « Le Bowling de Truitt était pour les femmes. Votre mère aussi a joué à une époque.

— Maman ? » demanda Arch.

Jeptha acquiesça. « Reprenons. Il faut se dépêcher d'installer les quilles mais le travail s'arrête pas là. Il faut aussi sentir les quilles et les boules pour voir s'il y a rien qui cloche. Une fissure ou une base bancale. Un éclat ou un déséquilibre. C'est une question d'honneur, et c'est au pinbody qu'en revient la responsabilité. Oui, votre mère », dit-il aux garçons. On croyait généralement que Jeptha n'avait pas grand-chose dans la caboche. De la sciure. Des chansons folk. C'était mieux ainsi. Nahum Truitt n'aurait pas toléré sa présence autrement. Cependant il avait une mémoire d'éléphant. « Elle n'était pas la plus douée – au bowling, s'entend – mais elle se débrouillait, et elle était sport. À vos postes, maintenant, les garçons. »

Au-dessus de la fosse, Arch Truitt, onze ans, ferma les yeux. Piquer un somme était difficile. Pas impossible. La sensation de s'abandonner était délicieuse et elle l'emporta sur tout le reste. S'il fermait les yeux et restait immobile, peut-être pourrait-il garder l'équilibre et dormir dix secondes, son corps avait déjà glissé dans le sommeil qui gagnait son esprit…

Un pinboy n'est pas un perroquet sur son perchoir ou un cheval dans une prairie. À mi-chemin sur la première corde de sa carrière de poseur de quilles, Arch Truitt piqua du nez et s'écroula sur la piste. Il se réveilla en heurtant de la joue les quilles, resta conscient assez longtemps pour sentir la troisième boule de la manche, lancée par Mack Constable, le percuter entre les omoplates, et fut renvoyé au pays des songes par la quatrième quille. Le bruit, la bière, la fumée – Mack Constable et son équipe ne remarquèrent pas tout de suite le garçon allongé sur leur piste. Joueur assidu, Mack savait qu'il était interdit de franchir la ligne de faute, mais il cria, pointa le doigt et alors tous tournèrent la tête, estomaqués. C'était comme si Arch avait surgi de nulle part, dans la plus pure tradition familiale. Son pied droit était nu.

« Ne le bougez pas ! hurla Margaret. Attention à sa colonne vertébrale, Roy ! »

Mais Roy était lui aussi paralysé, jusqu'à ce que Jeptha Arrison saute par-dessus les pistes et soulève Arch dans ses bras, en prenant garde à ne pas glisser sur la tranche de jambon du sandwich ouvert en deux. Il le porta aux bancs en longeant la gouttière. Margaret avait les yeux fermés et s'agrippait au comptoir. Si Arch était mort ou s'il s'était cassé quelque chose, elle préférait que quelqu'un d'autre pose le diagnostic. Roy était là. Roy lui dirait. Roy aimait les mauvaises nouvelles.

« Il est paralysé ? s'enquit Roy d'une voix inquiète.

— Ce n'est la faute de personne, dit Jeptha.

— Seigneur », ajouta Mack Constable.

À l'extérieur : Arch battit des paupières à mesure qu'il reprenait conscience. À l'intérieur : le monde papillonna devant ses yeux à mesure qu'il reprenait forme. « T'ES PARALYSÉ ? » hurla Jeptha Arrison face à ces yeux ouverts, une question à laquelle Arch était bien en mal de répondre car, n'ayant jamais été paralysé, il ignorait ce que ça faisait. Ce n'était pas la seule chose qu'il ignorait : pourquoi avait-il mal à la tête, comment était-il arrivé sur les bancs des joueurs, pourquoi avait-il froid au pied, combien de temps était-il resté évanoui, qui lui avait fourré ce bout de sandwich au jambon dans la bouche, alors qu'il pouvait s'étouffer avec ?

Les hommes baissèrent les yeux sur lui, Jeptha, Mack, Bill Semb, son frère Roy, Dutch Goldblatt. Il sentait la chaleur de l'équipe du samedi après-midi irradier autour de lui. Il avait mal au cou et au visage. Quand il porta la main à la joue, la foule l'acclama.

« Il est pas paralysé ! » cria Bill Semb.

Jeptha Arrison fléchit alors le gros orteil nu d'Arch.

« Ouille ! »

« Le garçon est entier ! » s'exclama Jeptha.

Roy s'approcha et chuchota à l'oreille de son frère : « T'es bourré.

— Je me suis endormi », précisa Arch. Mais son frère disait la vérité. En ce samedi 26 juin de l'année 1935, à deux heures trente de l'après-midi, Arch Truitt, onze ans, était ivre. Et ce n'était pas la première fois.

N'était la bière, Arch Truitt serait certainement devenu pickpocket, ou voleur à la tire, ou voyeur, ou cambrioleur, ou espion : rien ne l'intéressait tant que les secrets du monde des adultes, toutes ces choses que les grands dissimulaient entre leurs mains. Portefeuilles, relations sexuelles, cigarettes allumées, mots chuchotés à l'oreille. Ils en faisaient des vertes et des pas mûres ! Arch alla donc jeter un coup d'œil, et la première chose qu'il découvrit fut un verre de bière oublié, et ce qui s'y trouvait assouvit sa curiosité, la piqua, l'assouvit, la piqua, l'assouvit.

Arch éclusait les fonds de bière. La chaleur du liquide qui coulait le long de la langue et roulait sur les côtés, plus pétillant par endroits que d'autres, s'appesantissant sur les épaules, puis les hanches. La bière avait un goût de pain infusé d'or, une saveur indissociable du délassement qu'elle offrait à ses muscles et à son esprit. Si son corps était une pièce plongée dans l'obscurité, la bière allumait les lumières, habillait les meubles de chauds reflets. Le rendait heureux d'être là. Le remplissait d'une joie de vivre (fatale chez la plupart des gens). Il pourrait boire de la bière pour le restant de ses jours, pensait-il.

Après l'accident, Arch n'eut plus le droit de travailler au bowling. « Il dort à moitié. C'est dangereux », disait Margaret, comme s'il souffrait d'hémophilie. Il avait des hématomes sur un seul côté du corps, semblables à une ombre automnale. « Il n'a jamais lutté contre le sommeil, même pas quand il était bébé », disait Margaret avec une pointe de fierté dans la voix. C'était un pacifiste au sein de l'armée des Insomniaques. Les autres pouvaient bien combattre le sommeil et laisser Arch se sacrifier au nom de son oreiller et de sa couverture ourlée de satin.

« Il est feignant, oui, dit Roy.

— Il est *fatigué*, le corrigea Margaret. C'est plus fort que lui. Regarde-le. Il est promis à un grand avenir.

— Pas moi ? » pleurnicha Roy.

Sa mère le dévisagea. En vérité, elle ne savait même pas de quoi le lendemain serait fait. Ce qu'elle savait en revanche, c'était qu'elle aurait besoin de quelqu'un pour veiller sur elle et un seul de ses fils en était capable. « Oh Roy, dit-elle, nous ne sommes pas tous pareils. »

Margaret n'était pas une femme cruelle. Seulement, elle était stupide ; on lui avait fourré tout un tas d'idées dans la tête. Plus tard, elle croirait qu'elles y avaient été mises par Nahum, de solides pensées qu'elle n'aurait pu fabriquer seule. Arch lui rappelait Bertha, amical et impitoyable ; Roy était comme elle, l'éternelle cinquième roue du carrosse en quête d'affection. Qu'est-ce qui la retenait à Salford à présent que tous étaient partis ? Le devoir. Certains étaient taillés pour, d'autres, non.

Un kangourou peint et affublé de fausses ailes

En ce temps-là, les ruines de Supersum tenaient encore debout et avaient été barricadées par la ville. Une colonie d'oiseaux nichait au belvédère. Nocturnes, pélagiques, monogames, des oiseaux ordinaires brun-gris, mais dont on ne savait comment ils se nourrissaient ni d'où ils venaient.

La Audubon Society écrivit à la mairie. La maison ne pouvait rester en l'état, disaient-ils. Nous allons la démolir, répondit la mairie, qui avait promis depuis un bon moment de s'en occuper. Mais ils devaient d'abord écrire au propriétaire.

Impossible ! s'écria la Audubon Society. Pas maintenant !

Pourquoi ?

On croyait cette espèce d'oiseaux disparue ! En voir un…

… Êtes-vous sûr de l'avoir vu.

… Oui, répondit froidement la Audubon Society. Nous sommes formels. Ces oiseaux viennent seulement à l'intérieur des terres pour se reproduire…

Comme des marins ! plaisanta la vieille employée de mairie.

On raconte, poursuivit la Audubon Society, qu'ils sont les fantômes des marins qui ont péri en mer. Ils parcourent les océans à la recherche de nourriture. Ils trottinent. Ils battent des ailes. C'est impressionnant à voir, mais ça n'arrive presque jamais.

Vous dites qu'il s'agit d'une espèce disparue ?

On le croyait du cross-rumped – c'est ce que nous avons ici. Le ringed, ça se pourrait bien. Le new zealand : c'est à peu près sûr. Notre ignorance est grande dans ce domaine.

Dans ce cas, comment êtes-vous sûrs qu'il s'agit bien de cette espèce ?

Ils ont du mal à marcher, dit la Audubon Society, ignorant la question. Ils ne le font jamais vraiment, leurs pattes sont trop faibles. Mais si vous voyiez leurs ailes ! Ils peuvent voler éternellement, c'est du moins ce que nous pensons. Des oiseaux stupéfiants, vraiment. Des petits couples mariés. Ils couvent l'œuf à tour de rôle, le père, puis la mère, puis le père, puis la mère.

Un seul œuf ?

C'est bien assez, répondit la Audubon Society d'une voix pincée.

Le vieux monsieur de la mairie croyait à l'histoire des oiseaux, car il avait lui-même aperçu de bonne heure quelque chose rentrer à tire-d'aile au beffroi. Voici ce que le vieux monsieur pensait : il y avait des oiseaux dans l'Octogone et si d'après la Audubon Society il s'agissait de cette espèce disparue, alors soit.

Mais la vieille employée de mairie avait naguère été une jeune employée de mairie. Elle y travaillait en 1903, l'année où on avait vu le diable de Salford rôder dans les squares à la nuit tombée, tuer des chats, terroriser des femmes, feuler sur les automobiles. La mairie avait promis une récompense. Il fallait voir ce qu'on leur avait apporté ! Un serpent de deux mètres cinquante. Un petit garçon à qui sa mère voulait donner une bonne leçon : « J'ai le diable de Salford ! Je suis venu demander au maire de le jeter en prison. » Un étranger un peu louche présenta un kangourou (où l'avait-il dégoté ?) peint en vert pomme comme la station-service et affublé d'ailes fabriquées avec un parapluie. La plupart des gens venus apporter leur diable avaient oublié les ailes, ô combien essentielles. L'étranger fut expulsé : nul ne sait ce qu'il advint du kangourou. Une adolescente présenta, dans une boîte à chaussures peinte en blanc, une chauve-souris vêtue de la robe de mariée en satin de sa poupée, dûment accessoirisée d'un voile et d'un bouquet, les membres écartés afin de faire de l'espace pour ses ailes.

« Le diable de Salford ! » s'écria la jeune employée de mairie. Puis elle s'approcha et vit les belles oreilles repliées, les joues couvertes de duvet.

La fille s'offusqua. Elle serra la chose dans ses bras. « Non, madame. C'est un ange. J'ai trouvé un ange.

— Ce ne sont pas des anges que nous recherchons, dit la femme. Pas de récompense pour les anges, *niet*. »

Il fallait appeler un chat un chat. Une chauve-souris était une chauve-souris. Un oiseau était un oiseau. On ne pouvait inventer des espèces en les appelant par leur nom, pas *petrel* pour saint Peter, ni aucun des autres noms usuels pour les oiseaux de mer : *sorcière d'eau, satanite, satanique, oiseau du diable*. Petit rocher.

De toute façon, expliqua la vieille employée de mairie au vieil employé de mairie, il était grand temps d'écrire au propriétaire de la maison pour prendre une décision.

Une poignée de mois plus tard, la propriétaire de la maison abandonnée se trouvait à Somefire Hill. (Le délabrement de Supersum avait fini par prendre le pas sur son architecture.) Les voisins la prirent pour une étrangère et hésitèrent à appeler la police. Des cheveux crantés couleur bronze, une peau un ton plus foncé et des dents du bonheur qui lui donnaient un air élégant et vorace. Son manteau de tweed, pas exactement du même vert que ses yeux mais d'une nuance qui paraissait issue d'une alchimie, était resserré à la taille et garni de fourrure teinte pour donner l'illusion de plumes vertes et de poches angulaires et provocantes. Le manteau était splendide dans ses moindres détails. Sa propriétaire était très certainement du genre à dîner à minuit.

Minna Sprague n'avait jamais cessé de penser à son ancienne demeure et il lui arrivait même de rêver d'elle. Elle croyait se souvenir de chaque pièce, le garde-manger et les chambres à coucher, le bureau de son père, le belvédère, le nombre précis de placards, plus d'espace que nécessaire pour ses trois occupants (elle ne comptait pas Margaret Vanetten dont la chambre avait été voisine de la sienne). Mais elle se heurtait à un problème de géométrie : dans son esprit, le premier étage était deux fois plus vaste que le rez-de-chaussée et la maison avait moins la forme d'un octogone que d'une coquille de nautile, une structure qui s'entourait en spirale autour de l'escalier en colimaçon.

Les lettres de Margaret exigeaient de l'amour, Minna lui en avait envoyé en doses homéopathiques, sans grand-chose d'autre : des cartes postales où figuraient sa nouvelle adresse (Toronto, Paris, New York, Londres,

Paris encore), des comptes rendus de la météo, des récits de touriste en somme. Qui se souciait de l'état du ciel en Europe deux semaines plus tôt ? Ça ne coûtait rien à Minna. Mais les lettres de Margaret allaient de mal en pis.

Ma Minna chérie, je me souviens quand je te portais bébé dans mes bras. J'aimerais que tu redeviennes ce bébé. Ta mère rentre du bowling ou d'un voyage pour un tournoi et tu me réclames à grands cris. Je me suis beaucoup occupée de toi, Minna ! Quel gentil bébé ! Ta mère ne te manquait pas du tout. Ensuite on t'a envoyée au loin, ce n'était pas une chose à faire à mon avis. J'étais contre. Je n'aime pas dire du mal des morts, pourtant ton père a été cruel de t'éloigner du seul foyer que tu connaissais. Il y aura toujours des gens pour dire que c'était un homme détruit mais c'est la vie et on n'abandonne pas pour autant ses enfants, quelles que soient les circonstances ou le contexte familial. Rentre chez toi, Minna. La maison est bien assez grande pour nous tous. Quand tu te marieras, je m'occuperai de tes bébés, je n'ai pas perdu la main. Je me fiche de ce que les gens pensent. J'ai été comme une mère pour toi et je serai comme une grand-mère pour tes enfants – Minna, rentre et je t'expliquerai tout. Tu as encore un peu d'affection pour moi, je le sais parce que tu étais une petite fille si gentille et intelligente. J'attends ta réponse, tendrement, Margaret Vanetten.

La lettre de la mairie que reçut Minna par l'entremise de son oncle Benjamin était une tout autre affaire : elle était responsable de la maison et des oiseaux qui y avaient élu domicile, sauf si elle décidait de la céder.

Elle ouvrit la porte de la cuisine – dans son enfance, ils n'utilisaient jamais la porte principale, qui était de toute façon barricadée – et elle eut l'impression que le poids de la maison reposait tout entier sur ce linteau. Elle regretta d'être revenue mais s'aventura plus à l'intérieur. Elle songea à enlever un de ses bas pour respirer à travers, seulement il faisait froid et elle avait déjà bien assez peur des voisins. Elle ne gardait pas un bon souvenir d'eux. Elle avait revêtu ses vêtements les plus tapageurs, consciente qu'un bon camouflage devait être flagrant : vous n'aviez pas à vous soucier de ce qu'on pensait de vous si vous aviez l'air riche.

Les sols poussiéreux étaient jonchés de débris – des morceaux de plâtre tombés du plafond, des cadavres de bouteilles abandonnés par quelqu'un qui avait trouvé refuge-là des années auparavant. Elle se reprocha cet abandon, et de ne pas avoir embauché quelqu'un pour entretenir l'endroit et le louer. Puis elle se rappela qu'elle n'était qu'une enfant. À quoi pensaient sa tante et ses oncles ? C'est vrai, ils avaient, eux aussi, porté le deuil de son père. Leur frère aîné. Le plus intelligent, et aussi le plus calme d'entre eux. Ils s'étaient sentis impuissants face à son absence, même s'il était déjà parti et s'était marié, à la suite de quoi il leur avait écrit fidèlement faute de leur rendre souvent visite.

Elle s'imaginait tomber sur le cadavre de son père ou sur celui de sa mère, bien que sa mère reposât au cimetière de Salford et que les restes de son père se trouvassent dans une urne à Oromocto. La Pièce Montée, ainsi que la maison avait été surnommée, ressemblait à présent à un gâteau renversé avec ses plâtres décatis.

Un mur s'effrita sous ses doigts. On ne pouvait plus rien faire pour cette maison.

En recevant la lettre à Paris, elle avait eu l'idée de donner la maison et le terrain à la ville pour en faire un musée – pas un musée à la mémoire de son père (même si Salford pouvait faire pire) mais un musée d'histoire où le bureau de son père serait conservé. Le bureau de son père renfermait une preuve, elle en était certaine. De quoi ? De lui, de son étrangeté, de son génie, de sa bonté. De sa mère, elle gardait le souvenir d'une femme dodue, flatulente, chaude et haletante. Une femme à l'automne de sa vie, alors que Minna était déjà une jeune femme.

Elle pourrait monter à l'étage et contempler par la fenêtre le spectacle qui s'offrait aux oiseaux et à son père le dernier jour où il avait été heureux. Se demandant quand ses chéries rentreraient enfin – Bertha de Boston, Minna et sa nounou de la bibliothèque. Elles avaient remonté Mims Avenue. « Tu me feras un signe de la main, avait-il réclamé à Minna. Tu ne me verras pas, mais moi je te verrai. »

L'escalier était la partie la mieux bâtie de la maison, et elle le gravit jusqu'au premier étage. Les portes des chambres étaient fermées. Non, elle n'en ouvrirait aucune.

Le toit s'était affaissé. Rien de plus logique : l'angle de l'inclinaison avait pâti d'un mauvais calcul et plusieurs années de neige et de glace fondue avaient eu raison de sa robustesse. Sur le bureau en bois sombre il y avait un verre de vin dont le passage du temps avait dissous la moisissure, laissant au fond un caillot couleur grenat. À part ça, le bureau était nu. De même que les étagères. On ne pouvait plus rien faire pour lui non plus.

À Oromocto, chez les siens, son père était à la fois le fils prodigue et le fils préféré, parti au loin mais toujours présent parmi eux. Une photo de lui trônait dans le salon, les livres qu'il avait écrits étaient dispersés aux quatre coins de la maison, et sa décision de l'envoyer dans sa famille était perçue comme une compensation, comme si elle rentrait vivre la vie de son père, cette fillette à la peau claire, à la place de leur bien-aimé Leviticus. Elle dormait dans son lit et hérita de ses livres et de l'amour profond que lui portaient ses frères et sa sœur : à Oromocto, elle fut une enfant choyée. « C'est ainsi qu'il vivait, lui rappelait constamment sa tante Almira. Il a été très heureux. Cette femme en a fait un homme misérable et l'a laissé crever dans un bowling. »

À certains égards, elle continuait à le croire, et une grande tristesse l'oppressait comme la chaleur d'un feu s'immisçant à travers les lattes d'un plancher. Distincte, familière. C'est ce qu'il avait choisi. La chaleur de sa mère. Elle prit conscience qu'elles lui manquaient à présent, elle et sa généreuse poitrine. Elle se rappelait – quel âge avait-elle ? elle était sans doute déjà trop grande pour ça – se pelotonner dans le giron maternel et faire glisser une main le long de la jupe pour sentir ses réconfortantes rondeurs, ses bourrelets de chair, sa chaleur vive.

Sa mère était accessible, se souvint-elle. Son père était hors de portée, au-dessus de la mêlée.

Elle avait depuis longtemps clos le chapitre de son enfance, mais elle comprit à présent qu'il n'en restait rien. Pas de musée. La maison tombait en ruine. Elle songea que ses années d'absence l'avaient rendue bonne à la démolition. La ville pouvait bien la raser et s'approprier le terrain – non, c'est vrai, ils avaient à cœur le sort des oiseaux. Dans ce cas. Les oiseaux pouvaient bien coloniser les lieux et y construire leurs nids.

Elle entendit tambouriner à la porte.

« Les voisins ont appelé, dit la femme derrière la porte. Oh, ma Minna. »

Minna Sprague reconnut Margaret : ses cheveux bruns, sa frange enfantine, son petit nez aquilin, ses mains nouées l'une autour de l'autre, l'encre violette de l'imprimeur sur ses vêtements. « Mon petit trésor », dit-elle à Minna d'une voix grave avant de l'étreindre. Elles étaient étranges, ces embrassades à la tendresse reconstituable, comme du lait en poudre.

« Minna-chou », roucoula Margaret. L'ineptie de ces mots défit leur étreinte. « Alors ? La maison. » Minna secoua la tête. « Voyons voir. »

À l'intérieur, Minna s'aperçut que la poreuse Margaret Vanetten absorbait un peu de sa terreur. Un peu de compagnie n'était pas de trop au moment où elle faisait ses adieux à la maison. « C'est le salon, expliqua Margaret. Juste au-dessus de la réserve à lait. La cuisine. Et oh ! la pièce de couture !

— Qui cousait ? Pas ma mère.

— Je cousais, moi. Toi aussi.

— Plus maintenant, dit Minna. Je paie des gens pour ça.

— Tant mieux, ma chérie. J'ai été très heureuse ici. »

Margaret Vanetten Truitt ouvrit la porte de sa chambre, alors apparurent le petit lit en fer encore fait, la courtepointe qu'elle avait confectionnée grise de poussière. La brosse sur la commode. « Et ici... » Elle ouvrit la porte : la chambre de Minna. Un autre lit une place, plus grand, orné d'une tête de lit en bois ouvragé de style victorien. C'était un lit confortable. L'édredon bleu avait été jeté au sol, ainsi que l'oreiller. Margaret se souvenait d'avoir fait les deux lits le matin de leur départ pour le Canada. Qui y avait dormi ? « Toi aussi, tu étais heureuse », assura-t-elle, sentant Minna dubitative. Cette maison avait encore beaucoup à dire. Elle en rêvait, elle aussi. Elle étendit le couvre-lit sur le matelas. « Tu as des enfants, ma chérie ? J'aurais dû te poser la question. J'aurais dû commencer par là. Tu es mariée ? » Elle voyait à présent combien l'enfant qu'elle avait vénérée se montrait à la hauteur de ses attentes.

« Divorcée », répondit Minna. Margaret claqua la langue. « Pas d'enfants.

— Tu es encore jeune. Montons.

— Oh, je ne préférerais pas. C'est trop triste.

— Je suis déjà triste », répondit Margaret d'une voix pourtant joviale.

Elles traversèrent : la douceur du plâtre, les trous dans le toit.

« C'est dommage qu'ils l'aient mal construite », déplora Minna.

Bertha avait pourtant suivi à la lettre toutes les instructions. Décidément, ce Fowler n'était pas digne de confiance. Les maisons en bois dont il avait fait des gorges chaudes étaient encore debout partout en Nouvelle-Angleterre, tandis que ses octogones de gravier et de chaux s'étaient métamorphosés en monticules de gravats.

« Où sont les oiseaux ? demanda Minna.

— Ils dorment.

— Margaret, suis-moi dans le bureau de mon père. J'aimerais jeter un coup d'œil à sa table de travail. Je veux vérifier s'il y reste quelque chose. »

Elles foulèrent à petits pas le plancher comme un étang pris dans la glace. Elles s'accrochaient l'une à l'autre, par mesure de précaution. Le dessus du bureau était recouvert de cuir, avec de l'or aux encoignures à l'éclat poussiéreux. Minna se remémora le plaisir qu'elle avait à s'y installer pour écrire, à sentir le cuir mollir sous la pression de la mine de son stylo.

Les tiroirs étaient vides à l'exception de celui du bas dans lequel demeuraient un nid et trois œufs vert céladon, blottis en son centre.

« S'agit-il des œufs ? questionna Minna. Les oiseaux de mer. Ils nichent dans les tiroirs ?

— Oh non, répondit Margaret. Ceux-là sont très anciens. Votre père les collectionnait. Il en possédait plusieurs dizaines. Il les rangeait pour les mettre à l'abri des chats. »

Comment dérangeait-on une chose pareille ? Minna voulait l'emporter et le laisser là. Les mains de son père, celles d'un médecin, l'avaient déplacé de sa place initiale. On pouvait faire de même avec les maisons des hommes, elle le savait. C'étaient les œufs qui l'ébranlèrent. Inhabités, hantés. De petits mausolées. Elle retira le nid.

Il serait parmi ses effets à sa mort, qui surviendrait à New York, cinquante ans plus tard. Ou peut-être était-ce un autre nid. Les nids ont tous l'air de dater du XIXe siècle. Elle était devenue, comme son père, une collectionneuse.

« On a volé l'escalier, dit Margaret. Celui en fer qui montait à la coupole.

— C'est là que je suis née. Sur les marches.

— Pas exactement. Au-dessus. Ton père avait l'habitude de travailler là-haut. »

Elles levèrent les yeux vers le plafond béant. Les oiseaux de mer avaient peut-être vendu l'escalier pour sa ferraille.

Minna regarda le nid en équilibre sur ses paumes. Elle avait toujours cru que les nids étaient ronds, or celui-ci ressemblait à un polygone, à l'instar de la maison. Elle était venue chercher à Salford les derniers vestiges de la vie de son père. Ils étaient là, au-dessus de leurs têtes, dans ses mains. Des œufs non éclos, mais de toute beauté. Une ancienne domestique pour guide. On entendait le vent siffler à travers la coupole dans une étrange tonalité. Son père – ses pensées intimes, ses mauvaises habitudes, sa vraie nature – était au-dessus d'elle, inatteignable. C'était sans doute pour le mieux, il était préférable de ne pas connaître ses parents et de les aimer de loin – ils sont sur le rivage, et nous, sur un bateau qui s'éloigne ; plus tard nous échangerons nos places quand ils prendront le large et alors nous leur dirons : *Pas tout de suite*. Il y avait des poèmes au-dessus de sa tête, et des cadavres de chats, des bouteilles vides, des écorces de cacahuètes, l'odeur du chagrin, un petit tas de lettres pleines de fiel envoyées à la maison et interceptées par le Dr Sprague (il ignorait que la majorité de cette correspondance avait été envoyée au bowling de son épouse, toutes ayant trait à leur mariage, écrites par des étrangers, que Truitt jetait dans la chaudière). Une pantoufle. La photo d'un bébé adoré.

Minna jeta un regard au nid et décida qu'il lui suffisait. Le reste pouvait pourrir. C'était ce qu'avait souhaité son père.

« Partons », dit-elle à Margaret.

Dans son esprit, Margaret était à l'image d'une armoire : fonctionnelle, imposante, mais nerveuse, sentant le cèdre, dans les tons lavande. Envahissante. *Tu resteras toujours, toujours, toujours mon bébé*, répétait-elle à la petite Minna. Ou était-ce sa mère ? Elle confondait parfois Margaret et Bertha, c'était la triste vérité. L'une ou l'autre cuisinait des gâteaux immangeables. L'une ou l'autre chantait une chanson intitulée « After the Ball ». L'une ou l'autre continuait à la porter dans la maison bien après qu'elle fût trop âgée pour ça et avait éclaté en sanglots le jour où Minna avait dit Non, ça suffit.

Elle eut du mal à descendre l'escalier en transportant le nid. L'air frais revigora Margaret. « Tu vois ? observa-t-elle. Elle est encore debout après tout ce temps.

— Elle est dangereuse.

— Nous ferons en sorte qu'elle ne le soit plus.

— Je l'ai déjà donnée à la ville.

— Tu es trop généreuse !

— J'ai bien assez.

— C'est vrai. »

Margaret s'assit sur l'herbe avec l'air de ne pouvoir y être délogée qu'avec de la dynamite. C'était elle qui tondait la pelouse, c'était une sorte de promesse et de prière. La maison ressemblait à une prison. L'habit ne fait pas le moine, c'était aussi vrai des maisons.

« Eh bien, je ne peux pas la garder », dit Minna. Le jour où elles étaient parties, elle ignorait qu'elle ne vivrait plus jamais à Salford, qu'elle ne verrait plus ses parents, ni ne se cacherait dans le placard en encoignure de sa chambre pour écouter la maison de l'intérieur. Le placard avait son odeur, un parfum de foin coupé et de lait, avec un soupçon de produit coiffant. Il n'en restait rien et Minna – alors même qu'elle se trouvait dans les limites de la ville en compagnie de son ancienne nounou – était partie, elle aussi. L'Octogone, la Pièce Montée, Superba, Supersum. La mairie allait raser l'endroit d'ici un mois. Toute tentative de le préserver était vaine, et les raisons ornithologiques n'y changeraient rien. Elle avait l'impression de voir la maison au loin, et qu'elle lui échappait toujours plus – *au revoir, au revoir.* « Qu'est-ce que je ferais de cette maison ? J'ai une carrière à mener. Je pars pour New York cet après-midi.

— Oh, fit Margaret. Dans ce cas. » Puis elle poursuivit d'une voix enfantine : « Pourquoi es-tu revenue ? »

Minna la vit à ce moment-là, l'expression sur le visage de Margaret, Margaret qui la suppliait de rentrer depuis des années. Que pouvait répondre Minna ?

Oui, elle savait que Margaret vivait au bowling, qu'elle avait épousé l'homme qui prétendait être son demi-frère, qu'elle était, en fait, Margaret Truitt. Quelle idée ! Elle l'avait appris de la bouche des avocats car le testament de son père était on ne peut plus clair sur ce point.

« Comment va ton mari ? demanda-t-elle.

— Il est parti. Viens au bowling.

— Oh non, je ne retournerai jamais dans cet endroit. Tu as des enfants, Margaret ? »

Margaret hocha la tête.

« Eh bien, dit Minna, c'est adorable. Prends bien soin d'eux.

— C'est toi que j'aime.

— Comment ?» s'offusqua Minna, et elle sut que c'était la vérité. C'était un vieil amour, soldé mais qui avait coûté cher.

Prenez garde à ce que vous commandez par correspondance

Une fois la guerre commencée en Europe, les fantômes affluèrent à Salford tels des réfugiés. Des personnes déplacées, sauf que ce n'étaient plus des personnes : face à l'arrivée en masse des nouveaux morts en Europe, les anciens défunts furent expulsés. Les locaux désapprouvaient la présence de ces immigrants, leurs manières d'un autre temps, leurs odeurs étrangères, leurs paroles inintelligibles. Puis les locaux s'habituèrent. Puis ils se mirent à tenir les nouveaux venus responsables de tous leurs problèmes. On soupçonnait le fantôme au Gearheart Olympia d'être Dahune Doner, un contorsionniste allemand qui arrivait sur scène soigneusement plié dans une boîte. Il avait été plié dans cette même boîte par un rival jaloux et laissé ainsi plusieurs semaines de suite sur la scène du théâtre de Fribourg, pour qu'il y meure d'asphyxie et de faim ; on racontait que le croque-mort n'avait pas réussi à déplier ses membres au moment de la mise en bière. Les fantômes des contorsionnistes sont capables de se plier comme des mouchoirs de poche. De temps à autre, ce fantôme quittait le Gearheart pour aller hanter un compartiment de l'Automat et donner un goût rance au moindre sandwich, à la moindre soupe ou part de tourte qui avait le malheur de s'y trouver. L'Amérique ! Bientôt tout le monde sut quelle porte éviter, même si le propriétaire superstitieux de l'Automat prenait soin de remplir ledit compartiment d'un morceau de gâteau au pavot qu'il remplaçait une fois par semaine.

Ailleurs, les gens surprenaient les fantômes de victimes empoignées par leurs meurtriers, de mères aux yeux sombres flanquées de leurs enfants affamés, et, dans les marécages, ceux d'une meute de chiens qu'on avait exécutés près de Tbilisi – les bêtes semblaient elles aussi différer des animaux américains avec leurs grosses têtes décharnées ; oui, même les fantômes de ces bêtes. Les technologies ordinaires (c'est-à-dire les âmes des êtres humains) ne suffisent pas à détecter les âmes des animaux, généralement trop petites, mais dans les cas extraordinaires de morts de masse d'animaux (incendies de zoos, intoxications), elles s'amalgamaient jusqu'à prendre la forme d'un fantôme de la taille d'un vieillard. Les fantômes d'enfants sont gigantesques. Ceux des vieillards s'usent avec le temps.

Arch Truitt avait grandi au-dessus d'un bowling, et tard le soir il entendait les fantômes selon un phénomène scientifique, ainsi qu'il le croyait – ondes radio, radiations ou objets magnétiques attirés vers le pôle Nord. Si ce n'est l'invisible, qu'est-ce qui expliquait cette joie qui envahissait parfois Arch, malgré tout ? L'impression qu'un être intangible l'aimait ? Son corps dormait dans son lit au-dessus du Bowling de Truitt mais son esprit, lui, trouvait à se réjouir ailleurs et autrement. Le Bowling de Truitt possédait lui aussi son fantôme. Plus précisément la piste 5, comme d'aucuns le croyaient : les quilles tombaient parfois, successivement comme des dominos, jusqu'à ce qu'il ne reste qu'un 7-10 split, deux quilles debout semblables à des crocs au milieu de toutes les autres au sol. Il y avait forcément une explication. Roy disait des balivernes et affirmait que la physique avait fait tomber les quilles de la piste 5. La ville était bâtie sur une zone marécageuse. C'était un miracle que les choses restent debout plus d'une demi-heure.

Arch essaya de le faire changer d'avis. La vie était étrange. Tiens, prends toutes ces choses auxquelles les gens ne croyaient pas ! Pense aux faits avérés qui restent encore aujourd'hui invraisemblables ! La Terre était bel et bien ronde. Les ornithorynques existaient et se dandinaient à l'autre bout de la planète où – c'était un fait – l'hiver était arrivé, alors qu'à Salford on était en juillet.

« En Australie aussi, on est en juillet », dit Roy d'un ton méfiant. Ils traînaient au lit, retardant le moment où ils devraient aller au travail. L'été, Arch tenait le comptoir et Roy ramassait les quilles. Roy avait maigri, néanmoins il continuait à se traîner d'un pas lourd. Le travail et la puberté lui avaient fait perdre ses kilos en trop.

« Oui, c'est juillet, confirma Arch. Mais l'hiver. Va dire ça à un vieux, j'parie qu'il te croira pas !

— Essaie avec Jeptha pour voir, dit Roy. C'est le seul vieux que j'connais.

— Un homme primitif. Si tu remontes le temps.

— Les hypothèses ne m'intéressent pas, dit Roy. Je crois en la science.

— Je croyais qu'en science, tout n'était qu'hypothèses. »

Il voyait la colère de Roy monter du lit sous la forme d'un nuage, et il sentait l'odeur âcre de Roy qui n'en revenait pas de ne pas avoir eu le dernier mot. Se pouvait-il que les émanations au bowling soient en fait la mauvaise humeur de son frère, qui envoyait des coups de pied, fulminait et rouspétait ? L'humeur de Roy avait encore maintenant des jambes et des chaussures rondes en carton, et de là où il se trouvait, Arch savait qu'il allait se rendormir d'un instant à l'autre même si c'était le petit matin, il était sur une pente descendante et ses pieds s'enfonçaient dans un de ces rêves dont il tirait la majorité de son savoir sur le monde invisible.

« Qui voudrait hanter *cet* endroit ? » demanda Roy, mais Arch n'était pas certain qu'il s'agisse d'un *qui*, et de toute façon, être un fantôme, c'était comme être enrôlé : on ne choisissait pas son affectation.

Plus tard ce jour-là, il lut cette annonce au dos de *True Stories*, un des magazines de faits divers que possédait sa mère :

FANTÔMES ?
Enquêteur extranormal
recherche maisons hantées
pour photographies et enquêtes
SVP, s'adresser à :
Box 231, Eureka, Californie

Arch répondit à l'annonce.

Le chasseur de fantômes arriva trois mois plus tard sans s'être annoncé, vêtu d'un pull irlandais, un modèle conçu pour camoufler le chagrin et la pauvreté. Son crâne était garni de quelques touffes de cheveux noirs et ses épaules ployaient sous le poids de la sacoche de son appareil photo. Il avait un beau visage malgré son air de chien battu. Il se pencha au-dessus du comptoir et dit : « C'est quand, le meilleur moment ?

— Nous avons des pistes libres maintenant, répondit Margaret Vanetten-Truitt.

— Pardon », dit-il. Sa main se faufila sous son pull et en sortit une carte. Il la lui tendit. *Fantômes ? S'adresser à Box 231, Eureka, Californie.* « Je suis venu photographier l'esprit.

— Nous n'avons pas d'esprit, ici », répondit-elle.

Sa main se faufila une nouvelle fois sous son pull et, un quart de cercle plus bas, dénicha une lettre écrite sur du papier à lignes. « Arch Truitt n'est pas de cet avis.

— Arch Truitt a quinze ans. Il est en classe. »

L'homme expliqua à Margaret qu'il s'était fait un nom parmi les Américains qui désiraient voir un fantôme. « J'ai passé ma vie à les éviter », dit Margaret. « Vous êtes un oiseau rare », répondit l'homme. Il avait pris la photo d'une femme morte à la suite d'une chute d'ascenseur dans un hôtel de San Francisco. Le mystère restait entier : elle n'était pas dans l'ascenseur, mais en dessous de la cabine, au fond de la cage, assassinée, oui, mais par qui ? Il l'avait photographiée quarante ans après sa mort, dans le hall de l'hôtel. Il sortit une coupure de journal de sa sacoche.

« La voilà, dit-il. Vous voyez ? Elle a la tête penchée. »

Margaret distingua seulement l'éclair du flash et une tache floue mais perçut distinctement l'attente de l'homme. « Ah oui, répliqua-t-elle en posant un doigt sur la coupure. Je la vois, oui. Quel dommage ! Nous sommes à court de fantômes.

— Peut-être le gars qui est mort dans l'incendie, suggéra l'homme.

— Non!» s'écria Margaret. Puis : «Personne n'est mort dans un incendie.

— Assassiné, peut-être?

— C'est ce qu'Arch vous a raconté?

— Non, non. Je l'ai découvert par moi-même. Cet endroit appartenait à Bertha Truitt. Elle aussi est morte dans des circonstances peu communes. Vous avez l'air surprise. J'ai mené ma petite enquête, vous savez. Et j'ai entendu dire qu'il était infirme.

— Vous voulez dire qu'il était noir.

— Pas l'homme qui est mort. Celui qui l'a brûlé. L'homme à tout faire qu'on a arrêté, puis relâché. Joe l'éclopé.

— Joe Wear?» demanda Margaret. Cela lui faisait bizarre d'entendre le mot *éclopé*, et de réaliser que Joe n'était rien d'autre aux yeux des gens.

L'homme sortit un tout petit livre et l'ouvrit sur une page noircie de pattes de mouche. «Il était amoureux d'une domestique que la famille a renvoyée, et l'éclopé a voulu la venger.

— Moi? s'étonna Margaret.

— Non, pas vous, dit l'homme. Ça s'est passé y a un bail. Vous êtes beaucoup trop jeune.» Il jeta un autre coup d'œil à ses notes. «“Les quilles tombent sans raison.”»

Margaret savait que la police avait suspecté Joe Wear d'être l'auteur de l'incendie. Les deux hommes étaient en bisbille – quoi que cela signifiât, qu'est-ce qu'une bille avait à voir là-dedans? –, non, ils se détestaient, purement et simplement. Mais Joe Wear n'avait jamais été amoureux d'elle. Elle savait au moins ça. N'est-ce pas ?

« Affaissement », commenta-t-elle.

L'homme se tourna vers les pistes. « Ça se pourrait bien. Cet homme est mort ? »

Margaret se tourna à son tour – un esprit ? Un fantôme ? Non, Jeptha qui dormait sur l'étagère des pinboys. Margaret s'apprêtait à le lui expliquer, puis elle le vit, sur le ventre, la tête tournée dans leur direction, le visage gris. Ils l'observèrent un moment. Il poussa un râle, et roula sur le dos. Avec la guerre, embaucher des pinboys était devenu quasiment impossible. D'un autre côté il y avait aussi moins d'hommes pour jouer au bowling. Et on ne pouvait plus embaucher de jeunes garçons. C'était illégal.

« C'est seulement Jeptha, dit-elle. Je suis Margaret Truitt. » Elle lui tendit la main.

À ce geste, les yeux de l'homme s'emplirent de larmes. Il prit la main de Margaret entre les siennes. « Mon épouse s'appelait Margaret, confia-t-il. Je ne vous demanderai rien. Je vais prendre quelques photos. Selon ce que nous découvrirons, il faudra peut-être faire quelques films. Je comprends, vous dites : *Il n'y a pas d'esprits ici* ou *Nous ne voulons pas d'esprits* ou *Comment se débarrasse-t-on des esprits quand on en a ?* Les clients n'aiment pas les fantômes, croit-on, mais c'est tout le contraire. Prenez Salem ! Prenez le Continental Hotel ! » Il lui indiqua du menton le cliché de la cage d'ascenseur ; il lui tenait encore la main. « Ça pourrait être bon pour les affaires. »

Elle ne souhaitait pas que l'homme trouve un fantôme, mais d'un autre côté elle ne voulait pas non plus le voir partir. C'était un grand gaillard, et Margaret avait le béguin pour les grands gaillards de même que certaines femmes aiment les grands chiens. Leur présence la rassurait ; et elle pensait savoir comment leur parler. « Dans ce cas, dit-elle. Commencez votre inspection. Trouvez-moi un fantôme. Et un bon. »

Toute la semaine, Arch ne lâcha pas d'une semelle le chasseur de fantômes, qui s'appelait Cadey – du moins c'est ce qu'il croyait. Il s'était imaginé qu'un chasseur de fantômes travaillait avec un arsenal d'instruments stupéfiants en super plastique, en verre ignifugé ou en plutonium, munis de boutons et d'écrans, des stylos automatiques et des horloges équipées de mains lumineuses capables de vous faire remonter le temps. Mais il n'était pas impossible que ce genre de matériel serve à l'effort de guerre ; après tout, ils avaient démonté les retours des boules pour sa ferraille et les avaient remplacés par d'autres en bois. L'homme avait apporté : un banal appareil photo Brownie, un album rempli de clichés et de coupures, et un petit magnétophone. De la même façon, les mots chasseur de fantômes avaient éveillé dans l'esprit d'Arch l'image d'un homme plein d'énergie et d'allant. Cadey ressemblait à un poisson, avec ses gestes lents et pesants. Il semblait nager d'un point à un autre du bowling.

« Hetty Dubois, dit-il en lui montrant la page d'un magazine. Morte dans une chute d'ascenseur. Elle n'était pas à l'intérieur, mais en dessous. Assassinée, oui, mais par qui ? » Arch regarda. Une silhouette tissée de lumière : il la voyait, sa tête, sa robe brodée de perles, ses souliers de chevreau à talons plats, son chapeau à plumes. « Ça, c'est le Colporteur d'Ogunquit, Solomon Kamp. Et là, le petit Bobby Kent, pendu dans une grange. La Dame noire de Union Square – personne ne connaît son nom, hélas. Un mystère de plus. C'est peut-être pour ça qu'elle reste ici-bas. Mais la voilà. Tu vois ? Devant le kiosque à journaux. Là, c'est sa tête. Ici, son bras.

— C'est rien que des gens, remarqua Arch.

— Bien sûr que c'est des gens. C'était. Mais encore ? » Il regarda à l'autre bout du bowling. « Laisse-moi t'apprendre quelque chose, on ne sait pas s'il y a un fantôme tant qu'on n'a pas développé la pellicule.

— Et vous, vous croyez quoi ? demanda Arch. Elles disent quoi, vos antennes ? »

Cadey haussa les épaules. « Honnêtement ? Je n'en ai pas la moindre idée. On est en présence d'un cas historique de combustion spontanée, ça, c'est sûr. Mais de là à en conclure qu'il y a un fantôme… » Il lut la déception sur le visage d'Arch. « Je vais prendre d'autres photos cette semaine. Ensuite, on sera fixés. » Cadey pencha la tête et leva le nez au plafond.

Arch s'efforça de sentir le fantôme. Son père, ou une fraction de lui, un esprit sombre et maladroit. Il jeta un coup d'œil à sa mère, cherchant sur son visage une expression de sérénité ou de malaise. Il se demanda quels sentiments la présence de son père éveillerait en elle. Cadey se toucha le nez comme s'il cherchait à le régler.

« Vous sentez quoi ? questionna Arch.

— La bière, répondit Cadey en regardant Arch du coin de l'œil. Non, je ne fais que prédire. L'extrémité du nez est très sensible. Ce qui explique pourquoi il est si sensible aux gelures.

— Vous sentez bien quelque chose, alors. » Arch sonda du regard l'air devant le visage de Cadey, mais il vit seulement le nez de l'homme, qui décrivait des cercles comme la truffe d'un chien. Arch n'avait bu qu'une bière ce jour-là, laissée par un vieil homme sur la première piste, et il comprit subitement qu'aux yeux de ce vieillard, Arch était un fantôme : un revenant chapardeur de bière.

Cadey renifla tant et plus. Il balaya des yeux le mur du fond. Jeptha s'agenouilla d'une manière étrange sur l'étagère, gargouille braquant son regard sur eux.

Le chagrin était ce qui le rendait beau. Une beauté empreinte de tristesse. Mais Margaret pensait qu'il en faisait trop. Il transportait dans la sacoche de son appareil photo l'ours en peluche que son épouse avait possédé dans son enfance. « C'est mignon comme tout ! » s'était-elle exclamée, et l'homme avait sorti l'ourson pour le lui montrer. En voyant la peluche, Margaret avait révisé son jugement ; elle semblait possédée, avait un bouton en corne à la place d'un œil, son pendant en verre avait un air accusateur, un morceau de sa langue rose avait été grossièrement rapiécé comme lors d'une opération de chirurgie sur un champ de bataille, son ventre de fourrure était usé jusqu'à la trame. Cette peluche semblait incarner le deuil en ce bas monde.

« Pauvre chéri, dit Margaret.

— L'ours ou moi ? » demanda Cadey. Il fit virevolter l'ours sur le bras de Margaret.

« Vous devez arrêter, lui dit-elle. La photographie.

— Impossible. J'écris un livre.

— Écrivez un livre sur autre chose.

— Quoi par exemple ?

— Je ne sais pas. Mariez-vous, un bel homme comme vous.

— Ah non. » Il eut un grand sourire affligé. Elle savait que c'était de la pitié, mais elle le ressentait comme de l'amour. « J'en ai fini avec tout ça. »

Ce n'était pas la seule chose sur laquelle il avait fait une croix, lui apprit-il. Les restaurants, les bonbons, les journaux, les fêtes, les automobiles, les avions, vivre dans une maison. Il ne dormait qu'à l'hôtel et voyageait en train.

Tomber amoureux était sans doute ce qui lui arriverait de mieux, mais elle crut qu'il était trop orgueilleux pour ça. Le bonheur ordinaire serait un accroc dans son armure. La joie était partout, comme les pièces au sol. On pouvait s'estimer chanceux d'en avoir ramassé une, mais que vous rapporterait-elle, au juste ?

Mais être hanté ! Ça n'arrivait pas à tout le monde.

« Ferm'-les », dit Casey à Arch, puis il pointa du doigt les rideaux occultants.

Les rideaux en question étaient en velours noir et tombaient au sol, lestés par du métal à l'ourlet, non pas pour canaliser la lumière venue de l'extérieur mais celle du bowling, en cas d'attaque ennemie. Les sirènes de Salford hurlaient en permanence, selon le bon vouloir de leur gardien, Norman Ricker, qui aimait – il ne le nierait pas – que la ville cesse de respirer d'un seul coup, les citoyens chez eux ou dans leurs voitures. Avaient-ils eux-mêmes l'impression d'être morts, ou l'étaient-ils seulement à ses yeux ?

« Va les fermer », lui commanda Cadey, et Arch obéit. Ils étaient si lourds, et chaque fois que vous les tiriez il vous semblait que la fin était proche.

« Maintenant, va éteindre les lumières. »

Arch jeta un regard à sa mère postée derrière le comptoir. Elle hocha la tête. C'était ce à quoi ressemblait l'arrière-front, on pouvait plonger un lieu dans l'obscurité totale sans que personne ne trouve rien à y redire. L'obscurité était patriotique. Il baissa l'interrupteur. Il ne pensait pas qu'on puisse voir un fantôme dans le noir, pas plus qu'on ne puisse distinguer une toile d'araignée, songea-t-il. Ces choses-là ne se révélaient qu'à la lumière.

Pourtant, on pouvait croire à presque n'importe quoi dans le noir. Tous ceux qui étaient là sentirent la présence des six colonnes d'acier, froides, mortes et imposantes, tels des ancêtres soutenant le plafond. Tous perçurent le bruit d'une boule rouler sur la troisième piste, où on l'y avait lancée avant la complète extinction. Elle finit dans la gouttière. Puis ce fut le silence, bientôt brisé par l'obturateur de l'appareil photo de Cadey et son petit bruit de guillotine. Margaret sentit la main de sa mère sur son épaule et entendit derrière son crâne un sifflement suggestif ; Arch sentait la présence de son père, sur le point de beugler ; Jeptha Arrison était submergé de souvenirs de la défunte Bessie, dont il visitait la tombe chaque semaine. Roy, sur l'étagère des pinboys, ne pensait à rien d'autre qu'à lui.

Tous les garçons deviennent, à un moment ou à un autre, des généalogistes, espérant trouver un roi, ne serait-ce que pour engager un pari contre d'autres garçons. À l'école on leur avait demandé de faire leur arbre généalogique et celui de Roy n'était pas plus grand qu'un buisson, tandis que ceux de ses camarades arboraient des cousins et des tantes, et parfois même des nièces et des neveux. Lui avait un frère, et deux parents. Sa mère était orpheline, et en lieu et place de tante, Arch et lui devaient se contenter de nonnes. Son père était orphelin, lui aussi, mais il n'en savait pas plus. Il avait un frère pâlichon et falot. S'il voulait étoffer sa famille, il lui faudrait patienter.

Il avait lu les lettres que sa mère avait rangées dans la case du bas, nouées par un ruban bleu sale et effiloché. Il s'était demandé, avec un peu d'appréhension, si c'étaient des lettres d'amour. D'un étranger ? Horrible. De son père ? Pire encore. Mais l'auteur n'était autre qu'une certaine Minna Sprague qui vivait parfois à New York. En lisant ses lettres, il avait découvert qu'elle était la fille de Bertha Truitt ; l'index du *New York Times* à la bibliothèque lui apprit qu'elle était une célèbre chanteuse et percussionniste. Plus surprenant encore, elle était noire. Elle avait posé aux côtés de Duke Ellington ; sur une autre photo, elle couvait du regard un Bing Crosby passablement miteux. La famille royale qu'il avait souhaité trouver en réalisant son arbre généalogique, mais plus proche de lui. Il n'interrogerait pas sa mère à son sujet car il voulait garder pour lui, et lui seul, la vie de Minna Sprague.

Si Roy Truitt ne croyait pas aux fantômes, il croyait en revanche aux forces surnaturelles : le devoir, par exemple, et la culpabilité. Il croyait voir des choses au milieu des ténèbres. Pas le passé, sous la forme de revenants, mais l'avenir, une vie dans laquelle il ne vivrait pas au-dessus d'un bowling. *Va à l'université*, lui dit une voix émergeant de l'obscurité. *Enrôle-toi.* Ma mère ne me laissera pas faire, pensait-il, mais il savait qu'il y avait aussi la peur – pas la peur de la guerre ou de la mort, mais d'expérimenter cette promiscuité de caserne, où sa médiocrité n'échapperait à personne, de même qu'elle n'avait échappé ni à son père, ni aux joueurs, ni à ses camarades. Il aimait les livres. Il n'aimait pas les hommes. *Je pourrais partir*, pensa-t-il. Aller à New York. Retrouver Minna Sprague. Faire la tournée des clubs, dont il aurait trouvé la liste dans le journal. Il irait se présenter à la fin. *Un genre de cousin*, s'imaginait-il dire, même si, dans les faits, il était son neveu. Lorsqu'il écoutait ses disques, il se demandait s'il aurait aimé qu'elle chante pour lui seul, *I love you so dear it's murder*, ou bien s'il aurait aimé être elle et chanter pour quelqu'un d'autre. Il saisissait l'absurdité de la chose, mais il semblait croire qu'il rencontrerait tôt ou tard Minna Sprague, et que Minna Sprague lui sauverait la vie. Elle reconnaîtrait que Salford, Massachusetts, n'était pas assez bien pour lui non plus.

Dans le noir, il se tourna vers ce qu'il présumait être les rideaux, comme si l'image d'un fantôme y était projetée. Rien. Puis il entreprit de descendre de l'étagère. Où étaient passées les quilles ? Où était la porte de la cave ? « Vous voyez quelque chose ? » demanda sa mère au milieu des ténèbres.

Pas de réponse.

« Moi oui », dit-elle dans un chuchotement rauque.

Un bruit, glacial, comme le vent. Cet imposteur veut nous faire peur, pensa Roy, et au même moment il sentit une bouffée d'air froid. Roy avait presque posé le pied au sol. Devait-il y aller ? Il entendit alors les quilles tomber sur la cinquième piste, pas une à la fois mais d'un seul coup, et, sous le coup de la surprise, il se laissa tomber et éparpilla les quilles sur sa propre piste.

« Lumière ! hurla Cadey. Lumière ! »

Après l'obscurité, la lumière leur fit mal aux yeux.

Les couinements provenaient de Jeptha. Il pleurait. Cadey alla s'asseoir à côté de lui sur l'étagère des pinboys et l'attira contre lui. « Chhhut, lui dit-il. Là, c'est terrible, je sais. » Il regarda Roy. « Tu te crois drôle ?

— Je n'ai…

— Jouer ainsi de mauvais tours à ta famille.

— *Roy*, le gronda sa mère.

— C'était pas Roy », intervint Arch.

Il avait senti la présence de son père, il en était sûr et certain. Même avec les lumières rallumées, l'air avait changé, rendu âpre par la désapprobation. « C'était *toi ?* demanda Margaret à Roy.

— Je crois aux fantômes, assura Arch.

— Tant mieux pour toi, dit Casey. Moi aussi. »

À la fin de la semaine, le samedi matin, Cadey apporta une enveloppe pleine de photographies qu'il disposa sur le comptoir de devant, bien alignées, comme s'il s'agissait d'un jeu. Puis il alla se placer à côté de Margaret derrière le comptoir – contre toute attente, ce grand gaillard ne dégageait aucune chaleur mais était froid comme une glacière, ce qui expliquait le pull irlandais, et il avait les doigts aussi exsangues que des stalactites.

Les Truitt étaient là. Margaret, qui voulait que Cadey reste. Arch, qui croyait aux fantômes. Roy, qui ne croyait pas aux fantômes mais qui ne pouvait être blanchi sans une preuve de leur existence.

« Où vous les avez fait développer ? demanda Arch.

— Au drugstore », répondit tristement Cadey.

Slap, slap, slap : les photos descendaient. C'était vrai, on y voyait celles qui brillaient par leur absence : les femmes. En noir et blanc, le bowling ressemblait à une maison de correction pour garçons.

Un test. L'homme arrangeait-il les clichés selon un ordre précis ? Ils redevinrent des enfants cherchant à être les premiers pour être récompensés. D'abord ils ne virent aucune lumière sur les images, puis ils ne virent qu'elles, des reflets et des rayons.

« Je crois que j'aperçois quelque chose », dit Arch en se penchant sur un cliché de la cinquième piste. La quille au fond à droite semblait se soulever du sol, sans boule ni pinboy à proximité, une boucle pâle à son sommet. Il observa l'image dans ses moindres détails, guettant un visage, une main, ou une présence. Il la pointa du doigt. « Là.

— Non, répondit Cadey.

— Celle-là ? » s'enquit Roy à propos d'une photo prise depuis l'extérieur du bowling, avec des faisceaux de lumière provenant de la fenêtre. Il avait beau être sceptique, il sentait encore la froide humidité qui s'était enroulée autour de son cou dans le noir.

« J'ai laissé le flash allumé. Ça se voit, quand même.

— Là », tenta à son tour Margaret en choisissant l'image la plus étrange et la plus paisible, un petit soldat de plomb couché sur le côté – sous cet angle le socle ovale sur lequel il se tenait formait comme une flaque autour de ses pieds.

« Non, dit Cadey en lui prenant la photo des mains. J'aimais bien la composition. »

Jeptha détournait le regard et secouait la tête. « C'est une sale affaire, lâcha-t-il. Faire la chasse aux fantômes. Faut pas y croire.

— C'est toi qui m'as dit ! » s'exclama Arch, furieux. Pour la première fois de sa vie, il se sentait orphelin de père. Il sentait qu'il pouvait flotter dans l'air. « Tu disais toujours ça !

— Non, non, fit Jeptha. Oh, tu es bon, Archie. Je ne crois pas non plus aux docteurs, au FBI, ou aux chercheurs d'or. Je ne crois pas au fait de chercher. »

Cadey acquiesça d'un hochement de tête. « Il a raison. Il n'y a rien. Parfois, espérer ne suffit pas, hein, Mr. A. ? » Il rassembla les photos et en fit une pile nette.

« Mais la lumière ! » s'exclama Margaret. Dans les films en noir et blanc qu'elle affectionnait, lorsqu'un personnage mourait, on voyait son âme quitter son corps, parfaite et monochrome, comme si la mort était une presse d'imprimerie, le corps une planche et le fantôme, une impression. On pouvait le photographier, ça ne faisait aucun doute.

« La fumée, les flashs, l'angle de prise, désolé, dit Cadey. Croyez-moi, ça ne me réjouit pas non plus. »

Alors, comme un seul homme, ils se tournèrent vers les quilles et se prirent à espérer. Y compris Roy : il ferma les yeux et s'efforça de les voir tomber, une quille après l'autre.

« Je les ai vues », affirma Arch. Mais était-ce le cas ? Regardait-il la piste lorsque les quilles étaient tombées ?

Il sentit ses organes se disperser dans son torse, comme s'il avait une sorte de maladie – un déboussolement total. « Roy », dit-il. Roy secoua la tête.

Arch était à court de mots. Ce fantôme lui appartenait ; il lui avait semblé personnel et exact. D'accord, ce n'était peut-être pas son père – mais il avait bel et bien senti quelque chose s'aplatir contre le mur pour dormir avec lui dans son lit. (Peut-être cette chose était-elle dans son lit en ce moment-même !) Ce n'était peut-être même pas humain, seulement une simple fuite dans la canalisation de l'au-delà qui s'était écoulée sur la tête d'Arch, *plic-ploc*.

Non, il n'était pas déboussolé. Ou s'il l'était, c'est parce qu'il avait du chagrin. Un jour, quelqu'un t'aimera mais ce sera uniquement une fille, et elle sera en vie. Une ribambelle de filles en vie. Quelle poisse.

Le chasseur de fantômes remballa son équipement dans l'après-midi, les miroirs, les micros. « Quel dommage quand même », se désola Margaret, comme si tout était de sa faute mais qu'elle refusait de l'admettre. Elle lui offrit un Eskimo au distributeur. « Pour vous.

— Qu'est-ce que c'est ?

— De la glace.

— Je n'en mange plus. » Il voulut la lui rendre. « Je dois y aller.

— Mangez au moins celle-là. Tenez, j'en prends une, moi aussi. » Elle joignit le geste à la parole.

Il défit l'emballage et examina le glaçage en chocolat. « On nous donnait des Eskimo à l'armée. Un petit goût de chez nous.

— Vous avez fait la guerre ?

— Un petit peu. C'est bon. Ça fond.

— Le secret, c'est de ne pas défaire complètement l'emballage. Prenez le mien. Je prends le vôtre. Voilà. Vous allez où maintenant ? Rien ne vaut un Eskimo.

— J'ai entendu parler d'une défenestration, ce n'était pas rien au XIXe siècle à Paterson, dans l'État du New Jersey. » Il avait du chocolat sur le menton et elle savait que la crème glacée était froide dans sa bouche comme elle l'était dans la sienne, et ce n'était pas rien. « Après une partie de cartes. C'était il y a soixante-dix ans. Cette mort date d'il y a longtemps : c'est ce dont vous avez besoin. Soyez patients, l'esprit finira par se manifester de lui-même.

— Donc vous ne croyez pas que c'était Roy.

— Comprenez-moi bien, c'est un crétin si vous voulez mon avis. Mais la crétinerie peut coexister avec une activité paranormale. Il n'est pas impossible qu'un esprit ait poussé le garçon à commettre une bêtise. Il est encore jeune. Impertinent. L'esprit, j'entends. Il finira par se montrer. Alors je reviendrai. »

Elle se demanda si elle devait défendre Roy. Ce n'était pas un crétin ; il avait d'autres vices. « Ça ferait plaisir à Arch, déclara-t-elle.

— Oh, Arch. Dites-lui de ne pas baisser la garde, il pourrait y avoir d'autres phénomènes paranormaux.

— Lesquels ? »

Il engloutit la fin de l'Eskimo en en brisant le glaçage et écrivit :

Zones froides
Brume
Lumières qui clignotent

Enfants inconsolables
Chiens hargneux
Gémissements
Objets déplacés
Moisissures tenaces
Flaques d'origine inconnue
Champignons
Musique d'orchestre dans le lointain

Il signa au bas de la liste *Tendrement K. D.* en lettres tarabiscotées, sans plus d'indications. À qui destinait-il sa tendresse ? À elle, à Arch ou aux fantômes ?

« K. D., dit-elle.

— Oui, Margaret ? »

Elle se creusa l'esprit à la recherche d'une question aussi sérieuse qu'elle le paraissait, même si elle n'avait fait que lire ses initiales à voix haute, en se demandant ce qu'elles signifiaient.

Les chasseurs de fantômes, comme les ornithologues, marchaient sur la pointe des pieds. Auriez-vous vu une mésange, une grive, un suicide, une décapitation accidentelle ? N'allez pas les effrayer avec vos gros sabots. Ils sont rares. Nous avons besoin d'eux.

Elle se lança. « Qu'est-il arrivé à votre épouse ? »

Il secoua la tête comme s'il revoyait la scène. « Quelque chose d'effroyable.

— Un meurtre, présuma Margaret.

— Non, m'dame. Mais elle a été longtemps malade. Un matin je lui frictionnais les pieds, ils étaient toujours froids, je les frottais et frottais encore et malgré tout les pieds restaient froids et c'est alors que j'ai compris que je ne réussirais jamais à les réchauffer. Je me suis relevé, j'ai appelé sa mère, je suis sorti de la maison et ne suis jamais revenu. » Puis il ajouta : « Les morts ont tous été assassinés.

Il y eut un silence, puis Margaret dit : « Je ne vous crois pas. Vous l'avez laissée seule au lit ?

— J'ai fait le plus difficile en partant, répliqua l'homme. Vous savez maintenant. » Il souleva la sacoche de son appareil photo. « Et vous ? interrogea-t-il d'un air entendu. Vous êtes seule, vous aussi.

— Pensez-vous…, commença-t-elle. Pouvez-vous me dire ? S'il… » Elle ne savait pas comment terminer sa phrase. « Si mon mari est entré dans le royaume des esprits. » Pour la première fois, elle souhaitait que ce fût le cas : elle était lasse d'espérer.

Il la dévisagea un long moment. « Oui, Margaret, il est mort.

— Qu'est-ce qu'il dit ? » demanda-t-elle à mi-voix.

Il prit sa main dans la sienne. Il faisait toujours ça, comme si ses mains étaient des papillons qu'il tenait dans le creux de sa paume. Puis elle sut qui il était grâce à sa façon de lui tenir la main. Elle sut que l'homme ne croyait pas aux fantômes. Et ce fut un soulagement, de comprendre qu'il ignorait tout des morts.

C'était un escroc, mais Margaret avait un faible pour les escroqueries. Les pâtisseries factices dans les vitrines des boulangeries plus appétissantes que n'importe quelle tranche d'un gâteau réel, son mari, ses matinées au cinéma le samedi après-midi, les sachets de saccharine dont elle saupoudrait ses céréales.

« Bertha aimerait des femmes ici. Vous avez besoin d'elles, de toute façon. Embauchez des filles pour ramasser les quilles, conseilla-t-il.

— Des filles ?

— Je ne peux pas parler aux morts, dit Cadey. Les hommes n'ont pas ce pouvoir.

— Si vous le dites », ironisa-t-elle.

Son visage se durcit sous le coup de l'attaque. Ses yeux étaient deux triangles isocèles. « Vraiment, Margaret. Vous n'en savez rien. Je ne me moque pas de vous parce que vous croyez en Dieu.

— Croire en Dieu et croire aux fantômes sont deux choses différentes », argua-t-elle, mais comment savait-il qu'elle croyait en Dieu ?

Elle croyait en Dieu pour une raison largement partagée : parce qu'il est insupportable de penser que nos pensées intimes le sont vraiment.

Il a fallu la démonter pour la faire entrer

Hormis l'incident avec le testeur de force, Jeptha Arrison ne s'était jamais blessé au travail. C'était une donnée remarquable pour un ramasseur de quilles qui s'activait à l'endroit même où se produisaient toutes les calamités du bowling. Il n'avait jamais reçu une boule sur la tête ou une quille sur la cheville ; il ne s'était jamais fait d'entorse à l'épaule en renvoyant les boules sur le retour ; il n'avait contracté aucune infection, ni de la peau, ni des poumons, ni du sang. Si on laissait de côté les tremblements qu'il dissimulait dans ses poches, il était en pleine forme pour un homme ayant travaillé toute sa vie de ses mains. Mais ramasser les quilles exigeait une grande précision. Quand il fermait les yeux, Jeptha avait beau voir les quilles et l'emplacement de chacune, son corps ne suivait plus.

Il était né dans un bowling et avait la ferme intention de mourir dans un bowling.

C'est ce qu'il affirma à son ami William Burling Jeter Jr., qui prétendait être l'homme le plus âgé de Salford. Margaret Truitt le détestait.

« Vous pourrez, dit William Burling Jeter Jr.

— Oui, c'est mon plan depuis le début. »

En attendant, il écoutait les leçons de William Burling Jeter Jr., qui avait lui-même un pied dans la tombe. Jeet était indéniablement l'homme le plus vieux du bowling, c'était un traînard doublé d'un raseur qui ne jouait jamais. Il avait le visage râpeux avec des traits durs et avachis. Ses yeux noirs étincelaient au milieu de ses taches de rousseur.

« J'ai fait mon service pour l'Union, dit Jeet. Presque trop vieux pour ça, aussi !

— Êtes-vous seulement américain ? » s'enquit Margaret. Oh, elle le détestait. Elle lui trouvait un air japonais, mais c'était peut-être seulement dû à son grand âge. Son accent semblait aussi plus gériatrique que géographique. « Vous venez d'où ? Je ne me souviens pas de vous.

— Suis ici depuis le début, répondit-il. Je les connais tous. J'étais là quand Bertha Truitt a fait son entrée et sa sortie, j'ai assisté à tout ce qui s'est passé entre. Allez, ma jolie, dit-il à Margaret. Accordez-moi un petit sourire.

— Non, merci.

— Des cacahuètes, alors ? Vous voulez bien m'offrir un sachet de cacahuètes ?

— Vous avez un nickel ? »

Il balaya la question d'un revers de la main. « Je suis l'homme le plus vieux de Salford.

— J'en doute.

— Vous en doutez ? Qui d'autre, alors ?

— Pas vous, c'est tout ce que je sais. Jeptha, peut-être ?

— Je suis un jeunot », dit Jeptha, qui aurait voulu que ces deux-là arrêtent leurs chamailleries. Elles le gardaient en vie et ce n'était pas ce qu'il souhaitait.

« Ce n'est pas lui, le plus vieux de Salford ! » décréta Margaret.

William Burling Jeter Jr. éclata de rire. « Dans ce cas, présentez-le-moi.

— L'homme le plus vieux de Salford est en train de mourir, répliqua Margaret. Il est à l'hôpital. Alité. L'homme le plus vieux de Salford n'a pas de temps à perdre dans un bowling, à quémander des cacahuètes.

— Je ne quémande rien, ma jolie, dit William Burling Jeter Jr. Je vais bien. Quelqu'un d'autre m'apportera mes cacahuètes.

— Elles sont à moi, rétorqua-t-elle, donc je me demande bien qui.

— Ce gentil Archie », suggéra Jeptha.

Il le faisait toujours, le gentil Archie, l'enfant prodigue. D'ici là Margaret ne sourirait pas à William Burling Jeter Jr. tant qu'il ne lui dévoilerait pas sa véritable identité. Elle se tourna vers le vieillard, mais face à sa mine amusée, elle répéta, agacée : « Ces cacahuètes m'appartiennent.

— Je sais, ma jolie. Vous en êtes la gardienne. Hé Jep. Je t'ai dit que j'ai vu Sally Rand ? » Il n'y avait que William Burling Jeter Jr. pour imaginer une histoire sur une inintéressante danseuse burlesque. Il commença dans le hall, et s'attarda à côté du stand de rafraîchissements – soda orange Bud, fait à Watertown, Massachusetts ; gaufres Necco, de Cambridge, Massachusetts, apportées (pour la petite histoire !) par l'explorateur MacMillan en Arctique afin de soudoyer les Eskimos. Il lui fallut du temps pour arriver à Sally Rand. « Je crois qu'elle n'était pas nue sous sa bulle, oui, elle portait un long dessous, mais que je sois maudit… Jep, hé Jep… hé, hé. Au secours ! »

Milieu d'après-midi un samedi. Le bowling marchait au ralenti. Il y a toujours des cris dans un bowling : vous voulez une bière, il est temps de partir, votre mère vous cherche. Le calme était revenu sur les pistes.

Le silence effraya William Burling Jeter Jr., pourtant c'était lui qui avait donné l'alerte.

« Regardez », dit-il à Margaret Truitt.

Jeptha était allongé sur le banc en bois. Son corps avait quelque chose d'ordonné, ses chevilles alignées, ses mains pliées sur son ventre, pas la meilleure position pour dormir.

Que s'est-il passé ?

Rien !

J'appelle une ambulance.

Trop tard.

Vous croyez ?

Non.

Les pensées tourbillonnaient dans l'esprit de Jep pendant tout ce temps, comme ce presse-papiers en verre que lui avait offert le Dr Sprague, *millefiori*, mille fleurs, chacune emplie de couleurs. *Mille*-feuille, une pâtisserie, des feuilles par milliers. Par milliers ! Regardez Jep, pensa Jep de Jep. Il reste un peu de français dans sa tête.

Jeune homme, dit Jeet à Jeptha, et c'est là que Jeptha Arrison sut que la fin était proche : il était un jeune homme pour quelqu'un. Jeptha entendait la minuscule friction des fausses dents de Jeet contre son palais, il sentait sa main de velours froid sur sa gorge. Jeune homme. Jeptha Arrison. Ses vêtements étaient arrangés par une volée de mains. Ses poumons se figèrent.

Ne le bougez pas, dit un garçon, et il espéra que ce soit la dernière chose qu'il entendrait.

On n'a pas le choix ! s'exclama une femme.

Je vous aime tous, pensa Jeptha, *à quelques notables exceptions*. Il regrettait de ne pas avoir le cran de l'énoncer tout haut. Par cran, il entendait vie. Il était mort.

Mais il entendait encore. Ce fut la dernière transmission de la terre vers l'esprit de Jeptha Arrison.

Qu'est-ce qui avait poussé Jeptha à rester au bowling toutes ces années, alors qu'il n'était pas payé et faisait partie des meubles ? Il attendait. Ce qu'il pensait, ce qu'il avait toujours pensé, c'était que Bertha Truitt était une « chrononaute ». Une voyageuse dans le temps. Il l'avait lu dans un magazine. Sinon, comment expliquer son apparition au cimetière, où elle avait été découverte par un étranger riche depuis la nuit des temps ? Elle était tombée dans une faille temporelle. Un cimetière vide. Puis une femme dans la glace. Trois Bertha : Bertha ; sous elle, une silhouette en forme de Bertha dans l'herbe morte ; au-dessus d'elle, une trouée en forme de Bertha dans les nuages. D'où venait-elle ? Du passé. Puis, après qu'elle eut fondé le bowling, il lui était arrivé de disparaître. Il avait consigné chacune de ses absences. Tout le mois d'avril 1911. Une partie de juin et de juillet 1912. Sept heures le 13 novembre 1915. De temps à autre pendant la guerre. Pour Jeptha, le voyage dans le temps était la seule explication possible.

Moi, je ne me souviens pas qu'elle ait jamais été absente.

T'étais pas toujours là, Lu. Elle rapportait des choses du futur : des pièces frappées de la mauvaise date.

Du passé, aussi : des gâteaux rassis, des bougies fondues par la vitesse des décennies. Elle rentrait en chantant sur les câbles – pas comme un fantôme, rien à voir. Comme des tubes pneumatiques, filant à une vitesse qui défiait l'entendement, et pendant ce temps Jeptha était son guide, agitant la main, *ici*, *ici*.

Jeptha, avait dit LuEtta. Tu sais bien qu'elle n'est plus.

Nous savons qu'elle est morte mais nous ignorons si elle n'est plus.

Il y a une pierre tombale au cimetière.

Mais Bertha Truitt n'aurait pas manqué de souligner cette vérité : une pierre tombale dans un cimetière n'est jamais que la preuve d'une pierre tombale dans un cimetière.

« Saperlipopette ! s'exclama Jeet.

— On appelle qui ? demanda Margaret.

— Sa femme, dit Jeet. Ils vivent à Revere. Ils tiennent une salle de jeu sur le front de mer.

— Jeptha a une *femme ?* demanda Roy Truitt. Ça alors.

— Bien sûr, répondit William Burling Jeter Jr. Elle s'appelle Lu, LuEtta. »

Margaret n'appela pas LuEtta Mood Arrison (c'est vrai ? ils étaient vraiment mariés ?) ; elle laissa à l'hôpital le soin de le faire. Elle pensait que LuEtta passerait récupérer les affaires de Jeptha, même si, découvrit-elle, il n'avait rien laissé, pas même une gamelle ou un cure-dent. Elle pourrait venir récupérer son salaire, seulement Margaret était incapable de dire quand elle l'avait payé pour la dernière fois.

Elle ressortit un album qu'avait autrefois tenu Bertha. Il avait été réalisé sans grand soin, à l'image des talents manuels de Bertha, mais il y avait à l'intérieur une coupure du *Bugle* datant de l'année où LuEtta avait battu Minnie Barden au tournoi inter-tramway. Elle faisait la une, une femme à la silhouette élancée, aux cheveux épais et à la mâchoire héroïque.

« Bon sang », s'écria Roy. Puis : « Y a de l'espoir pour nous tous.

— Même pour toi, répondit Margaret.

— Merci, Maman. » Il feuilleta l'album. « Je compte m'enrôler, déclara-t-il d'une voix traînante.

— Tu as dix-sept ans.

— Quand j'en aurai dix-huit.

— Non, répliqua-t-elle. Tu reprendras le bowling. Tu seras le patron.

— C'est toi, la patronne.

— Non. Ce n'est pas vrai. Il sera à toi, Roy. Tu es plus intelligent. Tu es un garçon très intelligent.

— C'est une qualité requise pour le travail ? »

Elle ne savait pas comment elle devait le prendre, ce qui était probablement la preuve qu'elle n'était pas intelligente, or d'un autre côté, ne s'étant jamais considérée comme une femme intelligente, pourquoi se sentirait-elle insultée ? Elle n'était pas intelligente, mais aimante, courageuse et elle savait y faire avec l'argent. Elle les maintenait à flot depuis un moment et elle commençait à avoir mal aux bras.

« Nous avons besoin de toi, ici, reprit-elle. Pour diriger l'affaire familiale. Le fils aîné. C'est comme ça que ça marche depuis la nuit des temps.

— C'est ce que c'est ? demanda Roy.

— Quoi donc ?

— Une affaire familiale ? »

Qu'est-ce qu'il avait entendu ? « Oh, pour l'amour du ciel », répondit-elle un peu trop calmement. C'est ce qu'elle faisait quand elle était coincée, s'agiter avec les bonbons dans la vitrine du comptoir, comme une infirmière avec des bébés en couveuse. « Je t'interdis de rejoindre l'armée. » Elle le regarda. « C'était ton père et il t'aimait. »

Mais Roy ne lui avait pas demandé si on l'aimait, et il savait que son père était son père. C'était la seule chose dont il était certain au sujet de cet homme. « De toute façon, dit-il, il va falloir d'autres ramasseurs de quilles, maintenant que Jeptha n'est plus là. Tu pourrais demander à Arch.

— Ce n'est pas un travail pour Arch. » Elle vida un sac en papier rempli de caramels mous dans un pot d'apothicaire, fut tentée d'en manger un en pensant à leur goût sucré et à leur consistance molle. Il était impossible de les décoller entièrement de leur emballage et il fallait se curer les molaires pour récupérer les restes du bonbon, mastiqué et mouillé. La boisson était le truc d'Arch, le jeu, celui de Nahum et le sucre celui de Margaret, mais elle avait de la force de caractère, aussi s'arrêta-t-elle malgré sa terrible fringale de friandises.

Elle tendit un caramel à Roy. Ils étaient parfumés à la mélasse. « Je vais embaucher quelqu'un », dit-elle.

Sous un oreiller. Sous un lit. Un morceau après l'autre tout d'abord, puis la totalité de ton être, comme le jour de ta venue au monde, puis de nouveau un morceau à la fois. À la table de la cuisine. Dans l'ancien cabinet de toilettes. Sous la zone d'approche d'une piste de bowling (la première). C'était bien, près de la famille, tu les entendais au-dessus de toi même si tu n'étais qu'une poupée, cela ne t'a pas échappé. Il n'y a qu'une poupée pour être ignorée et avoir le droit à plus de caresses que tout autre membre de la famille. Dans la penderie. Dans un lit, enfin, sous l'édredon, cajolée et chérie. Au fond de la baignoire humide. Sur une chaise, au sous-sol, sur une chaise, au sous-sol, sous l'édredon, dans la baignoire, au sous-sol. Attachée avec du fil de fer à la colonne en fonte. Puis plus haut sur la colonne. Sur un comptoir en verre, le pire, personne ne sait comment prendre soin de toi. Dans une valise. Dans une cuisine, dans une valise sur un chariot, sous la terre. L'amour, le manque d'amour, l'amour, encore.

On le sait, quand on est sous terre, même dans une valise, même faite de bois et de chiffon. L'air marin. Dans une salle de jeu. Dans un cercueil en verre. (Pas un cercueil, une boîte. Quelle différence ? Les poupées n'ont pas de cercueil.) Tout ce temps, un bras cassé, rabiboché, un coude cassé, un pied retourné, un œil parti à force de maltraitance, la bouche à moitié effacée, la poitrine lacérée, la cervelle s'échappant. Tu fais rire les gens. Tu les mets mal à l'aise. Ils sont consternés par tes proportions. Ils veulent soulever ta jupe. Ils ne veulent pas penser à ce qu'ils trouveront dessous. Est-ce que tu as des organes ? Une boule de bowling, petite, en forme de cœur ? Du caoutchouc, bien sûr. De caoutchouc, de bois et de chiffon. Comment osent-ils te suspendre ainsi, toi qui es faite de mouvements et de cliquètements ?

L'air marin, l'air marin, des années d'air marin. Tu es la mascotte de la salle de jeu Arrison, sur Revere

Beach. Valise, tramway, métro, tramway – la même ligne, la même rame, au-dessus, en dessous, au-dessus encore. Transportée non pas avec douceur, mais professionnalisme. Bringuebalée dans la rue et LuEtta Pickersgill Mood Arrison te pose au petit jour devant l'établissement qui autrefois appartenait à Truitt.

Les cheveux de LuEtta Pickersgill Mood Arrison avaient pris une teinte rouanne avec l'âge. Elle était grande et mince et son visage s'était aplani comme chez certaines femmes à la cinquantaine mais malgré tout elle restait très séduisante. Elle tapota la valise et se retint de regarder la poupée de Truitt une dernière fois – elle s'était tant habituée à sa présence à la salle de jeu qu'elle ne savait plus quels étaient ses sentiments, même si le jour où Jeptha l'avait apportée chez eux dix ans plus tôt elle avait été tentée de lui offrir des funérailles vikings : elle voulait la détruire, mais en y mettant les formes.

Jeptha était mort, il avait été transporté à l'hôpital, le Salford Hospital, où il avait dormi naguère sous le lit de Bertha Truitt ; puis il avait été transporté au cimetière de Salford, où il possédait une concession à côté de sa première femme. Jeptha et LuEtta avaient passé ces dernières années près de la plage. Ils tenaient une petite salle de jeu où il y avait huit Skee-Ball, où LuEtta faisait à l'occasion une partie pour le plus grand plaisir des clients, *hop hop hop*, plaçant chaque balle dans le cercle au milieu. À la salle de jeu Arrison, vous pouviez partir avec un objet immortalisant le bon moment que vous y aviez passé : une bande parfumée étincelante et humide du Photomaton ; un jeton métallique gravé d'un message choisi, lettre par lettre, à la machine à souvenirs ;

un penny écrasé dans un losange, avec d'un côté « SOUVENIR DE REVERE BEACH », et de l'autre le portrait effacé et déformé de Lincoln.

Son fils, Carmine, était stationné à Fort Benning, en Géorgie. Jeptha mort, LuEtta était officiellement seule. Elle avait perdu nombre de personnes – Truitt, Moses, Jeptha, et surtout Edith – mais il y avait toujours eu quelqu'un prêt à recevoir de l'amour, le cœur sur la main. Elle avait alors pensé en être reconnaissante. Mais à présent, elle découvrait, un peu honteuse, qu'elle aimait l'isolement, le silence, cette solitude dont Truitt parlait comme d'un plaisir.

Elle arriva deux heures avant l'ouverture. Elle avait prévu de poser la valise contenant la poupée de Truitt sur le trapèze carrelé devant l'entrée et de prendre la poudre d'escampette avant de croiser quelqu'un. Mais alors qu'elle allait s'engager dans Mims Avenue, elle aperçut une silhouette avachie qui faisait s'entrechoquer ses clés devant la porte en fumant une cigarette. Il ne pouvait s'agir de Joe Wear, même si l'espace d'un instant – la machine à remonter le temps existait peut-être bien, Jeptha. Un adolescent. Il avait l'air d'avoir passé une nuit blanche et de rentrer chez lui en catimini avant que sa mère le surprenne. Il leva les yeux, la vit et lui adressa un sourire fatigué.

Dans ce cas : elle la livrerait en mains propres, au nom de Jeptha. « Toi, là-bas, appela-t-elle. Tu es un des garçons Truitt.

— Arch », murmura-t-il en jetant un coup d'œil aux fenêtres à l'étage.

Elle hocha la tête. Ils restèrent plantés sur le carrelage usé noir et blanc où était écrit : TRUITT. Elle ne regarderait pas par la fenêtre; et tendit à la place la valise au garçon. Il devait la prendre pour une apparition. « De la part de Jeptha, chuchota-t-elle.

— C'est quoi ?

— Regarde. »

Il balança la valise sur son genou – c'était délicat, il était encore imbibé de bière –, l'ouvrit et vit la figure avide et usée, et si cinq minutes plus tôt il ne se serait pas souvenu de lui-même de la poupée, il fut assailli de réminiscences de l'enfance, comme si la poupée avait traversé le temps pour lui tomber dans les bras. Depuis qu'Arch avait été relevé par un fantôme, il avait perdu pied, avait été trouvé deux fois par la police évanoui dans des endroits inappropriés : d'abord sur le siège passager du camion de son ami Philip parti voler un rocking-chair sur la galerie d'une maison; puis dans le fauteuil de cuir blanc du père dentiste de sa petite amie à quatre heures du matin. Mais cette poupée… Il était soûl. Il se dit qu'elle pourrait le remettre sur le droit chemin. Il leva le visage pour remercier l'apparition – LuEtta avait raison, elle en avait tout l'air –, mais elle s'était déjà évaporée.

LuEtta Mood Arrison était presque arrivée à la station de tramway quand elle regretta de ne pas avoir demandé au garçon de la laisser jeter un coup d'œil au bowling. Vide, elle aurait pu le supporter. Jeptha avait peut-être raison, et derrière une des portes, Bertha Truitt mettait de l'ordre dans sa tenue. Voler à travers le temps vous enlèvera le chapeau de votre tête ! Il froissera vos jupes ! Il déboutonnera tout ! Arrangez-vous : puis ouvrez la porte et veillez sur ceux qui vous aiment.

Sauf qu'il ne restait plus personne. Leviticus était mort, Jeptha était mort, tous les chats qu'elle connaissait et sa fille, partis eux aussi. Pourquoi Bertha remonterait-elle le temps pour revenir ici ?

Ils la connaissaient déjà. Va plus en arrière. Utilise ton gadget céleste stéréoptique pour localiser le bon endroit. Tes chéries sont en vie, elles ont l'avenir devant elles. Il n'est pas trop tard pour changer les choses.

Ne te retourne pas pour elle, LuEtta. N'oublie pas ce qui s'est passé la dernière fois que tu as regardé.

Betty au milieu des quilles

Minna possédait un trio. Margaret se souvenait qu'elle le lui avait dit mais elle ignorait en revanche ce que cela signifiait jusqu'à ce samedi matin au Gearheart Olympia, quand elle vit une comédie jouée par des acteurs bêtas, un gros type et un maigre en costume. Lors d'un numéro musical à l'occasion d'un spectacle USO, il y avait Minna vêtue d'une robe de cocktail, jouant de la batterie derrière un contrebassiste et un saxophoniste, et chantant : *Swing me, Daddy, to a reveille beat*. Un trio. Trois musiciens. Une famille. Elle regarda Minna avec envie, et tout en sachant que c'était impossible, elle devinait que Minna la voyait au Gearheart, et sentait la force de son amour. Au générique : Minna Sprague et les Canadian Cats. Il était choquant de voir une femme jouer de la batterie comme Minna, avec extase et abandon. C'était la chasse gardée des hommes.

Son nom à l'écran ! Margaret était fière : Minna, Minna chérie, son enfant rêvée. Elle retourna voir le film six fois. Oh, la maternité serait facile si elle était accomplie par des moyens cinématographiques ! Regardez Minna, belle femme de six mètres sur le grand écran, chantant en sécurité. Pendant ce temps, ses fils, les garçons Truitt, s'éloignaient d'elle. Roy brandissait la menace de l'armée. Ce serait peut-être bientôt son choix.

Peut-être qu'il devrait le faire. C'était un garçon à la fois dur et doux – dur dans l'affection qu'il leur portait, à elle et son frère. Inexpérimenté, aussi. Malade d'esprit, d'une certaine manière. Il pouvait facilement se laisser abuser. Elle l'avait sans doute trop couvé, croyait-elle, en l'employant comme ramasseur de quilles. Il parlait peu. Archie était doux là où son frère était dur, et dur là où il était doux. Arch brisait le cœur d'une fille, puis pleurait sur son sort. Il embrassait sa vieille mère, puis découchait toute la nuit. Il buvait. Il buvait tant qu'il n'y avait pas d'autre moyen de le dire. Pas *il buvait trop* ou *il buvait trop souvent*. Il buvait.

Ils ont tous les deux été trop couvés, Margaret.

Tu as passé un temps à penser à eux, et tout te faisait penser aux fantômes, jusqu'à ta conscience qui te murmurait à l'oreille.

Et la voici, Minna, offerte au monde, rayonnante de joie. Les cheveux lisses et brillants, une frange lui balayant le front, un chignon ramassé dans une résille. Souriant de toutes ses dents. Ce n'était qu'un film, bien sûr, cependant Margaret ne croyait personne capable de jouer la joie. Pas comme ça. Pas cette sorte de joie communicative.

Margaret fit publier une annonce dans le *Bugle*. *Recherche ramasseuses de quilles. Se présenter au Bowling de Truitt.* C'est ainsi qu'ils embauchèrent Betty Graham, jeune fille de dix-sept ans surnommée Cracker pour la simple et bonne raison que ça lui allait bien. Elle était douce, mais juste, avec une bouche toujours laquée de rouge et un rire évoquant un portillon rouillé. Les gens aimaient la faire rire : ils ne disaient jamais rien d'inconvenant, ou pour de faux. Avant la guerre, elle avait été employée au grand magasin Grover Cronin à Waltham, au rayon lingerie. À cause de la pénurie d'essence, elle devait travailler plus près de chez elle.

« Tu joues au bowling ? lui demanda Margaret.

— Oui. » C'était un mensonge. Elle attendit qu'on l'interroge. Elle avait appris par cœur le comptage des points, le jargon, la taille des quilles et des boules.

« D'accord, dit Margaret. Je te prends. Arch va te montrer les lieux. »

Cracker promena son regard sur le bowling. Un garçon en uniforme à rayures était assis sur une corniche au fond. Il avait les cheveux roux foncé, une fossette au menton et un épi qu'elle eut envie d'aplanir.

« Ah, le voilà », dit Margaret en indiquant du doigt l'autre direction.

Ce garçon-ci lisait un magazine, assis seul à une table. Il leva le nez et sourit. Un large sourire charmeur, si charmeur que Cracker se sentit insultée. Elle avait la séduction en horreur, la séduction masculine, sans originalité et automatique. Margaret lui fit signe d'approcher.

« Je te présente Betty, dit-elle.

— Salut Betty. Moi, c'est Arch. »

Lorsqu'il s'approcha, elle vit qu'il avait la joue tachée d'encre du journal, des mains propres aux ongles rongés. On voyait que l'adolescence n'en avait pas terminé avec lui, non pas à sa mâchoire ou à sa carrure, même s'il y avait de la lassitude et de la maturité au fond de ses yeux bleus où se lisait de l'affection pour elle et lui-même. Comme s'il se réjouissait qu'elle puisse lui parler. La veinarde !

Elle ne l'aimait pas. « Betty va ramasser les quilles. Fais-lui faire le tour des lieux. »

Il fronça les sourcils. « Roy va...

— Roy travaille, interrompit Margaret. Je te le demande à toi. »

Une seule femme fait la différence, car une femme en amène forcément d'autres. Les amies de Cracker vinrent la regarder sautiller d'une fosse à l'autre, chaussée de ses chaussons de danse bientôt remplacés – à la demande de Margaret Truitt – par de vieux bottillons noirs à bouts renforcés maintenant bien la cheville. Non pas que Nahum Truitt n'eût jamais mis de pancarte à la fenêtre interdisant l'entrée aux femmes ni changé quoi que ce soit aux lieux. Et, une fois qu'il fut parti, Margaret n'avait pas tenté de décourager les femmes de franchir l'entrée. C'était l'histoire habituelle : un endroit qui n'accueille plus que des hommes depuis trop longtemps est ennuyeux à mourir pour la plupart des femmes. Vous pouviez jeter un regard à travers la vitre et voir par vous-même que le Bowling de Truitt n'offrait rien qu'on ne puisse trouver ailleurs, en meilleure compagnie.

Une fois qu'il y eut quelques filles pour venir régulièrement, leurs mères suivirent. Elles avaient besoin de loisirs à bas prix et de conversation, de passer leurs nerfs sur des objets inanimés. Elles regardaient Cracker Graham installer leurs quilles en riant.

La beauté du bowling les faisait rire.

La beauté la surprenait : elle ne s'y était pas attendue. Ce n'était peut-être pas beau depuis la devanture du bowling, où l'on faisait face aux postérieurs des gens, aux semelles de caoutchouc de leurs souliers. Ce n'était peut-être pas beau sur la ligne de lancer, où on ne voyait que les joueurs de part et d'autre de vous, gauche, droite, vous. Depuis la corniche des ramasseurs de quilles, on avait vue sur la totalité de la ligne des joueurs, déterminés, examinant les quilles, la piste, même s'il s'agissait de la septième manche de la troisième partie et que les quilles sont les mêmes, que la piste est la même. Ils passent la boule sous leur menton, quand ils ne la tiennent pas sur la hanche, comme des statues grecques. Ils se mordent la lèvre. Ils s'avancent, et lancent, et la boule dévale la piste, et les joueurs espèrent ou se désespèrent. Ils ne font pas ça en chœur, mais pas non plus désynchronisés. Le candlepin est difficile ; la perfection est impossible ; et pourtant certains y sont dévoués. Il n'est pas impossible que Cracker ait trouvé ça ridicule autrefois.

Qu'il était triste de devoir se contenter d'être le spectateur de la beauté ! Elle devait apprendre à jouer. Et pour cela, il lui fallait un professeur.

Des années plus tard, Roy Truitt se demanderait comment sa mère avait réussi à l'empêcher de s'enrôler. Il avait dix-huit ans ! Ses décisions ne regardaient que lui ! Non, pas encore : ses décisions étaient celles de sa mère. Il n'était pas certain de savoir comment elle avait accompli ça. Des ondes radio. L'hypnose. Les bonnes vieilles méthodes maternelles : culpabilité, impuissance, ruse. Sucreries. Arch prenait seul ses décisions, souvent mauvaises, sans qu'elles soulèvent l'objection de Margaret. Arch sortait ; Roy restait à la maison, à écouter les disques de Minna Sprague qu'il conservait sans en toucher mot à sa mère, comme elle avait tenu secrète l'existence de Minna. Il s'était acheté un petit tourne-disque qu'il rangeait sous son lit. Plus qu'un mois, pensait Roy. Plus qu'une année. Il s'était enregistré pour la conscription et attendait qu'on veuille bien de lui. D'ici là il s'était transformé en machine : il pouvait poser des quilles de la main droite sur le pont à la perfection sans perdre le passage du livre qu'il lisait.

« Hé, Roy, dit la fille que sa mère avait embauchée, j'aurais un service à te demander. »

Il leva le nez de son livre, le cinquième des sept volumes d'une histoire de la dernière guerre. Sa voix grave contrastait avec son expression joviale.

« Tu veux bien m'apprendre à jouer ?

— D'accord.

— Quelle est ta moyenne ?

— Zéro.

— Tu es mauvaise soit en maths, soit en bowling.

— Je suis excellente en maths. Zéro quille divisé par zéro jeu est égal à une moyenne de zéro.

— Tu n'as jamais joué ? »

La fille avait négligemment retroussé les manches et les jambes de son uniforme, chevilles et poignets, et il se prit à être intrigué par elle. Sans regarder il sentait que le joueur sur sa piste se préparait à lancer la dernière boule de la manche.

Elle dit, sur le ton de la confidence : « J'apprends vite. Mets-moi à l'épreuve. »

Roy Truitt était sous terre, et ce depuis des années, si profondément enseveli qu'il ne pouvait se figurer vers quel côté se tourner pour trouver la lumière. Et voilà qu'arrivait Cracker Graham. Elle n'était pas un rayon tombant du ciel, ni le contour doré du soleil levant, mais elle faisait son effet : elle était le rai de lumière au-dessus d'une porte dans l'obscurité d'un théâtre : SORTIE. « Excusez-moi », dit-il – un mot qu'il n'avait jamais prononcé de sa vie de ramasseur de quilles – et il bondit sur sa piste.

C'était un travail insipide. Il y a des années il avait pris l'habitude de prétendre que les gens le regardaient, un chronomètre dans la main, le chronométrant en s'émerveillant, mais qui dans la vie faisait vraiment attention ? À présent, c'était le cas de cette fille. Il rassembla les quilles et les posa sur leurs marques. Il calculait dans sa tête : le milieu de chaque quille devait se trouver à exactement trente centimètres du milieu de ses semblables. Puis il envoya les boules dans le retour vers le joueur qui attendait, une-deux-trois, une valse à trois temps. Cracker Graham avait rejoint quant à elle sa piste, où elle installait les quilles, trop lentement mais avec soin.

« OK, dit-il une fois qu'elle eut terminé. Il est temps de commencer ton apprentissage. »

Ils se retrouvaient le samedi matin, avant l'ouverture et l'arrivée des équipes : ils commençaient sur la première piste, puis continuaient jusqu'à la huitième avant de réinstaller les quilles. Cracker aurait préféré jouer l'après-midi, à l'heure d'affluence, au milieu des étrangers : jouer au bowling, c'était comme danser, cela devenait plus intime au milieu d'une foule.

« Ton corps est plus qu'acceptable, lâcha Roy.

— Tu flirtes avec moi ? demanda-t-elle.

— Je ne sais pas comment on fait pour flirter. »

C'était malgré tout un bon professeur, patient, méthodique. « Voilà la position de la poignée de main, lui expliqua-t-il. Ça, c'est la demi-poignée de main. Et ça, c'est l'overshoot. » Elle avait cru qu'il se placerait derrière elle, comme un prof de golf lubrique, son corps couvrant le sien de son ombre, bras collé à son bras, jambe collée à sa jambe, son souffle derrière son oreille droite. Au lieu de quoi, il attendait à côté, évaluait sa position, et donnait cours.

« C'est la danse des quilles et de la boule, dit-il. C'est le candlepin. Envoie la boule et attends de voir – les quilles sautent d'une façon, tu obtiens un 7-10 split, tu crois que la boule est partie, mais la voilà qui rebondit sur le mur et revient, et peut-être que tu as un strike. Rien n'est jamais sûr. Ne quitte pas la piste des yeux. Lis-la. Dans d'autres salles, on huile la zone d'approche pour gonfler les scores. Ce n'est pas le genre de la maison. OK, envoie la boule. Bien. Bien. Tu vois comment elle dévie au bout ? Ce n'est pas grave, d'avoir une boule qui dévie, il faut ajuster. Tu vises une quille en particulier ou plusieurs quilles. Maintenant il est temps d'apprendre à te servir des quilles tombées au sol. Plus difficile qu'il n'y paraît. Qu'est-ce qui te fait rire ?

— Tu ne sais vraiment pas flirter. »

Il lui adressa un sourire creusé de fossettes si enjôleur que n'importe quel garçon aurait payé pour en connaître le secret. « Je te l'avais bien dit.

— Tu m'apprends à jouer au bowling, proposa-t-elle en plaçant la boule sur son épaule, la hanche opposée inclinée. Et je t'apprends à flirter.

— Comme si tu savais. »

Elle rit. « Tu vois, tu fais déjà des progrès. »

Il regarda les quilles, visiblement mal à l'aise. Les quatre cavaliers, voilà, trois quilles renversées sur le devant : si elle frappait la quille sur la gauche, elle filerait sans toucher aucune des quilles debout ; droit sur elle pourrait n'avoir aucun résultat ; sur la gauche, elle pourrait faire un spare. Ça, il maîtrisait. Le flirt était une langue inconnue, comme la conversation ordinaire, qui obéissait à de rares occasions aux lois de la physique. Il regarda Cracker Graham, elle pouvait être une bonne traductrice.

« Tu n'as pas de petit copain ? lui demanda-t-il.

— Si, il est dans la marine. Il vient d'embarquer.

— Tu ne l'attends pas ? Tu devrais avoir honte.

— Je n'attends pas, répondit Cracker.

— Et si je pars pour l'armée ? »

Elle le regarda. Il n'avait jamais été question d'attendre Davey Cotter, le garçon qui l'avait déflorée en dehors des heures d'ouverture à Grover Cronin, au rayon lingerie, et s'était excusé après, comme s'il avait mangé son déjeuner sans faire exprès. Elle avait juré de le prendre avec autant de légèreté. Roy, c'était encore autre chose. Roy était la gravité incarnée. C'était un grand gamin, avec une sorte de silhouette gauche que Cracker trouvait réconfortante et attirante, comme s'il pouvait être sa forteresse. Davey Cotter était un petit gars aux cheveux bouclés. Roy Truitt était large, à la fois doux et musclé, avec ses cheveux roux et ses épis en pagaille.

« Je pourrais essayer », dit-elle.

Elle était tout ce dont il avait besoin, comprit-il : enchaîné au bowling par obligation, il avait besoin d'une plus grande obligation encore pour se libérer.

De bonne heure le matin, Margaret se pensait seule au bowling. Déverrouiller la porte, s'enfermer. Ses épaules s'affaissèrent. Elle était capable et isolée, personne ne cherchant à lui demander une faveur ou de l'argent. Puis, dans les ombres sur la septième piste, des jambes pendant dans le vide. Il n'y avait pas de quilles sur le pont. Quatre jambes ; deux individus assis côte à côte sur la corniche. Elle avait le pressentiment qu'Arch avait fait entrer des filles avant, mais tard la nuit. Après le lever du soleil, la débauche était plus grande. Comme s'il l'avait entendue se faire cette réflexion, le garçon sauta au sol et tendit la main pour aider la fille. Ils s'assirent sur le pont de métal. En les voyant, les flancs de Margaret devinrent froids. Elle s'approcha de la ligne de faute, prit une boule. Roy, pas Arch.

Ils ne l'avaient pas entendue. Roy s'assit sur une hanche, un genou pointé vers la fille, l'autre jambe derrière lui, son pied dans la gouttière. Ils s'embrassèrent. Ce n'était pas leur premier baiser, devina Margaret.

Margaret était cinéphile. Elle se rendait seule au cinéma de Salford chaque samedi après-midi, dans l'espoir d'y revoir Minna, se contentant d'histoires d'amour. Les films l'abîmaient et remuaient le couteau dans la plaie. Ce moment où les amants de celluloïd, de profil, se regardaient, avec un infime mouvement de leurs têtes, *oh !*, comme si un baiser était quelque chose qui avait besoin d'être déclenché, à l'image d'une bombe, autre moment de suspense avant le baiser. Le mécanisme des baisers de cinéma n'était rien de ce que Margaret avait expérimenté : les baisers de cinéma se font de profil, alors que les baisers sont frontaux. Les baisers de cinéma ont l'air de faire mal. Elle n'était jamais rassasiée. Ils lui donnaient le sentiment d'être en vie – pas une résurrection, mais un réveil, un pouls qui repart, un maillet en caoutchouc qui fait tressauter le genou.

Ce n'était pas le cas de ce baiser.

Est-ce qu'il donnait à Roy le sentiment d'être en vie ? Extrait de sa misère, soulevé dans les airs ? Il n'en était pas sûr. Ce n'était peut-être pas son premier baiser, mais c'était le premier jour des embrassades. Il avait la sensation de regarder sa bouche depuis l'arrière de son crâne. Était-ce la langue de Cracker ? Non (il s'en rendrait compte dans une semaine), plutôt sa lèvre du dessous, qu'il semblait suçoter pensivement depuis plusieurs minutes. Pendant des années, il se souviendrait subitement de ça – il avait suçoté une lèvre humaine, en la prenant pour une langue – et son cerveau se rétracterait de contrariété.

Pourquoi faisait-il ça ? se demandait Cracker, pour qui c'était loin d'être le premier baiser. Elle pensa à Davey Cotter au rayon lingerie, frottant son menton de paille de fer contre le sien, l'électrisant, l'irritant, *aïe*, non, c'est (*tu réfléchis trop, Betty*) mieux…

Roy retira subitement sa bouche ; ou plutôt la bouche de Roy fut retirée violemment, de manière cinglante – et il cria, et au bout de la piste Margaret cria ; sans réfléchir, elle avait lancé une boule. Une boule rapide, à quatre-vingt-dix kilomètres à l'heure. Par chance, elle percuta la cheville de Roy. Une boule de bowling au mauvais endroit pouvait vous briser. Elle pouvait vous rendre incapable de faire pousser l'arbre généalogique.

Il partait, il partait, il se dirigeait vers la porte. Ce que sa mère ignorait : il avait cette fois fait son sac.

Il n'était jamais allé à la guerre, Roy. Il ne s'était jamais marié. Il n'était pas de ces hommes chez qui l'amour surpassait tout, qui aurait laissé ses chevilles brisées gâcher son affection pour Cracker Graham. En effet, dès qu'il la voyait, ses chevilles le faisaient souffrir. Elles avaient été entraînées. Roy Truitt apprenait toujours sa leçon. Il aurait fait un bon soldat, ou un chien dressé à renifler les explosifs.

C'est une bonne chose qu'il ne l'ait pas épousée. À l'inverse de son frère, ce qu'on ne pouvait que déplorer.

4

Tout contre toi

À bord du navire qui l'emmenait en Italie, Arch rêvait. Sa mère avait raison, c'était un dormeur congénital et chronique. Un atout certain à bord de l'USS *Montrose* plein à craquer où les soldats se levaient, s'asseyaient et se couchaient par roulement. Huit heures de chaque. Nombre d'entre eux étaient en proie à l'angoisse lorsque venait leur tour de rejoindre les couchettes des ponts inférieurs. C'était le moment ou jamais de dormir : et s'ils n'y parvenaient pas ? Il faudrait ensuite rester debout. Certains s'évanouissaient d'épuisement sitôt sortis du lit. On pouvait dormir assis, mais si vous vous laissiez aller à trop dormir assis vous risquiez de ne pas fermer l'œil pendant le créneau dévolu au sommeil.

Pas Arch. Il rêvait dans n'importe quelle position. Chez lui, s'endormir était un tour de passe-passe. Il lançait des paris. « Comment on sait que tu fais pas semblant ? » interrogeaient ses compagnons de bord, mais une fois qu'il dormait – ce qui ne lui prenait jamais plus d'une poignée de secondes –, les doutes s'envolaient. Regardez-le. Il ne ronfle pas. Il n'a pas la bouche ouverte. Il a l'air plus grand quand il dort et ressemble à une statue équestre, avec une couchette à la place du cheval. Debout, il somnolait sans jamais tomber, et rêvait d'une réalité quotidienne empreinte de surréalisme : une épicerie vendant des dents arrachées, une ligne de tram tournant subitement à gauche et plongeant dans l'océan. En position assise, les rêves avaient trait à la guerre absente : au moment de tirer, il s'apercevait que son fusil fonctionnait comme un concertina, avec des boutons et des soufflets. Sur le ventre, il rêvait de sa famille – de Roy, de sa mère, de son père depuis longtemps parti. Il rêvait de Cracker Graham qui traversait le bowling en chevauchant un grand-bi, et il lui écrivit pour le lui raconter.

Tout au long de sa vie, il attiserait la jalousie de ses amis insomniaques, aviverait la solitude de son épouse tenue éveillée, de ses enfants, seuls et conscients, qui se languissaient de lui. Ses facultés d'endormissement lui attiraient plus de rancœur que n'importe laquelle de ses mauvaises habitudes.

Il lui arrivait de penser que l'Italie ne l'avait pas réveillé. Il rêvait à travers elle. Sinon, comment expliquer l'édification d'un hôpital sur un champ de foire désert et la présence de cette colossale statue représentant une femme assise qui le surveillait, tandis qu'il portait des sacs de sucre à la cuisine ? La Prima Mostra Triennale delle Terre Italiane d'Oltremare di Napoli – la première exposition triennale des territoires italiens d'outre-mer. La première et la dernière, cela ne se répéterait pas, quel que soit l'intervalle. La femme dans le hall central était une allégorie de l'Éthiopie, envahie par l'Italie en 1935 et déjà rendue à Haïlé Sélassié au moment où Arch passait devant elle avec ses sacs de sucre – Arch, qui n'avait jamais rencontré de statue qu'il ne suspectait d'être animée, d'attendre son heure, peu importe qu'elle fût imposante et difforme, qu'elle ait le regard vide et les membres alanguis. Les figures de cire étaient vivantes aux yeux d'Arch, tout comme les mannequins des grands magasins, les femmes aux pelvis imposants de Henry Moore. Ethiopia se lèverait d'un moment à l'autre et moucherait Arch avec son casque, comme une bougie.

La Mostra delle Terre Italiane d'Oltremare avait été conçue dans le but de frapper les esprits, à l'instar du harpon qu'agrippait Ethiopia. Arch avait les yeux levés vers elle lorsqu'il rencontra Joan, qui s'était faufilé jusqu'à lui et murmura : « Vois mon œuvre, ô puissant, et désespère.

— Voyez, mon œuvre, ô puissant, et désespérez, la corrigea Arch.

— Ouais, merci. » Joan portait l'uniforme de coton gauffré marron des employés de l'hôpital. Elle avait l'air de distribuer des chocolats dans un Fannie Farmer's. « J'ai volé quelque chose », lui souffla-t-elle.

L'uniforme comprenait une jupe portefeuille, au cas où la robe serait salie, réversible, au cas où la jupe le serait à son tour. Elle écarta un pan pour exhiber une nappe blanche. « Il y en a des centaines comme ça, ajouta-t-elle. Je peux vous montrer où.

— Je n'ai pas besoin de nappe. Où ça ? »

Ils avaient accosté au même moment mais ne s'étaient pas croisés – plus tard Arch parlerait d'*une plage prise d'assaut*, mais Naples n'avait pas besoin d'un assaut. Il n'y avait personne là-bas. Même une fermette abandonnée est sinistre ; même un vélo abandonné. Ils pataugèrent, patinèrent dans le sable, puis commencèrent à installer les hôpitaux sur les champs de foire – trois hôpitaux, plus un quatrième un peu plus loin, à la station thermale.

Joan était originaire du Wyoming, dont Arch ne connaissait strictement rien. Elle avait les cheveux bruns avec une frange sévère, et un grain de beauté au coin de la bouche qu'Arch trouvait tragique : beau à sa manière mais aussi perturbant. Il ne réussissait pas à en faire abstraction. Elle avait un air de malice qui l'attirait, un soupçon de cruauté qui laissait augurer qu'elle ne verrait aucun inconvénient à le pousser dans les escaliers, histoire de voir la tête qu'il ferait. Il l'accompagna dans les vastes cuisines de l'Imperial Hall, jusqu'aux placards de métal étincelant tout au fond. Des centaines de nappes empilées.

« Prenez-en une, lui dit-elle.

— Je n'ai pas de table.

— Quelle importance ? Vous avez une mère ? Votre mère a une table ? » Elle lui donna un coup de pied dans le mollet ; elle aimait ça. « Ne soyez pas idiot.

— Je ne suis pas idiot.

— Je vous dis seulement de ne pas en être un. »

Dans une des annexes ils tombèrent sur une série de dioramas à la gloire de l'armée italienne : des bateaux, des montagnes, des champs de bataille peuplés de petits soldats en uniforme. Ils kidnappèrent chacun une demi-douzaine de ces militaires miniatures.

Ce dont Arch avait vraiment envie : une des machines à expresso pour le commerce encore emballées, les cousines italiennes de la Stanley Steamer de Bertha Truitt. Mais comment en sortir une sans se faire remarquer ? Réussirait-il à s'en servir ? Il vola d'autres choses : de la vaisselle en argent, des moulins à poivre, des nappes pour les envelopper.

Pourquoi volait-il ? Parce que Joan l'y avait poussé. Parce qu'il voulait des choses. Il *voulait* des choses. Pour se venger, commenta Joan, de Mussolini. Parce qu'il avait peur de la guerre et avait besoin de talismans. Parce que la guerre finirait un jour où l'autre et qu'il avait besoin de preuves de son passage. Parce qu'il avait besoin de prouver qu'il n'était pas foncièrement bon : le moyen le plus sûr de mourir à la guerre était d'être un saint. Les crapules survivaient, elles.

Parce que personne ne le regardait. Parce que Joan le regardait.

Ils firent le trajet de Naples à Sienne en Jeep, et les cendres du mont Vésuve poudrèrent d'argent leurs cheveux et leurs sourcils.

« C'est de ça que nous aurons l'air quand nous serons vieux, s'exclama Joan. Punaise ! »

Arch se gara sur le bas-côté, sous un arbre portant des fleurs roses montées en grappes bancales qui ressemblaient à des poumons. Ils se jaugèrent l'un l'autre.

« Oui », dit Joan, prenant les devants. Ce fut elle qui étendit la couverture sur le bord de la route. Ils pouvaient sentir les fleurs roses tombées sous eux, et ils entendaient le tic-tac de la Jeep. Elle était petite. C'était d'autant plus visible une fois qu'ils furent allongés.

« Et si le volcan entrait en éruption ? demanda Arch. Complètement, je veux dire. »

Joan eut un rire salace. « Ordonne-lui de se retenir. Enlève ton pantalon. »

Plus tard, il s'aperçut qu'il avait volé des couvercles en argent, mais sans les plats qui allaient avec, et il mit ça sur le compte de la culpabilité ; la punition était tombée plus tôt que prévu. Pourtant, il avait commis son larcin sans éprouver de remords. Il s'était senti dans son bon droit. Il aurait eu des remords s'il avait été lui-même, s'était vu mal agir. Au fond, tu es un bon gars, lui avait dit Joan.

Et toi ? Tu es quoi, au fond ?

Ah ! Je suis sans fond.

Il n'était pas lui-même. Il volait parce qu'il était un voleur.

Pendant tout ce temps, Cracker Graham lui écrivait pour lui donner des nouvelles de chez eux. Roy avait quitté le bowling, l'appartement, Salford.

Je croyais que ta mère allait me renvoyer, mais elle m'a dit qu'avec le départ de Roy elle aurait besoin de plus de bras, alors je suis encore là. Je n'ai pas de nouvelles de Roy. Je ne peux pas lui écrire parce qu'il ne veut rien avoir affaire avec moi, alors je t'écris à toi. Je suis méprisable.

Si sa mère avait cassé la cheville de Roy, c'était à cause de Cracker Graham. La première fois qu'Arch avait vu Cracker en uniforme de travail, chaussons de danse aux pieds, il avait songé à l'inviter à sortir. Puis il avait découvert qu'elle avait un an de plus que lui. Il n'avait jamais envisagé de fréquenter une fille plus âgée, et pendant quelque temps il était passé à autre chose. Il s'apprêtait à réviser son jugement lorsque Roy s'était déclaré, fin de l'histoire.

Leurs échanges épistolaires étaient la plus longue conversation qu'ils aient jamais eue. Les lettres d'Arch parlaient en long et en large de l'Italie, sans un seul Italien ; de la guerre, sans une seule personne ; du bowling et de Cracker Graham. Il écrivait tout ce dont il se souvenait d'elle : son père était mort. Elle détestait le goût des cacahuètes. Elle aimait les œufs mayonnaise. Lorsqu'elle tressait ses cheveux bouclés, ils lui arrivaient aux épaules ; détachés, ils ne lui descendaient pas plus bas que le menton. Un jour qu'il jouait au bowling avec sa petite amie, Angela Cedrone, un petit peu soûl, il avait vu Cracker et s'était pris à espérer qu'elle, Cracker, le jette, lui, Arch, sur son épaule et l'emporte au loin. (Angela était une fille robuste. Comment se serait-il enfui, autrement ?) Au bout de quelques mois de correspondance, il écrivait *Tendrement* au bas de ses lettres.

Il n'en fallut guère plus à Cracker pour tomber amoureuse d'Arch, ni à Arch pour tomber amoureux de Cracker.

Quelle part jouait l'imaginaire dans tout ça ? Ils avaient le sentiment, en lisant les lettres qui leur étaient adressées, que quelqu'un les connaissait ; et ils croyaient que si quelqu'un les connaissait ils pourraient offrir le meilleur d'eux-mêmes. Ils se confessaient.

Je suis puéril. J'ai toujours été jaloux de Roy. Avant, j'offrais mon cœur trop facilement.

J'ai hâte de te voir. Tous les autres m'ennuient. J'aimerais t'envelopper dans du coton pour te protéger.

Parce qu'il était amoureux de Cracker, il coucha avec Joan (pensait-il) : il voulait être sûr de ne pas inventer l'amour. Il fallait éprouver l'amour, le courage, la loyauté, toutes ces choses dont vous deviez être à la hauteur. Chaque fois qu'il couchait à droite à gauche – ce qu'il fit, tout au long de leur mariage – il y voyait un test : *Si après je m'aperçois que je ne suis pas amoureux de ma femme, je la quitterai et mettrai fin à son malheur.* Mais il était toujours amoureux de sa femme. Elle ne semblait pas s'en réjouir autant que lui, mais elle n'avait pas non plus les idées claires.

Comment j'ai continué

La cheville cassée, Roy partit enfin à New York pour y trouver Minna Sprague. Il avait l'impression d'être un délinquant, mais en voyant ses béquilles, les gens lui souriaient, lui offraient des canettes de Coca-Cola et leurs sandwichs : on leur avait dit de ne pas gâcher la nourriture dans l'intérêt des soldats, et il s'en trouvait justement un en face d'eux, du moins le croyaient-ils. Il lut le nom de Minna Sprague dans l'essentiel des sorties du *New Yorker* et alla l'écouter chanter dans un club en sous-sol de West Village. Il n'était jamais allé dans un club de jazz, ayant toujours écouté de la musique en solitaire, dans des cabines d'écoute ou dans sa chambre lorsqu'il se savait seul chez eux, et il n'était pas préparé à cette étrangeté, à cette foule mélangée, et il ignorait également que Minna ayant refusé de se produire devant un public ségrégé, c'était le seul endroit de Manhattan où elle jouait. Elle portait une robe blanche échancrée sous les bras qui dévoilait ses jolis triceps, pratiques pour faire swinguer ses baguettes même si elle chantait pour l'essentiel. Roy avait lu les archives du *Bugle*, avait passé au peigne fin les recensements, et était parvenu à la conclusion qu'ils ne pouvaient être de la même famille.

Pourtant, il resta debout dans la fumée et l'écouta, et sa voix – ses consonnes égrenées, accentuées, ses voyelles rondes pleines de désir, ce zeste de colère et d'exotisme – qui lui appartenait encore. Il découvrit avec stupéfaction qu'elle souriait en chantant.

Il resta assis pendant deux morceaux et rassembla son courage. Puis il s'approcha de la table où elle était assise en compagnie du contrebassiste, un grand Noir au visage luisant traversé d'un sillon creux, comme si on l'avait plié dans le sens de la longueur. « Tenez, asseyez-vous », dit-il à Roy, en indiquant ses béquilles. Roy secoua la tête. « Je suis Roy Truitt », dit-il à Minna, et il lui tendit le paquet de lettres qu'elle avait écrites à son père, retenues par un ruban bleu sale. Il les lui avait apportées car elles lui appartenaient, et qu'elles constituaient une preuve. Il les lui avait apportées pour faire enrager sa mère. Minna les prit du bout des doigts. Puis elle déclara, d'un air grave : « Venez chez moi. » Il était une heure du matin. Le contrebassiste les conduisit dans sa Hudson noire. Roy s'assit à l'arrière avec ses béquilles sur les genoux, et regarda derrière la vitre la ville sombre, sombre à cause de la guerre.

Elle habitait alors un vaste appartement situé dans un grand immeuble de Hamilton Heights. Elle lui proposa de l'aider à monter la volée de marches en marbre qui menait au hall. Il refusa, et le regretta presque aussitôt. Les murs de son salon étaient d'un vert sombre, une couleur choquante, pensa Roy. Une robe, une énorme chevalière, un chapeau orné d'une plume : toutes ces choses pouvaient être vertes. Pas les *appartements*. Un jour il posséderait un salon de cette couleur. Elle était riche. Il le voyait à présent, puis il se souvint qu'ils n'étaient pas vraiment de la même famille. Avec une politesse teintée d'impertinence, il boitilla jusqu'à elle pour l'aider à enlever son manteau.

« Merci », dit-elle, une pointe de pitié dans la voix. Il se pencha pour humer son parfum mais elle sentait seulement la cigarette, comme tout le monde. Sa voix était différente à présent qu'elle ne chantait pas, froide, européenne. « J'ai quelque chose pour toi. »

L'appartement était rempli d'objets, de tableaux accrochés aux murs, de piles de livres au sol. Peut-être étaient-ils de la même famille, après tout. L'accumulation était un trait familial. Elle lui tendit les lettres de sa mère, conservées dans une boîte à cigares King Edward à cinq *cents*. « Si tu les veux. »

Une boîte de déception. Il ne voyait plus sa mère. Il l'exprima tout haut. « Je ne vois plus ma mère.

— Et ton père ?

— Parti. » Il ajouta : « Il racontait qu'il était votre frère. Enfin, demi-frère. »

Elle eut l'air de trouver ça drôle. Elle avait un visage franc, à la fois tendre et critique. « Tu ne le crois pas ? Les avocats, oui. Je t'appelle un taxi ? Où est-ce que tu dors, trésor ? »

À sa droite, cinq nids étaient exposés dans une vitrine en verre, comme au musée. « J'ai fugué, avoua-t-il.

— Sans blague. Quel âge as-tu ?

— Dix-huit ans.

— Je n'appelle pas ça fuguer. C'est atteindre la majorité. Et ensuite ? Tu as fait ton service, ou pas ? »

Il souleva ses béquilles. « J'ai été recalé.

— L'université, alors ?

— Je ne vois pas comment.

— En quoi ?

— Comment ça en quoi ?

— Qu'est-ce que tu veux étudier ? »

Il chercha à l'impressionner ; il pensa au latin et au grec qui truffaient les lettres qu'elle avait écrites à son père. « Lettres classiques, répondit-il.

— Voyez-vous ça, Roy Truitt ! » Minna Sprague glissa à son tour vers l'étrange appel des sirènes de la parenté, malgré ses taches de rousseur couleur porridge. Elle décelait en lui un tempérament un tant soit peu intéressant. « Je peux peut-être t'aider.

— Vous paieriez ? » Lui revinrent à l'esprit les innombrables heures qu'il lui avait consacrées, dans les cabines d'écoute, seul à l'appartement. Elle lui était sans doute redevable…

Mais Minna Sprague connaissait des hommes, et des garçons, et même des femmes qui pensaient qu'elle leur était redevable. « Ah non, dit-elle, en riant. Mais je peux t'aider à y entrer, et je peux t'aider à trouver un travail. Ton éducation paiera tes frais de scolarité. Tu as entendu parler de l'Englert College ?

— Waouh ! Oui. » L'université en question se trouvait dans l'ouest du Massachusetts, à l'extrême ouest, une petite faculté de lettres qui était ouverte aux femmes et aux Noirs, dont Roy ne s'était jamais vraiment soucié mais, dans l'appartement de Minna, ils lui semblaient à présent essentiels. « Oui. Vous connaissez le président ?

— Je connais le serrurier. »

Il crut à une plaisanterie – elle connaissait le serrurier, qui ouvrirait pour lui l'énorme cadenas académique de la grille de l'Englert College –, mais, non, elle parlait du vrai serrurier, un certain George originaire de Cypress, lui-même diplômé d'Englert.

« Je ferai tout pour Minna », dit George, et il l'embaucha sur-le-champ.

George initia Roy aux secrets des verrous. Les verrous étaient des énigmes dont la solution était donnée par une clé. Parfois, la clé était l'énigme et la serrure adéquate, la solution. L'université possédait plusieurs centaines de serrures ; sur les portes des chambres et des salles de cours, sur celles des bureaux de la faculté, des bâtiments et des laboratoires, sur les meubles de rangements et les entrepôts d'armes. Les serrures étaient la *lingua franca* de l'université. Roy fabriqua des clés en attendant que sa cheville guérisse, à la suite de quoi l'université lui ouvrit ses portes. Un jour, répondant à un appel anonyme, Roy avait découvert un homme maigre et pâlichon menotté à une pomme de douche dans les vestiaires des filles, nu hormis un bonnet de bain et une gaine amincissante. Pourquoi fallait-il que ces gaines soient si petites ? Qu'y avait-il à gainer autant ? « On ne trouvait pas de caoutchouc pendant la guerre », dit l'homme d'un air désolé, avant d'ajouter avec un sourire resplendissant : « Je suis le professeur Hackert, j'enseigne le calcul.

— Vous n'étiez pas obligé de préciser votre nom », avait répondu Roy, mais chez le professeur Hackert, comme c'est habituellement le cas, l'humiliation allait de pair avec l'orgueil.

Roy obtint sa licence, puis sa maîtrise et décrocha son premier poste de professeur détaché à Englert. Toutes ces années, il avait eu raison. Il suffisait de parler à Minna Sprague pour changer de vie.

Roy Truitt, professeur associé, était comme un poisson dans l'eau dans son bureau du campus, la table de travail monumentale, le pupitre sur lequel était posée sa machine à écrire, les étagères qui tapissaient les murs du sol au plafond, la fenêtre qui donnait sur la fenêtre d'un autre bureau. Il aimait dominer son ottomane de cuir avec ses mocassins de cuir, jetant des livres par terre, laissant le cendrier déborder. Les étudiants voyaient dans sa propension au désordre la preuve de son génie. *Le Pr Truitt a lu plus de livres que quiconque*, disaient-ils, même si c'était faux et qu'il n'était pas professeur, pas encore. Il avait vingt-trois ans. Il avait récupéré le bureau de son prédécesseur, tel quel, avec les livres et l'ottomane, la machine à écrire qui lui faisait penser à un squelette sorti d'un muséum d'histoire naturelle – un petit dinosaure, qui, du fait de ses malheureuses proportions, ne vivait que pour servir de pitance à de plus grands spécimens. Un animal aquatique, probablement, pourvu d'une colonne vertébrale en lettres d'alphabet.

Il y avait un bowling candlepin au sous-sol de la résidence étudiante. Seuls les étudiants y jouaient. Roy Truitt ne jouait pas au bowling. Lorsque sa cheville fut guérie, il marcha prudemment. Il y avait un sofa dans son bureau sur lequel il faisait la sieste; il prenait ses repas dans une cafétéria toute proche. La nuit, le campus était son endroit préféré. Son bureau était situé dans un bâtiment en brique appelé Archibald Hall, en hommage au fondateur de l'université, ou à son épouse, ou à ses enfants qui avaient levé des fonds pour Archibald Hall. Les Archibald. Il y avait un portrait de Mr. et Mrs. accroché dans l'entrée, le teint olivâtre, les yeux rétrécis, signé *Mary Archibald*. Madame se prenait pour une artiste.

Le département des clés lui avait remis celle de l'Archibald Hall. Il avait en sa possession un passe-partout, un reste de son passage au département des clés, ainsi qu'une série de crochets si d'aventure le passe-partout ne suffisait pas.

Semer son ancienne vie ne signifiait pas que vous alliez directement dans la suivante : vous deviez encore cambrioler, marcher sur la pointe des pieds, voler. Quelle était la première chose qu'avait faite l'homme civilisé ? Trouver un moyen d'éloigner les autres de ce qu'il aime. Et qu'avait fait l'homme non civilisé ? Trouver un moyen de crocheter la serrure.

Son frère n'était pas Archibald mais Archer, se rappelait-il chaque matin.

La première fois que Roy avait pénétré dans le bureau d'un collègue, c'était (se disait-il) parce qu'il s'y trouvait un exemplaire de la traduction de la Loeb Library de *La Cité de Dieu* – avec à l'intérieur, la citation qu'il souhaitait vérifier. Il avait subtilisé le *Basics of Attic Greek* de Reggie Clayton lors de sa première année d'études ; Clayton était un homme nerveux dans la quarantaine dont l'esprit s'enflammait lorsqu'il lisait du grec. Debout sur le tapis oriental de Reggie Clayton, Roy avait le sentiment de mieux comprendre Reggie Clayton. Il se persuada que c'était la raison qui le poussait à agir ainsi, et à ne pas s'arrêter, car il s'introduisait tous les soirs dans un bureau différent, se limitant d'abord à l'Archibald Hall, puis s'aventurant dans le Butler Hall, de l'autre côté de la cour. Il avait obtenu sa maîtrise de lettres classiques, puis son doctorat, pourtant son éducation était incomplète. Par exemple, il ignorait comment vivaient les gens qui avaient grandi dans une maison. Ils suspendaient leurs manteaux et faisaient étalage de leurs photos de famille, ils savaient meubler une pièce, choisir une place pour un luminaire, un repose-pieds. Comment apprendre autrement ? Il s'était inventé seul, mais ne pouvait s'éduquer seul.

Dans les bureaux de ses collègues – et anciens professeurs –, il s'autorisait seulement à mettre un peu d'ordre : il redressait les cadres des diplômes, classait les livres par ordre alphabétique, tapotait les feuilles pour former des piles nettes. Il eut d'abord le sentiment d'être un voleur, puis celui d'être un supérieur. S'il ne s'était jamais fait passer pour un fantôme au Bowling de Truitt, il était ici un *poltergeist*, un revenant. Peut-être leur laisserait-il un message vibrionnant dans leur machine à écrire. *Bouh. Je t'aime. Tu es à court de baume contre le pied d'athlète.*

Suis-je seulement humain ? se demandait Roy Truitt tout en mâchonnant une pastille à la réglisse collante trouvée dans le deuxième tiroir du bureau d'un collègue. Sur le couvercle de la boîte blanche des pastilles contre la toux étaient représentés les deux frères barbus, Trade et Mark Smith. Il s'assit au bureau et coinça ses genoux dans l'espace entre les deux colonnes de tiroirs. Ces derniers temps, il s'introduisait dans des bureaux sans avoir pris la peine de regarder le nom sur la porte, pour jouer les détectives. Il examinait les empreintes laissées sur une chaise en cuir, l'envergure du postérieur d'une collègue. Il préférait s'introduire dans les bureaux de ses collègues hommes, qui étaient, de toute façon, en effectif supérieur. C'était moins personnel.

Pendant la journée, il s'asseyait dans son fauteuil et écoutait ses collègues entrer dans leurs bureaux. Il attendait qu'on le prenne la main dans le sac. Chaque fois qu'on frappait à sa porte, il se disait : *Ça y est.* Mais ce n'étaient que des étudiants. Peut-être trouverait-il une épouse parmi eux. Ils n'étaient pas beaucoup plus jeunes que lui, après tout. Melora Chalfen. Rose Pearlman. N'importe laquelle ferait l'affaire.

Puis un jour on frappa à la porte, et ce n'était ni un étudiant ni un collègue qui avait suivi sa piste, mais Arch.

Arch s'assit, comme ses étudiants, sur la chaise inconfortable de l'autre côté du bureau. Il se tortilla sur son séant et hocha la tête, comme s'il s'asseyait pour la première fois de sa vie et trouvait l'expérience à son goût, un trait de caractère chez son frère que Roy n'avait pas oublié : il avait toujours l'air de débarquer, mi-amusé, mi-renfrogné par les coutumes de ce nouveau monde. Était-ce une habitude ? Une blague récurrente ? Arch indiqua du doigt les étagères : « Des livres.

— Oui. Eh bien, Arch. »

Arch eut un sourire, qui les décoinça tous les deux. « Eh bien, Roy. » Il posa sa main sur le bureau. « Je suis venu t'inviter au mariage.

— Oh ? De qui ?

— Tu sais très bien.

— Ah bon. J'ignorais que les choses avaient évolué.

— Elles ont évolué », répondit Arch d'une voix triste.

Il n'avait pas l'air d'un homme qui allait se marier. Il portait une chemisette minable ornée d'un motif semblable à de petits tampons encreurs « Annulé » et une cravate sale avec un autre motif évoquant des pièces de monnaie ternies. Sa fiancée attendait peut-être qu'ils soient mariés pour prendre soin de lui. Pour se mêler de sa vie. Quelle que soit cette chose qui pousse les hommes mariés à se peigner les cheveux. Comme s'ils se préparaient déjà pour la cérémonie, Roy eut un petit claquement de langue désapprobateur et tendit le bras en travers de son bureau pour arranger la cravate d'Arch.

« J'ai pensé que c'était le genre d'endroit où on porte une cravate », se justifia Arch. Roy entendait la voix de son frère vrombir à travers le piètre nœud Windsor. « Ton travail.

— C'est le cas. Qu'est-ce qui cloche chez toi, Arch ?

— Pourquoi faut toujours qu'on me pose la question ? demanda Arch d'une voix douce. Qu'est-ce que j'en sais.

— Tu es pourtant le mieux placé pour savoir.

— J'ai l'impression que la personne qui me pose la question sait parfaitement ce qui cloche chez moi. Enfin, elle a sa petite idée. Vas-y. »

Roy se carra dans sa chaise et regarda par la fenêtre. De l'autre côté de la cour, sa voisine était assise à sa table de travail et déballait ce qui ressemblait à un cadeau, en fait un simple sandwich. Il s'était introduit dans ce bureau aussi. Elle gardait des sous-vêtements propres dans le tiroir du milieu. Sans regarder son frère, il dit : « Tu as toujours changé de copine comme de chemise, mais tu épouses Betty.

— Personne l'appelle Betty.

— Moi si, répondit Roy. Rien ne m'en empêche.

— Je t'en prie, Roy. Elle n'était pas vraiment ta petite copine. Tu l'as laissée tomber à la minute où tu t'es cassé le pied.

— Je suis au courant, répliqua-t-il d'une voix irritée. Mais tu ne crois pas…

— Quoi ?

— Que ça aurait pu ne pas me plaire ? Que j'aurais pu ne pas aimer faire la conversation pendant les réunions de famille ? Et je ne me suis pas cassé le *pied.* »

Arch se gratta la tête du bout de ses cinq doigts, comme le chien qu'il était au fond de lui. « Nous n'avons pas de réunions de famille. C'est la première.

— Tôt ou tard, quelqu'un mourra, dit Roy.

— Je suis désolé ! s'écria Arch. C'est… oh, Roy, vraiment, je savais que c'était une mauvaise idée. Je te jure. J'aurais été plus raisonnable si mon cœur…

— Qui crois-tu que ton cœur est ?

— Eh bien…

— Tu crois que ton cœur est séparé de toi ?

— Oui ! » s'exclama Arch, comme si on lui avait demandé s'il croyait en Dieu sous la menace d'un couteau.

« Tu crois qu'une intelligence fait des requêtes ? T'impose sa volonté ? Arch, c'est juste toi. Ce n'est pas ton cœur qui veut. C'est toi. *Tu* veux. »

Arch posa ses mains sur son corps, sur sa clavicule, ses poumons, sa taille. De l'extérieur, il sentait le désir et l'amour irradier de son torse. Son cœur pulser. Plein de désir. Il transmettait les désirs à son cerveau, où ils bousculaient les pensées, les devoirs, les plans. « Je le sens », dit-il. Il se leva, pour exposer son corps tout entier, ses régions et ses fautes.

« C'est une fiction, répliqua Roy. Une invention du Moyen Âge pour libérer les gens de l'emprise de certaines choses, et ça a marché. Ton cœur n'est qu'un organe. Il assure la circulation sanguine. Point barre.

— Pas seulement, insista Arch.

— Seulement ça. Tu es ta tête. Ou ton corps tout entier. Tu es un. Fais-moi plaisir. Chaque fois que l'envie te prend de dire *mon cœur*, contente-toi d'exposer la vérité. *Mon cœur veut?* Non. *Je veux. Je désire. J'ai cédé*, pour être honnête, tu peux dire ça aussi. C'est ce que je te dis maintenant. Je suis devant toi, et je sens que je cède. »

À la fin du semestre, le vendredi du mariage de son frère à la mairie de Salford, Roy Truitt, professeur associé, fut découvert à l'autre bout de l'État, engoncé dans le trench-coat de la petite professeure de français, celle au change de sous-vêtements propres et aux sandwichs impeccablement emballés. Lorsqu'elle le trouva par terre dans son bureau, Roy semblait porter une camisole de force. Pris sur le fait. Il allait être renvoyé. « Je ne suis pas là. Je suis ailleurs », aurait-il voulu dire. Il regretta de ne pas être allé au mariage.

*« Mais qu'est-ce qui se passe ?** interrogea la professeure de français.

— Madame », répondit-il en levant les yeux vers elle, lui, le Houdini de bas étage, sans porte de sortie, sans prochain semestre. Lui avait-elle vraiment parlé en français ? Elle venait du New Jersey, de Secaucus pour être exact. Il aurait dû l'appeler *mademoiselle**. Pourtant, il répéta en éprouvant la dureté du mot dans sa bouche : « Madame, madame. Toutes sortes de choses surviennent en ce monde. En voici une parmi tant d'autres. »

Il s'éleva

Arch Truitt rentra de la guerre ; se maria ; se vit confier, pour sa peine, le Bowling de Truitt. « Il t'appartient, maintenant », lui dit Margaret, bien qu'elle n'abandonnât pas son tabouret derrière le comptoir en bois, ni ne rangeât ses piles de magazines de faits divers, ni ne cédât l'acte de propriété. « Fais tous les changements qu'il te plaira.

— D'accord », répondit Arch. La première chose qu'il fit fut de commander une nouvelle enseigne. BOWLAWAY, était-il écrit en lettres lumineuses.

« Tu ne peux pas renommer comme ça l'endroit, dit Margaret. Et puis c'est un peu triste, tu ne trouves pas ? Bowlaway. Jouer pour envoyer valdinguer quoi, au juste ?

— Les ennuis, répondit Arch. Le chagrin. Les heures. Tout ce qui nous gêne, la boule peut nous en débarrasser. »

Il remonta la poupée du sous-sol, où on l'avait remisée, et l'attacha avec du fil de fer à une des colonnes en fonte. Il la plaça bien en hauteur afin de dissuader les gens de malmener son visage de chiffon. Un de ses deux yeux était déjà presque effacé ; elle semblait cligner de l'œil. Mais les clients pouvaient encore atteindre ses pieds. Le droit brunit, le gauche resta sombre, intact : les clients étaient attirés par l'endroit le plus satiné, celui où d'autres mains s'étaient déjà posées.

« Jésus Marie Joseph ! s'écria Margaret. Où l'as-tu trouvée ?

— Pas très loin, dit Arch. Je l'aime. »

Elle serait le seul vestige historique : Arch allait moderniser Bowlaway. Le premier à partir fut le comptoir en chêne, dont la présence avait donné à l'entrée l'aspect d'un hall de gare, d'un bureau de poste ou d'une bibliothèque, ou de tout autre endroit où on délivrait un cachet officiel. Personne ne rentrait sans passer devant celui qui y était accoudé ou assis ; et celui qui y était accoudé ou assis avait l'impression d'être un prisonnier, un prêtre, un geôlier, un mannequin dans la vitrine d'un magasin, ou un oiseau sur son perchoir. Arch le fit disparaître.

« Pourquoi ? demanda Margaret.

— Il nous faut de la place pour les chaussures de l'établissement. »

Il avait déjà passé commande pour huit douzaines de paires de chaussures basses à semelle de caoutchouc, que les clients pouvaient louer, moyennant la somme d'un nickel. Cela convaincrait peut-être Margaret de prendre sa retraite. Elle avait toujours été une femme maniaque, mais, avec l'âge, sa maniaquerie était devenue féroce. Elle avait en sainte horreur tout ce qui avait trait au sol et aux pieds. Les pieds étaient la partie la plus vile de l'anatomie humaine. Même la cheville d'un étranger lui faisait détourner le regard.

« Fantastique ! s'écria Margaret quand ils reçurent les chaussures.

— Ça ne te dérange pas ?

— Ça gardera les pistes plus propres. Comme ça les gens ne ramèneront pas je ne sais quelle saleté collée à leurs chaussures ! »

Grâce aux chaussures, Margaret parlait à tout le monde, leur demandait une information personnelle. Il arrivait que des hommes ne sachent pas leur pointure et doivent s'en référer à leur épouse, ou demander à Margaret ce qu'elle en pensait. (Ces nombres que Margaret gardait en mémoire, pour frimer la fois suivante.) Elle dégainait ensuite une énorme bombe de désinfectant Shu-ke-Ko et en vaporisait à l'intérieur des bouches béantes des chaussures. Une pulvérisation à droite, une pulvérisation à gauche, et il n'y paraissait plus ! Plus que tout, elle aimait le cuir chaud des chaussures après emploi, l'odeur sombre de sous-bois de leur dernier occupant. Les grandes chaussures des grands gaillards avaient sa préférence. À leur retour, Margaret les attrapait du bout des doigts au niveau de la languette et sentait la chaleur réconfortante de la semelle avant de les rafraîchir d'un coup de désinfectant. Si elle avait eu la possibilité de s'enfuir avec, elle aurait glissé ses pieds à l'intérieur, pour une communion pied à pied. Elle avait toujours détesté les pieds, pour la simple et bonne raison qu'elle les avait toujours aimés.

La longue barre le long du mur gauche fut la suivante à disparaître, puis ce fut le tour des tables de billard constellées de chewing-gums, et Arch installa plusieurs machines à la place : cigarettes, base-ball, un distributeur de Coca-Cola dans des bouteilles en verre que l'on extirpait en les prenant par le cou. Un juke-box (un choix malheureux, avec tout ce raffut), une rangée entière de flippers dernier cri et un grand panonceau qui disait POUR LE PLAISIR SEULEMENT : PARIS INTERDITS. Un nouveau testeur de force. Un testeur d'amour. CHAUD LAPIN, indiqua le testeur d'amour à Arch Truitt.

« J'y crois pas, dit Cracker qui récolta un GLAÇON.

— Tu vois, chérie ? railla Arch. C'est cassé. Il ne sait pas de quoi il parle. »

Arch ne voulait pas seulement enlever le vieux comptoir en chêne, ou les amusements inusités et vieillots, il souhaitait faire table rase du passé : les pistes sur lesquelles avait régné son père, les éventuels fantômes. Le chasseur de fantômes, K. D., avait fini par écrire un court article paru dans *Histoires vraies de fantômes* et assorti de photographies peu concluantes, non retouchées. Il y était question de Leviticus Sprague, docteur en médecine, victime apparente d'une combustion spontanée, qui une nuit était parti en fumée. Sans surprise, Bowlaway attira son lot de touristes appâtés par les fantômes, les sorcières, et plusieurs énergumènes qui, une fois à Salem, s'étaient dit que tant qu'ils y étaient, ils pouvaient pousser plus au sud jusqu'à Salford : des individus taciturnes qui s'habillaient comme des puritains aussi bien que des forts en gueule amateurs de films d'horreur.

Ces touristes-là louaient une piste, mais ne jouaient pas au bowling pour atténuer le vacarme. Un jour, le Bowlaway reçut la visite de deux femmes qui se faisaient appeler « les Brûleuses », en fait deux sœurs au teint de suif et à l'haleine corsée au kérosène. On voyait sans peine qu'elles désiraient brûler, être brulées, ou brûler quelqu'un. La première, brune, avait de jolis yeux sombres assassins, la seconde, des cheveux d'un blond de bouchon de champagne ; la première était nerveuse comme une pochette d'allumettes, la seconde, sereine comme un catalyseur au repos. Elles demandèrent à ce qu'on accroche cette plaque qu'elles avaient achetée :

À CET ENDROIT
LEVITICUS SPRAGUE, DOCTEUR EN MÉDECINE,
VICTIME DE COMBUSTION SPONTANÉE
« il nous manque »

« Pas question », dit Arch Truitt. Fini, le passé. Fini, le passé, *oublié*.

« Pourquoi ? » demanda la brune. Il avait de l'admiration pour elle. Manifestement, elle appartenait à cette catégorie de femmes capables de commettre un crime au nom de l'amour.

« D'accord », finit-il par admettre. Mais personne ne sachant où se situait l'endroit en question, on installa la plaque derrière le comptoir, où elle fut à moitié cachée par les chaussures de l'établissement.

Cracker Graham ne vivrait pas dans un appartement au-dessus d'un bowling, même si elle avait compris que sa belle-mère les suivrait partout où ils iraient. Ses cousins possédaient un sofa rouge de style Empire qu'ils n'osaient pas mettre au rebus ; elle-même avait hérité d'un buffet pourvu de pieds en forme de pattes de griffon et un miroir fêlé. Le buffet lui était apparu comme un aïeul dont elle devait prendre soin – on ne pouvait le blâmer de ne pas converser avec les autres meubles –, mais à présent qu'elle avait une belle-mère, celle-ci ressemblait à un meuble. Il fallait bien lui choisir une place.

La mère de Cracker leur versa l'acompte pour acheter la maison sur Somefire Hill, une solide bâtisse victorienne datant de l'époque de Supersum, mais habitable. Margaret se répandit en plaintes et déclara que sa cuisine lui manquerait – vraiment, ce four grinçant, ce réfrigérateur antédiluvien surmonté de son moteur rond et bruyant ? – et refusa catégoriquement de partir. Lorsqu'elle entra finalement dans sa nouvelle chambre, elle éclata en sanglots.

«Je suis désolée», dit Cracker.

Margaret secoua la tête. Ce qu'elle n'avouait pas : elle avait toujours rêvé d'une chambre à elle, et c'était dans ce seul but qu'elle avait travaillé comme nounou, s'était mariée, avait eu des enfants – elle en avait envie depuis si longtemps qu'elle en était venue à craindre ce désir, tout comme un cœur habité par la foi décide de repousser ce qu'il désire. Et à présent son vœu était exaucé : un lit double avec un matelas neuf et deux oreillers de plumes, un couvre-lit en chenille mauve, une table de chevet avec une lampe en verre rouge et ventrue comme le couvre-lit, un tapis en lirette, une fenêtre garnie d'une balustrade qui surplombait un jardin regorgeant de fleurs – Margaret aurait bien été en peine d'en nommer une seule, elle avait toujours détesté les gens qui connaissaient les noms des choses : oiseaux, fleurs, constellations. De la poudre aux yeux. Elle aimait les fleurs pour elles-mêmes. Les violettes à face plate, celles qui ressemblaient à des feux d'artifice, celles qui sentaient le lilas – mais, c'étaient des lilas, n'est-ce pas, même elle, elle le savait.

«Je suis désolée», répéta Cracker, et Margaret lui prit la main et la pressa dans la sienne, puis d'une voix débordant d'amour et de gratitude elle répondit : « Je le serais, à ta place. »

Deux inventeurs avaient installé des prototypes de machines automatiques de mise en place des quilles à Whalom Park, à Lunenburg, et les Truitt, mari et femme, firent le déplacement pour les voir. La machine balayait les boules dans la fosse, les remontait sur une courroie, puis renvoyait les boules aux joueurs de la même manière que les pinbodies, avec l'aide de la vitesse et de la pesanteur. C'était incroyable, en un sens, et un peu effrayant, aussi : ils ne fonctionnaient pas avec des humains, à l'instar des flippers, mais les remplaçaient, purement et simplement. Cracker voulut ensuite faire un tour de montagnes russes à Whalom Park, et Arch lui fit remarquer qu'elle était enceinte.

C'était vrai, mais elle répondit : « Et alors ?

— Aucune de mes femmes…

— Combien de femmes tu as eues ? À t'entendre, on pourrait croire qu'il y en a eu plusieurs.

— C'est parfois l'impression que j'ai. »

Il posa une main au bas de son ventre arrondi par l'enfant. Il passait ses mains sur l'anatomie d'une femme – à travers ses vêtements, ou non – en expert, à croire que sa paume était un aimant qui attirait à lui l'âme de la femme et la faisait bouger sous la surface de la peau, comme une chose ductile. Ce qu'il fit en cet instant. Cracker haussa les épaules. Elle était stupéfaite d'être tombée amoureuse de lui à travers leur correspondance. Il avait une odeur particulièrement captivante. Elle n'aurait su la localiser. Provenait-elle de son souffle ? De ses poumons ? De l'intérieur de son nez ? Elle semblait venir par bouffées, même si Cracker la décelait aussi dans le creux de ses omoplates, derrière son oreille : une chaleur propre, une chemise repassée de frais, des draps baignés de soleil. Elle pensa : *Je pourrais retrouver ta trace dans le noir.* À moins que ce fût elle ? C'était l'odeur du sort qu'ils s'étaient jeté l'un à l'autre, l'odeur de ce que les gens désignaient sous l'expression « réaction chimique ».

« Non, trop dangereux », martela-t-il.

Elle contempla le Flyer Comet dans toute sa beauté paléontologique. « Je parie que tu ne peux pas t'endormir dans ce manège. Pas même toi. »

Il regarda d'un air pensif l'attraction, puis secoua la tête. « Je dois être inflexible. »

Plus tard, ce serait le plus grand de ses griefs contre lui, sans bien savoir pourquoi. La maternité lui avait gâché les montagnes russes – elle avait modifié son oreille interne, le centre nauséeux de son cerveau : aujourd'hui, la simple vue de montagnes russes lui soulevait le cœur, même si cela n'avait jamais été un plaisir à proprement parler, *alors quoi ?* Elle savait exactement ce qu'elle avait perdu, l'euphorie d'être lâchée dans le vide, rattrapée puis lâchée à nouveau dans le vide, de retour à la case départ. Elle avait eu envie de faire un tour de montagnes russes. Et Arch l'en avait empêchée. C'était tout à fait surprenant que cela ne soit noté nulle part dans la demande de divorce.

« Il faut qu'on en achète », dit Arch.

Elle acquiesça d'un hochement de tête. Il avait toujours eu du nez jusqu'ici, au sujet des machines et des modernisations. Malgré tout, elle avait ramassé les quilles, à la différence d'Arch, et elle avait beau savoir qu'il était préférable qu'une machine se charge de balayer les quilles, de les mettre dans l'appareil et de les installer, c'était un peu triste, aussi. À la main, c'était une tâche éreintante, dangereuse, rebutante, l'acte le plus silencieux dans une salle de candlepin, un acte collaboratif entre deux personnes.

L'installation de la machine exigea de casser l'étagère des pinsetters. Le fracas du bois brisé fut le bruit le plus violent qu'elle ait jamais entendu, un bruit d'os, et elle éclata en sanglots. Elle avait aimé cette étagère et elle avait précipité sa perte.

« Pourquoi pleures-tu, chérie ? » lui demanda Arch.

Elle l'ignorait. Elle aurait voulu écrire à Roy pour lui raconter, pour lui poser la question. Il pouvait comprendre, ou s'en fiche royalement.

Il fallait entendre la rumeur du Bowlaway dans les années 1950 ! On aurait dit un piano dégringolant une volée de marches, puis haletant de douleur. Arch était passé expert dans l'art de réparer les machines, aussi les aimait-il comme on aime quelqu'un qui reconnaît aisément ses erreurs et retrouve le sourire avec autant de facilité. Les enfants criaient sur les pistes à présent qu'ils y étaient autorisés. Les joueurs braillaient pour se faire entendre. Les bébés pleuraient, et leurs parents se moquaient d'eux et leur disaient *Donne tout, gamin.* Amy Truitt était un de ces bébés, Amy qui avait une peur bleue de tomber et un chagrin incommensurable, Amy et son hoquet, Amy et ses pleurs, Amy qui sentait le propre, comme Arch. C'était une chose qui se transmettait dans la famille, à l'instar de la couleur des yeux ou de la largeur des pieds.

À quel moment Cracker avait-elle cessé de jouer au bowling ? Elle avait commencé pendant la guerre – elle n'était pas LuEtta Mood ; c'était une simple mortelle – mais elle comprenait la physique. Elle pouvait transformer des spares avec une précision chirurgicale. Le problème tenait au fait que le jeu, le jeu long, ne l'intéressait pas. À l'inverse de son histoire. Gagner lui importait peu, pas plus que progresser. (Arch dirait plus tard : « C'était le problème avec toi. Tu ne voulais jamais gagner. ») Elle aurait pu ramasser les quilles d'Arch, mais un robot lui avait volé son travail.

Alors elle se contentait de regarder, avec tous les autres. Quand Arch jouait, c'était comme s'il savait d'avance, strike ou split, Half-Worcester ou Full-Worcester. Il ne les réalisait pas, non, il les anticipait, pivotant sur ses talons, tandis que la boule suivait sa trajectoire sur la piste. Il souriait en toutes circonstances. Arch Truitt, le rigolard, le surnommait-on dans les revues spécialisées. Il aimait les tournois de vingt-quatre heures, jusqu'à mille points. L'homme pouvait jouer au bowling jusqu'à son dernier souffle. Les ramasseurs de quilles automatiques gardaient le rythme ; les gens venaient le voir comme l'homme-bowling. Le XIXe siècle avait presque disparu du Bowlaway. Ne restaient que les colonnes de fonte et la poupée accrochée en hauteur. Partout ailleurs, ce n'étaient que plastique et sonneries automatiques. Arch était-il un visionnaire, ou un homme moderne simplement attiré par les choses modernes ? Le jeu avait changé, avec des quilles plus épaisses, des boules standard. Un bon joueur – Arch, par exemple – pouvait rafler deux cents points en une partie, malgré les difficultés.

La nuit, il était éblouissant, et ressemblait à un personnage tout droit sorti d'une fable – quelques anciens se rappelaient LuEtta Mood et racontaient des histoires dans la veine de Bunyan : elle jouait six jours d'affilée et ne désertait les lieux que pour aller à la messe. Après avoir battu les femmes, elle avait battu les hommes, puis chaque nouveau venu jusqu'à ce qu'on lui demande de s'arrêter. Sans succès.

Bon, disaient-ils, c'était un autre temps, et c'était une fille. Arch l'aurait sans doute battue. Moi j'aurais parié sur Arch, ça c'est sûr.

Sans surprise, la télévision locale se déplaça et lui demanda de jouer devant les caméras. Pas au Bowling de Truitt – dont les pistes, imaginées par une victorienne, avaient de drôles de dimensions inadéquates pour un tournois – mais dans un établissement flambant neuf de Boston, le Bowladrome. Il acheta de belles chemises qu'il ne put finalement pas porter à la télé – il avait un faible pour les motifs criards, qui lui donnaient un style délibérément un peu absurde – et il allait chez le coiffeur une fois par semaine. Le bowling était parfait pour la télévision : à la différence du football, du base-ball, du basket, il n'avait pas besoin d'être rapetissé pour passer à l'écran. Il avait le format idéal. Il y avait du suspens ; et ses silences (la boule se dirigeant vers les quilles) n'étaient pas moins excitants que ses éclats (leur rencontre finale). À la télévision nationale, le bowling tenpin occupait toute la place, tapageur, rapportant gros et sponsorisé par des marques de bière. Le public de la Nouvelle-Angleterre réclamait du candlepin. *Candlepins for dollars* : des gains modestes pour un jeu modeste, chaque samedi midi. « Un peu plus et on me coupe à l'antenne », aimait à dire Arch, mais il adorait ça.

Il aimait le bowling. Et le regrettait ; c'était une malédiction familiale, à laquelle Roy – qui envoyait des cartes postales de Lisbonne, Belize et Tenerife, qui était libre comme l'air – avait échappé.

C'est une malédiction d'être bon dans un domaine, se disait Arch. Il se consolait comme il pouvait.

Le bébé implacable

« Tous les bébés sont beaux, observa Margaret d'un ton dubitatif, en examinant la petite Amy Truitt hoquetante, alors âgée de cinq mois. Quand sera-t-elle baptisée ?

— Elle ne sera pas baptisée », répliqua Cracker. Le mot seul l'horripilait.

« Tu as toi-même été baptisée.

— Non, répondit Cracker. Je suis juive. C'est pour cette raison qu'on s'est mariés à la mairie. »

La scène se déroulait dans la nouvelle cuisine. Margaret referma le frigidaire comme s'il s'agissait d'un livre cochon qui l'aurait prise au dépourvu. « Comment ça, tu es juive ?

— Ma mère l'est. »

Margaret ferma les yeux et essaya de se rappeler la mère de Cracker, qui était déjà partie vivre en Floride. Elle passa en revue les preuves – petite de taille, mauvaise vue, un charme troublant – et les jugea convaincantes.

« Eh bien, ça la regarde, dit-elle. Ma petite-fille sera baptisée. C'est comme ça que ça marche. »

Le tout était, pensait Cracker, de garder ses secrets pour soi. Margaret n'avait pas besoin de savoir qu'étant donné que Cracker était juive (parce que sa mère l'était),

Amy l'était aussi, par la force des choses. Et sa propre mère n'avait pas besoin d'être mise au courant du baptême.

Celle-ci ayant été froide avec elle, Cracker avait craint de lui ressembler. Puis elle craignit qu'elle soit l'opposé, qu'elle se glisse dans leur lit, les regarde dormir, mécontente de ne pas avoir accès à leurs rêves. Elle exigerait de connaître la première étoile, les bougies d'anniversaire, les os de vœu, les vœux lancés aux puits à souhaits. Elle dirait, encore et encore, la chose qu'elle ne dirait jamais à un homme : *Est-ce que tu m'aimes ?* Le reste lui importait peu.

Cracker ne bougeait pas et attendait. Comme elle l'avait toujours fait. Une fois que quelqu'un s'approchait d'elle, elle pouvait aimer, elle était un puits d'amour. Sans fond, pensait-elle. Peut-être avait-elle raison. Au lycée, lorsque ses amis parlaient de leurs histoires de cœur et de mariage, Cracker ne pipait mot. Ce n'était pas par peur, c'était un sentiment plus profond, évolutif, syncopal : parler d'amour faisait chuter sa tension et la jetait dans un état proche de l'évanouissement. Davey Cotter l'avait embrassée au rayon lingerie de Grover Cronin en la prenant par surprise : elle ne l'aimait pas particulièrement, mais comment l'éconduire ? Elle avait eu une idée qu'elle n'était pas censée avoir. Elle le laissa l'embrasser ce jour-là, et les mois qui suivirent.

Puis Arch. Arch n'y allait pas par quatre chemins ! La raison pour laquelle tout le monde l'aimait : il était dépensier. Généreux. Il lui avait écrit dans sa première lettre : *J'ai rêvé de toi. Je te raconte ? Tu me préparais un toast, et tu riais. Tu as enfourché un vélo de l'ancien temps, avec une large roue à l'avant, et tu es partie. Tu étais si belle. J'y ai vu le signe que je devais t'écrire.*

Si vous l'abordiez avec de l'amour à offrir, elle vous aimait en retour. C'était également vrai dans la maternité. C'est pour cette raison que vous ne bougiez pas. C'est une sorte de camouflage, disparaître dans l'arbre des origines : *Je m'en fiche, je m'en fiche, aime-moi ou non. Tu ferais mieux de m'aimer.*

Ça avait fonctionné. Les enfants, ces étrangers grotesques, déclarèrent leur amour avant même de savoir parler, ils venaient se lover dans son giron et l'embrassaient, des yeux de velours, graves ou riant très fort. « Vous allez les gâter, la mettait en garde sa belle-mère. Ils ont besoin de repères. » Les repères, ce n'étaient pas seulement les repas et les couchers à heures fixes, mais l'amour aussi. Il était surprenant que Margaret ne veuille pas cocher l'affection en sus des couches et des bains.

Qu'ils veillent toute la nuit, si ça leur chante. Qu'ils mangent ce qu'ils veulent quand ils veulent, qu'ils se réveillent, versent eux-mêmes les céréales dans leur bol, le lait dans leur verre, et qu'ils nettoient derrière eux.

Ça avait fonctionné. D'abord, Amy, hoquetante, qui acquit le sens de l'humour, et le perdit plus tard ; ensuite Brenda, la dernière arrivée, dans sa condition d'éternelle immigrante : résolue à se faire accepter, à bien faire, y compris quand elle ne comprenait pas les plaisanteries. Elle souffrait d'un accès d'amour. Elle baisait la main de sa mère tel un duc de pantomime, soupirant, murmurant *Maman* [baiser], *Maman* [baiser], *Maman*, à croire que c'était là le seul mot qu'elle connaissait. Cracker posait sa main dans le dos de Brenda et sentait la pulsation de son sang. Elle tressait les cheveux couleur érable d'Amy et prenait un tel plaisir à les sentir entre ses doigts, le dos de sa fille contre ses tibias, qu'elle en avait les larmes aux yeux. «Aïe!» faisait Amy. «Ne bouge pas, chérie», roucoulait Cracker.

(Ça avait marché un temps, d'une manière ou d'une autre. Une fois Amy et Brenda parties de la maison, elles découvrirent les joies des couchers à heures régulières, des petits déjeuners chauds, des chaussons. Tant d'immobilité. Elles tournèrent à l'aigre. Durant leur enfance, elle les avait aimées sans aucun reproche, mère à part entière, entièrement dévouée à elles. Quand en grandissant elles découvrirent la face cachée de la médaille, elles eurent le sentiment d'avoir été dupées. Ses propres désirs! Ses propres ambitions! Cachés! Elle avait été, décidèrent-elles, une mère de plateau de tournage. Elles regardaient ses amies, qui l'adoraient, qui l'appelaient, l'emmenaient déjeuner et se donnaient du mal pour elle, qui disaient *Votre mère est une femme formidable.* Vous n'en savez rien, aurait voulu leur répondre Amy. Mais elle n'avait aucune preuve du contraire, sinon qu'il avait toujours été clair qu'elles se devaient de l'aimer, ce qu'elles avaient fait. Et continuaient à faire.)

Quand les enfants étaient petits, elle était leur mère. Pas à temps plein – elle occupait également les emplois d'épouse, de belle-fille, et un autre à distance auprès de sa propre mère partie vivre à Boynton Beach. Elle avait fini par collectionner les secrets des autres gens. «Maman, je peux te dire quelque chose?» lui demandait Amy, et Cracker, pleine d'espoir acquiesçait. «Je n'aime plus Claire.» Bon ce n'était pas un fait nouveau. Qui aimerait cette tête à claques? Elle continuait à se faire avoir. Ses enfants lui présentaient les faits les plus dénués d'intérêt, introduits par : *Maman, je peux te dire quelque chose ?* Oui, répondait toujours Cracker. Tu peux tout me dire. Les enfants ne lui confiaient jamais rien qu'elle ne sache déjà.

Les adultes, c'était une autre histoire.

Par exemple, son amie avait une vieille tante qui était morte. Cette tante avait loué une maison à Cape Cod, à Dennis plus précisément, et il avait incombé à l'amie de Cracker, Audra, de la vider, par conséquent Audra avait cuisiné une semaine de repas pour son mari et ses enfants et était allée trier les affaires accumulées par sa tante tout au long de sa retraite. Le mari d'Audra était dentiste. Il s'appelait Dennis, lui aussi. Ses deux filles étaient douces et réservées, d'une politesse que Cracker trouvait à la fois enviable et irréelle. « J'avais peur qu'ils me manquent trop », confia Audra. Elles étaient au salon de glace. Audra inclina sa cuillère sous le marshmallow fondu. « Et j'avais peur de ne pas leur manquer du tout.

— Ç'était le cas ?

— Oui ? » répondit Audra. Son sundae était parfaitement assorti, le marshmallow désolé, la crème fouettée blanc cassé, la glace couleur ivoire, le caramel. Les cheveux d'Audra étaient également caramel, ses lèvres, une cerise confite. « Mais tu sais quoi ? Betty, tu es la seule personne à qui j'en parle : ils ne m'ont pas manqué. Pas une minute. Je sortais me promener quand j'en avais envie. Je suis allée nager dans l'océan. J'ai mangé ce qu'il y avait dans les placards.

— Tu ne te sentais pas seule. »

Audra leva la main, comme si elle prêtait serment dans un tribunal, mais sur un sundae. « Pas une seule fois. Betty, je savais que je pouvais t'en parler. Tu comprends, toi. »

Cracker était contente d'être le genre de personne à qui ses amies pouvaient confier leurs secrets inavouables – elle se voyait comme un livre ouvert, un catalogue de cartes toutes alignées les unes à côté des autres, de la même taille, classées par commodité et non par importance. Elle aurait aussi préféré ne pas être cette personne. Ses amis pensaient qu'elle oubliait leurs confidences. Elle ne jugeait pas – en général, du moins – mais elle se souvenait. *Tu comprends*, avait dit Audra, mais c'était faux. Elle ne comprenait pas comment Janis avait pu coucher, ivre, avec le jeune directeur des pompes funèbres le jour de l'enterrement de sa mère ; elle ne comprenait pas Gladys quand elle lui avait confié aimer davantage son plus jeune fils que ses adorables sœurs qui s'en étaient aperçues et se disputaient désespérément son amour, au point qu'elle en avait l'estomac retourné. Elle ne comprenait pas que Dennis ne manque pas à Audra, lui qui réparait les voitures le week-end et ne buvait pas et avait autrefois joué de la contrebasse dans un quartet de jazz. Bien sûr, les familles n'étaient pas toutes heureuses ! Mais Cracker ne voulait pas connaître les détails. Le monde visible, passait, l'irritabilité, l'ennui, les mauvais signaux de séduction. Elle ne détournait pas les yeux, mais elle préférait ignorer les causes.

Comme elle n'aimait pas les commérages, tout le monde venait lui en faire part : on la prenait pour un lagon. Les liaisons et les revanches amoureuses, l'incontinence due à l'excès d'alcool, l'absence de sexe et ses excès, le mari qui avait sangloté pendant un mois après la mort de son ancienne maîtresse, la femme qui ne supportait pas l'odeur de son enfant rongé par le cancer.

« Une odeur de chou pourri », disait la mère, avant d'ajouter en voyant l'expression de Cracker : « Je l'aime tant. »

À cette époque, son propre mariage battait de l'aile. Ce qui était surprenant, c'est qu'il ait tenu si longtemps. Elle avait cru qu'elle éprouverait de la honte, mais en fait non. Toutes ces choses qu'elles savaient sur les mariages des autres, par le biais des confessions et des commérages, les autres en savaient tout autant sur le sien, ou devinaient sans peine. Puis un samedi, à midi, alors qu'elle regardait Arch à *Candlepins for dollars*, retransmis en direct à la télévision, il approcha d'un air distrait la main de la croupe de la championne des femmes, Anna Rzepka, et l'effleura. Rzepka ne sourcilla pas. La caméra filma rapidement autre chose, puis revint sur lui. Entre-temps, Arch s'était aperçu de ce qu'il avait fait. Son visage le trahissait. On aurait cru qu'il avait perdu le tournois, ce qu'il fit aussi, juste après. Pas de rediffusion des images, heureusement. Pourtant, dans les salons aux quatre coins de Boston, Arch Truitt avait nonchalamment peloté Anna Rzepka. À l'heure du dîner, les gens se souviendraient de la scène, en gros plan et au ralenti.

Cracker, dans son propre salon, l'avait vue distinctement, la main retournée caressante, le doigt tendu chatouillant irrévérencieusement. Elle regarda sa belle-mère, qui crochetait un objet circulaire d'une laideur sans nom : un col roulé pour serpents défavorisés. Cracker se tourna ensuite vers le téléphone et attendit qu'il sonne. N'était-ce pas ce qui allait se produire ? Non : dans d'autres maisons, les téléphones sonnaient, les conversations allaient bon train. *T'as vu ça ? Pauvre, pauvre Cracker. Enfin, ce n'est pas surprenant.*

Personne ne l'appellerait, elle. Elle tourna la tête vers la télévision. Elle lui avait pardonné avant, de manière invisible, malgré tous les autres signes : les notes d'hôtel pour des tournois à une heure de voiture, le téléphone qui sonnait avec personne au bout de la ligne, une subite baisse de régime dans leur vie sexuelle, une nouvelle et surprenante compétence au lit. Elle avait eu son compte, et n'en avait jamais parlé. Mais ça, c'était différent.

« Il est comme son père. » Margaret n'avait pas levé le nez de son ouvrage, faisant des gestes brusques avec ses doigts pour capturer l'air de sa laine. « Il a le bras sur la main.

— Le bras ? demanda Cracker.

— Le cœur, corrigea Margaret. Il a le cœur sur la main.

— Ouais, regardez mieux. Ce n'est pas son cœur.

— Le pardon est une bénédiction, dit Margaret à ses doigts en action. Ne l'oublie jamais, ma chérie. »

Il rentra ce soir-là avec une de ces gueules de bois crépusculaires, les cheveux peignés en arrière, ses vêtements flottant sur lui, moins un homme qu'une poupée en papier. Il portait son sac sur une épaule, les boules gravées à ses initiales, *ACT*. Il vit son expression. Il ne cherchait probablement pas le pardon : t'as merdé, tu devrais te sentir comme une merde.

« Mon cœur », dit-il. Il était le seul Truitt à parler avec cet accent atone de Salford. Doux et chaud. Il grimaça, tourmenté par un mal de dent, une migraine ou sa conscience. Il était déjà coupable, repentant, en chemin, croyait-il, vers l'absolution. « Je vais aller dormir au bowling.

— Pas question, répondit Cracker. C'est chez moi maintenant. Tu as une mère, tu t'en souviens ?» Sa mère somnolait sur le canapé ; sa mère (pensa plus tard Cracker) était la raison pour laquelle ils ne s'étaient pas disputés, n'avaient pas baisé, ni fait quoique ce soit qui aurait ébranlé les fondations de leur mariage, et l'aurait sauvé par la même occasion.

Elle avait les enfants mais elle ne s'enfuit pas à Dennis, seulement au bout de la rue. Elle passerait tous les matins et leur préparerait le petit déjeuner, elle emballerait leurs déjeuners et les enverrait à l'école. Comme Audra, sa famille ne lui manquerait pas. Elle ne penserait à rien jusqu'à ce qu'elle tourne dans son esprit les grandes aspirations de sa jeunesse : elle imaginerait comment elle pourrait être aimée, comment elle pourrait (en donnant aux autres et en travaillant dur) se racheter. C'était son plan, quand elle avait quatorze ans. Elle n'était pas l'élève la plus intelligente de sa classe ; elle était jolie, mais sans plus ; elle ne jouait d'aucun instrument ; elle ne savait pas chanter. Mais elle chérissait l'idée d'être quelqu'un de bien. Arch était coupable, il n'y avait pas l'ombre d'un doute, mais peut-être était-elle coupable, elle aussi. Elle projetait de faire son examen de conscience.

Lorsqu'elle ouvrit la porte de l'appartement, elle vit que personne ne l'avait vidé depuis tout ce temps. Arch y avait amené des gens. Des femmes ? Oui : il y avait dans un coin un tas d'effets féminins, des culottes et des bas dépareillés, des boules de coton rondes et plates, des limes à ongles. Mais d'autres gens, aussi – des canettes de bière et des bouteilles de scotch, les cendres rondelettes d'un cigare, des programmes de courses. Ce n'était pas la déchéance la plus totale, seulement les signes d'un mauvais comportement, l'œuvre d'un galopin. Arch était un homme négligent mais pas une ordure. Il faisait le ménage une fois par mois. Il n'avait pas couché avec toutes ces femmes dont elle voyait les empreintes de lèvres en forme de croissant de lune sur les verres de scotch. Pas plus de trois ou quatre au fil du temps. De combien de vies secrètes a besoin un homme ?

Toutes, Cracker, toutes.

C'était comme une sorte de camp pour adolescents où l'argent pousserait sur les arbres. Elle essaya de ranger la pièce. Elle alla chercher le vieux balai du bowling et récura le sol. *C'est ma pénitence*, pensa-t-elle, espérant encore qu'elle pourrait faire le bien, *mais à quoi bon ?* Au milieu des déchets, les inévitables enveloppes d'insectes et un autre bien vivant qui se carapata. Le dernier soûlard de la fête. Quelle sorte d'insecte ? Elle l'écrasa. Le genre qui craque. Le pire dans tout ça : elle était partie depuis une heure et demie, et elle se sentait déjà seule, tout le monde lui manquait. Amy, qui avait douze ans, était grande et boutonneuse et adorait la musique : ses copines aimaient le rock and roll mais son truc à elle, c'était le folk, retorse comme le reste de la famille. Brenda, plus petite, encore en âge de laisser sa mère lui pincer les fesses et enfouir son nez dans son cou. À qui Cracker pouvait-elle se confier ? *Un jour je suis partie et tu sais quoi ? J'ai fait demi-tour immédiatement.*

Arch lui manquait, lui aussi, mais il devait partir.

Composite

Les quatre mois durant lesquels Arch vécut au-dessus du bowling, les femmes le traitèrent comme un haut dignitaire en visite dans un pays pauvre. Elles voulaient qu'il soit bien installé mais également reconnaissant et ébloui par la richesse des choses ordinaires. Elles se débarrassèrent de tous les vieux lits de l'appartement et déplacèrent celui en bois de la chambre d'Arch et de Cracker : Cracker en désirait un nouveau. Elle lui confectionna une courtepointe avec les draps et les couvertures de leur vie maritale. Cracker souhaitait ne plus jamais avoir à dormir sous ou sur l'un d'eux.

« Tu aurais pu simplement me les donner, dit Arch. Ils étaient très bien. Maintenant ils sont... » Il désigna la courtepointe étendue sur le lit. « On dirait un mausolée de couvertures.

— Oui.

— Oh. Dans ce cas. »

Il avait espéré qu'elle le reprendrait auprès d'elle. Ça s'était toujours passé ainsi jusqu'alors, le vieux Arch, ce bon vieux chien – Cracker ne pouvait imaginer le nombre de bowlings qui l'avaient interdit d'entrée pour abus d'alcool et paris interdits, et l'avaient finalement laissé revenir. Pourquoi sa famille agirait-elle différemment ?

Elle en avait assez de cuisiner pour lui. Sa mère lui apporta ses repas dans des pots hermétiques.

« La soupe du jour », annonça-t-elle.

Il y jeta un œil, horrifié. « C'est du ragoût.

— Le ragoût, c'est pratique à transporter. »

Il avait caché quelques bouteilles dans le placard à balais du bowling, au milieu des tristes serpillières aux tons pastel fanés, parce que, comme sa grand-mère, Arch aimait faire la fête de temps en temps, après la fermeture. Les bouteilles avaient disparu, jetées par sa mère, tout comme la liqueur, cachée par sa femme. *Tant mieux*, pensa Arch. Autrement, il se serait décroché la mâchoire à tout boire : vodka, bourbon, ginger ale, et les oignons au vinaigre dont personne ne voulait. Il aurait mélangé les cocktails dans son gosier. Anna buvait de la bière, il avait bu de la bière avec Anna et ses muscles souples et son nez affûté, Anna dont le sang circulait dans tout son corps : à sa connaissance, la première femme dont les mains et les pieds n'étaient jamais froids. Le climat d'Anna était constant, chaud sous chaque latitude. Tout avait commencé lorsqu'il lui avait pris la main. Voilà ce qu'il voulait dire à Cracker.

Il ne cherchait pas à être pardonné. C'était un travail qu'il devait accomplir sur lui-même. Il devait trouver de quoi s'occuper, et s'y tenir. (Dans sa famille il était connu pour sa fainéantise. Ils ignoraient combien il travaillait en lui-même.) Comment faire ?

Il décida d'arrêter de boire. L'arrêt ne fut pas concomitant avec cette résolution, mais c'était une première pour lui. Toute sa vie il avait adoré les histoires d'hommes seuls face à la nature, d'explorateurs de l'Arctique, de marins au long cours, et ce fut dans cet état d'esprit qu'il prit sa décision. Il accomplirait un acte de bravoure, au péril de sa vie. Il prendrait la route pour une traversée de la Tempérance. Peut-être voguerait-il vers d'incertaines lisières. On ne traverse pas un océan en pensant à faire demi-tour. On doit se décider et *partir*. Il repensa à l'USS *Montrose*, à la façon dont il s'asseyait et dormait et prenait son quart, chaque jour divisé en tiers. Une telle routine pourrait lui être utile : huit heures de sommeil, huit heures assis à la table, huit heures à regarder par la fenêtre. Dans chaque position il frissonnait sous la courtepointe que Cracker avait cousue pour lui, comme condamné à ne jamais s'en séparer. Une semaine s'écoula.

Plus tard, alors qu'Arch discuterait avec un médecin de toutes ses mauvaises habitudes préférées, ce dernier lui apprendrait que de les arrêter du jour au lendemain aurait pu lui coûter la vie. Mais c'était son mur de glace et il était déterminé à le franchir. Et le grondement dans sa tête ne provenait pas de lointaines avalanches ou d'une vague dévastatrice, mais toujours, à tout jamais, du bowling.

Sa mère venait le voir deux fois par jour. Comme à son habitude, elle manifestait sa colère par une effrayante bonne humeur. Il s'obligeait à s'asseoir à la table de la cuisine juste avant l'ouverture du bowling, lorsqu'elle apparaissait avec du café et un beignet. Elle croyait aux vertus médicinales du magasin de beignets. « Mon chéri ! Tu as l'air en forme, tu as l'air en forme !

— Merci, Ma. » Il remonta son col. Quelle tannée, d'être ainsi évalué par sa mère ! Elle s'approcha et rabattit son col. Il envisagea de lui demander des nouvelles de sa femme et de ses enfants, mais tous deux restèrent silencieux. Elle avait le sentiment qu'il gâchait sa vie. Elle pensait qu'il ne pourrait jamais s'arrêter, et elle en était triste pour lui, alors quel mal y avait-il à rajuster son col dans sa déchéance ?

En arrêtant de boire il avait dû abandonner le frère siamois de la boisson : la cigarette. À la place, il mangeait. Il dévorait des kilos de pistaches achetées au coin de la rue au Sutherland Market, pistaches qui à cette époque avaient une couleur rouge qui entachait ses doigts. Des cerises, aussi, qui étaient de saison et teintaient la pulpe de ses doigts d'un rouge plus profond, lui laissant le contour des ongles noir. N'importe quel aliment qu'il pouvait avaler l'un après l'autre, pour occuper ses mains et sa bouche. Les olives, étrangement, ne faisaient pas l'affaire. Les raisins pouvaient passer mais étaient trop vite ingérés. Le sol de l'appartement était jonché de coques de noix, de queues de cerises, de rafles de raisin aux formes arboricoles. Les huîtres étaient tentantes mais peu pratiques. L'expédition débuta le deuxième mois. Il était trop tard, trop dangereux pour revenir en arrière. Dans sa cabine au-dessus du bowling, il gardait le cap.

Il rendit visite aux filles, les emmena le dimanche à Boston, où tout était fermé à cause des Blue laws. Il pensait que ses filles exigeraient des explications : pourquoi vivait-il au bowling ? Quand reviendrait-il ? Mais elles ne voulaient que des bonbons, arrêter de marcher, et savoir pourquoi elles n'avaient pas le droit d'aller au cinéma. À cela, il pouvait répondre.

Comment expliquer à Cracker qu'il avait changé de vie ? Grâce à la télévision, bien sûr. Il fit son retour dans *Candlepins for dollars*. Il ne s'aventurerait jamais, jamais, du côté de la piste des filles. Lorsqu'il buvait, il avait un visage poupin ; désormais il avait des mâchoires saillantes, des pommettes, et une lèvre supérieure imposante. « Arch Truitt le Rigolard », l'appelait encore le présentateur, mais il ne riait plus tellement. Il se concentrait sur les pistes. Il parlait aux quilles. Une fois, il donna un coup dans le retour de boule et la chaîne lui annonça qu'il était sur la sellette. Quand il buvait, il supposait que l'alcool avait fait de lui un joueur de bowling. Il lui déliait les épaules, lui permettait d'oublier ses rancunes. Mais il le freinait également, c'était certain. Désormais sobre, il espérait, comme s'il adressait une prière : *Maintenant je vais devenir un vrai champion*. Mais cela n'arriva pas. Une grande partie du jeu était une question de hasard, et c'était ce qui lui plaisait. Chaque boule était un défi à la chance, chaque manche, chaque partie. Il voyait toujours les choses sous cet angle, mais ça n'était plus si évident. La malchance attirait la malchance. Vous pouviez échouer encore et encore, et vous révéler être un perdant, un homme maudit. Vous étiez votre propre malédiction.

Cracker ne le regardait pas. Comment aurait-elle pu ? À la place, elle tâchait de voir en lui un homme qui, ainsi que la plupart des hommes sur terre, gagnait sa vie de manière inexpliquée, à droite à gauche.

Ses doigts étaient teintés de rouge à cause des pistaches. Il avait mal au ventre. Il avait tout arrêté pour récupérer sa famille, mais oubliait que la première chose qu'il avait délaissée, c'était justement sa famille. Qu'est-ce qu'elle pouvait bien faire de ses journées ? Elle s'asseyait et attendait qu'il revienne à la maison. Lui s'asseyait et attendait qu'on l'y invite.

Il revint travailler au bowling. Tous les matins il descendait les escaliers et sa mère lançait : « Bonjour mon chéri !

— Bonjour !

— Bien dormi ?

— Comme un ours.

— Voilà ton petit déjeuner.

— Du café, d'abord.

— Voilà ton café. Il va faire beau aujourd'hui, on dirait. Oh, ces chaussures, elles ont été rangées n'importe comment. »

Les gens venaient au bowling pour serrer la main d'Arch. Il n'était pas le meilleur joueur de *Candlepins for dollars* mais il marquait les esprits : son sourire, ses dents de cow-boy de publicité, blanches et alignées ; et ce moment où il avait pincé les fesses de cette grande Polonaise à la télévision locale. Alors il se consacra totalement au Bowlaway. Il y donnait des leçons. Il nettoyait les boules et s'occupait des machines récalcitrantes. Un jour, à la grande surprise de sa mère, il nettoya toutes les chaussures, y compris les chiffres collés sous les talons : il utilisa un des gros crayons qui servaient à noter les scores pour faire glisser le savon entre les rainures.

Puis il remonta et regarda la télévision tout en décortiquant des pistaches. Regardez-moi ces coquilles ! Il pourrait en faire quelque chose. Il faudrait évidemment les jeter, cependant il n'y arrivait pas : elles étaient la preuve de ses progrès. Il commença à les empiler. Il allait construire un obélisque de coquilles de pistaches. Il déclara tout haut : « Je suis devenu fou. »

Lorsque vous êtes fou, vous ne le savez pas. Mais si vous l'énoncez à voix haute ?

Il se coucha, se releva, but le café de sa mère conservé dans le thermos aux motifs écossais, et dévora le beignet. À midi, elle lui apporta son déjeuner, annonçant, comme de coutume : « La soupe du jour ! »

Et ainsi jusqu'au mardi matin. Sa mère lança « Bonjour mon chéri », et en retour il éclata en sanglots.

« Tu es ivre », dit-elle, et, persuadé d'être compris pour la première fois depuis des siècles, il acquiesça derrière ses larmes. Il se souvenait de Roy lui répétant la même chose, il y avait des dizaines d'années de cela. Peut-être ne le voyait-on vraiment que quand il était soûl.

Il s'était tenu à carreau pendant si longtemps ! Quatre mois ! Cela pouvait sembler peu dans d'autres circonstances, pourtant c'était un record du monde pour lui. Le seul moyen de rendre ces quatre mois moins longs qu'une éternité était de continuer à bien se comporter quatre mois de plus, et c'était impossible, il ne pouvait pas, pas seul, pas comme ça. Il y avait de l'alcool quelque part dans l'appartement, il le savait, même si Cracker avait emporté la plupart des instruments de débauche chez elle, à sept heures de là. Lorsqu'il avait emménagé chez elle, l'endroit sentait le savon parfumé au pin et on avait même l'impression que le soleil vivait à résidence, ce qui l'avait changé de son enfance. Son appartement était devenu si rapidement infect qu'il avait peut-être généré tout seul de l'alcool, mais il était plus probable qu'elle n'ait trouvé les bouteilles que là où son cerveau de non-buveuse l'avait conduite. Tout au fond d'un des placards sous l'évier de la cuisine, il dénicha une bouteille de gin à moitié vide. Il la renifla pour s'assurer qu'elle ne contenait pas de l'eau de Javel. Puis il la goûta.

Il avait aimé le gin, mais à quatorze ans il s'était mal remis d'une nuit d'ivresse, et depuis son odeur le ramenait constamment à ce tourment, à cette nuit nauséeuse, à la façon dont lui et son copain Trevor Peters avaient essayé de laver leurs cheveux pleins de vomi à deux heures du matin, et à leur réveil dans la salle de bains, Trevor dans la baignoire, Arch avachi sur une serviette à côté. Voilà, le gin avait le goût d'une humiliation fesses à l'air. Ce gin était particulièrement infâme, tiède, avec une odeur de vieille dame. Il soulagea d'emblée ses bleus à l'âme. Il continua à boire. Et lécha même le goulot de la bouteille.

Ce gin, c'était la soupe du jour. Il le but. Il s'était si bien tenu.

Et désormais il répétait à sa mère en pleurant : «Je me suis si bien tenu.

— Ma foi, on ne dirait pas que ça t'a plu», répondit-elle avec acidité.

À quoi bon bien se tenir si on est misérable ? pensaient-ils tous deux, mais en des termes différents.

Margaret appela Cracker : «Tu ferais mieux de venir chercher ton mari.»

Cracker avait à peine parlé à Arch depuis son départ. Sa mère lui avait fait son rapport : il ne buvait plus, il essayait de se faire pardonner, et quand il aurait accepté d'aller à l'église elle serait sûre qu'il pourrait reprendre sa vie de couple.

« Je me fiche qu'il aille à l'église », répliqua Cracker. Elle n'était pas certaine de vouloir qu'il revienne non plus, mais qui sait, qui sait. Il n'était pas allé à l'église depuis ses dix ans.

« Ma chérie, il faut qu'il aille à l'église. C'est pour bientôt. »

Lorsque Margaret appela et lui dit « Viens au bowling », elle pensa que c'était fait. Arch était allé à l'église. Un mardi matin, avec toutes les petites mamies de la messe matinale. Mais désormais face à lui, elle savait : cet homme n'était pas allé à l'église, à moins qu'il ait vidé les bars et les entrepôts de Salford et soit rentré par effraction dans l'église pour y voler le vin sacramentel.

Il la regarda entrer, avec sa belle démarche singulière. Il essaya de rassembler ses esprits en se donnant de petits coups, comme s'il était fait d'argile : il tapota sa chemise, les poches de son pantalon, les larmes qui avaient coulé. Oh, elle ne lui pardonnerait jamais, il le savait. Ou seulement lorsqu'il serait mort.

« Qu'est-ce qui cloche chez toi ? lança Cracker Truitt à son mari.

— Rien que la mort ne pourra réparer.

— Ne dis pas ça.

— C'est cet endroit qui va me tuer. Il faut que je parte.

— Et où iras-tu ? »

Il haussa les épaules. « Chez Roy. Roy m'hébergera quelque temps. Roy me remettra sur le droit chemin. »

Roy lui ferait arrêter la boisson ; Roy le ferait marcher autour du lac Quinsigamond de Worcester, il lui frapperait la poitrine et lui conseillerait de respirer un grand coup. Roy avait une chienne nommée Leslie qu'il entendait aboyer lors de leurs épisodiques conversations téléphoniques, et quand Roy disait *Assis. Là. Non... Non... Brave fille*, la chienne se taisait. Arch était de tout cœur avec elle. Il n'avait pas l'intention d'aller là-bas.

« Mais qui aura la charge de me garder ? demanda Margaret.

— Vous êtes en charge de vous-même, Belle-Maman. Vous avez soixante-douze ans », répondit Cracker.

Margaret pleurait. Son mouchoir était mauve, petit et presque transparent, comme ses paupières. « Mais où irais-je ? Au foyer !

— Bien sûr que non. Bien sûr que non. Allons... »

Ils l'entourèrent de leurs bras enchevêtrés comme un nœud pour éviter tout contact. Cela ressemblait tellement à Margaret, elle ramenait toujours tout à elle.

« Mais non, tu resteras à la maison, bien sûr. Tu vis ici, bon sang ! » s'exclama Arch.

Margaret s'était imaginé partant avec son fils, et elle avait fini par croire que ce ne serait pas une si mauvaise chose. Ils auraient pris une chambre double dans des motels. Si la chambre n'avait qu'un lit elle aurait dormi à son pied. Elle avait aimé prendre soin de lui durant ces semaines – il était le plus jeune de ses enfants, le plus sociable, toujours à parler à quelqu'un. Pendant quelques mois elle avait été la première personne à qui il adressait la parole le matin, et la dernière le soir. Pourquoi ne tailleraient-ils pas la route ensemble ? Elle l'empêcherait de dévier comme il l'avait fait. Elle achèterait un réchaud pour transporter la soupe. Les magasins de beignets fourniraient le petit déjeuner. Ils parcourraient la Nouvelle-Angleterre et ses bowlings.

C'est ce qu'elle aurait dû faire il y a des années en compagnie de Nahum – dans son grand âge, elle avait oublié qu'il lui avait proposé et qu'elle avait refusé, à présent elle le revoyait juste partir sans elle. Elle aurait dû le héler : *Moi aussi, je viens !*

« Vous allez nous manquer, Belle-Maman. Vous manquerez aux filles, dit Cracker.

— Oh, merci mon Dieu. Et toi, mon Arch chéri ? Tu viendras me voir ?

— J'essaierai.

— C'est déjà bien, d'essayer », déclara Margaret.

Arch eut un petit rire, les joues encore mouillées de larmes. « Alors en ça je suis un saint. Un champion. Je suis le meilleur. »

Plus tard, une fois sa mère partie, il demanda à Cracker : « Alors on va divorcer ?

— Pourquoi donc ?

— Au cas où tu voudrais te remarier.

— Bébé, sois rassuré. Grace à toi je ne suis plus en état pour ça », répondit-elle. C'était sa façon à elle d'être gentille, de ne pas dire *Je ne suis plus en état* tout court.

Roy vint le chercher. Une fois les affaires d'Arch chargées dans sa voiture, une improbable Renault 15 qu'il avait ramenée de Paris, Roy se tint avec Cracker sous le porche d'entrée. « Je suis désolé », lui dit-il. Il portrait une veste verte assortie à la voiture, d'un vert herbe plus intense qu'un vert table de billard. « Du fond du cœur.

— Tu n'as pas l'air désolé.

— Bien sûr que si », insista-t-il. Puis : « J'aurais dû m'excuser il y a des années. Pour mon manque de cran. Je me demande souvent...

— Oh non. Non, par pitié. Tu m'aurais très vite détestée.

— J'en doute », fit Roy. Quand il avait vu la bouche si grande de Cracker Graham, son rouge à lèvres si rouge, ses membres effilés et bronzés, il n'avait pas senti un frémissement dans son cœur, non, mais plutôt un câble qui cassait net. Si Arch l'avait rendue laide, il aurait été soulagé. Mais non, il avait seulement érodé les contours.

« J'aurais été horrible avec toi, reprit-elle. Je n'ai pas un cœur compatissant. »

Il rit. « Tu plaisantes ? Regarde ta vie ! Tu es la compassion même. Aurais-je pu recueillir plus de compassion qu'Arch ? »

Ils regardèrent la Renault. Arch s'était installé sur le siège passager, une joue appuyée contre la vitre. Il avait l'air calme, et en plastique.

« Tu en aurais eu bien plus. Je veux dire, tu le mérites. Tu en aurais eu des tonnes. »

Quelle chose étrange, de se marier dans une famille ! Qu'y a-t-il de plus périlleux ? Et pourtant les gens le font tout le temps. Ils se marient et ont des enfants, et chaque enfant est un composite, une bête mythologique, un assemblage.

Arch n'abandonna pas sa famille. Il rendit visite aux filles, et envoya des cartes postales chaque fois qu'il partait en voyage, là où le bowling le portait : Springfield, Massachusetts ; Providence ; Saco, Maine.

Mes chères petites, j'ai été à la plage. Une mouette a volé mon sandwich au rosbeef! Je crois que je vais rejoindre les déserteurs et m'enfuir au Canada. Non que j'aie quoi que ce soit à déserter mais parce que c'est ce que je ferais, s'il le fallait. J'aurais aimé le faire quand c'était mon tour. Je ne savais pas que c'était possible.

Je vous aime,

Papa

« Il n'est même pas allé au front, commenta Cracker en déchiffrant la carte. Tout ce qu'il a fait, c'est voler quelques couvercles en argent.

— Des couvercles ? » demanda Amy.

Cracker mima un couvercle de casserole. « Les Italiens avait laissé des plats en argent avec leurs couvercles. Mais il n'est revenu qu'avec les couvercles, et aucun plat. Oh mon Dieu, qu'est-ce qu'il était mécontent. Il a même pleuré. Je ne sais pas ce qui s'était passé.

— Alors c'est pour ça. La guerre a compromis sa morale », dit Brenda.

Cracker s'esclaffa, toujours avec ce bruit de portillon qui grince. « C'est ça. Bien sûr. Parce qu'il était pur avant ça ?

— Il a toujours été pur, rétorqua Amy avec passion du haut de ses quinze ans. C'est pour ça que quand il a fait quelque chose de mal, ça a été comme un poison. »

Trop de fois Cracker n'avait pu fermer l'œil de la nuit, se demandant dans quel coin du globe se trouvait Arch. Cela lui arrivait même encore des années après. Il n'avait pas disparu, comme son propre père, il était juste comme une station radio, que l'on captait clairement certains jours, ou qui était complètement brouillée – bien que si on l'entendait un peu derrière les parasites on pût espérer qu'en l'amadouant il reviendrait vers vous. S'était-il remarié ? s'interrogeait subitement Cracker dans le noir. Buvait-il ? Il n'appelait jamais sa mère et ses filles à des horaires réguliers. Lui et Roy venaient voir leur mère – au bowling la plupart du temps, et puis Arch lançait quelques boules. Une fois par an, puis tous les deux ans. Sa vie était un mystère. *Je te dirai tout*, lui avait-il assuré une fois, à quoi elle avait répondu : *Pitié, non.* Elle n'avait jamais été le genre de femme sensible aux promesses ou aux menaces. Elle essayait de se convaincre qu'elle pouvait faire sa vie sans rien de tout ça.

Les hommes de Mars

Jeptha Arrison n'était pas né dans un bowling, loin de là, à l'inverse d'Arch Truitt. L'événement embarrassa tant les gens qui y assistèrent qu'aucun n'avait osé en reparler : les parties intimes de Margaret à l'abri des regards derrière le comptoir en chêne, même si Nahum l'avait exhortée à s'allonger sur la table de billard. Était-il fou ? Il ne fallait pas abîmer le feutre. Il fallait accoucher là où on pourrait passer un coup de serpillière. Le médecin, qui arriva cinq minutes trop tard, déclara que le déclenchement soudain du travail et l'accouchement s'était déroulés de façon classique. Non, pour moi ça ne l'était pas, répondit Margaret, et le médecin rit avec une condescendance qui lui fit l'effet d'une épée transperçant son corps en épargnant ses organes. La douleur resterait vive toute sa vie.

Arch Truitt était né dans le Bowlaway ; c'est-à-dire dans le Bowling de Truitt ; c'est-à-dire au milieu d'un marécage. Le bowling était ce qu'il avait connu dans la partie frontale de son cerveau, avant son expulsion dans le monde réel. Au fond de son cerveau, il y avait le marais. Pourquoi avait-il fallu qu'il boive comme un trou ? Sûrement pour garder la zone humide. Tout son être était un marais.

Ce n'était pas une famille de marcheurs. On les conduisait partout, car marcher était le privilège des fainéants et des génies. « Le Dr Sprague marche pour mieux réfléchir », avait une fois dit Margaret, semblant croire que la marche était l'équivalent de l'université. Oui, tu pouvais y aller, mais tu ferais mieux de tenir le coup, et ce ne serait pas elle qui te soutiendrait. « C'est qui, le Dr Sprague ? » avait demandé Arch, mais Margaret avait secoué la tête sans répondre. Parfois elle pensait que Roy avait hérité du sérieux et de la mélancolie du docteur ; et Arch de sa soif. Peu importait que ce legs soit impossible. Ils ne s'étaient jamais rencontrés. Il faisait seulement partie de la famille par alliance. Mais se pouvait-il que certaines qualités soient plus importantes que d'autres et passent à travers les générations ?

Roy, qui était allé à l'université, marchait. Il encouragea Arch à l'accompagner. Alors Arch se mit en route, et, étant un marais, se mit en quête d'un autre marais.

C'était l'été. Ils vivaient ensemble dans l'immense appartement de Roy à Worcester, en vérité trois appartements regroupés. Le genre de lieu dont Arch avait littéralement rêvé en grandissant : une disposition qui n'avait pas de sens, des chambres cachées derrière des portes de placard, une cuisine de la taille d'un appartement au milieu, une autre petite cuisine inutile dans un coin reculé. L'endroit était si grand qu'ils pouvaient vivre dans une quiétude amicale quand Arch n'était pas dehors ou avec une petite amie. Le salon était vert, comme celui de Minna, que Roy avait fréquentée pendant la guerre, selon une promesse qu'il avait tenue, peut-être bien la seule. Maintenant les deux frères étaient en vacances, au sud de Cape Cod, cernés par les marais. Ils étaient restés tard à la plage et regagnaient leur voiture. Roy ouvrait la marche – enfant, il était toujours le plus lent des deux, en raison de son poids et de sa mécanique interne. Ils étaient des hommes désormais, et il aimait être plus rapide que son frère quand il en avait l'occasion.

Arch était à la traîne. C'était un enfant de la ville et l'absence d'éclairage artificiel lui semblait toujours surnaturel.

Une lumière vive au-dessus de sa tête, si forte qu'elle ne pouvait être que d'origine divine ou annonciatrice de mort. Un oiseau clamait calmement, comme à moitié mort, *À l'aide, à l'aide, à l'aide, à l'aide.* Il savait que personne ne l'aiderait.

Arch s'arrêta pour écouter. Devant lui, une lueur crue. Il se dirigea vers elle, et mit le pied dans une clairière, puis dans une tourbière.

Mais dans quelle direction se trouvait la maison ? Par là, il voulait dire le parking.

La tourbière insinua ses doigts dans sa chaussure.

Ce qui se passa ensuite : un sentiment d'apaisement envahit Arch. Il s'assit. Il s'assit dans la tourbière. Oui, il était ivre. Il entendait une étrange musique qui tintinabulait, et à l'autre bout de la tourbière il aperçut une créature qui se frayait un chemin sur la lisière.

Qui es-tu ?

Je ne te veux aucun mal.

Ce n'est pas ce que je t'ai demandé.

Et toi, me veux-tu du mal ?

Je ferai tout pour t'aider, pensa très sincèrement Arch. Il savait que cette lumière vive était d'un autre monde. C'était une navette spatiale qui s'écrasait. Arch essaya de se lever, mais il est impossible de garder l'équilibre dans une tourbière. Lorsqu'il réussit à se tenir droit, la créature avait disparu. Il crut qu'elle avait disparu. La tourbière lui avait pris sa chaussure. Puis il vit d'autres lumières, orange à travers les pins touffus, et, en face, une lumière extraterrestre qui vacillait. Il se dirigea vers celle-ci et trouva Roy sur le parking, à côté d'une voiture de police tous phares allumés. Roy tenait ses chaussures dans ses mains, ses jambes de pantalon remontées, les pieds noirs de boue.

« Oh mon Dieu ! » s'écria Roy. Il fit tomber ses chaussures à terre et les piétina, encore surpris. « J'ai cru que t'étais mort.

— Pourquoi je serais mort ? » demanda Arch.

Un policier sortit de la voiture. Il était très grand et mince, mais avec le visage rond d'un garçonnet. Il n'aurait jamais l'air d'un homme, ça se voyait. « Vous avez besoin qu'on vous conduise à l'hôpital ? » demanda-t-il à Arch. Il avait une voix inquiète qui feignait le courage, une voix alto teintée de baryton.

« Mais pourquoi diable ? »

Le policier pointa du doigt son pied nu.

« Je ne pense pas que ça nécessite des soins, fit Roy. Allez, viens », dit-il à Arch. Ses mains tremblaient. L'alerte était passée, il voulait reprendre la voiture au plus vite.

« Qu'est-ce que vous faisiez dans le coin ? interrogea le policier, soudainement suspicieux.

— On marchait, répondit Roy.

— Eh bien…, commença Arch.

— Ha bon », dit le policier pour leur tirer les vers du nez. Tout ce qui était enfantin chez lui avait pris des accents malveillants et bornés. « Et vous alliez où ?

— On est frères, déclara Roy, comme si cela expliquait tout.

— C'est à lui que je parle. Ton frère. » Il scruta le visage d'Arch, ses yeux, sa mâchoire, pour y rechercher une ressemblance, supposa Roy. La voyait-il ? Était-ce convaincant ? Puis il déclara, d'un ton fourbe et mécanique : « Votre visage me dit quelque chose. »

À ces mots, Arch décocha son plus beau sourire, le sourire magnanime qui vous rendait tout heureux de le connaître. « Peut-être à la télévision. »

Le policier s'anima : « Oh oui ! C'est vous ! » Il lui tendit la main. Arch la serra. « Vous êtes un acteur, continua le policier.

— Vous voyez, vous me connaissez.

— Oui, bien sûr, fit le policier d'un ton moins assuré. Bon, eh bien, c'est parfait. Tout va bien ?

— Tout va bien, confirma Arch. Merci à vous. »

Les frères Truitt attendirent que la voiture de patrouille s'éloigne. Roy démarra alors et entra dans quelque chose en exécutant une marche arrière – un arbre ? –, et il y eut un son qui emplit leur voiture et cabossa leur cœur, puis la voiture partit en avant et recula dans un fracas – un poteau ? – et se dégagea, enfin.

« On devrait aller voir ce que c'est, proposa Arch.

— Tout va bien », répondit Roy.

Ils firent demi-tour sur le parking. « T'as appelé la police ? demanda Arch.

— Tu avais disparu pendant cinq heures ! J'ai cru que tu t'étais noyé. »

Cinq heures ? Non, impossible. D'un autre côté la lueur orange était en réalité l'aube – le soleil illuminait désormais la baie –, et ils avaient quitté la plage à la nuit tombée.

« Alors comme ça, t'es un acteur ? demanda Roy.

— Il m'a reconnu, non ?

— T'as plutôt la tête d'un cambrioleur de Cape Cod.

— Je passe à la télé.

— De temps en temps. Tu n'es qu'un joueur de bowling du samedi après-midi, et encore, pas tous les samedis après-midi.

— Je suis un acteur », rétorqua Arch calmement. Ce n'était occasionnel que ces derniers temps. « Peut-être que je n'ai jamais été un si bon joueur de bowling, et que j'ai prétendu en être un et que les quilles m'ont cru.

— Mais qu'est-ce que tu racontes ? »

Arch avait l'impression de saisir le sens de sa vie pour la première fois, un sentiment indicible qui brillait tout autour de lui, tandis que la voiture roulait. Il aurait dû employer ce talent à d'autres fins. Il aurait pu être un acteur. Il aurait presque pu tout faire. Il n'était pas trop tard, il pouvait encore changer de vie.

— J'ai vu un ovni, lâcha-t-il. C'est pour ça que j'ai mis du temps.

— T'as vu les lumières des flics.

— J'ai entendu de la musique.

— Sûrement une fête foraine de l'autre côté de la baie. La musique passe à travers l'eau.

— Je sais que la musique passe à travers l'eau. »

Ils roulèrent pendant un long moment en silence, et Roy déclara : « Je te crois.

— Comment ça ?

— Ce que t'as dit. Sur la soucoupe volante.

— L'ovni », le corrigea Arch, pensant que le terme était plus scientifique. Mais le vaisseau, ou l'objet, n'était pas le sujet : le vrai sujet, c'était la créature qui lui avait parlé, d'esprit à esprit. Il ne savait pas comment aborder le sujet.

— D'accord. Je te crois », fit Roy.

Arch examina Roy, qui conduisait d'un air résolu la vieille Renault. C'était dingue de conduire cette voiture aux États-Unis. Personne ne savait comment la réparer, et d'ailleurs personne n'avait envie d'essayer. Le visage de Roy, comme toujours, était celui d'un capitaine qui s'était juré de couler avec son navire, mais était déterminé à se battre jusqu'au bout. « Tu ne crois pas aux ovni, dit Arch.

— Mais je te crois, toi.

— Tu ne crois pas aux fantômes.

— Peu importe ce que tu me diras, Arch, répliqua Roy déviant le regard de la route une poignée de secondes, les yeux remplis de larmes. Je te crois. Je te dois bien ça. »

Arch se rencogna dans son siège. Il était énervé contre Roy – ses larmes ! sa pitié ! alors qu'Arch se sentait paisible et heureux – puis il accepta cette marque de confiance (mais pas la pitié), son affection fraternelle, tout comme il avait accepté beaucoup de choses de la part de Roy ces dernières années. Roy était un moine ; Roy renonçait aux choses non pas pour Dieu, mais pour son frère.

Roy, de son côté, s'était résigné à croire que si un humain pouvait parler aux morts, aux voyageurs de l'espace et aux bébés rêvant dans leurs landaus, c'était bien son frère, aussi innocent qu'un pécheur.

La maison. Avant de sortir de la voiture, Roy déclara : « Je crois qu'on devrait ouvrir un bowling. »

Arch hocha la tête. « Tu hais le bowling.

— C'est pas vrai. Dans une autre vie, j'aurais sûrement adoré. On fera les choses à notre façon.

— Du tenpin.

— Bien sûr, pourquoi pas, acquiesça Roy. Moitié-moitié. Rester à la maison. Faire tourner les affaires.

— D'accord. Je m'en chargerai », fit Arch.

Roy sortit et regarda à l'arrière de la Renault. Le pare-chocs était à moitié décroché et une fissure barrait la vitre arrière.

« Vandales », lâcha-t-il.

Arch s'esclaffa.

« Vandales, répéta Roy d'un air sombre.

— OK », fit Arch. Après tout, il avait changé ; il le croyait, lui aussi. Il savait désormais des choses que Roy ignorait, et il contempla le ciel bleu du matin pour s'en persuader. Un fleuron coiffait le clocher de l'église. Il ne l'avait jamais remarqué. Un message d'un autre monde. Il grossissait et rapetissait, grossissait et rapetissait. Il s'envola. C'était un pigeon.

Il essaya de le revoir ensuite, et toujours il le manqua.

Dieu, le bowling et les enfants

Cracker s'était bel et bien remise dans un mariage. Elle avait épousé un simulacre de mariée : sa belle-mère. Elles se mirent à organiser leur vie commune : des compétitions, des fêtes d'anniversaire, plus de flippers, déplacer les tables de billard. Cracker engagea de la main-d'œuvre supplémentaire, un chef d'équipe pour le soir prénommé Walter, un autre pour le week-end du nom d'Ida Jane. Elle fit l'acquisition d'une machine à hot dogs, d'un petit four, agrandit le coin des confiseries, acheta un nouveau distributeur non pas d'Eskimo mais de Fudgesicles, de Dreamsicles et de Popsicles. Elle vendait des cookies industriels qui arrivaient par lots de trois dans de la cellophane craquante. Ils étaient salés, infects, mais addictifs. Un bowling était dorénavant un lieu pour les enfants, et les enfants aimaient les cochonneries. Les boules étaient toujours collantes. Les petits sèche-mains électriques au bout de chaque piste soufflaient des volutes de sucre en poudre et de poussière de pop-corn au fromage.

« Tu t'occuperas de moi ? demanda Margaret à Cracker, comme l'enfant abandonné qu'elle était.

— Bien sûr.

— Même si ta mère tombait malade ? Même si ta mère avait besoin de toi ? »

Cracker ricana. « Ma mère n'aura *jamais* besoin de moi. »

Sa mère – Arlene Levine Graham Buchsbaum – était en bonne forme et profitait de la vie à Boynton Beach. Elle réclamait surtout ses petites-filles pendant l'été ; qui revenaient, peau bronzée et cheveux verdis, avec des souvenirs d'attrape-touristes inconnus et troublants : Zarkland, La Maison des Serpents de Murray, Little Batavia. À l'occasion, Arlene leur rendait visite dans le Nord. Elle était toujours amusée de l'amour que Cracker portait à Margaret.

« Quand tu étais petite, racontait-elle en fumant dans le jardin, tu avais des poupées de tous les pays. Maintenant tu peignes les cheveux d'une petite catholique.

— Je ne la peigne pas, mentit Cracker.

— Tu as toujours été maternelle. » Puis Arlene tendait à Cracker un dossier rempli d'instructions : lorsque sa maison à un étage serait trop grande pour elle, elle prévoyait de déménager dans la maison de retraite locale, dont voici la brochure. Quand elle aurait besoin d'assistance, aller voir le Foyer juif dans la ville d'à côté, brochure ici. Quand elle mourrait, ce serait ce cimetière-ci, où Mr Buchsbaum, son second mari, reposait. Brochure. Son premier mari, le père de Cracker, était enterré – comme Bertha Truitt – dans le cimetière de Salford, qui n'avait pas de brochure. Mais qui irait rendre visite à Arlene là-bas ? Le cimetière de Shady Palms avait davantage la cote.

Comment Cracker pouvait-elle l'expliquer à sa mère ? Margaret l'aimait. Margaret, qui avait été (d'après ses fils) une mère épuisante à la voix suraiguë, qui avait été une grand-mère se souciant principalement de ce qui pouvait tuer ses petits-enfants (les courants d'air, les bêtises, la négligence maternelle). Sa famille était un mauvais placement sur lequel elle ne misait pas grand-chose, mais elle en était malgré tout venue à l'aimer, comme un héritage arrivé sur le tard. « Tu es si gentille avec moi », disait-elle à Cracker en lui caressant l'épaule, ou en lui prenant la main pour l'embrasser – tout comme bébé Brenda ! « Je t'aime beaucoup, ma chérie. Tu le sais ? » Elle avait délaissé le tricot pour les mots croisés et interrogeait souvent Cracker. « Toi qui es intelligente, tu dois savoir. » Ses yeux étaient bleu clair. Elle appelait Cracker « mon petit cœur » et « ma petite chérie ». Une brocante avait ouvert au bout de la rue des Truitt, et Margaret aimait lui y acheter des présents : des petites figurines en biscuit de Blanche-Neige et des Sept Nains, des vieux singes mécaniques qui jouaient du tambour. « J'ai pensé à toi, avec ton sens de l'humour », disait-elle, comme si ce singe, avec ses yeux écarquillés et son sourire, était un livre en allemand qu'elle ne pourrait jamais comprendre. Elle commença à ranger un peu plus, elle s'activait à faire les fenêtres en chantonnant, un chiffon et un nettoyant pour vitres à la main. Elle faisait de la limonade avec de la saccharine, et des biscuits qui ne levaient jamais. Elle mettait la table, uniquement des cuillères.

Ce n'est que plus tard que Cracker décela les signes étincelants de l'amour. Elle aurait dû s'en douter en lavant les cheveux de Margaret dans l'évier de la cuisine avec le shampooing Prell couleur émeraude. Sa belle-mère avait cessé de se teindre les cheveux en un châtain enfantin (un genre de marron fade, qui brunit généralement après l'enfance vers une couleur plus profonde). Elle avait désormais des racines grises, comme si la tristesse irradiait de sa tête. Sous les cheveux mouillés, Cracker pouvait sentir les saillies du crâne de Margaret telles qu'elles étaient *in utero*, durant les premiers jours, l'enfance, au XIXe siècle. Elle sentait des bosses, aussi, et une masse ovoïde. Elles lui raconteraient une histoire, si elle savait les déchiffrer.

L'esprit de Margaret s'emballait. Le bowling devint tout pour elle. N'était-ce pas déjà le cas ? Pire. Elle rêvait de bowling, elle racontait d'interminables histoires sur le bowling à des étrangers et aux paroissiens de Saint Elias, histoires dont la morale était invariablement : la gravité finit toujours par faire retomber les choses. Dans sa tête résonnait le bruit des quilles. Bruit enquiquinant, il est vrai, mais elle ne pouvait le faire taire. La machine Bowl-Mor reste la meilleure de toutes, elle est fragile mais je sais presque tout réparer maintenant, on dirait pas qu'une vieille comme moi s'y connaît en mécanique, mais ces machines sont comme mes enfants, je sais quand elles vont attraper la fièvre ou se gripper ou faire une bêtise et j'arrive pour les arranger et les calmer, je mets ces bébés au lit. Une boule de candlepin pèse 1,130 kilo. Les pharaons jouaient au bowling. Bertha Truitt a introduit le bowling candlepin à Salford, Massachusetts. Curieuse femme. Elle pouvait jouer pendant des heures sans s'améliorer.

Margaret, tu es folle si tu crois que les gens veulent entendre des histoires de bowling. Mais le bowling et Dieu, il n'y avait que ça qui comptait pour elle.

Les gens à l'église devenaient mabouls. Bowling ou Dieu ou les deux. Ou des funestes prédictions sur les enfants, ou les meurtres de ses journaux à sensation. Elle croyait en la lumière éternelle de Dieu et en la noirceur et la dépravation de l'humanité. Elle avait lu la Bible trois fois de A à Z, ainsi que des centaines de romans policiers et de récits de faits divers. Ça fait beaucoup de crimes, Margaret. Oui, mais le crime est parmi nous depuis la nuit des temps, ou juste après : Caïn et Abel, c'est marrant, elle ne se souvenait jamais de qui avait assassiné qui. Il n'y a pas que ça dans la vie, Margaret, il n'y a pas que les crimes et le bowling et Dieu et les enfants. Ah bon, et il y a quoi d'autre alors ?

Contente-toi de câliner le bébé, ne dis rien à sa jeune mère – c'est Amy, cette fois, elle s'est mariée jeune et a un fils, elle vit à Salford –, ne lui dis pas que ses mauvais soins peuvent le tuer. Contente-toi de fermer la porte, ne raconte pas qu'un homme qui voudrait te trancher la gorge pourrait escalader le treillis, ouvrir la fenêtre, et te tuer sans plus de bruit que s'il se coupait une tranche de gâteau. Contente-toi de regarder les équipes jouer. Les gens jouent au bowling juste pour jouer au bowling, pas pour connaître l'historique entier, savoir qui en est l'inventeur, qui l'a perfectionné et quel en est le sens profond.

Au bowling, Margaret faisait le récit de ses faits et gestes avec des détails précis, dignes d'un documentaire animalier : « Je suis debout près de la machine à pop-corn. Pourquoi suis-je à côté de la machine à pop-corn ? Je regardais les horaires de passage des équipes, et je me suis retrouvée là. » Plus d'une fois, en retraçant ses pas, elle avait fini dans les toilettes des hommes, provoquant le mécontentement général.

« Les Petites Sœurs des pauvres est un endroit agréable, rappela Cracker à Margaret. C'est ce que tu disais quand tu y faisais du bénévolat. » Si seulement elle avait pu accélérer la perte des facultés de Margaret, afin qu'elle la place dans la maison de retraite sans qu'elle s'en rende compte. La mettre gentiment de côté.

« Ils te disent quand tu dois te lever, disait Margaret avec emportement. Ils te disent quand on doit marcher et manger et – tout le reste. On leur appartient.

— Tu ne leur appartiens pas, Belle-Maman.

— Posséder, c'est contrôler, dit-elle avec gravité. On est leurs esclaves. C'est de l'esclavagisme. Sauf qu'on ne produit rien.

— Ce n'est pas…

— Y a-t-il transaction d'argent ?

— Oui.

— Quand j'étais petite on appelait ça l'élevage de bébés. Je ne sais pas comment on dit maintenant. On va me vendre en pièces détachées. »

Cracker voulait seulement que Margaret quitte la maison, pour s'activer au Bowlaway, loin de la cuisinière, de la baignoire, du fer à repasser et des escaliers trop raides à monter. Toutes les causes de décès que Margaret avaient prédites pour les enfants semblaient désormais la viser directement : noyade, brûlures, et horribles desseins d'étrangers sans scrupules.

« Tout le monde demande de tes nouvelles, lui disait Cracker.

— Qui donc ? »

Margaret, laissée sans surveillance, avait été découverte en chemise de nuit sous l'un ou l'autre porche des voisins. « Ah, Margaret, disaient les voisins d'en face ou ceux d'à côté. Quel plaisir de vous voir. » Non, ça n'était pas un plaisir. Ils auraient prévenu les autorités s'ils avaient su à qui s'adresser.

Les voisins pensaient être des gens bien sous tous rapports alors évidemment ils venaient à l'aide de cette pauvre âme à la dérive. La première fois, on invita Margaret à entrer dans le salon, on lui offrit un cookie et une tasse de thé, on l'écouta raconter une histoire sur le bowling, oh, ce fut formidable. Pauvre vieille femme, et quelle fine conteuse ! Ils se souviendraient de cette nuit-là ! Elle avait fini par rentrer chez elle, c'était un plaisir de l'avoir avec nous un moment. Aucun problème. Au revoir, Margaret ! Revenez quand vous voulez.

Mais elle était revenue. Aux mêmes endroits, mais avec une chemise de nuit différente. Et un autre membre de la famille : «Je cherche mon mari. Je cherche ma Minna. Je cherche ma mère, je l'ai égarée, auriez-vous vu ma mère ? »

« Qui est ta mère, ma jolie ? » demandait le voisin du coin de la rue, un haltérophile prénommé Henrik. Margaret trouva qu'il ressemblait à un saint-bernard; elle se recroquevilla et tendit sa main pour qu'il la renifle et s'habitue à elle. À la place, il l'embrassa. « Comment t'appelles-tu, ma jolie ?

— Margaret Vanetten », répondit-elle, puis, semblant hésiter : « Truitt.

— Oh, Truitt, dit Henrik. Je vois. On va te ramener à la maison. »

Ils n'arrêtaient pas de la ramener dans une maison qui n'était pas la sienne !

Cracker n'était pas *vraiment* responsable de cette personne âgée, n'est-ce pas ? Posséder, c'était vraiment contrôler ? C'était ce que racontaient les enfants au parc, quand « qui trouve garde » ne suffisait pas. Margaret avait deux fils. C'était à leur tour de porter ce fardeau. Où était Arch, par exemple ? On ne le voyait plus sur Channel 5, il n'était pas banni mais hors jeu pour de bon. La dernière fois qu'elle l'avait croisé, c'était à la soirée de diplôme de lycée d'Amy, où il était apparu avec un imperméable usé, pour se protéger de la pluie mais également (d'après Cracker) pour passer incognito. Il avait gardé les mains dans les poches. Puis Brenda avait été diplômée et était partie. Ainsi Cracker et Arch n'avaient-ils plus aucune raison de se voir. C'était il y a des années maintenant.

Il ne restait que Roy.

Elle l'appela un samedi après-midi, et ce fut Arch qui décrocha. Elle reconnut sa voix et raccrocha, ses doigts posés sur le crochet du combiné de la cuisine. Elle compta jusqu'à cinq puis souleva sa main pour écouter la tonalité morne et inhumaine, la voix de Dieu qui vous disait de ne pas rester seul.

Elle composa le numéro de nouveau et cette fois lorsque Arch répondit – il était énervé, il avait à peine regagné son siège qu'il avait dû se relever, typiquement l'agacement d'un mari –, elle dit : « C'est Cracker. Faut qu'on parle de votre mère. C'est Arch ?

— C'est Arch. Vas-y, je t'écoute. »

Reviens-moi

Cracker Graham était assise à South Station, la gare de Boston. Elle attendait Arch Truitt. Porterait-il un imperméable ? Aurait-il toujours sa bonne vieille tête ? Il avait peut-être vieilli de cent ans, ou pas du tout. Chaque fois que quelqu'un de la taille d'Arch, ou de ce qu'elle s'en souvenait, entrait dans le grand hall, elle se levait, y compris lorsqu'il ne s'agissait pas d'un homme.

Et puis il était apparu, sans imperméable mais avec une veste en jean et un jean bleu un peu plus foncé. Elle s'était demandé s'ils se prendraient dans les bras, preuve qu'elle avait oublié que son mari ne reculait jamais devant une embrassade. Il l'enlaça. Elle sentit le vieux bouton de cuivre de sa manchette derrière son oreille gauche : c'était ce dont elle avait besoin. Et de sa douce odeur.

« La voiture est là-bas, indiqua-t-elle. Tu as l'air en forme. » C'était vrai, un peu abîmé sur les côtés, mais avec le teint rosé et non jauni, ses long cheveux coiffés en arrière.

« Roy s'occupe bien mieux de moi.

— Bien mieux que moi.

— Bien mieux que moi-même. Personne n'est plus autoritaire qu'un frère.

— Tu as les joues roses. Que fais-tu de beau en ce moment ?

— On dirige un bowling candlepin. Moi et Roy.

— Ce bowling-là ? » demanda-t-elle, montrant du doigt le trottoir où était garée sa vieille Impala. Elle déverrouilla la portière pour lui, puis l'ouvrit d'un geste galant avant d'aller se poster côté conducteur.

« Merci. Non, pas celui-ci. On a acheté un local à Worcester. Avec un petit magasin spécialisé à l'intérieur. Je le gère. Les gens viennent me voir.

— Voyez-vous ça, Arch Truitt le Rigolard », lui lança-t-elle, la voiture entre eux deux.

Le rire recomposa ses traits comme de coutume. « Oui, bon, fit-il, l'air penaud, tu ne me crois peut-être pas mais il y a des gens qui viennent juste pour me serrer la main.

— Moi aussi, je veux te serrer la main. »

Mais ils étaient trop loin l'un de l'autre. À la place, elle secoua les clés d'un geste affectueux. Ils s'installèrent dans la voiture. Cracker démarra le moteur et s'inséra dans la circulation.

« Ça ne te gêne pas de conduire en ville ? s'enquit-il.

— Non, plus maintenant. Depuis un moment, déjà. »

Quand ils étaient mariés, elle n'était pas sereine en conduisant. Et de fait, elle n'avait jamais conduit avec Arch sobre sur le siège passager, elle prenait la voiture uniquement lorsqu'il était imbibé d'alcool et suffisamment de bonne humeur pour accepter qu'elle se mette au volant.

« Tu as donc un bowling avec Roy, reprit-elle.

— Oui, ça t'étonne ?

— J'aurais cru qu'il aurait laissé tomber. Il détestait le bowling, non ?

— Notre bowling est différent.

— Tu ne reconnaîtrais pas le nôtre, dit-elle.

— Oh, maintenant c'est le vôtre ? Eh bien. »

Ils étaient à un feu rouge. Elle bougeait ses mains sur le volant comme pour le caresser. « Tu n'as pas de voiture ?

— Je conduis pas. À causes des tremblements. »

C'était peut-être un mensonge pour occulter l'alcoolisme, ou bien c'était vrai et les tremblements résultaient de son alcoolisme. Tout chez Arch avait trait à l'alcool.

« Tu bois toujours ? demanda-t-elle.

— Nan, répondit-il, comme s'il répondait à une autre question.

— Tu es prêt à voir ta mère ? »

Il se pencha et toucha le tableau de bord, comme pour redresser un cadre accroché au mur. « Rappelle-moi, déjà… Elle est petite, c'est ça ? Gentille, à sa façon ?

— Plus gentille, si tu veux savoir.

— Mazette.

— Elle a oublié toutes ses rancœurs.

— Tant mieux pour elle. Je me sens nerveux. On peut s'arrêter prendre un verre ?

— Je croyais que tu ne buvais pas.

— Je ne bois pas *pour de vrai.*

— Boire *pour de vrai.* Mais quelle est donc cette eau au goût bizarre ? se moqua-t-elle.

— Laisse tomber. »

Ils traversèrent le pont à l'embouchure du Charles, juste avant Salford.

« Roy ne s'est jamais marié, finalement, lâcha-t-elle.

— Non.

— Il a des copines ?

— Peut-être. Écoute, je ne peux pas parler de mon frère avec toi.

— Pourquoi ? C'est ton frère.

— Parce que tu ne sais pas pourquoi.

— Je ne lui ai pas brisé le cœur, répliqua-t-elle.

— Bien sûr. » Arch voulait protéger Roy. Et défendre son droit à être ennuyeux. L'existence entière de Roy était dévouée aux choses ennuyeuses : les verrous, l'histoire. Il s'y attachait non pas jusqu'à ce que ces choses deviennent intéressantes, mais jusqu'à ce que leur fadeur soit tant mise à nu que chacun puisse en percevoir les contours : les sommets d'ennui, les profondeurs d'ennui, les soubassements, la force de gravité. Il vouait une passion terrifiante à la grammaire. Il avait envie d'écrire un livre sur la représentation du drap taché chez Homère. Puis il écrirait son grand œuvre : une histoire du bowling. Même Arch ne voudrait pas lire ça. Ils le vendraient dans leur bowling, qui se nommait tout simplement Bowl.

« Ah, Roy, dit Arch. Écoute, je dois honorer ses souhaits. Tu comprends ?

— D'accord. J'ai invité Amy et Ben pour dîner, et leur bébé Bobby. Il est incroyable.

— J'ai déjà rencontré l'incroyable Bobby, répondit Arch d'une voix enjouée. J'ai rencontré le copain de Brenda, aussi. Lars.

— Oh.

— Bon sang, ma mère me rend dingue. Saura-t-elle qui je suis ?

— Bien sûr ! Ne t'inquiète pas.

— Je préférerais presque que ce ne soit pas le cas, si tu veux savoir. »

Elle se tourna alors vers Arch, regarda ses yeux bleu acier, ses cheveux qui avaient besoin d'une coupe. Ils étaient arrivés à Salford. « Allons prendre ce verre », dit-elle.

« Oh, le petit chéri ! s'écria Margaret en voyant Arch. Oh mon cœur ! Soulève-moi ! Soulève-moi que je puisse t'embrasser ! »

Il la souleva. Il la prit dans ses bras à la manière de Rhett Butler, ou de la Créature du Lagon Noir. Elle l'embrassa sur la joue, rayonnante.

« Maintenant il n'y a plus besoin, dit-elle joyeusement.

— Plus besoin, Belle-Maman ? interrogea Cracker.

— Plus besoin qu'on s'occupe de moi. Tout va bien maintenant, pas vrai ? »

Bien des années plus tôt, Amy avait tant admiré le lit à baldaquin de sa voisine qu'il lui avait été donné, et c'était dans celui-ci, après le dîner avec sa mère, sa femme, sa fille et son petit-fils, qu'Arch Truitt passa sa première nuit à Salford. Il se rendit compte à quel point il était malsain, ou peu sage, de dormir sous un baldaquin. Les espoirs y pourrissent et vous étouffent. Vos cauchemars ne peuvent se dissiper. Il finit par se lever, dénicha le sac de couchage à motif écossais d'Amy dans son placard, et alla dormir dans la petite pièce entre deux chambres qui avait servi de nursery.

Il n'était pas sûr de savoir pourquoi il s'était installé ici. Pour être proche de sa mère, ou de Cracker ? Comme un espion ou un animal domestique ? Le sac de couchage était doux et sentait le renfermé, comme une chrysalide. Peut-être qu'il renaîtrait en homme nouveau. Il entendait les bruits des deux femmes qui l'entouraient, les lumières qui s'allumaient, puis s'éteignaient, les lits qui grinçaient, les soupirs non destinés aux oreilles des hommes, qui, à sa grande surprise, étaient en tout point semblables à ceux de son sexe. Toutes ces années, il n'avait pas été la cause de ces soupirs exaspérés et énigmatiques, de ce bruit satisfait ! C'était la vie elle-même !

Il n'avait pas pris son coussin avec lui, et quand il tournait la tête vers la fenêtre il sentait sous son crâne les interstices entre les lattes du plancher. Ce qu'il voyait : les branches d'un arbre et les étoiles, les points mobiles des satellites, ou des ovnis, ou des météores. Dans sa jeunesse, les mystères du monde lui avaient paru fastueux : vous étiez libre de les interpréter comme vous vouliez ! Désormais l'univers retenait les choses. C'était comme le hasard. Le hasard signifiait autrefois que tout pouvait arriver. Maintenant il signifiait qu'il était condamné. Mais peut-être qu'il n'en avait pas besoin, après tout.

Peut-être qu'il pourrait avoir cette seule chose qu'il avait tant désirée sans jamais l'obtenir. Faire partie d'une famille. Être aimé de sa femme.

Cracker ronflait. Sa mère pleurait dans son sommeil. Il s'endormit, évidemment. Il était Arch Truitt. La plus grande histoire d'amour de sa vie.

Il se réveilla dans le noir lorsque Cracker trébucha sur ses orteils.

« Qu'est-ce que tu fiches ici ? » Puis elle ajouta : « Elle pleure.

— Je sais.

— Alors pourquoi tu dors ? »

Il se mit debout dans le sac de couchage, le laissa tomber à ses chevilles et s'en extirpa. Des gémissements endormis dans la chambre d'à côté, et les *chut* familiers de Cracker, *Chut, tout va bien, je suis là*. Il entra. Sa mère avait ses couvertures remontées jusqu'au cou. Elle avait l'air d'un pantin sans son dentier, et il se dit que s'il y avait une vie sur une autre planète et qu'elle nous envahissait, elle s'interrogerait sur ces créatures tristes qui gardaient leurs dents hors de leur corps la nuit.

« Elle ne s'est même pas réveillée », observa Cracker. Elle dormait dans le même genre de robe de nuit large et longue qu'elle avait toujours eue, qui cachait sa silhouette et la révélait dans toute sa pureté. Blanc, avec une touche rose pâle au niveau du sternum. « Pourquoi dormais-tu sur le plancher, petit rigolo ? »

Le rigolo répondit : « Tu m'as manqué. »

Dans le nord de Salford, près des marais, vivait une femme qui ne pouvait pas s'empêcher d'adopter des animaux sauvages. Ça se passait en des temps anciens. Enfant, elle ramenait chez elle des grenouilles, des serpents et des souris. Des rats. Un raton laveur, un opossum. Elle voulut une mouffette mais n'alla pas jusqu'au bout. Les animaux rongeaient les murs de sa maisonnée. C'était leur maison, à eux aussi. Les voisins appelèrent la police.

« Les humains ne sont pas faits pour vivre avec les animaux, la mit en garde un policier.

— C'est exactement ce pour quoi ils sont faits ! » répliqua la femme.

Le policier ne comprenait pas. Il ne s'était jamais endormi avec un raton laveur dans son lit. Cette bosse qui vous tient chaud contre votre dos. Les petits bruits. Le *poids* des animaux. Leurs queues. Elle voulait avoir une queue elle aussi, elle en rêvait, et lorsqu'elle se réveillait sans queue elle se sentait amputée, comme si quelque chose qui lui revenait de droit lui avait été volé. Au moins pouvait-elle vivre avec les queues des autres. Parfois il y avait deux ratons dans le lit, et un printemps il y eut même une portée de renardeaux. Si les animaux n'étaient pas faits pour vivre dans les maisons, alors à quoi leur servait-il d'apprendre à ouvrir le réfrigérateur, à faire couler le robinet de la cuisine ? Elle n'était pas vilaine, disaient les voisins. Elle pourrait se marier, avoir des enfants. Comme si les rêves des autres gens l'intéressaient ! Comme si ce qu'ils trouvaient attirant l'était aussi pour un raton laveur. Elle préférait les animaux. Elle faisait des rêves, comme eux, de courses-poursuites et de raclées non méritées.

À la fin de sa vie – elle n'était pas vieille, elle n'était pas destinée à vieillir –, elle dénicha un animal au fond d'un marécage, un chat sauvage au joli minois, de la taille d'un berger allemand – ou était-ce un chien sauvage ? Non, pas sauvage, l'animal avait l'air domestiqué. Il avait dû être abandonné par un humain. Il s'approcha en reniflant, lui rappelant l'opossum qu'elle avait récupéré dix ans plus tôt, qu'elle avait appelé Sugar dans sa tête, car elle ne prononçait aucun nom à voix haute.

Se pouvait-il qu'elle ait découvert une nouvelle espèce ? Il avait des yeux d'homme, une posture thérianthropique de petit comptable, et une truffe noire et humide. Elle avait rêvé d'un nez comme ça pour elle, un museau mouillé et froid qui transmettait de l'amour et de la force. Un courant passa entre la femme et la créature. Elle tourna les talons. La bête la suivit.

Deux semaines plus tard on retrouva la femme gisant sur le sol de sa cuisine. Frappée à mort. La gorge arrachée. La chose qui avait fait ça avait brisé la porte de la cuisine de l'intérieur et ne fut jamais arrêtée.

« On l'avait pourtant prévenue », déclara la police aux journalistes.

Cracker Graham avait lu cette histoire quand elle était jeune, et en avait été marquée. Lorsque les autorités viennent chez vous et vous disent *Ça suffit*, prenez-les au sérieux. Écoutez vos voisins, votre famille. Même si Cracker respectait la femme éventrée. Elle avait vécu une chose pour laquelle elle était prête non seulement à mourir mais aussi à se faire tuer. Elle imaginait la femme sur le sol de sa cuisine, déjà assommée et couverte de sang, offrant sa gorge en pensant *Ah, vous voyez, chers concitoyens ? Je ne meurs pas seule.*

Cracker décida de reprendre Arch.

La vieille femme sur le toit

Le mariage n'était pas mort; il avait seulement été enterré vivant. Regardez-le dans son cercueil. Voyez-le respirer. Quoi de pire qu'abandonner quelque chose ou quelqu'un parce qu'on le *croit* mort ?

Le lit était neuf. Les verres étaient neufs, achetés à l'épicerie. Les chats étaient morts et n'avaient pas été remplacés : Cracker en avait assez (croyait-elle, croyait-elle) de s'occuper d'êtres vivants. Le mariage n'était ni vieux ni neuf. Ils n'étaient pas des adolescents, ils avaient la cinquantaine, et étaient donc reconnaissants d'être arrivés jusque-là. Arch avait oublié les courbes de Cracker, son rire tour à tour coquin et enfantin. Cracker avait oublié le plaisir qu'il y avait à se décharger sur quelqu'un des besognes qu'on n'avait pas envie de faire soi-même. Il n'y avait pas d'enfant à la maison, juste une vieille dame dure d'oreille. Rien ne servait de baisser la voix.

Cracker n'avait pas touché à grand-chose dans la maison, et avait laissé les affaires s'entasser. Dans la cuisine il y avait trop de guéridons et de chariots – un pour les épices, un autre pour les verres doseurs et les mesurettes –, parce que chaque tiroir regorgeait de babioles en tout genre : des menus et des élastiques en caoutchouc d'un côté, des spatules cassées dans un autre, du matériel pour les bébés dans un troisième. Arch s'imagina retourner littéralement la maison et la secouer pour voir ce qui tomberait de ses poches.

Chaque fois qu'il suggérait de se débarrasser d'un objet, Cracker répondait : « Non, j'aime bien comme ça. Laisse ainsi. »

Laisse ainsi concernait aussi Margaret. Ils avaient oublié qu'ils avaient eu le projet de la placer dans une maison de retraite.

« Je vais vider un peu la chambre de ma mère », annonça Arch.

— Alors ça, volontiers. Je l'emmène au bowling, pour qu'elle ne reste pas dans tes pattes. Qui sait ce que tu vas trouver ?

— L'or des Truitt.

— Ouais, c'est ça. Je t'en prie, trouve-nous l'or des Truitt. »

Dans le placard, dans les tables de chevet, sous le lit : des cadeaux reçus au fil des ans. C'est ainsi que Margaret avait consigné toutes ces preuves d'attention. Des énormes pains de savon emballés dans du papier à motifs, des savons en forme de coquillage pour les invités, des flacons d'huile pour le bain, des petites capsules d'huile pour le bain à dissoudre dans l'eau, tous parfumés à la lavande, à la jacinthe, à la violette. Les gens avaient dû penser qu'elle sentait mauvais. Des preuves d'amour et de déception. Que voudrais-tu pour ton anniversaire, Mamie ? Oh, rien du tout, répondait-elle. Ou bien : Tout me fera plaisir. Mensonge. Depuis l'enfance elle ne voulait qu'une chose : une boîte pleine d'une substance dont elle n'imaginait pas qu'elle changerait sa vie.

Arch avait tout trouvé, les boîtes, les pots de savons et d'huile pour le bain, des tas de mouchoirs brodés. Elle ne se servait jamais de rien et elle ne jetait jamais rien. Il ne comprenait pas quel sens cela avait. Pourquoi avait-elle tout gardé ? Par sentimentalisme ou par reproche ? Il remplit un sac-poubelle, puis un autre.

Derrière le pied du lit il y avait une valise pleine de vieux papiers. Une liasse de déclarations d'impôts recouvrant les lettres de son père retenues par un élastique, encore dans leurs enveloppes. Son écriture était cahotante. Arch en sortit une de son enveloppe. *Ma petite poupée rose adorée*, lut-il. Il fit la grimace et remit la lettre dans l'enveloppe pour la lire plus tard, ou pour la donner aux filles. Brenda raffolait de ce genre de choses. Il s'imagina l'appeler à l'université dimanche pour lui raconter. Sous les lettres il tomba sur un document sur lequel était écrit : DERNIÈRES VOLONTÉS ET TESTAMENT.

Vieux, Nouveau, Dernier Testament. Le document avait l'air d'un autre âge et d'une importance capitale. Ne roulant pas sur l'or, Arch Truitt avait fantasmé un héritage reçu d'un inconnu qui ne lui manquerait pas. Et pourquoi pas ? Leur arbre généalogique était truffé de branches sciées. Un parent riche n'était pas impossible : un Truitt dont ils ignoraient l'existence, la famille du côté de Margaret, ou même un Sprague à court de descendants.

Il déplia le papier et lut.

Je lègue toutes mes possessions matérielles à mon mari, le Dr Leviticus Sprague ; à une exception. Joe Wear héritera du Bowling de Truitt et de tout ce qu'il contient afin d'honorer la vieille promesse qui lui a été faite. Je soussignée Bertha Truitt, âgée de cinquante-sept ans, le 7 avril 1918.

Il descendit en trombe au Bowlaway.

« Et voilà, Belle-Maman », dit Cracker. Tous trois s'installèrent près d'une des pistes de bowling vides – le mardi matin ils faisaient des tarifs réduits pour les seniors, c'était un créneau calme – et lui tendirent un café du distributeur qui servait aussi du bouillon et du chocolat chaud. La lumière artificielle faisait ressortir les traces de doigts sur ses lunettes. Elle avait l'air folle. Elle était folle. Et avait les tempes grisonnantes.

« Ma, dit Arch, comment es-tu devenue propriétaire du bowling ?

— C'est une entreprise familiale, répondit Margaret en jouant avec le gobelet en carton. Je devrais dire qu'elle devait me revenir. Ainsi qu'à toi.

— Mais comment Papa en est-il devenu le propriétaire ?

— Il l'a hérité de sa mère. »

Il était difficile de trouver les mots quand on accusait sa mère d'escroquerie. (Était-ce une escroquerie ? Il n'était pas sûr de ce qui distinguait un vol d'une escroquerie aux yeux de la loi.) Arch but une gorgée de son propre café. Comme toutes les boissons du distributeur, il avait un léger goût de bouillon de poule. Quel être humain voudrait de ce truc-là ? Il enrageait contre ce café infect et la machine stupide qui l'avait préparé.

« Y a-t-il eu un testament ?

— Sans doute.

— Mais tu l'as vu de tes yeux ? »

Elle secoua la tête et se mit à rire : « C'est un véritable interrogatoire ! Où sommes-nous, d'ailleurs ? »

Cracker posa sa main sur l'épaule de Margaret. « Ce n'est pas un interrogatoire.

— D'accord, en fait, il est à toi maintenant. Je te le donne !

— Nous n'en voulons pas, dit Arch. Qu'est-il arrivé à Joe Wear ?

— Joe Wear. » Margaret couvrit sa bouche de sa main. De l'extérieur, il était impossible de deviner si elle se souvenait ou si elle ne réussissait pas à se souvenir. Elle-même n'en était pas certaine. Elle visualisait les lettres de son nom mais ne se rappelait pas son visage. « Joe Wear, répéta-t-elle. Je crois qu'il a été chassé.

— Par qui ?

— Par n'importe qui. »

Arch, lui, se souvenait de ce nom. Joe Wear était le croque-mitaine qui vivait au-dessus du bowling avant eux. Son père en avait fait le bouc émissaire de tous leurs désagréments. *Ce maudit couteau que Joe Wear a laissé traîner. Ce robinet ne marche plus, Joe Wear l'a foutu en l'air.*

« Où est-il parti ? » l'interrogea Arch.

Margaret fixait placidement les confiseries sur le comptoir. « Qui ? Oh mon chéri, je suis fatiguée. »

C'était insupportable, cette placidité, ce refus de se laisser tirer les vers du nez. « Peut-être que tu devrais retourner chez les Petites Sœurs des pauvres », déclara-t-il.

Margaret tourna la tête vers lui. Derrière les traces de doigts, une lueur de panique passa dans ses yeux. « L'orphelinat ?

— L'hospice. Ils s'occuperont de toi.

— Plutôt mourir. »

Arch haussa les épaules. Elle oublierait tout, cette conversation comme le reste. Il pouvait enfin lui confier ce qu'il avait sur le cœur. « OK. Si tu préfères mourir. Ça me va.

— Betty ! s'écria Margaret.

— Fous-lui la paix, lança Cracker à Arch. Ça s'est produit il y a cinquante ans, bon sang, Arch. Vous voulez un peu plus de café, Belle-Maman ?

— C'est jamais de refus », répondit Margaret avec prudence, bien qu'elle n'eût pas bu une goutte du sien.

Arch était persuadé qu'en interrogeant habilement sa mère elle se confesserait. Sa mémoire ne s'était pas envolée entièrement, elle était juste illisible par endroits, comme une lettre constellée de larmes. Arch avait du mal à ne pas le prendre personnellement. Il lui semblait que les trous de mémoire de Margaret s'étaient ligués contre lui.

« Tu ne peux pas lui en tenir rigueur, lui dit Cracker.

— Il n'y a que ça qui m'aide à tenir, justement », répondit-il.

Exactement comme sa mère avait gardé ses secrets jusqu'à ce que sa mémoire flanche. Il n'arrêtait pas de la regarder. Si ses parents avaient volé un bowling à quelqu'un, qui sait ce qu'ils avaient pu faire d'autre ?

« Elle devrait aller aux Petites Sœurs des pauvres. Je crois qu'il est temps, dit Arch à Cracker.

— Je croyais que tu ne voulais pas la mettre à l'hospice. »

Il secoua la tête. « Je ne pense qu'à ça.

— Trouvons Joe Wear ou un de ses descendants.

— Non, pas ça. Je pense à ce que j'aurais pu être à la place. Je détestais cet endroit.

— C'est Roy qui détestait cet endroit.

— Je ne suis pas Roy! rugit Arch. Et moi aussi j'ai détesté cet endroit! Lui s'en est sorti et moi j'ai été englouti.

— Tu veux dire que tu m'as épousée.

— Ce n'est pas ce que je veux dire.

— Tu m'as épousée et tu as eu des enfants. Et je me doute que ça ne t'a pas rendu heureux, puisque tu es parti.

— Ce n'est pas ce que j'ai voulu dire. Tu ne m'écoutes pas, personne ne m'écoute jamais.»

Calmement, elle répondit : «Vas-y. Vas-y, je t'écoute.

— Je ne sais pas, je ne sais pas. J'ai l'impression d'être prisonnier et de ne le comprendre que maintenant, au moment où je commence à mourir de faim. Et tout ça à cause de cette vieille femme, qui ne sait même pas ce qu'elle a fait.

— Elle a fait au mieux», dit Cracker, parce que c'est ce qu'on dit dans ces cas-là. «Et on ne sait pas ce qu'elle a fait non plus. Rien ne me réjouirait plus que de me débarrasser de ce bowling. Alors, vends-le. On ne peut pas le rendre gratuitement comme ça, pas après toutes les années que nous lui avons consacrées.

— Moi qui pensais que tu étais la plus morale d'entre nous.

— Je suis la plus pragmatique. Vendons-le. On installera ta mère là où on s'occupera bien d'elle. Avec la messe tous les jours si elle veut, et des bénévoles pour jouer aux cartes. Ensuite, on décidera de ce qu'on fait de nos vies.»

Le lendemain matin, Margaret prit le bus, traversa la pénombre du bowling et déverrouilla la porte. Personne ne la croyait encore capable de faire ces choses-là, les bus, les tickets de bus, les clés et les verrous. Un jour vous aviez encore les clés de votre vie dans la main, puis venait le tour d'un autre. Elle portait sa chemise de nuit et ses chaussons, mais elle avait emporté son sac à main. On ne pose pas de questions à une dame âgée, tant qu'elle a son sac à main.

Elle avait verrouillé la porte du bowling derrière elle. Cet endroit lui appartenait. Tout le monde n'a pas le privilège d'enfermer les gens dehors. Ça lui manquera. Elle serra la clé rugueuse dans son poing. Elle allait rentrer chez elle.

Le comptoir à confiseries était si joli. Elle bourra son sac à main de bonbons au citron, ses préférés, et de caramels mous, mais comment pourrait-elle les mâcher ? Les escaliers qui mènent au vieil appartement. Il y flotte une odeur de renfermé, comme si une poêle avait été oubliée sur le feu d'une minuscule flamme pendant des mois. La courtepointe jetée sur le sofa ressemblait aux divertissements du dimanche – pas les blagues, mais les feuilletons à l'eau de rose, *Rex Morgan*, *M. D.*, *Mary Worth*, *Smilin' Jack*, des gens dans des avions contraints de faire des choses.

Elle avait l'intuition qu'elle devait fuir mais elle ne savait pas quoi exactement. Une mise à l'écart. Une trahison. Arch était fâché contre elle. Il avait crié, lui qui ne crie jamais. Elle trouva la porte cachée dans le placard et l'ouvrit. Elle fut d'abord désemparée à la vue de l'échelle trop haute pour elle, puis elle aperçut une vieille valise et s'en servit comme d'un marchepied. Malgré son grand âge, elle pouvait encore grimper à l'échelle, elle était si petite, si légère que se hisser sur l'échelon suivant ne lui demandait pas plus d'efforts que de traverser une pièce. Arrivée en haut, elle trouva le verrou, qu'elle ne put faire coulisser.

Puis elle réussit. Pas grâce à l'adrénaline mais à ses souvenirs. Lorsqu'elle était jeune mère, elle était déjà montée sur le toit. La vieille Margaret Vanetten Truitt accéda au dernier échelon de l'échelle. C'était la partie la plus ardue : les échelles étaient toujours branlantes à leur sommet. Bertha avait donné naissance en haut d'une échelle ! Presque. Comment était-elle arrivée ici ? Dans les situations de crise, il fallait prendre de la hauteur.

Margaret s'étira, se déploya. Les lumières de Salford ! Pas vraiment. Elle n'était qu'au deuxième étage, et il était cinq heures du matin, l'heure la plus noire. Il faisait froid là-haut – Margaret avait toujours froid – et elle pouvait à peine apercevoir Philippine Square, le néon éteint du cinéma, le magasin Sutherland's Market de l'autre côté de la rue. *Personne ne sait où je suis*, pensa-t-elle, même si ce n'était pas vrai : dans l'immeuble derrière elle, un vieil homme dans son salon l'aperçut dans sa chemise de nuit, puis ses yeux revinrent se poser sur la télévision. Elle s'avança jusqu'au bord. Il y avait une bouteille de vin. Peut-être qu'un de ses garçons connaissait ce toit.

Il y a du vent là-haut. Pourquoi ? La trappe se referma d'un coup sec sur l'échelle. Elle ne serait jamais capable de se pencher et de la soulever. De toute façon, elle avait perdu la clé et elle était furieuse pour plusieurs raisons qu'elle avait oubliées mais savait légitimes.

Si je tombe du toit, pensa-t-elle, et cette idée lui procura un vif plaisir. Elle déposa un bonbon au citron sur sa langue et découvrit avec étonnement qu'elle n'avait plus aucune dent. Elle les avait laissées à la maison. Elle était si légère qu'elle tomberait sans un bruit comme la pluie de la Nouvelle-Angleterre, et au petit jour celui qui la trouverait se demanderait de quelle hauteur elle avait chuté, d'un avion ou du paradis, telle une cigogne désorientée. Libérée des griffes du diable de Salford, qui survolait Mims Avenue. Elle était le diable de Salford en personne, une femme volante, mais vieille, fatiguée. *Ils vont croire que je me suis donné la mort.* Ça ferait un sacré enterrement ! Ça leur apprendra ! Mais elle n'aimait pas déranger, alors elle s'éloigna du rebord du toit. Pas si légère après tout. Dès qu'elle trébucha et tomba un bleu se forma, le crépuscule de la peau contre le goudron sombre du toit, dans la lumière du petit matin. Au-dessus, des nuages de coton s'effilochaient comme une chaussette mâchouillée. *Pas un nuage dans le ciel*, songea-t-elle avec amertume : c'est ainsi que ça devrait être. Joe avait l'habitude de venir dormir ici – il le lui avait avoué – et c'est alors qu'elle visualisa son visage, renfrogné et triste. Seul, lui avait-il laissé entendre, mais elle s'interrogea. Il n'y avait guère d'endroits où un homme comme Joe Wear pouvait aller avec un amoureux, à cette époque-là ou encore maintenant, et son cœur s'emplit de bienveillance pour lui, mais se vida aussitôt. Bien. Laisse-les partir. Laisse-les ruiner d'autres voisinages.

Oh, le vent va lui rendre la monnaie de sa pièce, il se saisit de l'ourlet de sa chemise de nuit, puis le remonta jusqu'à ses hanches et sous ses petits seins. *Je n'ai pas de sous-vêtements !* pensa-t-elle comme si quelqu'un les lui avait volés, mais elle n'en portait jamais la nuit : même une femme pieuse a besoin de s'aérer. Le vent soufflait, ébahi par ses parties intimes. Elle se mit à sangloter, de honte et de plaisir. Personne ne l'avait touchée en dessous de la taille depuis son vieil escroc de mari, et personne ne le ferait plus jamais, pas même pour des raisons d'hygiène. Elle n'irait pas à la maison de retraite, elle ne se ferait pas essuyer le derrière par des immigrés, peu importe ce qu'en pensent ses enfants. Elle n'aurait pas son derrière écarté et lavé par des étrangers, ni même par ses proches, même si le vent s'immisçait dans ses fesses et plus en avant, dans ce que Nahum surnommait, c'était insupportable, sa foufoune. Le vieux devant sa télé avait tout vu. *Je vais mourir d'hypothermie !* Moins embarrassant que d'être vue nue par quelqu'un de son âge mais aussi pire, bien pire, et avec un effort surhumain elle roula sous la corniche du toit comme sous l'aile charbonneuse d'un ange envoyé de Dieu.

Quand ils virent son lit vide et défait ils n'imaginaient même pas ce qui avait pu se produire. Elle n'avait pas pu le laisser ainsi sciemment, elle qui pensait qu'un lit défait était autant de mauvais goût qu'une décoration moderne. Où était Margaret ? Ils fouillèrent la maison dans ses moindres recoins, de même que le jardin, le Bowlaway et la bibliothèque à cinq cents mètres de là. La police interrogea les voisins.

Mais où était-elle ? Avait-elle pris le train ? La route ? Avait-elle été exfiltrée par la fenêtre par son ravisseur (*Toi, tu viens avec moi, et n'oublie pas ton sac*) et emmenée au loin dans une voiture sombre ? Elle s'était égarée encore, elle était vieille, la famille était encline à s'égarer.

Et à disparaître pour de bon. Et aussi : Quand ? Personne ne l'avait vue pendant plusieurs heures d'affilée.

Ils auraient dû la mettre à l'hospice, où elle aurait disparu comme on le fait généralement, par lente évaporation.

Les pères d'abord

Arch fréquentait les bars d'université pour noyer sa culpabilité. Lui qui n'avait jamais étudié, croyait que les étudiants étaient honnêtes. Qu'ils ne volaient pas. Qu'ils ne tuaient pas. Ils étaient bêtes, à leur façon – Roy lui avait dit que n'importe quel adulte pouvait boire plus qu'eux et penser mieux qu'eux. Il était assis au Father's – quel numéro ? Hein ? D'eau ? Toi ? il ne se souvenait pas – en compagnie de gens étranges lorsque les lumières se rallumèrent. Les bars fermaient à deux heures du matin et les cavistes une heure avant, mais Arch était un buveur entouré de buveurs, et ils avaient encore soif. Deux garçons et une fille silencieuse. Il devenait capital de boire un dernier verre. Où pouvaient-ils aller ? « J'ai une bouteille à la maison », proposa Arch. « J'ai une caisse », renchérit un des garçons. Arch s'était assis à l'avant. Il savait qu'ils étaient ivres, et admirait l'habileté du conducteur, ce type aux cheveux longs et aux sourcils broussailleux. L'autre garçon (plus petit, avec une casquette plate de voyou) s'était assis à l'arrière avec la fille (italienne, présumait Arch, brune, la raie au milieu, un jean bleu et une chemise à carreaux tissée de fils dorés). Il entendait des bruits à l'arrière, mais il croyait qu'ils se tenaient tranquilles et que la route cahotait en défilant sous les roues dans la nuit.

Si la soirée s'était déroulée différemment, Arch se serait peut-être réveillé le lendemain matin, surpris d'avoir survécu au trajet du retour. *Que c'était idiot!* aurait-il dit à Cracker, qui aurait répondu *Il est temps de faire la paix avec toi-même. Bois à la maison, s'il le faut.* À la place, il déverrouilla la porte du Bowlaway et dit aux gamins – Jordan, Terrence, et un autre, Arch ne savait plus qui de la fille ou du garçon aux gros sourcils était Jordan. Terrence était celui avec la casquette. « Entrez », fit-il. Ils entrèrent.

Ils burent dans la pénombre du bowling du whiskey qu'Arch gardait sous le comptoir, mélangé à du Coca conservé dans des canettes rangées à l'horizontale dans le distributeur vertical. « T'as pas la clé du distributeur ? » demanda Terrence la Casquette, tandis qu'Arch comptait ses pièces. « Quelque part, fit Arch. Toutes les clés du monde sont quelque part. » La clé était accrochée à son porte-clés. Il ouvrit le distributeur et laissa la porte ouverte afin qu'ils se servent.

« Sensass, fit Jordan, ou pas Jordan, le garçon.

— C'est quoi comme bowling ? demanda la fille.

— Du candlepin.

— Putain, c'est quoi ce truc ?

— Surveille ton langage, fit Arch. Tu n'es pas de la Nouvelle-Angleterre ?

— Pardon. Pennsylvanie. C'est toi, le proprio ?

— Non. C'est Mr. Joe Wear. J'y travaille juste. Enfin bref. »

L'obscurité du bowling avait assombri les cheveux brillants de la fille. Arch aurait aimé connaître son prénom. Il était assez vieux pour être son père. Il n'avait pas d'envie particulière, pas même l'ombre d'un projet, mais il voulait qu'elle l'apprécie. Terrence la Casquette et Gros Sourcils étaient en train d'essayer d'allumer un jeu de Pong, puis Terrence abandonna et vint derrière le comptoir pour farfouiller dans les confiseries.

Arch était un adulte en compagnie d'enfants. « Peut-être qu'on devrait aller se coucher. »

Terrence la Casquette sortit une barre chocolatée de son emballage. Une Sky Bar, la pire du genre, cinq étages d'un faux chocolat fourré de faux caramel, de fausse noix de coco et de faux nougat. « T'as la clé de ce coffre ? » Il donna un coup dans le petit coffre sous le comptoir.

« Nan. Ils me font pas assez confiance.

— Il fait noir ici, intervint le garçon aux gros sourcils.

— Les bowlings sont pas vraiment réputés pour leur éclairage, répondit Arch.

— T'as l'électricité, quand même, dit Casquette.

— J'ai pas envie d'attirer les flics », fit Arch. Ce qui était vrai. Il avait eu son compte, avec la disparition de sa mère ; il ne voulait pas que les policiers le trouvent ivre. Il devrait embaucher un vigile. Des bougies : elle aimerait ça. Si seulement elle savait qu'il se consumait de l'intérieur. Elle avait disparu depuis six semaines maintenant, elle était probablement morte, et gisait Dieu sait où. Il contempla ses compagnons de soirée. D'où venaient-ils ? Pas seulement comment étaient-ils arrivés ici, au milieu de la nuit, au Bowlaway, mais qui étaient-ils, et qui étaient-ils auparavant ? Ces enfants, ils étaient si jeunes, ils avaient été des bébés. De beaux bébés, certainement. Il essaya de les imaginer, leur tête ronde, leurs bras potelés.

« Y a quoi dans le coffre ? » demanda Terrence.

Arch se leva pour se pencher au-dessus du comptoir. Il regarda le coffre. Il était certainement vide – Ida Jane, la chef d'équipe de soirée, avait dû déposer la recette du jour au dépôt –, mais ça ne faisait pas une bonne histoire. Personne ne voulait qu'un coffre soit vide. « La date de la fin du monde, répondit-il.

— Allez, mon vieux. Pour de vrai », fit Terrence.

Ce qu'Arch n'avait pas compris : ils étaient tous des étrangers. La fille et le type aux gros sourcils, dont l'un ou l'autre s'appelait Jordan ; le type à la casquette, le plus jeune du groupe ; et Arch. Ils s'étaient rencontrés pas plus tard que cette nuit. La fille (elle s'appelait Julie, mais elle avait dit qu'elle s'appelait Jordan) était sur le point d'abandonner la fac de Radcliffe, elle n'était pas encore en situation d'échec, néanmoins elle savait que cela viendrait ; le garçon aux gros sourcils, Marcus, était originaire de Floride, il s'était inscrit au Boston College et s'était découvert un penchant pour la boisson ; Terrence la Casquette était à dix petits kilomètres de chez lui, dix-sept ans, mineur, couvert de dettes, un aimant à problèmes, et déjà (ainsi qu'il l'avait décidé) condamné. Terrence avait vu en Arch un homme de la campagne, un ivrogne écorché vif. Docile. En quête d'admiration. Il essaya de prendre le coffre dans ses mains, mais il était boulonné au comptoir.

« Laisse ça, dit Arch.

— À qui est cet endroit ?

— Au patron.

— C'est qui ?

— Mr. Joe Wear, renchérit la fille.

— Allez, si on allait se coucher», répéta Arch. Il essaya de prendre un ton paternel. Dans le frigo à l'étage, il y avait un pack de bières qu'il n'avait pas l'intention de partager.

«Y a un autre coffre ? Plus gros ?

— Non. Oui.» Il y avait en effet un coffre à la cave, énorme et orné de fleurs peintes, mais à sa connaissance personne ne s'en était jamais servi. C'était un de ces objets d'antan qu'on avait casé dans un coin et jamais changé de place. Pourquoi n'y avaient-ils pas touché ? Un gros coffre aurait peut-être tout changé. «OK, c'est l'heure d'y aller, dit-il.

— Montre-moi le coffre.

— Je peux pas.

— Je crois que tu peux, au contraire.

— Laisse tomber, mec», lança l'autre garçon à Casquette. On décelait un courage certain entre les mots, mais il n'était pas en état d'imposer quoi que ce soit. «J'ai trouvé !» ajouta-t-il. Il brancha la prise du jeu de Pong.

Terrence se tourna vers lui et l'observa avec dégoût. «C'est quoi ton nom ?» demanda-t-il, comme s'il pensait que le type était un genre de débile qui n'en avait pas.

«Marcus. Allez, on y va.

— Ta gueule, Marcus», rétorqua Terrence.

Marcus tenta d'ouvrir la porte, mais Arch, comme sa mère, l'avait fermée derrière lui. Arch voulait rentrer chez lui. Cracker serait furieuse, puis lui pardonnerait. Il n'avait besoin de rien d'autre.

«Je vais t'ouvrir la porte, dit-il en prenant sa clé.

— J'pars pas, répondit Terrence. Montre le coffre.

— Fais pas le gamin», dit Arch. Puis il regarda Terrence et vit qu'il était en réalité un gamin, un gosse.

Pas un petit nerveux, plutôt un adulte en devenir. La puérilité du garçon pénétra son cœur et l'endurcit. Arch songea qu'il n'avait jamais autant haï quelqu'un de toute sa vie. Terrence Fanning, ses petits yeux d'acier et ses lèvres gonflées de sang. « Hé gamin, quand un adulte t'ordonne de faire quelque chose, tu obéis. »

Le gamin se retourna. Il était courbé sous la colère. *J'ai réussi*, se dit Arch, *il s'en va*. Puis le gamin fonça sur lui, épaule en avant. Il renversa Arch qui s'étala sur la troisième piste.

Au sol, ils ne se lâchaient pas du regard. Terrence Fanning était léger comme une plume ; Arch n'en ferait qu'une bouchée quand il aurait repris son souffle. Tous deux étaient condamnés, c'est-à-dire qu'ils épousaient ce sentiment désespéré. Ils l'aimaient, cette ombre sur le soleil qui signifiait que vos problèmes n'étaient pas de votre faute, mais avaient été décidés et ordonnés par Dieu. Ils étaient impuissants. « Va te faire foutre », répliqua Arch.

Quelques instants auparavant, Arch l'avait vu comme en pleine lumière, tous les boutons, les fines lignes de sa casquette en velours côtelé. Terrence Fanning, de son côté, s'était laissé engloutir par sa rage. Il n'était plus là. Il ne voyait plus Arch Truitt. Les flammes de la colère brûlaient autour de lui. Comment en étaient-ils arrivés là ? Ils l'ignoraient.

Un bowling est un entrepôt d'objets contondants. Terrence Fanning était un objet contondant; tout comme la boule dont il se saisit; tout comme les témoins qui hurlaient derrière lui. Les deux hommes condamnés ne se regardaient pas. Ils se secouaient, se secouaient, et beuglaient.

Ce fut fini lorsque Terrence Fanning se redressa. Il sentit une odeur de bonbons, sut qu'elle était dans sa tête, et que sa vie était foutue. Les bonbons appelaient les bonbons : il alla derrière le comptoir et se servit de Lemonheads et de Boston Baked Beans dans leurs boîtes métalliques. Ses souliers étaient couverts de sang ; il s'empara d'une paire de chaussures de bowling bicolores dont la pointure était indiquée sur le talon, plus grande que celle qu'il portait habituellement, car il était complexé par ses petits pieds. Quelqu'un sanglotait. C'était lui.

« Ramène-moi chez moi », lança-t-il à Marcus, qui pleurait aussi. Seule la fille ne cillait pas. Elle faisait sa fille, et il eut envie de la frapper pour qu'elle soit comme eux.

« On doit appeler une ambulance, déclara-t-elle d'une voix ferme.

— Il est mort », répondit Terrence Fanning, dix-sept ans, habitant Adams Road dans le quartier de Nonantum à Newton, Massachusetts. Il était calme lui aussi. Du plat de la paume, il écrasa les larmes sur ses joues. « Ramène-moi chez moi, Marcus.

— Et pour le coffre ? demanda Marcus en pleurs.

— Il n'y a pas de coffre », dit Terrence Fanning.

Derrière eux, Arch Truitt le Rigolard murmura, à ras du sol : « Me laissez pas. » À qui parlait-il ? « Me laissez pas… », répéta-t-il. Il ne finit pas sa phrase. Il entendait la boule poisseuse et meurtrière rouler dans la gouttière en direction des quilles. Il ne voulait pas être sauvé. Il voulait juste que quelqu'un – la fille calme, le garçon terrifié, son assassin aux yeux gris – vienne s'asseoir à côté de lui, pour le regarder rendre son dernier souffle. Personne ne vint. Sa mère n'était pas loin, bien sûr, mais déjà morte, et seule. Ils la trouveraient sur le toit le lendemain matin, en passant au peigne fin la scène du crime : le Bowlaway, anciennement à Bertha Truitt. La découverte de son corps résolvait un seul mystère parmi tant d'autres.

5

Parmi les artistes

Après avoir cédé Superba, Minna Sprague garda tout ce qui avait eu trait à elle, imaginant un musée à la gloire de sa famille hors du commun – la famille de son père ; elle avait hérité de tout – mais c'était un fatras, un capharnaüm, un véritable bazar. Ses enfants n'en voulurent pas ; ils s'étaient, contre toute attente, installés dans le Midwest et y menaient des vies simples et rangées. Les choses auraient été moins compliquées s'il y avait eu une seule histoire. Son père, le médecin noir, l'homme distingué écrivain à ses heures. Ou Almira, la violoncelliste, qui composait de la musique dans la chambre de sa ferme jusqu'au jour de sa mort, à quatre-vingt-six ans, la dernière de la fratrie. Benjamin, l'homme d'affaires et gentleman farmer. Même Joseph, le plus réservé des Sprague, qui crayonnait d'étranges dessins visionnaires sur des sacs d'épicerie qu'il rangeait ensuite dans des casiers en bois. À la mort de Joseph, Almira les avait tous jetés sauf un, alors qu'elle avait gardé plusieurs dizaines de ses belles chemises blanches, que Minna possédait aujourd'hui. Si vous connaissiez Joseph – dans une autre vie il aurait été un héros ! un génie ! plutôt qu'un des Sprague les moins considérés –, oui, si vous l'aviez connu, le dessin à présent encadré dans le salon de Minna aurait eu un sens. On y voyait Almira, son corps comme un violoncelle, et Benjamin, tout en tonneaux et en épis de blé. Le soleil à l'horizon était un œil endormi sur le point de se fermer. Et Joseph, dans tout ça ? C'était la main de plomb dans le coin qui serrait un crayon dessiné au crayon, comme si le dessin se dessinait de lui-même. Mais à part Minna, plus personne ne connaissait Joseph, et le dessin n'était qu'une représentation, un détail de plus parmi une foule d'autres. Vous ne pouviez pas lui donner un sens. Elle regrettait de ne pas avoir ses autres dessins et maudit les chemises. Non, garde-les. Elle était, comme certains hommes qui collectionnaient ses disques (toujours des hommes), une collectionneuse compulsive. C'était comme une carence en vitamines.

Par conséquent, lorsque Roy Truitt lui téléphona, elle dit : « Je veux tout.

— Oh, fit-il. J'appelais au sujet du bowling… »

Elle *voulait* tout. Mais c'était une chose qu'on ne pouvait demander. Ou vous pouviez demander, à condition de rire comme on rit d'une bonne blague, ce qu'elle fit. Elle l'avait aidé et il ne lui avait plus donné de signes de vie. « Non, bien sûr. Je n'ai besoin de rien. Mes enfants ne veulent pas de cet endroit maudit.

— Tu as des enfants, dit-il d'une voix mi-surprise, mi-irritée.

— Oui, j'ai des enfants. Et des petits-enfants, aussi. Qu'est-ce que tu croyais ? »

Il y eut un long silence. Elle n'aurait su dire ce qu'il pensait, bien qu'elle fût douée pour discerner les différents malaises qui incitaient au silence.

« Je suis content d'entendre ta voix, reprit-il enfin.

— Tu m'as laissée sans nouvelles.
— Pardon. Je… J'ai eu une mauvaise passe.
— Tu as fini par enseigner ?
— Un petit peu. »

Elle lui avait sauvé la vie afin qu'il puisse la rater dans les grandes largeurs. Il lui en avait voulu, il le comprenait à présent, alors qu'il aurait plutôt dû la remercier. « Je possède un bowling, maintenant. Pas celui de ma mère. Je ne sais pas comment c'est arrivé. Merci. J'aurais dû… bref, le bowling, celui de Bertha, a été légué à quelqu'un. On essaie de le retrouver. Joseph Wear. On ne sait pas…

— Je connais Joe, dit Minna. Je vais te donner son numéro de téléphone. »

Il y a bien longtemps, à trente-neuf ans et soudainement libre, Joe Wear avait encore bien des choses à accomplir. Il n'était jamais sorti de Nouvelle-Angleterre et n'était jamais allé plus loin que dans le New Hampshire, pour voir sa tante Rose et sa nouvelle famille par un jour d'été qui confirma sa haine des lacs, des chalets et des pasteurs. Il n'avait jamais dansé. N'avait jamais été photographié. N'avait jamais rêvé de voler pour se réveiller, déçu d'être sur la terre ferme. Ne s'était jamais marié, bien sûr. N'avait jamais eu d'animaux. Jamais acheté un meuble tout seul : rien de plus qu'un oreiller. Jamais été à l'aise.

(Jamais dansé ? Non, pas une fois.)

Jusqu'à ce jour où il sortit du Bowladrome dans le bas de Broadway, à New York. Joe, en salopette et bottines, traînait sa carcasse pour rejoindre sa chambre louée chez l'habitant lorsqu'il croisa sur son chemin un homme et une femme.

L'homme parla le premier. « Hé, dit-il. Je vous connais. »

Joe pencha la tête.

« On s'est déjà rencontrés. »

L'homme était tout en front, autour duquel bouclaient ses cheveux noirs. Il tenait sa tête comme s'il espérait vous faire profiter de la magnificence et de la sérénité de son front. Son menton était coincé dans son cache-col, il avait une barbe et une moustache qui suggéraient que son visage était quelconque, ses yeux cerclés de lunettes étaient insignifiants, son nez (il déploya un mouchoir et se moucha) était imparfait, mais son front ! Il étincelait sous la lumière des lampadaires, son épouse en fut éblouie. Elle portait un manteau marron fermé par une broche d'étain en forme de homard. (Des deux, c'était le personnage le plus important, mais Joe ne le savait pas alors.) Il était tout à fait probable, songea Joe, qu'il ait rencontré l'homme aux bains publics, sans faire attention à son visage. Au moment où l'homme s'en souviendrait en présence de sa femme, il hurlerait et détalerait.

« Je ne crois pas, non, répondit Joe.

— Si, insista l'homme. Au Jackdaws.

— Ah, fit Joe, soulagé. Non, vous devez confondre.

— Oh que si. J'en suis sûr. Le Jackdaws. C'était à Thanksgiving, ou dans ces eaux-là. Vous étiez assis sur les genoux d'Abigail.

— Je ne connais pas d'Abigail.

— Ça ne m'étonne pas ! s'exclama l'homme. Pas besoin de la connaître pour s'asseoir sur ses genoux. Constance, dis-lui, toi, qu'on s'est déjà vus. »

La femme était toute petite, avec un visage rond et des lunettes rondes et rouges. On aurait dit qu'elle portait un béret de marin. « Fiche-lui la paix, Manny.

— Pas question ! répliqua Manny en évaluant sa femme. Non seulement je ne lui ficherai pas la paix mais en plus je vais l'inviter à dîner, et je paierai l'addition, et nous parlerons du Jackdaws, et nous le présenterons à Arthur, et nous ouvrirons des fortune cookies, et nous suivrons à la lettre leurs conseils. Qu'est-ce que vous pensez de ça ?

— Bon bon ! capitula la femme. Je m'incline. Vous aimez la nourriture chinoise ? demanda-t-elle à Joe.

— J'imagine que oui », répondit Joe, qui avait trente-neuf ans et n'y avait jamais goûté.

Ils allèrent chez Chen Wei, sur la 13e Rue. Arthur était leur serveur préféré, un homme dans les soixante-dix ans, d'apparence chinoise, qui portait un nœud papillon rouge et parlait anglais avec un accent déroutant du comté de Cork ressemblant fort à celui de sa tante Rose. Joe ne comprenait pas pourquoi il voulait le lui présenter, mais il lui serra tout de même la main. Arthur était un vieillard, de sorte que dès qu'il apparaissait avec un plat, Joe se levait pour l'aider. Au grand dam du serveur. « R'garde, disait-il à Joe. R'garde », incapable de finir sa phrase tant il était furieux. Pour le calmer, Manny proposa à Arthur de s'asseoir et alla chercher lui-même les plats en cuisine.

« C'est bizarre, dit Manny à Joe. La nourriture chinoise me donne des suées. Je vois bien que vous ne me croyez pas. Il ne me croit pas, Arthur. Touchez mon front !

— Le monsieur ne veut pas toucher votre terrible front, dit Arthur.

— Bien sûr que si.

— Non, il ne veut pas, répéta Arthur. Personne n'a envie de faire une chose pareille.

— Écoutez, dit la femme à Joe. Qu'est-ce que vous faites dans la vie ?

— Je dirige un bowling.

— C'est vrai ?» Elle semblait sincèrement touchée. Sa voix était onctueuse et étrange. Joe se rendit compte qu'elle lui inspirait confiance. À présent, Manny essayait de convaincre Arthur de lui toucher le front. «Je me demandais si je pouvais vous peindre. Je ne peins pas beaucoup de gens. Je peins des chantiers navals. Ou des voies de triage. Mais... non, s'il vous plaît, j'aimerais beaucoup vous peindre.

— C'est que je n'ai pas beaucoup de temps..., répondit Joe.

— Je vous paierai, bien sûr», assura-t-elle.

Un mois plus tard, il était nu, assis sur un tabouret à New York, complètement détendu au milieu d'inconnus. Des hommes et des femmes : ils le dessinaient à la pointe de leur fusain. Il y avait vingt-cinq visages dans la pièce et treize d'entre eux étaient celui de Joe Wear.

C'était comme s'il devait se transformer en accessoire de théâtre avant de pouvoir retrouver sa forme humaine. Qu'avait-il été ? Il n'en était pas certain. Pas humain comme le reste du monde, parce qu'être humain signifiait bien s'entendre avec d'autres humains, de même qu'être un renard signifiait courir avec d'autres renards. Qui pensait à lui dans le monde en son absence ? Personne. Même si tout était parti d'un malentendu, Manny et Constance avaient vu qui il était ce soir-là.

Trois mois à New York et il avait fini par croire qu'il était aussi invisible qu'il l'avait été dans le Massachusetts, puis quelqu'un lui avait dit : *Je vous connais.* Constance, en particulier. Bien sûr elle le peignait nu, ce qui ne le surprenait pas – ce qui le surprenait en revanche, c'était qu'il n'éprouvait pas une once de pudeur. Il s'en fichait. Il ne se sentait pas menacé quand on le regardait.

Joe posa bientôt pour des artistes aux quatre coins de la ville, dans des ateliers et des cours de dessin. Les artistes aimaient ses formes anguleuses, les muscles francs de sa constitution, son aptitude à tenir les poses les plus ingrates pendant une éternité, même s'il était obligé de garder le lit le lendemain à cause des courbatures. Puis Constance l'initia yoga. C'était comme une lessive pour les muscles : il se nettoyait lui-même à la vapeur, se repassait à la vapeur et se pliait parfaitement dans les tiroirs de son corps. Il avait encore mal, il claudiquait, ses membres étaient ankylosés, mais il pouvait poser plusieurs jours de suite.

Les fresques étaient à la mode : Joe Wear prenait les traits de marins et de dieux, de Christophe Colomb arrivant en Amérique, de John Smith, de Pocahontas venue l'accueillir. Il n'avait jamais su ce que c'était d'être aimé. Il en profita. C'était un vrai manuel au milieu de tous ces artistes : il savait réparer les choses. Les artistes consolidaient et recollaient, mais aucune de leurs réparations ne tenait.

Lors d'une exposition à la galerie Louska, on put admirer une maquette en plâtre haute de soixante centimètres de Joe Wear, contemplant une aquarelle rose et vert de Joe Wear, qui tournait la tête vers une jambe désincarnée de Joe Wear, le genou aussi gros qu'un rocher, le pied donnant un coup dans une échelle. Joe Wear, le vrai, l'homme de chair et d'os, se rendit au vernissage en combinaison de travail. (Les artistes adoraient sa combinaison. Ils lui demandaient où il l'avait achetée mais il ne le leur disait pas. « Je l'ai juste trouvée », répondait-il, et ils le croyaient, et c'est pourquoi, avec leur salopette en jean, leurs sweat-shirts et leurs sandales de cuir, ils l'aimaient.) Comme Cracker Graham, il découvrit que rouler négligemment ses manches et les jambes de son pantalon lui donnait un style dissolu et séduisant. Puis il réalisa que les combinaisons à manches courtes produisaient plus d'effet encore. Le vernissage avait lieu en mars. Un autre homme aurait frissonné avec une mince combinaison sur le dos et des tennis de toile aux pieds, mais Joe Wear aimait le froid et plus encore entendre le commun des mortels s'écrier : « Mais tu dois geler ! Comment tu fais ? » Il sentait le froid mais n'en avait cure face à l'admiration qu'il suscitait.

Quand Ethan Olcoff arriva à la galerie Louska, il portait un short, des sandales et une marinière rayée à manches longues rentrée dans une ceinture. Il avait des boucles sombres, des yeux bleus, et un long nez qui fendit en deux le cœur de Joe Wear. Constance lui glissa à l'oreille : « Son père a inventé le caddie. On pourrait croire qu'il aurait les moyens de s'offrir des chaussettes. Ma foi, dit-elle en s'éloignant pour détailler Joe de pied en cap. Vous vous tiendrez chaud, j'imagine. »

Le père d'Ethan n'avait pas inventé le caddie, mais il y avait apporté quelques ingénieuses améliorations, et avait de plus possédé une petite chaîne d'épiceries dans le Tennessee du nom de Purity Markets. « Vous ne me connaissez pas ? aimait demander Ethan. Je suis l'héritier Purity. » Ethan était riche, soucieux de préserver sa fortune, et onze ans plus jeune que Joe. Il possédait une maison dans West Village. Joe quitta son travail au Bowladrome mais ne se retira pas totalement des affaires : lui aussi serait un artiste. Il se mit à sculpter des visages dans des boules de bowling, des hommes qui semblaient, sous tous les angles, fuir votre regard. Il sculpta des motifs dans des boules de bowling qu'il imprégna d'encre, puis fit rouler sur des feuilles pour réaliser des lithographies. Il se souvenait parfois du temps où il sculptait des jambes dans des quilles pour le Dr Sprague, et songeait : *J'aurais dû viser plus haut, j'aurais dû étudier la médecine.*

Lui qui avait toujours vécu dans des chambres chez l'habitant ou des appartement sombres loués par ses employeurs s'installa chez Ethan dans West Village. Il allait vivre dans un endroit pourvu d'une salle à manger, d'une bibliothèque, d'une terrasse aménagée. Il lui fallut plusieurs années avant de pouvoir s'asseoir sur une chaise après le dîner, sans rien faire, trop habitué qu'il était à marcher des kilomètres pour ne pas devenir fou, pour éviter les plafonds qui s'abaissaient sur lui comme une presse sur son lit. La maison était un lieu où il était agréable de rester : ce fut Ethan, évidemment, qui réussit à l'en convaincre.

Il y avait une seule ombre au tableau : Joe Wear ne s'habitua jamais à la cuisine d'Ethan. « Dis-moi comment tu l'aimes », demandait Ethan en versant le bouillon sur une belle quenelle, et Joe paniquait. Il avait reçu une bonne éducation, il s'était maintes fois libéré ; enfant naïf au foyer Dolbeer il savait distinguer un chiaroscuro d'un sfumato ou d'un contrapposto, et un pied Hepplewhite d'un autre de style Queen Anne, il avait appris la musique et un peu de poésie, mais pour lui une boulette était une boulette était une boulette, et il refusait de prétendre le contraire. Leurs amis papillonnaient des yeux en goûtant la cuisine d'Ethan. « Mais comment fais-tu ? » demanda Constance en dégustant sa poule au pot, et Joe pensa *Il a fait bouillir un poulet*. Une fois par an ils se disputaient à ce sujet. Constance disait, lorsque Joe s'en ouvrait à elle : « Ce n'est pas la cuisine, le fond du problème, c'est ce qu'elle représente. » Non, ils se disputaient vraiment à propos de la nourriture. Qui pouvait prendre la cuisine aussi sérieusement et légèrement en même temps ?

Il se souvenait encore de ce que c'était d'avoir quinze ans et l'estomac dans les talons, et du dénouement heureux d'avoir enfin quelque chose à se mettre sous la dent.

Joe n'avait pas oublié Bertha Truitt. Elle était la première personne hors du commun qu'il avait rencontrée. Bertha Truitt était la raison pour laquelle il n'avait pas esquivé Manny et Constance devant le Bowladrome en 1931 : il les avaient reconnus, ils venaient de la même contrée que Bertha, il pourrait émigrer et les rejoindre. Puis par le plus grand des hasards, un soir, lors d'une fête d'Ethan, la fille de Bertha Truitt arriva avec une foule de musiciens. Elle était chanteuse, de talent, et batteuse également – mais Joe ne put juger de son niveau. Il n'y connaissait rien en percussions. Le jazz, ainsi que l'art abstrait étaient des points aveugles dans sa culture.

Ce hasard était improbable, mais pas plus improbable que le reste de sa vie. Minna s'entendit avec Ethan mais se méfiait de Joe, même s'il lui avait sculpté une vache dans une quille lorsqu'elle était enfant. Peut-être était-ce justement pour cette raison. Ils ne savaient pas ce qu'ils se voulaient.

Ethan était mort depuis deux mois lorsque Joe reçut l'appel téléphonique. Il vivait désormais seul dans la maison du Village, au milieu des fourchettes à poisson et des soupières. Lorsque Ethan était décédé d'une pneumonie, à l'hôpital du Cedars Sinai, Joe avait pensé s'engager dans l'armée, en dépit de ses quatre-vingts ans et de ses inclinaisons pacifistes. Il devait bien exister un moyen d'être expédié loin de chez lui et d'être tué, pour la bonne cause, dans un autre pays.

Roy Truitt lui expliqua qu'ils avaient trouvé un testament rédigé il y a de nombreuses années. Pas notarisé, mais qui stipulait que Joe héritait du bowling. Ils allaient contacter un avocat et…

À cette époque-là de sa vie, il pouvait accepter. Le bowling serait à moi alors. À moi. Après avoir rencontré des personnes qui l'avaient vraiment aimé, il s'était rendu compte qu'il avait été maltraité là-bas. Bertha y était pour quelque chose, mais après tout, si elle lui avait légué le bowling… il comprit qu'il ne lui en voulait plus depuis un moment.

Il irait voir le bowling. Pas pour le reprendre, bien sûr. Juste pour le voir avant qu'il soit détruit.

Philippine Square avait été modernisé. Le Gearheart Olympia était désormais le Cinéma Salford, avec quatre salles et du pop-corn nappé de vrai beurre. Comme si le vrai beurre sur le pop-corn n'était pas une règle élémentaire des droits de l'homme. Un café des Sports, un magasin de vêtements pour femme qui avait l'air d'avoir connu des jours meilleurs, avec dans sa vitrine des habits aguicheurs mais mal coupés : des dos nus à cols roulés, des robes courtes à manches chauve-souris. L'épicerie Sutherland était toujours là, avec ses minuscules chariots de courses. Un réparateur de voitures. La pâtisserie de Cessidia, florissante, aux odeurs d'anis. Un pressing. C'était l'été, les briques et l'asphalte chauffaient au soleil.

Joe Wear arriva en métro – la station de métro était nouvelle également, directement reliée à la gare de Boston. Il se tint sur le trottoir en face du Bowling de Truitt, même si ce n'était plus le Bowling de Truitt, mais le Bowlaway : l'enseigne au néon au lettrage sophistiqué était abîmée, le *B* était terne et grésillait. *Owlaway*. Endroit maudit. Roy Truitt lui avait dit qu'un meurtre y avait eu lieu, son propre frère avait été tué, on en avait parlé dans les journaux. Personne ne voudrait revenir jouer au bowling ici.

Joe avait oublié les angles de Salford, le fait que les rues ne se croisaient jamais perpendiculairement. Elles sinuaient et se courbaient. Elles irradiaient. Il changea de trottoir et alla frapper à la porte vitrée – du verre poli, installé après le départ de Joe. Un homme vint la déverrouiller.

Ni Joe Wear ni Roy Truitt ne ressemblait à ce à quoi l'autre s'attendait. Joe Wear portait un costume cher mais au style décontracté – exactement ce qu'espéraient être les vêtements en vitrine de Belinda Boutique – en gabardine bleu pâle, une chemise à plis. Il avait le visage chiffonné, de larges et belles épaules. C'était une créature mythologique pourvue d'un corps juvénile et d'une tête de vieil homme, bien que sa carcasse lui fît mal quand il marchait. Il avait une coupe de cheveux qui, comme ses vêtements, semblait onéreuse. Des cheveux gris acier, et une fière moustache blanche, du genre de celles qui vous rappellent que seuls quelques hommes devraient être habilités à porter la moustache. Roy Truitt avait cinquante ans désormais, et ses cheveux roux se clairsemaient. C'est dommage, pensa Joe, car il avait un visage qui aurait eu bien besoin de quelques poils. Il ne ressemblait pas à ses parents si peu assortis, il n'était même pas la moyenne de leurs attributs. Il ressemblait à un joueur de bowling.

« Mr. Wear. Je suis Roy Truitt.

— Roy. » Joe se tata les poches, comme pour se protéger. « Cet endroit. » Puis il se surprit à ajouter : « Je le détestais.

— Il fait encore cet effet-là. Attendez, je vais allumer. »

Ils se serrèrent la main sans s'en rendre compte comme on le fait en Nouvelle-Angleterre, un geste automatique plus intime que la poignée de mains joyeuse et hypocrite des autres régions d'Amérique.

Le bowling de Truitt avait été rénové par petits bouts au fil des années, mais pour Joe Wear, tout était différent. Des machines automatiques pour placer les quilles, bien sûr, et l'étagère des pinboys avait été arrachée. Des bancs en plastique bleu pour s'asseoir en attendant son tour, et des écrans suspendus pour les feuilles de scores. Le long bar avait été remplacé par une enfilade de machines : flipper, distributeurs de glaces. Quelqu'un avait laissé le jeu de Pong allumé. Les fantômes y jouaient.

Le comptoir en bois de Joe Wear avait disparu. Il s'était imaginé revenir derrière. L'évaluer depuis sa hauteur d'adulte : un peu comme un voyage dans le temps. Mais il avait été démoli, et remplacé par un long comptoir en verre, derrière lequel étaient rangées les chaussures classées par pointure. Que deviendraient-elles après ?

Au-dessus des pin-decks, sculptée dans le bois : une boule à visage humain à l'air furieux, sans jambes mais avec des bras mal articulés, qui fonçait tête baissée vers une quille grimaçante et implorante. Sous cette scène, un slogan en lettres découpées : Le BOWLING, quoi de mieux pour S'AMUSER ?!

« Cet endroit…, répéta Joe Wear. Vous avez trouvé un acheteur ?

— Pas encore. C'est la première fois que je reviens depuis… » Roy secoua la tête. « Faudrait tout raser, voilà ce que j'en pense. Ma belle-sœur est d'accord aussi. Betty. La femme d'Arch.

— Allez d'abord jeter un coup d'œil au coffre. Avant de tout détruire, répondit Joe Wear.

— Quel coffre ?

— À la cave.

— Ah ouais, je crois qu'on ne s'en est jamais servi quand j'étais là. Mon vieux a été la dernière personne à l'ouvrir.

— Vous devriez aller voir quand même.

— Il a tout vidé, je pense.

— Je vous conseille de vérifier.

— Qu'est-ce qu'il y aurait dans ce coffre, Mr. Wear ?

— Des lingots d'or. Des sandwichs au jambon. Qui sait. Des lingots…, répéta-t-il.

— D'accord, mais il va falloir dynamiter la porte.

— 76 ; 33 ; 2.

— C'est le... Vous vous en souvenez ? C'est une date d'anniversaire ?

— C'est l'anniversaire de personne. Allez y jeter un œil. Je vous écris le code.

— Venez avec moi », fit Roy Truitt d'une voix implorante. Il attrapa Joe Wear par le coude. Il avait pourtant autour de quatre-vingts ans, Roy aurait dû le laisser tranquille, mais il savait qu'il avait besoin de lui, et pour la première fois de sa vie, peut-être, il se dit qu'il pourrait demander de l'aide à quelqu'un. « On ira vérifier ensemble. »

Joe Wear tapota la main de Roy. « D'accord. Ça me va. »

L'escalier qui descendait à la cave n'avait pas changé, les mêmes marches, la même rampe esquilleuse.

« Ça va aller ? demanda Roy.

— Jusqu'ici tout va bien », répondit Joe Wear, fermement accroché à la rampe. Les échardes se fichaient dans la paume de sa main.

L'air de la cave était minéral et ancien, comme le sol poussiéreux sous leurs pieds. Dans un coin en pente, beaucoup de bouteilles d'alcool vides, et un énorme coffre, noir, funéraire, un corbillard, un mausolée, orné de fleurs peintes et portant l'inscription EXCELSIO SAFE & LOCK CO., SALFORD MASS.

« 76 ; 33 ; 2 », répéta Joe Wear.

Le coffre était vide. « C'est bien ce que je pensais, déclara Roy.

— Il y a un double fond. Bertha adorait les doubles fonds. Vous avez quelque chose pour... Tenez. » Joe lui tendit son canif. Il était important que Roy Truitt fasse les choses seul.

« Oh. Je vois », répondit Roy.

Il lui fallut un peu forcer, mais il les trouva. Pas de sandwichs au jambon, mais, logés sous une fine plaque d'acier, cinq kilos d'or, en lingots – pas aussi gros que Roy se l'était imaginé, malgré lui – mais de petite taille.

« Des lingots. Des lingots d'or. J'en crois pas mes yeux, dit-il.

— Rien de plus réel », fit Joe Wear. Il en avait fait l'expérience. Quand il était parti il y a des années de ça, il en avait embarqué deux. « Toute sa vie, Bertha n'a cru qu'en l'or. »

Roy Truitt haletait, assis dans la poussière à côté du coffre. Il répondit d'une voix brisée : « Ils sont donc à vous, j'imagine.

— Non. Ils n'ont rien à voir avec ce bowling.

— Tout ce qui s'y trouve est à vous.

— Même en me payant, je ne les prendrais pas. Je n'en ai pas besoin et quand bien même… non.

— Ils sont maudits ? »

Joe Wear s'esclaffa.

Roy continua : « Ça pourrait expliquer certaines choses. Bon, on devrait les donner à la veuve des Truitt. » Roy fut lui-même choqué de cette expression. « C'est ma belle-sœur. Betty. Cracker. »

À présent qu'il était assis par terre, Roy ne savait pas très bien comment se relever. Il était vieux, raide et corpulent, soudainement anxieux à l'idée d'évaluer le sol inégal, de se redresser, de mettre une jambe devant l'autre. C'était pire encore de le faire devant un public.

« Voyons si mes jambes vont tenir, dit-il.

— Vous boitez de ce côté, j'ai remarqué.

— Il était une fois une mère qui avait cassé la cheville de son fils, fit Roy, qui rit en s'entendant prononcer cette phrase sordide.

— Margaret a fait ça ? Elle vous a laissé tomber quand vous étiez bébé ? »

Il secoua la tête. « Avec une boule de bowling. La Mère de l'Année. J'avais dix-huit ans.

— Margaret Vanetten ! s'exclama Joe Wear. D'une certaine façon je ne suis pas surpris. Ça lui correspond bien. » Il tendit une main à Roy Truitt, qui secoua la tête et se releva en prenant appui sur le coffre. « Moi, j'ai un handicap de naissance. Si jamais vous vous demandiez. »

Roy acquiesça d'un air entendu. Puis ajouta, d'un air satisfait : « Mon vieux parlait souvent de vous.

— Bon sang. Vraiment ? Je ne veux même pas penser à ce qu'il pouvait raconter.

— Il vous maudissait ! s'enthousiasma Roy.

— Pas étonnant.

— Parce que vous n'étiez pas là.

— Il n'était pas vraiment là lui non plus.

— C'est vrai.

— Est-ce que... », commença Joe Wear avant de s'interrompre. Il n'était pas sûr de savoir quoi demander.

Il avait pensé pendant des années au Dr Sprague, à Jeptha Arrison, et même à Margaret. À Bertha Truitt, bien sûr. Mais la personne qui continuait à le troubler après tout ce temps était Nahum. Il n'arrivait pas à comprendre cet homme, l'étrange chaleur attachante qui émanait de lui, la méchanceté qui pouvait mordre à tout instant, la façon qu'il avait de souffler le chaud et le froid. *Dépêche-toi, Joe Wear, arrête de danser.* La façon qu'il avait de revenir avec une boîte d'éclairs au sirop d'érable et d'en offrir un, vas-y, puis un deuxième, c'est bien, et voilà le troisième, il est à toi maintenant que tu l'as touché – il harcelait et insultait Joe jusqu'à ce que Joe, pour le faire taire, finisse par en manger cinq.

Il serait extrêmement vieux, mais en bon escroc, il avait peut-être réussi à arnaquer la mort.

« Ton père ne peut pas être vivant, n'est-ce pas ?

— Non, y a pas de doute possible, fit Roy. Remontons. »

La généalogie affirme que les choses se produisent dans l'ordre chronologique, mais aussi toutes en même temps : vous ne vous intéresseriez pas au destin de ce cordonnier du XIXe siècle de Salem, en Caroline du Nord, s'il était le mort d'une autre branche que la vôtre. Tandis que votre vie se déroule ici, à Eastham, Massachusetts – une année de villégiature avec une autre famille dans une maison louée sur la Coast Guard Beach –, vous êtes entouré de cousins au sixième degré. L'un d'eux a loué une maison de vacances à Provincetown, à quelques minutes de là, et un autre est à Foxbury, Ohio, pour s'occuper de sa femme mourante, qui est également votre cousine au douzième degré – vous ne le découvrirez pas vous-même, ce sera le fait de son arrière-petit-fille, dans vingt ans – et vos autres cousins au sixième degré dépensent leur argent sagement, et font faillite, et se convertissent au Baha'i Faith, et se font enlever les poils pubiens (pour une opération d'un côté, pour raisons esthétiques de l'autre), et essayent de refiler une boîte de vieux bouquins à la braderie de la bibliothèque. Le quidam connaît quelques membres de sa famille : les parents, les grands-parents, les tantes, les oncles, les cousins les plus fréquentables. Les gens fouillent leur généalogie pour y trouver leurs ancêtres, mais leurs ancêtres font naître des descendants de tous les côtés, tant et si bien que la frêle embarcation de votre famille est surchargée de cousins au dernier degré et de leurs conjoints. Il est possible qu'un ou deux de ceux-là se révèlent intéressants, mais la plupart de vos enquêtes généalogiques vous donneront le sentiment que votre lignée est banale à pleurer. Eh bien, c'est la vérité.

Une fois en haut, Roy Truitt alluma le reste des lumières, éclairant la Bertha en bois qui les contemplait depuis tout ce temps, comme si elle souffrait d'un torticolis. Elle avait été accrochée à la colonne de fonte depuis que LuEtta Arrison l'avait ramenée. Les deux hommes ne l'avaient pas remarquée.

« Je suis désolé pour votre frère. J'imagine que c'est dur, de perdre un frère », fit Joe Wear.

Roy Truitt se frotta le visage. « Y a pas de mots.

— C'est déchirant.

— Il n'y a littéralement pas de mots. Comme *veuve* ou *orphelin*, des termes qui existent quand ce genre de choses arrivent. Pourtant vous avez un frère, et l'un de vous va forcément survivre à l'autre. Pareil pour une sœur, j'imagine.

— Il manque des mots pour beaucoup de situations.

— C'est vrai. »

Joe Wear tendit ses bras devant lui pareils à une baguette de sourcier, inspira et ferma les yeux. « Mon comptoir se trouvait là.

— Je m'en souviens. Ça vous fait quoi ?

— Je ne sais pas. Ça fait rien. Comme si je n'étais jamais venu ici.

— C'est l'histoire de ma vie.

— Ah vraiment ? Prenez le bowling mais laissez-moi ça. C'est *mon* histoire. Cet endroit ! Hé, fit Joe Wear, les yeux en l'air, l'apercevant enfin. Tiens tiens. Voilà Bertha.

— Ce truc hideux.

— Faites gaffe. C'est moi qui l'ai fait. Est-ce que… vous avez quelque chose pour la décrocher ?

— Sûrement. Je regarde. C'est vous qui l'avez faite ? C'est vrai qu'on m'a dit que vous étiez un artiste.

— Juste ses bras et ses jambes. Votre grand-père, enfin, votre beau-grand-père, avait fait le reste.

— Lui, c'était pas un artiste.

— Non. C'était un médecin. Le père de Minna. Le Dr Sprague. Un homme éduqué, comme vous. Votre mère vous a probablement…

— On ne racontait pas trop d'histoires dans la famille. Arch aimait ça, lui. C'était bien le seul. »

Des années plus tard, la nièce de Roy Truitt mènerait son enquête : les tests d'ADN rendus possibles, leurs données compléteraient des généalogies entières. Vous pouviez découvrir des choses formidables sur votre passé sans avoir à sortir de chez vous. Roy était un vieil homme, et n'avait plus envie d'en savoir plus sur sa généalogie. « Je voudrais rester un mystère. » Pour toi-même ? « Oui, particulièrement. » Ce qu'Arch avait aimé dans les mondes parallèles : vous pouviez y penser sans jamais trouver de solutions. Les mystères débordaient de promesses, ils étaient plaisants dans leur impossibilité. Les faits sont toujours décevants. Roy avait tout misé sur les faits, et avait été, toute sa vie, déçu. « Laisse-moi en dehors de ça », avait-il dit à Brenda.

« Vous la voulez ? » demanda Roy Truitt à Joe Wear, désignant la Bertha en bois accrochée à la colonne. Joe Wear rit presque tout haut en imaginant la veuve Truitt et les soi-disant descendants Truitt lui faire un procès pour le bowling. Il avait envie de prendre l'endroit tout entier juste pour le plaisir de ne pas avoir à demander, puisqu'il était à lui : plus besoin de permission. « Je peux vous l'envoyer par la poste, bien sûr, ajouta Roy.

— Je vais l'emporter », répondit Joe.

Quiconque aurait regardé par la fenêtre – et les gens se risquaient à épier derrière leurs rideaux, un mois après le meurtre – aurait vu un vieil homme osseux monter sur un tabouret tenu par un type enrobé dans la cinquantaine, qui aurait pu passer, auprès d'un caractère suspicieux, pour le cadavre déjà raidi d'un enfant, quel tableau macabre – attendez. Non, c'était une poupée. Deux hommes et une poupée. Ma foi, c'est encore plus louche, vous ne trouvez pas ?

Les deux hommes l'étendirent sur la vitre du flipper – un nouveau modèle, le Disco Dan.

« Mes excuses, fit Roy. Elle est assez jolie en réalité. Je me demande comment elle a atterri là. Merci. Mr. Wear. Nous vous sommes très reconnaissants. »

Bertha. La Bertha de Joe. Elle aurait besoin d'un ravalement ; on voyait des traces de dents sur une hanche. La tête confectionnée par le Dr Sprague était si touchante, et si laide, aussi – on ne pouvait pas la changer mais peut-être… peut-être. Ou pas. Laissons-la telle qu'elle est. Sa jupe était fendue en deux, pour la bicyclette ; ses membres étaient comme désarticulés. Étendue de tout son long sur le flipper éteint, elle avait l'air d'être tombée du ciel. Rien de plus logique. Nous tombons tous du ciel. C'est de là que nous venons. Joe Wear prit Bertha Truitt dans ses bras, puis ils partirent loin du bowling, loin de Salford, loin du Massachusetts, loin de la Nouvelle-Angleterre, pour repartir de zéro.

Remerciements

Ce livre est très inexact, même pour une fiction, mais deux ouvrages ont permis de le rendre un peu plus correct : *The Book of Candlepin Bowling* de Florence E. Greenleaf (propos rapportés par Paul C. Tedford) et *Dark Tide* de Stephen Puleo. Merci également à Colin Dickey, auteur de *Ghostland*, pour ses conseils à point nommé sur les fantômes. Tous mes remerciements à : Paul Harding, Paul Lisicky, Ann Patchett, S. Kirk Walsh, et Michael Taeckens, Henry Dunow, Arielle Datz, et toute l'équipe de Dunow, Carlson & Lerner; toute l'équipe d'Ecco, dont Daniel Halpern, Miriam Parker, Sonya Cheuse, Emma Dries, Sara Birmingham, et particulièrement la merveilleuse Megan Lynch. Je suis extrêmement chanceuse de travailler avec Robin Robertson depuis plusieurs dizaines d'années : je ne pourrai jamais assez le remercier.

La photocomposition de cet ouvrage
a été réalisée par
Graphic Hainaut
30, rue Pierre Mathieu
59410 Anzin

Ce livre est composé en caractère Caslon, corps 11,5

MIXTE
Papier issu de
sources responsables
FSC® C003309

L'Éditeur de cet ouvrage s'engage
pour la préservation de l'environnement
et utilise du papier issu de forêts gérées de manière responsable.

Cet ouvrage a été achevé d'imprimer août 2020
sur les presses de Normandie Roto Impression s.a.s.
61250 Lonrai (Orne)
N° d'édition : 60501/01 - N° d'impression : 2002721

Imprimé en France